괴테

잠언과 성찰

옮긴이 장영태

서울대학교 문리과대학과 대학원 독어독문학과 졸업. 뮌헨대학교 수학, 고려대학교에서 문학박사
학위 받음. 홍익대학교 문과대학 독어독문학과 교수 역임. 현재 홍익대학교 명예교수.

저서 : 「횔덜린의 생애와 문학사상」
　　　「지상에 척도는 있는가」(2004년도 대한민국 학술원 우수학술도서)
　　　「횔덜린 평전」

역서 : 마렌 그리제바하, 「문학연구의 방법론」
　　　한스 로베르트 야우스, 「도전으로서의 문학사」
　　　디이터 람핑, 「서정시-이론과 역사」
　　　케테 함부르거, 「문학의 논리」(2002년도 대한민국 학술원 우수 학술도서)
　　　유렉 베커, 「거짓말쟁이 야콥」
　　　횔덜린, 「시선, 머무르는 것은 그러나 시인이 짓는다」
　　　횔덜린, 「휘페리온」(을유문화사 세계문학전집 11)
　　　「동독 단편문학선」
　　　「괴테 시선」 등.

잠언과 성찰

초판 1쇄 발행 2014년 4월 15일

지은이 괴테 / 옮긴이 장영태 / 펴낸곳 유로서적 / 편집디자인 미학

등록 / 2002년 8월 24일 제 10-2439 호

주소 / 서울시 금천구 가산동 327-32 대륭테크노타운 12차 416호

전화 02-2029-6661 / 팩스 02-2029-6664 / E-mail. bookeuro@bookeuro.co.kr

ISBN 978-89-94719-05-4 (93160)

* 이 도서의 국립중앙도서관 출판시도서목록(CIP)은 서지정보유통지원시스템 홈페이지
　(http://seoji.nl.go.kr)와 국가자료공동목록시스템(http://www.nl.go.kr/kolisnet)에서 이용
　하실 수 있습니다. (CIP제어번호 : CIP2014011642)

잠언과 성찰

箴言과 省察
Maximen und Reflexionen

괴테 지음 / 장영태 옮김

BOOKEURO
유로
PUBLISHING

일러두기

1. 이 책은 에리히 트룬쯔(Erich Trunz)와 한스 요하힘 슈림프(Hans Joachim Schrimpf)가 편집한 『함부르크판 괴테전집』(Goethes Werke, Hamburger Ausgabe in 14 Bänden)의 제 12권에 실려 있는 『Maximen und Reflexionen』(1982)을 한국어로 옮긴 것이다.

2. 각주는 위 『함부르크판 괴테전집』의 주해와 하랄트 프릿케(Harald Fricke)가 편집한 『프랑크푸르트판 괴테전집(Johann Wolfgang Geothe. Sämthiche Werke, Briefe, Tagebücher und Gespräche in 40 Bänden)』의 제1부 제13권에 실려 있는 『산문으로 된 잠언, 전체 잠언과 성찰(Sprüche in Prosa, Sämtliche Maximen und Reflexionen)』(1993)의 주해를 참고하여 옮긴이가 작성한 것이다.

차례

신과 자연

1 "나는 한 분의 신을 믿는다!" 이 말은 아름답고 칭찬할만한 말이다. 그러나 신이 어디서 어떤 모습으로 나타나든지 간에 신을 인정하며 존중하는 것이야말로 실로 지상에서의 축복이다.[1]

2 신적인 기관으로서의 자연을 부정하는 사람은 동시에 모든 계시를 부정하고 있는 것이다.

3 "자연은 신을 숨기고 있다!"[2] 그러나 누구에게나 다 그런 것은 아니다.

---

1 이하 11번까지 에서는 이탈리아 여행 후에 확고해지고 나이를 더해 감에 따라 심오하게 발전되었던 괴테의 신과 세계이해의 기본 인식을 읽을 수 있다. 자연이 신적인 것의 현현(顯現)이며 신적인 것의 비밀은 자연 안에 계시되어 있다. 우리는 신을 직접 볼 수도 파악할 수도 없다. 그러나 다채로운 반영을 통해서 신을 파악할 수 있다. 신은 이 세계 안에 모습을 내 보일 뿐, 세계의 밖에 존재하는 것이 아니다.

2 야코비(Friedrich Heinrich Jacobi, 1743-1819)의 글「신적 사물과 그것들의 계시 Von den Göttlichen Dingen und ihrer Offenbarung」에서부터의 인용. 이 인용을 통해서 괴테는 2번과는 반대의 입장에 서있는 야코비의 견해를 반박하고자 한다.

4 자연은 항상 여호와이다. 현재의 자연, 과거의 자연 그리고 미래의 자연 모두.[3]

5 어떤 면을 보더라도 무한한 것은 자연으로부터 발생한다.

6 사물의 모든 관계는 참되다. 오류는 오직 인간의 내면에 있다. 인간은 방황한다는 사실, 인간은 제 자신에 대한 그리고 타인들에 대한, 또한 사물들에 대한 관계를 발견할 수 없다는 사실 외에 인간에 있어서 참된 것은 아무 것도 없다.

7 자연은 오류를 염려하지 않는다. 왜냐면 어떤 결과가 초래되는지 염려하지 않은 채 자연 자체는 영원히 옳게 작동할 수 밖 에 없기 때문이다.[4]

8 케플러는 말했다. "나의 최고의 소망은 나의 외부의 도처에서 발견하는 신을 내면적으로, 내 안에서 똑같이 지각하는 일이다."[5] 이 고귀한 사람은 바로 그 순간에 자신의 내면에 들어 있는 신성과 우주의 신성이 더 할 수 없을 만큼 온전하게 결합되어 있다는 사실을 자신은 의식하지 못한 채 느꼈던 것이다.

---

3 「출애굽기」 3장 14절 및 「요한 계시록」 1장 4절과 8절 참조

4 에커만(Johann Peter Eckermann)의 『괴테와의 대화 Gespräche mit Goethe』 (이하 책명을 생략하고 편의상 '에커만과의 대화'로 표기)(1829. 2. 13)에서 괴테의 말 "자연계에는 농담이란 있을 수 없지. 자연은 언제나 진실하고, 언제나 진지하고, 언제나 엄격하다네. 자연은 항상 옳다네. 잘못과 오류는 인간들의 몫이네." 참조

5 케플러(Johann Kepler, 1571-1630)가 슈트랄렌도르프(Stralendorf)남작에게 보낸 라틴어 편지의 일부임.

9 비판적 이성은 신의 현존에 대한 목적론적인 증명을 배제
했다. 그것은 인정하기로 하자. 그러나 증명으로서는 유효
하지 않은 것도 감정으로서는 유효하다. 그러므로 우리는
뇌우(雷雨)의 신학에서부터 눈(雪)의 신학에 이르기까지
똑같이 경건한 모든 노력들을 다시 불러들이는 것이다. 번
개, 천둥 그리고 폭풍에서 압도적인 힘의 접근을, 꽃의 향기
와 잔잔한 바람의 기운에서 사랑에 가득 차 다가오고 있는
존재를 우리가 느끼지 말라는 법이 있는가?[6]

10 이성적인 세계는 끊임없이 필연적인 것을 생기게 하고,
이를 통해서 심지어는 자신을 우발적인 것 위에 군림하는
주인으로 만드는 하나의 커다란 불멸의 개체로 간주할 수
있다.[7]

11 진실은 신과 유사하다. 즉 진실은 직접적으로 나타나지
않으며, 그것의 현시적(顯示的) 징후들을 미루어 그것을
헤아릴 수 밖에 없는 것이다.[8]

---

6 칸트(Immanuel Kant, 1724-1804)의 『순수이성 비판 Kritik der reinen Vernunft』이 제기하
고 있는 합목적적인 세계의 설정과 목적론적 신의 증명이라는 합리적 연역에 대한 반
론을 암시한다.
7 보일비쯔(Beulwitz)에게 보낸 편지(1828. 7. 17)에 한 현자(賢者)의 말이라면서 처음 언
급함. 한 현자는 역사철학 강의록을 막 인쇄중이였던 빅톨 큐쟁(Victor Cousin)으로 보
임.
8 『기상론 시고(試稿) Versuch einer Witterungslehre』(함부르크판 괴테전집, 제 13권 305
쪽) "신적인 것과 동일한 진리는 우리에게 결코 직접적으로 인식되지 않는다. 우리는
다만 그 반영을 통해서, 예컨대 상징을 통해서, 개별적이면서 유사한 현상을 통해서
그것을 볼 뿐이다." 참조

12 이념은 영원하고 유일하다. 우리가 복수형을 쓰기도 하지만, 잘하고 있는 일은 아니다. 우리가 인지하고 또 그것에 관해서 말할 수 있는 모든 것은 이념의 현시들에 지나지 않는다.[9]

13 사람들이 이념이라고 부르는 것은 항상 현상(現象)으로 다가 온다. 그렇기 때문에 이념은 모든 현상들의 법칙으로 우리에게 대두되는 그 무엇이다.

14 최고와 최하에서만 이념과 현상이 만난다. 관찰과 체험의 모든 중간단계에서 이것들은 분리된다. 최고의 차원은 서로 다른 것을 동일하게 바라보는 것이며, 가장 저급한 것은 분리된 것을 동일성으로 능동적으로 결합하는 일, 그 행위이다.

15 근원현상들은 이상적, 사실적, 상징적, 일치적이다.
경험은 그 자체의 무제약적인 증대, 그렇기 때문에 구제의 희망이며 완결성에 대한 절망이다.
근원현상은
　　　　마지막 인식 가능한 것으로서 이상적이며
　　　　인식된 것으로서 사실적이며

---

9 이념(Idee)은 괴테에게는 절대적인 것이다. 다양하게 현시되는 영원한 일자(一者), 모든 현상들이 토대로 삼고 있는 신적인 실체, 따라서 '신적인 것과 동일한 진리'이다. 그렇기 때문에 복수(複數)가 허용되는 근원현상들(Urphänomene)과는 달리 오로지 하나의 이념만이 존재한다. 근원현상(根源現象)들 또는 원현상들은 이념을 현상으로 중재한다. 근원현상들이 각기 다른 생명영역의 그때마다의 마지막 근거들을 나타낸다면 이념은 이 영역들 총체의 마지막 근거이다. 13번, 14번도 여기 참조.

모든 경우를 포함하고 있기 때문에 상징적이며
모든 경우와 일치한다.[10]

16 근원현상의 직접적인 감지는 우리를 두려움에 빠뜨린다.
우리는 우리의 불충분함을 느끼는 것이다. 근원현상들은
경험의 영원한 유희를 통해서만 생기를 얻어서 우리를 기
쁘게 한다.

17 근원현상들이 우리의 감각에 적나라하게 모습을 드러내
면 우리는 이것들에 대해서 일종의 경외심 내지는 공포까
지를 느끼게 된다. 감각적인 사람들은 경악으로 피난하지
만, 활동력이 왕성한 뚜쟁이 오성은 재빨리 나타나서 제
방식대로 가장 고귀한 것을 가장 저급한 것과 연결시키려
고 한다.

---

10 이하 20번까지. 근원현상은 괴테 고유의 기본 개념이다. 그는 유사하게 '순수현상'
(reines Phänomen) 또는 '주현상'(Haupterscheinung)을 언급하기도 한다. 이것은 현
상들 가운데서 가시적이며 인지 가능한 존재이다. 원식물, 원동물, 변용, 자력(磁
力), 양극성 그리고 상승, 사랑, 창조적인 생산활동, 윤리적 의지 등등이 물질적 또
는 윤리적인 근원현상들이다. 근원현상은 그러나 이념화된 개념이 아니다. 그것
은 현상들의 뒤편에 있지 않으며, 오히려 개별적인 경우들을 통해서 직접 만나
게 된다. 근원현상은 추상적인 사색을 통해서가 아니라 마음을 가라앉히고 대상
에 모든 것을 바치는 관조를 통해서 그 모습을 볼 수 있다. 그것은 경험이 도달하
게 되는 지고한 것, 궁극적인 것이며, 오로지 신비로서만 현시된다. 그것을 관조
한다는 것은 현상의 토대를 본다는 것을 뜻한다. 이점에서 488번 참조. 그렇기 때
문에 괴테에 있어서는 현상(phainomenon)과 실체(noumenon)가 구분되지 않는다.
근원현상의 인식은 경이로움을 동반한다. "인간이 도달할 수 있는 최고의 경지는 경
이로움이다. 근원현상이 인간을 경이로움으로 이끌어 간다면, 인간은 만족해야 할
것이다. 더 높은 것을 근원현상은 인간에게 줄 수 없을 것이고 인간도 그 이상을 그
뒤쪽에서 찾으려 해서도 안 될 것이다. 여기가 한계이다."(에커만과의 대화, 1829. 2.
8.) 및 "전율은 인간이 지닌 가장 훌륭한 감정이다."(『파우스트 Faust』 6272행) 참조.

18 참된 중재자는 예술이다. 예술에 대해서 말한다는 것은 중재자가 중재를 원하고 있다는 것을 뜻한다. 그러나 어쨌든 이로써 우리에게는 유쾌한 것이 결과로 주어진다.

19 자석(磁石)은 설명을 하기 위해서라면 우리가 입에 올려도 되는 하나의 근원현상이다. 이 현상은 우리가 어떤 말도 어떤 명칭도 구할 필요가 없는, 다른 모든 것들에 대한 하나의 상징이기도 한 것이다.

20 내가 근원현상에 마침내 만족한다 해도 그것 역시 체념에 지나지 않는다. 그러나 내가 인간존재의 한계에 부딪혀 체념하는가, 아니면 내 개인의 갖가지 가정(假定)된 고루한 제약성에서 체념하는가의 사이에는 커다란 차이가 여전히 존재한다.

21 살아있는 개체의 근본 속성은, 분리되고 합해지며 보편성으로 이행하고 특수성에 머물며, 변화하고 특수화되고, 또한 생동 하고 있는 것이 수많은 조건아래에서 스스로 밝히고자 하는 것처럼 나타나고 사라지며 고형화 되고 융해되며 굳어지고 흐르며, 확장되고 또 응축된다.11 이 모든 작용들이 같은 시점에 일어나기 때문에 전체와 개체는 동시에 나타날 수가 있는 것이다. 생성과 소멸, 탄생과 죽음, 기쁨과 고통, 이 모든 것은 동일한 의미와 정도로 서로 작용하는 것이다. 그렇기 때문에 생성되고 있는 가장 특수한 것 역시

---

11 수축(收縮 Systole)과 확장(擴張 Diastole)에 관련해서는 520번의 주해 참조

언제나 가장 보편적인 것의 상징과 비유로 등장 한다.

22 자연의 위대함, 가능할 수 없는 거대함을 인간은 자기 것으로 삼기가 쉽지 않다. 왜냐면 우리가 무한히 작은 것을 인식하기 위해서 확대경을 가지고 있듯이 순수한 축소경을 가지고 있지는 않기 때문이다. 그리고 정신에 우위가 생겨야 한다면 카루스[12]와 네스[13]의 것과 같은 눈을 가지고 있어야만 하기 때문이다.

그렇지만 자연은 가장 큰 것에서나 가장 작은 것에서도 언제나 같고 어떤 흐릿한 유리조각도 온 세상을 뒤덮고 있는 대기처럼 아름다운 푸르름을 나타내 보여 주기 때문에 나는 표본들에 주의를 기울이고 내 앞에 그것들을 종합해 보는 것이 상책이라고 생각한다. 이럴 경우 엄청난 크기의 것은 축소되지 않고 작은 것 안에, 그리고 무한한 것 안에 있는 것처럼 파악할 길 없이 존재하는 것이다.

23 모든 개별 존재는 존재 전체의 유사체(類似體)이다. 그렇기 때문에 현존재는 우리들에게 동시에 개별화되고 또 연결되어 있는 것으로 나타난다. 우리가 유추(類推)를 강하게 추구하면 모든 것은 일치적인 것으로 귀결된다. 그러나 유추를 피하게 되면 모든 것은 무한성으로 흩어져 버린다. 이 두 경우에 모두 고찰(考察)은 정체되고 만다. 어떤 경우

---

12 카루스(C. G. Carus, 1789-1869), 괴테의 형태론으로부터 직접 영향을 받은 의사, 자연 연구자, 화가. 1843년 『괴테, 그에 대한 보다 더 근접한 이해를 위해 Goethe, Zu dessen näheren Verständnis』라는 저서를 냄.

13 네스(C. G. D. Nees, 1776-1858), 당대의 저명한 식물학자.

에는 지나치게 활발한 것으로서, 다른 경우에는 죽어버린 것으로서 정체되고 마는 것이다.

24 유추는 두 가지 착오를 두려워해야 한다. 하나는 무(無)로 흘러가 버리는 기지(機智)에 빠지는 일, 다른 하나는 비유와 우의(寓意)로 감싸는 일. 그렇지만 후자가 그래도 덜 해롭다.

25 유추를 통한 전달을 나는 유용하며 또 유쾌하다고 생각한다. 왜냐면 유추적인 경우는 끈질기게 파고들려고 하지 않으며 증명하려고도 하지 않기 때문이다. 유추적인 경우는 다른 경우와 결합하지 않은 채 다른 경우에 맞선다. 여러 가지의 유추적인 경우들은 폐쇄적인 대열로 결합되지 않으며, 그것들은 베풀기보다는 언제나 활기를 띠게 하는 훌륭한 사교모임과 같다.

26 유추를 따라서 사고하는 것은 비난받을 일이 아니다. 왜냐면 유추는 종결짓지 않으며 본래 궁극적인 것을 원하지 않는다는 장점을 가지고 있기 때문이다. 이와는 달리 귀납법은 앞서 세워 놓은 목적을 눈앞에 담고서 그것을 향해서 전력을 다 하는 가운데 잘못된 것과 진실된 것에 다 같이 마음을 빼앗기기 때문에 해로운 것이다.

27 자연은 무한한 생산성으로 모든 공간을 채운다. 지구(地球)만이라도 한번 보자. 우리가 악의적이라고, 불행한 것

이라고 부르고 있는 모든 것은 그것이 모든 발생에 대해서 공간을 제공할 수 없고 그것에 대해서 거의 지속성을 부여할 수 없다는 사실로부터 유래한다.

28 생성되고 있는 모든 것은 공간을 찾으며 지속을 원한다. 그렇기 때문에 그것은 다른 것을 공간에서 밀어내고 그 다른 것의 지속을 단축시키는 것이다.

29 살아 움직이고 있는 것은 다양하기 이룰 데 없는 외부적 영향의 조건에 순응하면서도 확실하게 얻어 낸 결정적인 자주성을 포기하지 않는 속성을 가지고 있다.

30 어떤 조건의 가장 미세한 변화, 어떤 미세한 숨결도 본래 모든 육체 안에 잠들어 있는 양극성을 육체에 드러내 준다. 모든 존재의 이와 같은 가벼운 흥분 가능성을 우리는 기억해 둘만하다.

31 긴장이란 자신을 드러내고 구분지우며 극단화(極端化)하려는 완벽한 태세를 갖춘 역동적인 존재의 무관심한 듯이 내보이는 상태이다.

32 자연은 자신이 때때로 수행하지 않으며 드러내지도 않는 무엇에 대해서는 법칙적으로 들어맞는 능력을 전혀 지니고 있지 않다.

33 조류(鳥類)는 자연의 아주 뒤늦은 산물이다.

34 다루기 쉬운 소재들 뿐 만아니라, 덩어리진 광석과 비중이 나가는 물질도 형상을 짓고자 열망한다. 온갖 물체의 덩어리들은 천성적으로나 근본적으로 결정질(結晶質)이며, 무관심한 형태 없는 덩어리 내부에는 화학량적(化學量的)인 접근과 겹침을 통해서 모든 형태화에 반복적으로 일어나고 있는 반암(斑岩)형태의 현상이 발생한다.

35 만일 자연이 그 생명 없는 시초에 그처럼 철저하게 입체기하학적(立體幾何學的)이 아니였다면, 자연이 종국적으로 수를 헤아릴 수도 없고 측정할 수도 없는 생명에 도달하려 했을가?

36 무기물 영역에서의 가장 아름다운 변형은, 무정형적인 것이 생성과정에서 형태화되는 경우이다. 모든 무정형의 물질 덩어리는 그렇게 되려는 충동과 권리를 가지고 있다. 운모(雲母)편암은 석류석으로 변하고 암석덩어리를 형성하기도 한다. 이 암석덩어리에서 운모는 거의 모두 제거되고 아주 적은 양의 결합 매개체로서만 석류석의 결정체 안에 잔존한다.

37 모든 결정(結晶)은 실현된 하나의 만화경(萬華鏡)이다.

38 대립(으로서)과 함께
(그러면서 또한)
지속성

39 자연은 마치 막다른 길에 빠진 것처럼 특수화에 봉착한다. 자연은 뚫고 나갈 수도 없고 되돌아 나오고 싶어하지 않는다. 민족적 특성의 완고한 지속성도 여기서 유래한다.

40 모든 작용력은 주변을 향해서 보다는 중심에서 더 강한 법이다. 화성과 목성 사이의 공간.[14]

41 영원히 아니면 시간의 경과 속에서 발전된 위대한 근원적인 힘들은 멈출 길없이 작용하고 있다. 유용할지 아니면 해로울 것인지는 우연에 따를 뿐이다.

42 "여행자들이 산에 오르는 것에 매우 커다란 즐거움을 느낀다면, 나에게는 이러한 열정 안에는 무엇인가 야만적인 것, 신을 무시하는 그 무엇이 들어 있어 보인다. 산들은 우리에게 자연의 힘에 대한 개념을 가르쳐 주지만, 자신에 대한 신의 섭리의 개념을 가르쳐 주지는 않는다. 산들은 인간에게 어떤 도움이 되는가? 거기에서 살기로 모험을 감행한다면, 겨울에는 눈사태가, 여름에는 산사태가 그의 집을 묻어버리거나 떠내려 보낼 것이다. 급류가 가축 떼를 물에 띄어 보낼 것이며 돌풍이 곡식창고를 쓸어 갈 것

14 420번 참조

이다. 길을 내어 가게 되면 오름막 길은 시지프스의 고통
이며 내리막 길은 화산의 붕괴일 것이다. 오솔길은 날마다
파묻히고 급류는 배의 통행을 위한 길을 열어 주지 않을
것이다. 작은 가축들은 갈급한 양식을 찾거나 인간이 이들
에게 모자라기 일쑤일 정도의 먹이를 모아준다. 자연환경
또는 들짐승들이 인간의 양식을 빼앗아 간다. 인간은 묘석
에 낀 이끼처럼 쾌적함도 사교적 교류도 없이 고독하고 빈
곤한 식물적 삶을 살게 된다. 그리고 이 들쭉날쭉한 산등
성이, 이 불쾌한 절벽, 보기 흉한 화강암 피라밋, 이런 것들
이 아름답기 그지없는 세계를 북극의 공포로 뒤덮고 있다.
마음씨 착한 인간이 어찌 그러한 것을 즐겁게 생각하고,
인간의 친구가 어찌 이것들을 칭송하겠는가?"[15]

43 어떤 품위있는 신사의 이러한 명랑한 역설(逆說)에 관해서
는 이렇게 말할 수 있지 않을가. 즉, 누비엥의 원시적 산맥
의 연결를 서쪽으로 거대한 바다로 까지 전개시키고, 나아
가 이 일련의 산맥을 몇 차례 북쪽에서부터 남쪽으로 가르
는 것이 신과 자연의 마음에 들었다면, 그때는 아브라함과
같은 많은 원조(元祖)들이 가나안을, 많은 알베르트 유리
우스[16]와 같은 사람들이 암벽의 성을 발견했을 것이고, 거
기서 그의 후손들이 별들과도 어렵지 않게 겨루면서 번창
했을 수도 있었으리라고 말이다.

---

15 슈나벨(J. G. Schnabel)의 소설 『펠젠부르크 섬 Insel Felsenburg』에서 인용.
16 알베르트 유리우스(Albert Julius). 『펠젠부르크 섬』의 등장인물, 외딴 섬에 행복하게
    살고 있는 한 가정의 가장.

44 그리스인들은 항상 기능 안에 들어 있는 존재를 엔테레케이아라고 불렀다.[17]

45 기능은 활동가운데 생각하게 되는 현존재이다.

46 동물의 본능에 대한 의문은 오로지 모나드(단자)와 엔테레키아 개념에 의해서만 풀린다. 모든 단자는 어떤 조건들 아래에서 현상으로 나타나는 일종의 엔테레키이다. 유기체의 근본적인 연구는 비밀로 남겨져 있다.

47 모든 생명체는 자기 주위에 일종의 분위기를 형성한다.

48 우리가 알고자 애쓰고 있는 자연은 더 이상 자연이 아니고, 그리스인들이 몰두했던 그러한 존재와는 전혀 다른 존재라는 사실.[18]

---

17 '그리스인들'이라고 한 것은 아리스토텔레스를 일반화시켜 말한 것임. 엔테레케이아(Entelecheia), 내재적 형성력, 육체를 움직이며 동시에 형성하는 정신, 완전한 현실성이라고 칭할 수 있으며 이 개념은 괴테의 노년기 작품에서 열쇠 말의 하나이다. 『파우스트』 6840-43행 "생명이 튀어나오던 그 미묘한 결합 지점,/내면으로부터 밀고 나와 서로 주고받으며,/자신의 모습이 이미 본떠 진 채, 우선은 가까운 것을/다음에는 이질적인 것을 자기의 것으로 만드는 그 사랑스러운 힘"이라고 부른 것 참조. 또한 에커만과의 대화(1828. 3. 11)에서 "말하자면 모든 엔테레키는 한 편의 영원성이다."이하의 언급 참조. 유사한 개념으로 모나드(Monade)에 대해서도 언급하고 있음. 45번, 46번, 47번도 여기를 참조할 것. 227-229번과 이에 대한 주해도 참조할 것.
18 플라톤 또는 아리스토텔레스의 통합적인 자연관찰과 근대의 무조건적인 합리주의적 자연과학을 구분하고자 하고 있음. 662-664번 참조.

종교와 기독교

49 우리는 자연을 탐구하면서는 범신론자이며, 시를 쓰면서
는 다신론자이고, 도덕적으로는 유일신론자이다.[19]

50 우리가 높이 서 있으면 신은 모든 것이며, 우리가 낮게 서
있으면 신은 우리들의 보잘 것 없음에 대한 보완책의 하나
이다.

51 피조물은 매우 허약하다. 그도 그럴 것이 피조물이 무엇을
찾으려 할 때 그것을 발견하지 못하기 때문이다. 그러나
신은 강하다. 그가 피조물을 찾으려 하면 즉시 손에 쥘 수
있다.

52 두 개의 참된 종교만이 존재한다. 하나는 우리의 내면과

---

19 야코비에게 보낸 편지(1813. 1. 6)에 쓴 문구. 종교적 혼합주의가 아니라 수용할 수
없는 배타적 태도에 대한 거부로 이해된다. 괴테는 신의 관계와 종교들의 위계를 알
고 있었다. 노년의 괴테는 기독교는 최고이자 "인류가 도달할 수 있었던 또 도달해
야 했던 마지막의 것"(『빌헬름 마이스터의 편력시대』 제2부 제1장. 함부르크판
괴테전집, 제8권 157쪽)이라고 함. 또한 에커만과의 대화(1832. 3. 11)참조

우리의 주변에 깃들어 있는 성스러운 것을 형식 없이 받드는 것이며, 다른 하나는 지극히 아름다운 형식을 통해서 그 성스러운 것을 인정하고 높이 받드는 것이다. 이 중간에 있는 모든 것은 우상숭배에 지나지 않는다.

53 진실이 구체화되는 것은 언제나 필요한 일이 아니다. 그 진실이 영(靈)처럼 떠돌며 일치를 이루도록 작용하고 그것이 교회의 종소리처럼 진지하고도 다정하게 공중에 굽이친다면, 그것으로 족하기 때문이다.

54 경건성은 결코 목적이 아니다. 그것은 순수하기 이룰 데 없는 정서의 평온이 최고의 교양에 달하는데 필요한 수단의 하나이다.

55 그렇기 때문에 경건성을 목적이나 목표로 삼는 사람들은 대부분 위선자라는 사실이 드러나는 것이다.

56 믿음, 사랑, 희망은 평온하고 사교적인 시절 한때 그 본성에서 구체적인 성향을 느꼈었다. 그것들은 전심전력을 다하였고 일종의 사랑스러운 형상물을, 한층 고차적인 의미에서 일종의 판도라를 만들어 내었다. 즉 인내를 만들어 냈던 것이다.[20]

---

20 기독교의 주요 덕목. 이에 대한 파우스트의 저주, "저 지고한 사랑의 은혜도 저주하노라/희망도 저주하노라! 믿음도 저주하고/ 그 무엇보다도 인내라는 것을 저주하노라!"(『파우스트』, 1604-1606행), 『빌헬름 마이스터의 편력시대』(이하 『편력시대』)에서는 이러한 덕목에 대한 찬미. "기독교는 믿음과 사랑 그리고 희망에

57 그 개성이 거의 온전히 이념인 인간들은 환상적인 것을 극단적으로 두려워 한다는 사실은 여전히 매우 주목할 만 하다. 어떤 다른 세계의 사물에 대해서 언급되었을 때 그것을 참아내기 어려워 보였던 하만의 경우가 그랬다.[21] 그는 때때로 그것에 대해 한 개의 확신에 찬 문장으로 심중을 표명했는데, 그러나 그 문장이 불충분해 보여서 열네 번을 고쳐 쓴 적도 있고 그래도 여전히 충분치 않았던 것으로 보인다. 이러한 시도 중 두 개의 경우가 우리에게 남겨져 있다. 세 번째의 것을 우리 자신이 여기에 표현해 보려고 감히 시도해 보았다. 앞서 쓰여져 있는 것을 통해서 우리가 그렇게 할 것을 유혹 당한 것이다.

58 인간은 사실 현실적 세계의 한 가운데에 놓여 있고 현실적인 것과 더불어 가능한 것을 인식하고 생성해 낼 수 있도록 그러한 기관(器官)들을 천부적으로 부여받았다. 모든 건강한 인간은 자신의 현존과 자신 주위의 현 존재자에 대해 확신을 가지고 있다. 그런 가운데 두뇌에는 하나의 비워있는 점, 즉 어떠한 대상도 비추어지지 않는 부분이 존재한다. 그것은 눈 속에도 보는 기능을 하지 않는 한 작은 점이 있는 것과 같다. 만일 인간이 이 지점에 특별히 주목하게 되고 따라서 그것에 골몰 하게 되면 그는 일종의 정

의해 아주 우아하게 구원의 손길을 내밀어 준다. 거기서 결국 인내가 생긴다."(제 3부, 제 11장)(함부르크 판 괴테 전집, 제8권 404쪽)참조

21 하만(Joh. G. Hamann, 1730-1788)은 헤르더를 통해 괴테의 슈트름 운트 드랑 시대에 큰 영향을 미친 역사학자이다. 헤르더와 하만이 괴테에 미친 영향은 『시와 진실 Dichtung und Wahrheit』 제 12장 참조.

신병에 걸리게 되고 다른 세계의 사물을 예감하게 된다. 그러나 이 다른 세계의 사물들은 본래 실재하지 않는 것으로서 형태도 한계도 가지고 있지 않으며 공허한 암중 공간으로서 공포를 자아내고 거기서 빠져 나오지 못한 자를 유령들의 행태 이상으로 끊임없이 따라 다니는 것이다.[22]

59 종교개혁을 통해서 정신이 해방을 추구했다는 것은 부정할 수 없다. 그리스와 로마의 고대에 대한 계몽이 보다 자유롭고 보다 품위 있으며 풍부한 취미가 넘치는 삶에 대한 동경과 소망을 불러 일으켰던 것이다. 그러나 이러한 동경은 인간의 마음이 확실하고도 단순한 자연상태로 되돌아가고 상상력이 집중되기를 바랐던 사실에 의해서도 적지 않게 고무되었던 것이다.

60 천상으로부터 모든 성자들이 갑자기 추방되고, 자신의 연약한 어린아이와 함께 하고 있는 신적인 어머니로 부터 감각, 사상, 정서가 성숙한 사람, 도덕적으로 활동하는 사람, 부당하게 고통당하는 사람에게 돌려 졌을 때, 그가 나중에 반신(半神)으로 변용되고 실제적인 신으로 인정받고 공경받았다.

61 이 사람은 조물주가 우주를 펼쳤을 때 그것을 배경으로 서 있었다. 그로부터 정신적 작용이 뿜어 나왔으며, 그의 고통

---

22 "다른 세계의 사물"(야코비)에 대한 환상적인 사변(思辨)을 통한 세계상실의 위험을 지적하고 있다.

을 사람들은 범례로 삼아 자기화했고, 그의 변용은 영원한 지속에 대한 증표였다.

62 엄밀하게 보자면, 우리는 여전히 매일과 같이 우리 자신을 개혁하지 않으면 안 되고, 다른 이들에 대해서 이의를 제기하지 않으면 안 된다. 비록 종교적인 의미에서가 아니라 할지라도.

63 사람들은 성서보급의 효용성과 유해성에 대해서 많이 다투고 있고 또 다투게 될 것이다. 나에게 분명한 것은 성서가 도그마적으로나 공상적으로 쓰인다면 여전히 해로울 것이며, 교육적으로나 정서적으로 받아드리면 여전히 유용하리라는 점이다.

64 성서는 영원히 영향을 미칠 책이다. 왜냐면 이 세계가 존속하는 한, 자신이 성서를 전체적으로 파악하고 또 낱낱이 이해한다고 말할 사람은 아무도 없을 것이기 때문이다. 우리는 그러나 겸손하게 말한다. 성서는 전체적으로 존중받을만하고 매사에 걸쳐 응용할만한 책이라고.[23]

65 성서는 우리가 그것을 많이 이해하면 할수록 그만큼 더 아름다워지리라고 나는 확신한다. 즉 우리가 보편적으로 파악하고 특별히 우리에 대해서 사용하는 모든 어휘가 어떤 확실한 상황에 따라서, 시간과 장소의 연관에 따라서는 고

---

23 715번에 이어 언급되어 있으며 내용도 연관됨.

유하고 특별한, 직접적으로 개별적인 의미를 가지고 있었
다는 사실을 더 열심히 통찰하고 관찰하면 할수록 그만큼
더 아름다워질 것이다.

66 성서외전(外典): 이에 관해서 역사적으로 이미 알려진 것
들을 다시 한 번 요약하고, 그 허위의 문서들 때문에 우리
시대의 첫 몇 세기에 걸쳐 공동체들이 그 홍수에 침해를
당하고, 우리의 표준이 아직까지도 고통을 당하고 있다는
사실, 그리고 기독교가 정치와 교회사의 어느 순간에도 그
전체적인 아름다움과 순수성안에 드러날 수 없었던 진정
한 원인이 바로 그러한 문서에 있었다는 사실을 보여주는
것이 중요하다.

67 이러한 종교적인 다툼의 치유할 길 없는 폐해는 어느 한편
은 인간의 최대 관심을 동화(童話)와 공허한 말로 끌고 가
려고 하고, 다른 한편은 아무도 안심하지 않는 곳에 최대
의 관심을 기울이게 하려고 생각한다는 사실에 있다.

68 숭고한 것, 우리들에게 지나치게 숭고한 것, 지극히 공경할
만한 가치가 있는 것, 그러나 정확하게 볼 때, 일종의 부조
리한, 아니 수치스러운 경험적인 것과 결부되어 있는 것이
우리를 당혹스럽게 만들고 우리가 쉽게 결정을 내리지 못
하게 한다.

69 그리스도가 햄릿처럼 파멸되었으나, 더 나빴던 것은 햄릿

이 오로지 개인으로서 파멸했던데 비해서 그리스도는 주위에 사람들을 불러 모았고, 그들을 모두 돌보지 않았다는 사실이다.[24]

70 신비주의는 심정의 스콜라철학, 감정의 변증법이다.[25]

71 어떤 재기발랄한 사람이 말하기를 새로운 신비설은 감정의 변증법이며 그것이 인간이 평소의 오성, 이성 그리고 종교적 방식을 통해서는 다다르지 못할 일들을 언급하고 있기 때문에 그만큼 놀랄만하고 또 매혹적이라고 했다. 그 신비설을 감각이 마비되지 않은 채 연구하겠다는 용기와 역량을 가지고 있다고 믿는 자는 트로포니오스의 동굴 안으로 가라앉을지도 모르니만큼 그 위험을 감수해야 할 것이다.[26]

72 기독교적인 신비주의자는 전적으로 존재하지 않는다. 왜냐면 종교 자체가 신비를 제공하고 있기 때문이다. 그들은

---

24 셰익스피어의 비극의 주인공 햄릿처럼 예수도 자신의 아버지의 정령으로부터 사명을 받았다는 점에서 "햄릿처럼"이라고 표현되어 있고, 구세주로 칭송되는 그리스도상을 탈신화화하려는 의도가 보인다. 한편 최고의 윤리적 존재가 무너져 버린 세상을 다시 바로 잡기위해서 죽을 수밖에 없다는 공통점을 가지고 있다.

25 이하 74번 까지. 괴테는 신비주의를 거부한다. 신비주의는 세계를 희생시키고 또 초월하기 때문이다. 특히 초월에서 괴테는 당대의 가장 큰 위험성을 인식하고 있다. 예컨대 낭만주의가 그것이다. 164번 참조.

26 여기서 "어떤 재기발랄한 사람"이 누구를 지칭하는지 알 수 없다. "감정의 변증법"은 감정의 논리 또는 비합리적인 것의 수사학으로 이해된다. "트로포니오스의 동굴 Höhle des Trophonios"은 델피의 아폴로신전을 세운 전설적인 인물 트로포니오스를 한 살인에 연루된 죄로 대지가 삼켜 버렸는데 그가 내려 간 지하의 동굴에서 신탁을 들으려고 한 호기심에 찬 사람들은 만성적인 우울증을 앓았다는 설화에서 유래한다.

항상 난해함 안으로, 주체의 심연으로 빠져 들어 간다.[27]

73 동양의 신비적인 시문학은 대가(大家)가 내버린 세계의 풍요가 여전히 그 대가에 예속되어 있기 때문에 커다란 장점을 지니고 있다. 대가는 그가 버린 충만감의 한 가운데 있으며, 그가 벗어났으면 하는 것에 탐익하고 있는 것이다.

74 모든 신비는 일종의 초월행위이며 사람이 내버려 둔 어떤 대상들의 보상이다. 사람이 거부한 그러한 대상이 크면 클수록, 또 그 의미가 중요하면 할수록, 신비주의자의 산물들은 그만큼 더 풍부해 진다.

75 프로테스탄트들에 있어서 훌륭한 산물과 그 산물의 업보가 중단 되자마자 즉시 이에 대신하여 감상적인 성향이 나타난다.

76 개종자들은 나한테서는 냉대를 면치 못한다.[28]

77 선교(宣敎)에서는 거칠고 감각적인 사람이 미풍양속이 존재한다는 사실을 알게 되고, 또 열정적이고 통제할 수 없는 사람이 그 자신 스스로 용서할 수 없는 과오를 저질렀다는 것을 알아차리는 것에 모든 것이 달려 있다. 첫 번째

---

27 "난해함"에 대한 부정적 관점. "주체의 심연"은 피히테(Fichte)를 둘러 싼 낭만주의자들의 초월적인 주관주의 철학을 지칭하고 있다.

28 이탈리아 성직자들 사이에 널리 퍼져 있었던 이 경구는 교황 클레멘스 14세였던 강가네리(Giovanni Ganganelli)가 처음 말한 것으로 알려 져 있다.

부류의 사람은 섬세한 격언의 수용에 이르게 되고, 두 번째 부류의 사람은 화해의 신앙에 이르게 된다. 우발적인 것으로 보이는 악의 모든 중재는 현명하고 신비한 인도에 맡겨져 있다.

78 사람들이 말하기를 뉴욕에는 신앙고백이 다른 아흔 개의 기독교 교회가 존재한다고 한다. 그리고 이 도시는 오늘날 특히 이리 호(湖)와 허드슨 강을 잇는 이리 운하가 개통되고 나서 엄청나게 부유해 졌다. 어쩌면 사람들은 그것이 어떤 특별한 유형이건 간에 종교적인 사상과 감정은 안정적인 일요일에 속하고, 경건한 생각을 동반한 긴장된 활동은 근무일에 속한 일이라는 신념을 가지고 있는 듯하다.

79 가장 좋은 의미에서의 비밀 고해성사는 어른들의 연장된 교리문답이다.

80 "교회는 자신이 손대는 모든 것을 약화시킨다."[29]

81 하나님이 구원하게 될 대상이 이 세상에는 유일하게 하나만 있었으면 하고 바라는 신학자들이 존재한다. 왜냐면 그 때에는 어떤 이단자도 존재할 수 없을 터이니까.

82 기독교는 실패한 뒤 도덕적으로 변화한 일종의 의도된 정

---

29 이 인용구의 출처는 알려져 있지 않다.

치적 혁명이다.[30]

83 기독교는 다른 어떤 이교들에 비해서 보다 훨씬 강하게
유대교와 대립된 관계에 있다.

84 숙명이란 무엇인가?
답: 신은 우리보다 훨씬 강하며 현명하다. 따라서 자신이
좋은 대로 우리를 다룬다.[31]

85 신화=신앙의 사치(奢侈)[32]

86 종교: 노인
문학: 젊은이들의 종교

87 고대의 신전들은 인간 내면의 신을 집중시키고, 중세의
교회들은 높은 곳에 계시는 신을 얻으려고 노력했다.

88 비밀들은 아직 기적은 아니다.[33]

---

30 비기독교적인 공산주의를 염두에 두었던 것으로 보임.
31 징크그레프(Zincgref)가 펴낸 『독일의 통찰력있는 인물들의 금언록 Der Teutschen
Scharpfsinnige kluge Sprüch, Apophtegmata genannt』(1628) 의 화가 뒤러(Dürer)일화 편
에 등장하는 말.
32 "신앙의 사치"는 마담 드 스탈(Mme. de Staël)의 『독일론 De l'Allemagne』에 나오는 문
구.
33 괴테에게 '기적'은 '터무니없는 것'에 포함된다. 반면에 '비밀'은 높은 가치를 지닌 어
휘이다.

89 좋은 말씀이 좋은 장소를 발견한다면, 경건한 말씀은 틀림없이 더 좋은 위치를 찾아내는 법이다.

90 목탄의 향기로운 연기가 생명을 상쾌하게 해 주듯이, 기도는 마음의 희망을 고무시킨다.

91 공공의 저축조합과 구제금융기관이 있어서 사람들이 곤란을 당할 경우 각자가 필요한 돈을 빌려 쓰듯이, 신앙은 가정적으로 은밀한 자본이다. 이것으로부터 신자는 조용히 자신의 이자를 받는 것이다.

92 신앙이란 눈을 통해 볼 수 없는 것에 대한 사랑, 불가능한 것, 있음직하지 않은 것에 대한 믿음이다.

사회와 역사

93 시간은 그 자체가 하나의 자연요소이다.[34]

94 우리는 모두 과거로 말미암아 살고 있으며, 또한 과거 때문에 파멸한다.

95 인간들은 대부분 무의식적으로 활동하는, 각자가 속한 세기의 기관(器官)으로 생각할 수 있다.

96 다만 각자는 어떤 기관으로서 자신의 시대에 영향을 미칠 수 있는지, 그리고 활동하고 있는지를 스스로 물을 일이다.

97 가장 위대한 사람들은 항상 어떤 약점을 통해서 자신의 세기와 연관되어 있다.

---

34 보이크트(Voigt)에게 보낸 한 편지(1818. 3. 29)에서 괴테는 "시간은 인간의 감각을 통해서 가치와 품위를 얻게 되는 하나의 요소"라고 말하고 있다. 후기의 괴테의 생각으로는, 인간의 과제는 시간의 주인이 되는 것이다. 괴테가 비판하고 있는 소위 딜레탕티즘은 이러한 요소를 극복할 능력이 없으며 오로지 시간의 경향을 그대로 따를 뿐이다.

98 현재의 세계는 우리가 여기에다 무엇인가를 행할만한 가치를 가지고 있지 않다. 왜냐면 현존의 세계는 일순간에 헤어질 수 있기 때문이다. 우리는 과거의 세계와 미래의 세계를 위해서 일해야만 한다. 과거의 세계를 위해서는 그 공적을 우리가 인식하고, 미래의 세계를 위해서는 그 가치를 끌어 올리도록 힘써야 한다.

99 어떤 통치가 최고의 통치인가? 우리들에게 스스로를 통치하도록 가르치는 통치이다.

100 위엄(威嚴)이란 보답이나 처벌에 대한 고려 없이 정당하게 또는 부당하게 행동하는 능력이다.

101 지배와 향유(享有)는 함께 가지 않는다. 향유란 자신과 다른 이가 즐거움 안에 하나가 되는 것을 말하며, 지배는 지극히 진지한 의미에서 자신과 다른 이들이 서로 유익한 것을 말한다.

102 지배하는 것은 쉽게 배우지만, 통치하는 일은 배우기 어렵다.

103 우리는 우리에게 도움이 되는 사람밖에 아무도 인정하지 않는다. 우리가 영주를 인정하는 것은 그의 서명아래 재산이 보존되는 것을 우리가 알기 때문이다. 우리는 그에게 외적, 내적인 번거로운 관계에 대한 보호를 기대하

는 것이다.

104 두 개의 필수적인 자질, 즉 정신과 권력이 결여된 경우, 사람들은 이를 즉각 알아차린다.

105 유한한 사물 중에서 제 자신의 힘을 토대로 하지 않은 권력만큼 무상하고 덧없는 것은 없다.[35]

106 폭정(暴政)은 위에서부터 아래에 이르기까지 개인에게 책임을 요구하고 따라서 최고도의 활동을 유발시키는 가운데 각자의 독재를 촉진시킨다.[36]

107 두 개의 평화로운 강한 힘이 있다. 법과 예절이 그것이다.

108 법은 책임을 요구하고, 경찰은 적합성을 따진다. 법은 신중하게 계량하고 결정을 내리지만, 경찰은 개관하며 통제적이다. 법은 개인에 관련되고 경찰은 사회 전체에 연관된다.

---

35 타키투스(Tacitus)의 말. 84번에 언급한 금언집(Apophtegmata)으로 부터의 인용임.

36 『서동시집의 더 나은 이해를 위한 노트와 논술 Noten und Abhandlung. Zu besserm Verständnis des West-Östlichen Divans』(함부르크 판 괴테 전집, 제 2권 147쪽 이하) 참조. 회교도 군주(Kalif)들에 대해 언급하는 가운데 "폭정은 (공화정과는 달리) 위대한 인물들을 길러낸다. 영리하고 침착한 통찰, 엄격한 행동, 확고성, 결단력 그리고 폭군에게 헌신하기위해 필요한 모든 성품이 인간들안에서 개발되고, 이들을 국가의 으뜸되는 지위에 오르도록 해주고, 이 지위에서 이들은 통치자로서 스스로를 연마하게 된다. 이런 인물들이 알렉산더 대왕 치하에서 성장했고, 대왕의 때 이른 사망 이후 그 휘하의 장군들이 여러 왕의 지위에 올랐던 것이다." 참조.

109 모든 법률은 세상살이와 인생살이에서 도덕적인 세계질서의 의도에 접근하고자 한다.

110 죽음을 없앨 수 있다면, 우리가 이에 대해서 반대할 명분은 전혀 없다. 그러나 사형을 폐지하는 조치는 지탱하기 어렵다. 만일 폐지된다면, 우리는 때때로 사형 제도를 다시 불러들이게 될 것이다.[37]

111 사회가 사형제를 적용할 권리를 포기한다면, 곧바로 자위책이 다시 등장할 것이다. 즉 피의 복수가 문을 두드리게 될 것이다.

112 모든 법률은 노인들과 남성들에 의해서 만들어졌다. 젊은이와 여성들은 예외를 바라지만, 노인들은 규칙을 바란다.

113 세상이 법률 없이 존재하는 것보다는 그대에게 불의가 행해지는 것이 훨씬 낫다. 그렇기 때문에 각자가 법에 순응하는 것이리라.

114 부당함이 부당하게 제거되는 것보다는 부당함이 일어나는 것이 훨씬 낫다.

---

37 괴테는 당대의 문명 상태에서는 독일에서 사형제도의 폐지는 적합하지 않다고 생각했다.

115 네로가 과도정부가 −갈바, 오토, 비텔리우스의 정부를 들 수 있겠는데− 지속되는 동안에 조장할 수 있었던 재앙도 그의 암살이후 세상에 초래된 재앙만큼 크지는 않았다.

116 우리는 우리가 통치를 할 수 있는 어떤 권리를 가지고 있는지 묻지 않는다. 그러나 우리는 통치한다. 민중이 우리를 몰아낼 권리를 가지고 있는지의 여부에 대해서 우리는 마음을 쓰지 않는다. 우리는 민중이 그렇게 할 유혹에 빠지지 않도록 조심할 뿐이다.

117 폭정이 끝나면 곧장 귀족정치와 민주정치 사이의 갈등은 시작된다.

118 주권의 상징으로서 호의(好意)는 약한 사람들에 의해서 베풀어진다.

119 혁명전에는 모든 것이 노력이었다. 그러나 그 이후에 모든 것은 요구로 바뀌었다.

120 모든 혁명은 자연 상태를 향해서 출발하고 무법과 몰염치를 향한다.(피카르덴, 재세례파, 과격공화파)[38]

---

38 피카르덴(Picarden). 13세기 이단적 경향의 베긴파 수도사를 따라 형성된 평복수도회의 구성원. 제세례파. 종교개혁시대의 혁명적 교파.

121 평등과 자유를 동시에 약속하는 입법자 또는 혁명가는 공상가가 아니면 사기꾼이다.

122 공상에 빠진 평등, 그것은 불평등을 보여주는 첫 번째 수단이다.

123 모든 인간은 제자신이 특권을 부여받은 것처럼 느낀다. 이러한 감정에 대해서
1. 자연의 필연성
2. 사회공동체가 모순을 이룬다.
1 에 대한 추록. 인간은 이것을 벗어 날 수도, 회피할 수도, 이길 수도 없다. 인간은 섭생을 통해서 순응할 수 있을 뿐이며, 이것을 앞질러 제압할 수는 없는 것이다.
2 에 대한 추론. 인간은 이것을 벗어날 수도, 회피할 수도 없다. 그러나 이것에서 긍정적인 면을 찾을 수는 있다. 인간이 자신의 특권감정을 거부할 때, 인간에게 자신의 감정을 함께 누릴 수 있도록 허락한다는 그런 긍정적인 면 말이다.

124 사회에서 모두는 평등하다. 사회는 평등이라는 개념이외 다른 어떤 것에 기초하지 않으며, 따라서 자유의 개념 위에 기초하는 것은 결코 아니다. 나는 사회에서 평등을 발견하고 싶다. 자유, 다시 말해서 사회에 나 스스로를

종속시키고자하는 윤리적 자유를 나는 갖추고 있다.[39]

125 따라서 내가 들어서고 있는 사회는 나에게 이렇게 말할 것이 틀림없다. "그대는 우리 모든 사람들과 평등할 것이다." 그러나 사회는 이렇게 덧붙일 수 있다. "우리는 그대가 또한 자유롭고자 하기를 바란다." 다시 말하자면, 우리는 그대가 확신을 가지고 자유롭고도 이성적인 의지에 따라서 그대의 특권을 포기하기를 원한다는 것이다.

126 우리가 가지고 있는 온갖 재주는 우리가 존재하기 위해서 우리의 존재를 포기한다는 데에 있다.[40]

127 사회의 최고의 목적은 각자에게 보장된 이익의 일관성이다. 모든 이성 있는 개별자는 이 일관성을 위해서 많은 것을 희생한다. 사회는 두말할 필요도 없다. 이러한 일관성 때문에 사회 구성원들의 일시적인 이익은 거의 근절되고 만다.

128 예컨대 개인적 관심사에서 뿐만 아니라 -왜냐면 이 사

---

39 125번과 함께. 인간이 공동체에 편입되기를 체념하는데서 자신의 자유를 보존한다는 것은 『편력시대』의 기본 주제이다. 1117번 참조.

40 이 언술의 핵심을 이루는 역설은 많은 해석의 가능성을 열어 놓고 있다. 괴테는 이와 유사하게 여러 차례 표명한 적이 있다. 『서동시집』의 「복된 동경」에서 "죽어서 되라 Stirb und werde!"랄지, 슈바르트(K. E. Schubarth)에게 보낸 편지(1820. 7. 9)에서 "존재하기 위해서 내가 내 생을 포기해야만 했던 것처럼"과 같은 표현에서도 그러한 역설을 읽을 수 있다. 129번도 참조.

실을 각자가 알고 있기 때문에- 공적인 관심사에 있어
서도 오성적, 아니 이성적이어야 할 위대한 권리.

129 인간은 그처럼 고집스럽게 모순적이다. 자신의 이득을
위해서는 어떤 필연성도 원하지 않으며, 손실에 대해서
는 모든 강요를 고통스러워한다.

130 농담으로 이렇게 말할 수도 있지 않을까. 즉 인간은 모두
온갖 결점으로 이루어져 있는데, 그 가운데 몇몇은 사회
에 유용하고, 다른 몇몇은 유해하며, 몇몇은 쓸모가 있으
나, 몇몇은 쓸모가 없는 것으로 드러나는 것이라고 말이
다. 앞에 해당하는 경우 사람들은 선(善)을 말하고, 덕망
이라고 부르며, 뒤의 경우를 악(惡)이라고 말하고 결점
이라고 부르는 것이다.

131 복음으로 세상에 등장하는 모든 위대한 이념은 막히고
좀스러운 민중에게는 역겨운 일이 될 것이고, 박식하지
만 경박한 식자(識者)에게는 어리석은 일이 될 것이다.[41]

132 모든 위대한 이념은 그것이 현상으로 드러나자마자 폭군
처럼 작용한다. 그렇기 때문에 그 이념이 생성시키는 장
점들은 너무도 빨리 단점으로 변하고 만다. 따라서 사람
들이 어떤 제도의 시발점을 회상하고 그 제도에 의해서
시초에 유효했던 모든 것이 지금도 여전히 유효하다고

---

41 「고린도 전서」 제 1장 23절 참조.

명백히 할 수 있을 때, 그 제도는 옹호하고 칭찬할 만하다.

133 이념 안에서 산다는 것은 불가능한 일을 마치 가능한 것처럼 다루는 것을 말한다. 성격에 있어서도 사정은 같다. 만일 이 양자가 만나서 일이 발생하게 되면, 이에 대해서는 세계가 수 십 세기를 두고서도 그 놀라움으로부터 벗어날 수가 없을 것이다.

134 온전히 이념 속에서 살았던 나폴레옹은 그 이념을 의식 속에서는 포착할 수가 없었다. 그는 모든 이념적인 것을 철저히 부정하고, 열성적으로 이를 실현시키리라 생각하면서도 어떤 현실성을 이념적인 것에게 인정하지 않았다. 그러나 그의 명료하고도 확고한 오성은 그러한 내면적인 끊임없는 모순을 견디어 낼 수 없다. 따라서 그가 부득이 이에 대해서 독특하고 기품 있게 말로 표현한다면 그것은 지극히 중요한 일이다.[42]

135 그는 이념을 정신적인 활동으로, 어떤 현실성도 가지고 있지 않은 활동으로 생각한다. 그러나 활동이 사라지고 일종의 잔재물이 남게 되면, 우리는 그 잔재물에서 현실성을 완전히 부인할 수 없게 된다. 이 잔재물이 우리에게는 고정적이며 구체적으로 보일지라도, 그는 자신의 삶

---

[42] 나폴레옹과 그의 마력적인 천성에 대한 괴테의 언급은 여러 곳에 나타난다.『시와 진실』제 20장,『서동시집』티무르 시편 중「겨울과 티무르 Der Winter und Timur」(함부르크 판 괴테 전집, 제 2권 60–61쪽), 그리고 에커만과의 대화(1829. 4. 7 및 1831. 3. 2)에서의 언급과 같은 것이 그 예이다. 135번도 여기 참조.

과 충동의 막을 길 없는 연속에 대해서 믿음과 신뢰를 가지고 자신의 가까운 사람과 담소하며 이들을 즐겁게 해 줄 때는 전혀 다르게 진심을 말할 것이다. 그럴 때 그는 삶이 생동감을 불러일으킨다는 것, 근본적인 결실이 모든 시대에 걸쳐 영향을 미치게 된다는 것을 기꺼이 고백하게 될 것이며, 자신이 세계의 운행에 생기 있는 자극을, 새로운 방향을 제시해 주었다는 것을 기꺼이 고백할 것이다.

136 다수보다 더 거슬리는 것은 없다. 왜냐면 다수에는 힘 있는 선각자는 거의 없고, 다수는 대세에 순응하는 무뢰한, 동화되고 마는 약자들로 이루어져 있기 때문이다. 다수는 최소한 자신이 무엇을 원하는지도 모르고 뒤를 쫓아가는 군중들로 이루어져 있다.

137 "공적인 문제에 대한 우리의 관여는 대부분 속물적 언동에 지나지 않는다."[43]

138 옛 것, 현존하고 있는 것, 머물러 있는 것의 발전, 확장과 개정에 대한 싸움은 언제나 같은 형세이다. 모든 질서로부터 결국에는 융통성 없는 태도가 발생한다. 이 소인

---

43 인용부호가 있으나, 출처는 알려져 있지 않다. 다만 "속물적"이라는 단어를 중심으로 생각할 때, 1830. 10. 1 괴테가 일기에 "스턴(Sterne)이야말로 자신과 우리를 좀스러움과 속물근성으로부터 건져 낸 첫 번째 사람이었다."라고 적은 사실을 주목할 수는 있다. 그렇다고 해서 스턴의 발언으로 볼 아무런 증거가 없다. 이 구절을 잠언과 성찰 중 초록 내지 발췌문(Exzerpt)으로 분류한 전집도 있다.(프랑크푸르트 판, 괴테 전집 제13권)

배 근성을 벗어나려고 사람들은 질서를 깨트린다. 그리고 다시 질서를 만들지 않으면 안 된다는 사실을 알게 되기까지 시간이 흘러간다. 의고전주의(擬古典主義)와 의 낭만주의, 길드의 강요와 영업의 자유, 토지의 확정과 분배, 이런 것들은 언제나 똑같은 갈등이며, 결국 다시금 새로운 갈등을 만들어 낸다. 통치의 가장 위대한 오성은 따라서 이러한 투쟁을 완화시켜서 한쪽의 파멸 없이 균형을 취하도록 하는 일일 것이다. 그러나 이러한 오성이 인간에게 주어지지도 않았고, 신도 이것을 원치 않는 것으로 보인다. [44]

139 무장을 갖추고, 방어를 예정하는 상태를 오래 유지할 수 있는 국가는 결코 없다.

140 세습군주의 편에 의해서 신문에 실린 기사는 효과가 별로 없다. 왜냐면 권력은 행동하는 것이지 말로 하는 것은 아니기 때문이다. 자유주의자들이 제시하는 것은 언제나 읽히기 마련이다. 왜냐면 강력한 권력을 부여받은 자는 행동할 수 없는 만큼 적어도 말로써 자신을 표현하고 싶어 하기 때문이다. 마자린 주교는[45] 새로운 세금에 대해서 자신을 향해 야유하는 노래를 부르자, "세금만 낸다면 노래를 부르게 하라"고 말했다.

---

44 375번 참조

45 마자린(Jules Mazarin, 1602-1661), 프랑스의 정치가이자 주교였으며, 리셸료(Richelieu, 1585-1642)의 대리인이자 후계자였다. 그가 한 말의 전거는 알려져 있지 않다.

141 신문에 실린 모든 공식적인 일은 형식적이고, 기타의 것은 따분하다.

142 몇 달 동안 신문을 읽지 않다가 한꺼번에 읽게 되면, 우리가 이런 종이 쪼가리를 가지고 얼마나 많은 시간을 헛되이 보내고 있는지가 드러난다. 세상은 언제나 당파들로 갈라져 있어 왔지만, 특히 지금이 그러하다. 불확실한 상태가 계속될 때는 언제나 신문기자는 정도야 어떻든 이 당파 저 당파를 유혹하고 매일 내면적인 호의와 혐오감을 길러서 이윽고 결정이 나면 사건은 마치 조물주의 등장처럼 놀라움을 자아내게 되는 것이다.[46]

143 검열과 언론의 자유는 끊임없이 서로 싸우게 될 것이다. 권력자는 검열을 요구하고 그것을 행사하며, 소수자는 언론의 자유를 요구한다. 권력자는 자신의 계획이나 행동이 건방진 반대의 존재에 의해서 방해받기를 원치 않으며 오히려 이들이 복종하기를 원한다. 소수자들은 불복종의 정당한 근거들을 발언하고자 한다. 이러한 일이 여기저기에서 일어나는 것을 사람들은 보게 될 것이다.[47]

144 그러나 이 경우에 있어서 약자, 즉 고통을 당하고 있는 쪽도 자기 나름대로 언론의 자유를 억제하려고 한다는 사

---

46 괴테가 보기에는 시사성을 강하게 추구하는 근대적인 일간 신문은 해체적인 시대적 경향의 한 징후였다. 180번 참조.

47 함부르크 판 괴테 전집, 제 1권 332쪽. 격언시 「시대와 신문 Zeit und Zeitung」 참조.

실을 알아두지 않으면 안 된다. 약자가 음모를 꾸미면서 탄로 나기를 바라지 않는 경우에는 말이다.

145 언론의 자유를 남용하려는 자 이외에는 아무도 언론의 자유를 부르짖지 않는다.

146 자유주의적 이념에 대해서 말하는 것을 들을 때면, 나는 언제나 왜 인간들이 공허한 말의 울림을 가지고 서슴치 않고 거기로 끌려들어 가는지 의아하게 생각한다. 이념은 자유주의적이어서는 안 된다! 이념은 강력하고 그 자체로 완결되어 유용한 것이어서 생산적이어야 한다는 신적 소명을 충족시키는 것이리라. 개념도 더욱이나 자유주의적이어서는 안 된다. 개념도 전혀 다른 사명을 가지고 있기 때문이다.

147 오히려 우리가 자유주의적 본성을 찾아야만 할 곳은 신념에서이다. 신념은 살아있는 정서이다.

148 그러나 신념들이 자유주의적인 경우는 드물다. 왜냐면 신념은 개성으로부터, 그 개성의 가장 가까운 연관들과 필연성으로부터 직접적으로 생성되기 때문이다.

149 우리는 더 이상은 쓰지 않는다. 매일과 같이 듣는 것을 이러한 표준에 따라 측량하는 것이 옳겠다!

150 자유주의적인 문필가들은 지금 유리한 시합을 펼치고 있다. 그들은 전 대중을 보충원으로 삼고 있는 것이다.

151 관용은 본래 하나의 과도기적인 생각에 지나지 않는다고 할 것이다. 관용은 인정(認定)에 이르지 않으면 안 된다. 견딘다는 것은 감정을 해친다는 것과 같은 말이다.

152 참된 자유주의적 본성은 상대방의 가치를 인정하는 것이다.

153 인간은 온전히 홀로 존립할 수는 없다. 그리하여 인간은 어느 당파에건 동조하게 된다. 그것으로 평온은 아니라 할지라도 위안과 안정을 찾을 수 있기 때문이다.

154 우리는 우리의 언어에서 어린이다움이 어린아이에 대해서 가지는 관계처럼 민중에 대해 민중성의 관계를 표현해 주는 어휘를 필요로 한다. 교육자는 어린이다움에 귀 기울여야 하는 것이지 어린아이에 귀 기울여서는 안 된다. 입법자와 통치자도 마찬가지로 민중성에 귀 기울여야 하는 것이지 민중에 귀 기울여서는 안 되는 것이다. 민중성은 이성적이며, 변함이 없고, 순수하고 참되다. 민중은 순전한 원망(願望) 때문에 자신이 원하는 것이 무엇인지 결코 알지 못한다. 이런 의미에서 법률은 민중성의 보편적으로 표현된 의지여야 하고 또 그럴 수 있다. 그것은 민중이 결코 표명하지 않은 의지, 그러나 오성적인 자가 알아듣는 의지, 이성적인 자가 만족시킬 수 있고 선량한

자가 기꺼이 만족시키는 의지이다.

155 한 민족이 성숙하게 될 수 있는가라는 질문은 별스런 질문이다. 나는 모든 남자가 30세에 태어날 수 있다면 이 질문에 긍정적으로 답하겠다. 그러나 청년은 주제넘으며, 노년은 영영 소심해 지기 때문에 본래 성숙한 남자는 언제나 둘 사이에 끼여서 비상한 방식으로 변통하고 뚫고 나가야만 하는 것이다.

156 어떤 민족도 자신이 스스로에 대해서 판정할 수 있을 때처럼 좋은 판정을 받지 못한다. 이러한 큰 이점에는 매우 늦게서야 도달하게 된다.

157 진정한 독일인의 특징은 다양한 교양과 단일한 성격이다.

158 독일인에게 이웃과 더불어 이웃을 기대여 상승하려는 것보다 더 큰 위험은 없다. 아마도 스스로 발전하려는 데에 있어서 독일인만큼 알맞은 민족은 없을 것이다. 그렇기 때문에 외부세계가 독일민족을 뒤늦게 알아차린 것은 독일민족에게는 무엇보다도 큰 이점을 부여했다고 할 수 있다.

159 독일인은 사상의 자유를 가지고 있다. 이 때문에 자신에게 취미의 자유와 정신의 자유가 결핍되어 있어도 이를 알아차리지 못한다.

160 독일인은 함께 머무는 것에 대해서는 전혀 관심이 없다. 그러나 자신만으로 머무는 것에 대해서는 관심을 가진다. 그가 누구이든지 간에, 어떤 자아기를 바라던지 간에 각자는 그처럼 고유한 독자성(獨自性)을 가지고 이것을 버리려고 하지 않는다.

161 어느 독일의 식자(識者)가 자신의 국민을 지배하려고 전에 마음을 먹었다면, 그는 국민들에게 그들을 지배고자 하는 사람이 존재한다는 것을 믿게 만들기만 하면 되었다. 그러면 그들은 즉시 위축될 대로 위축되어 그 인물이 누구이든지간에 그에 의해서 기꺼이 지배받기를 허락했을 것이다.

162 옛 시대의 독일인에게는 타인에게 복종할 필요가 없다는 사실보다 더 반가운 것은 아무것도 없었다.

163 새로운 시대의 독일인은 서로 공개적으로 경멸해도 되는 것 이외 어떤 것도 사상과 언론의 자유로 생각하지 않는다.

164 독일인이 총체적으로 선험적으로 된 지 곧 이십년이 된다. 이들이 이 사실을 일단 인식하게 되면 그들은 자신을 신기하게 여길 수밖에 없을 것이다.[48]

48 70-74번에 대한 주해 참조. 괴테는 1825. 6. 6. 첼터(Carl Friedrich Zelter, 1758-1832, 작곡가이자 음악교육자)에게 보낸 편지에 "그러나 모든 것은 이제 초월적이며, 모든

165 독일인은 앞으로 삼십년 안에는 정서(情緒)라는 단어를 입 밖에 내서는 안 될 것이다. 그리고 나서야 정서가 차츰 다시 생성 될 것이다. 지금 이 단어는 제 자신과 타인의 약점에 대한 관용을 의미할 뿐이다.[49]

166 독일인은 바로 잡을 줄은 알지만 후원할 줄은 모른다.

167 정의(正義), 그것은 독일인의 특성이자 환상이다.

168 어떤 독일인은 희망을 가지고 있는 동안에도 이미 허무 맹랑했지만, 정복을 당하자 그에게서 생기란 더 이상 찾아 볼 수 없었다.

169 독일세계는 수많은 훌륭하고 특출한 인물들로 장식되어 있으면서도 예술과 학문에 있어서는 언제나 불화하고 연관성이 없으며 역사적, 이론적 및 실천적인 면에서 더욱 더 혼돈의 길을 가고 있다는 사실을 우리는 부정할 수 없다.

170 프랑스인들이 풍채(風采, tournure)라고 부르는 것은 우아함으로 완화시킨 일종의 자만이다. 이것으로 독일인은 풍채를 지닐 수 없다는 사실을 알게 된다. 독일인들의 자만은 딱딱하고 퉁명스러우며, 프랑스인들의 우아함은 부

것이 억제할 길 없이 초월되고 말았다는 사실, 사유와 행동 모두에서"라고 썼다.
49 791번 참조.

드럽고 겸손하다. 어느 한쪽은 다른 한쪽을 배제하며 결합되지 않는다.

171 영국인들은 순수한 인간오성과 선한 의지로 우리를 부끄럽게 만들고, 프랑스인들은 정신적으로 풍부한 사려와 실천력으로 우리를 부끄럽게 할 것이다.

172   유태인의 본성:
              모든 것의 근본으로서의 에너지
                     직접적인 목적
아무리 보잘 것 없는 유대인이라 할지라도 결정적인 노력을 보여주지 않는 유대인은 아무도 없다. 다시 말해 현세적, 세속적, 순간적인 노력을 보이지 않는 유대인은 아무도 없다. 유대인의 언어는 무엇인가 엄숙한 것을 지니고 있다.

173 소위 계몽주의의 결점은 이런 것이다. 즉 계몽주의는 인간에게 다양성을 부여하지만, 그 다양성의 일방적인 상황을 변동시킬 수 없다는 점이다.

174 몇몇 국가에서는 그들이 체험한 거의 모든 방향에서의 격동의 결과 교육계에서 어느 정도의 과잉된 반응이 나타나고, 그 유해성은 앞으로 더 일반화될 것으로 보인다. 그러나 그것은 지금 이미 그러한 기관의 덕망 있고 신뢰할 수 있는 책임자들에 의해서 완전히 인식된 사실이기도 하다.

뛰어난 사람들은 관청의 뜻에 따라, 또한 규정에 맞추어 가르치고 전수해야만 하는 것들이 불필요하고 유해하다고 생각하면서 일종의 절망가운데에서 살고 있는 것이다.

175 어떤 교육방법이 최선의 방법이라고 생각할 수 있겠는가? 대답은 그리스의 휘드라섬 주민의 교육법이다. 섬 주민이자 선원들이기도 한 그들은 자식들을 어려서부터 배로 데려 가 일하면서 성장하도록 한다. 이 아이들이 무엇인가 일을 하면 그 수확을 나누어 가진다. 그리하여 이들은 벌써 상거래, 교환, 획득에 마음을 쓰게 된다. 나아가 그들은 연안과 대양의 가장 유능한 선원으로, 가장 영리한 상인으로, 대담한 해적으로 양성된다. 이들 무리 중에서 구제불능의 화약충전선을 적함대의 지휘선에 직접 갖다 붙이는 영웅들도 당연히 나타나는 것이다.

176 기술 또는 공예에 대해서 지금부터라도 관심을 두지 않는 사람은 그것으로 인해서 언짢은 일을 당하게 될 것이다. 지식은 이 세상의 빠른 움직임에 대해서 더 이상 뒷받침하지 못한다. 모든 것에 대해서 알기 전에 우리는 길을 잃고 말기 때문이다.

177 세상은 어차피 우리들에게 지금 보편적인 교육을 강하게 요구하고 있다. 그렇기 때문에 우리가 더 이상 그것에 힘 쓸 필요는 없다. 우리가 우리 자신의 것으로 만들어야만 하는 것은 특수성이다.

178 나는 때때로 더 이상 무엇을 고치거나 개선하기를 원할 필요가 없는 청년을 만난다. 이 때에도 내가 두려워하는 것은 시대의 흐름에 맞추어서 헤엄치는 것을 완벽하게 몸에 익힌 많은 사람을 보게 된다는 사실이다. 이런 경우야말로 내가 다음과 같이 주의를 환기시키고 싶은 경우이다. 즉 파손되기 쉬운 배에 탄 인간에게 노를 쥐어 주는 것은 파도치는 대로가 아니라 자신의 뜻에 따라서 저어나가게 하기위한 것이라고 말이다.

179 그런데 어찌하여 젊은이가 모든 사람이 행하고 인정하며 장려하고 있는 것을 비난할만하고 해로운 것으로 바라다보는 상황에 저절로 이르게 된단 말인가? 왜 자신을 그리고 자신의 기질을 거기로 나아가게 해서는 안 된단 말인가?

180 아무것도 열매를 맺게 하지 않는 우리 시대의 최대 불행은 우리가 이어지는 순간에 앞선 순간을 집어 삼키고 하루를 그날로 낭비해 버리며 그렇게 해서 무엇인가를 우리 앞에 세우지도 못한 채 언제나 하루 벌어 하루 사는 일이라고 나는 생각하지 않을 수 없다. 그러나 이미 전체 일상을 위해서 우리들에게 신문들이 있지 않은가! 괜찮은 인물이라면 여기에 한두 가지를 사이에 끼워 넣을 수 있을는지도 모르겠다. 이렇게 해서 각자가 행하고, 영위하며, 창작하는 모든 것, 계획하고 있는 것 모두가 대중 앞으로 끌려 나오게 된다. 아무도 다른 사람들의 오락을 위

해서가 아니라면 기뻐하거나 괴로워 할 필요가 없으며, 그렇게 해서 집에서 집으로, 도시에서 도시로, 나라에서 나라로, 결국에는 대륙에서 대륙으로 모든 것은 빠르게 건너가 버리는 것이다.

181 이제는 증기기관을 약화시킬 수 없듯이 윤리적인 면에서도 약화가 가능하지 않게 된 일이 있다. 상업의 활발함, 화폐의 유통, 빚을 갚기 위한 빚의 증대, 이 모두가 현재 젊은이가 올라 앉아 있는 엄청난 삶의 요소들이다. 젊은이가 세상에 대고 적절하지 않은 요구를 하지 않을 만큼, 그리고 세상으로부터 자신이 규정되는 것을 용납하지 않을 만큼 천성적으로 적당하고도 침착한 감각을 지니고 있다면, 정도야 어떻든 그런 젊은이는 복되도다!

182 그러나 어떤 집단에서나 일상의 정신이 젊은이를 위협한다. 따라서 자신의 의지를 어떤 방향으로 조종해 나갈지 그 방향을 일찍이 그가 깨닫게 해 주는 것 보다 더 중요한 것은 없다.

183 사람들이 죽어 땅에 묻힌 사람들을 부러워해야만 하는 시대가 무슨 시대란 말이냐?

184 우리는 그가 누구를 불문하고 모든 사람과 함께 살고 싶어 하지는 않는다. 또한 누구를 불문하고 모든 사람을 위해서 살 수도 없다. 이러한 사실을 옳게 통찰하고 있는 사

람은 자기의 친구들을 높게 평가하게 되고 자신의 적대
자를 미워하거나 박해하지 않게 된다. 오히려 적대자의
장점을 인정할 수 있게 될 때, 그 자신도 커다란 장점에
쉽게 이르게 된다. 적대자의 장점을 인정하는 일이 그에
게 적대자에 대해 결정적인 우위를 부여해 준다.[50]

185 역사를 거슬러 올라 가 보면, 우리가 사이좋게 지낼 수 있
었을 법한 인물들을 여기저기서 발견하게 되는가 하면,
틀림없이 충돌을 빚었을 다른 인물들도 발견하게 된다.

186 가장 중요한 것은 여전히 동시대성(同時代性)이다. 왜냐
면 이것은 우리 내면에 가장 순수하게 자신을 비치고, 우
리는 그것 안에 우리 자신을 가장 순수하게 비치기 때문
이다.

187 카토는 노년에 법정에 서게 되었다. 그때 그는 자신과 함
께 살아 온 사람들 외 어느 누구 앞에서도 자신을 변호할
수 없노라고 변호석에 앉아 주장했다.[51] 그가 전적으로 옳
다. 어느 배심원단이 완전히 자신을 벗어나 있는 전제에
서 심판하려고 하겠는가? 어느 배심원단이 이미 오래전
에 지나가 버린 동기에 대해서 논의하려고 하겠는가?

---

50 1137-1138번 참조.

51 플루타크(Plutarch)의 카토(Marcus Cato, 기원전 239-149)전기에 따름. 플루타크의 보
고에 따르면, 로마의 정치가 카토는 "50번 이상을 법정에 서야 했고, 그 기회에 그는
그처럼 자주 인용되는 말을 했다. '함께 살아 온 사람들 외에 다른 사람들 앞에서 변
호하기 어렵다고 생각한다.'고 말이다."

188 "모든 민족들 중에서 그리스인들이 가장 아름답게 삶을 꿈꾸었다."[52]

189 진실을 허위와, 확실한 것을 불확실한 것과, 미심쩍은 것을 폐기해야 할 것과 구분해 내는 것이 역사가의 의무이다.

190 역사가와 시인 가운데 누가 더 높은 위치에 있는가라는 질문은 절대 제기되어서는 안 될 질문이다. 이들은 마치 달리기 선수와 권투선수 사이가 그러하듯 서로 경쟁관계에 있는 것이 아니다. 이들 각자의 영광은 마땅히 각자에게 돌아가는 것이다.

191 역사가의 의무는 이중적이다. 우선은 제 자신에 관해서이고, 그 다음에는 독자에 관해서이다. 제 자신에 관해서는 무엇이 일어났을 수 있었는지를 엄밀하게 검토해야만 하고, 독자를 위해서는 무슨 일이 일어난 것인지를 확정지어야만 한다. 자신에 대해 어떤 태도를 취할 것인지는 자신의 동료들과 의논하여 결정할 수 있을는지 모른다. 그러나 역사에서 결정적으로 찾아 낸 것으로 언급될 수 있는 일이 얼마나 적은지 독자대중이 그 비밀을 구태여 들여다 볼 필요는 없는 것이다.

192 연대기(年代記)는 현재를 중요하게 여기는 사람만이 작성하는 법이다.

---

52 인용의 출처는 알려져 있지 않다.

193 역사를 기록하는 것은 성가신 과거를 털어내 버리는 방법의 하나이다.

194 우리가 비록 투표권은 없으나, 이러한 일반적인 세상사 자문을 위한 시보(試補)로 임용되어 신문기자들로부터 매일과 같이 보고를 받고 있는데, 지난시절로부터도 믿음직한 보고자들을 발견하게 되는 것은 행운의 하나이다. 나에게는 가장 최근에는 라우머와 바흐러가[53] 바로 그러한 보고자였다.

195 일상의 개개 부조리를 조화가운데 바라보려면 언제나 세계사적인 큰 덩어리와 비교할 수밖에 없다.

196 기구(氣球)의 발명을 함께 체험한 사람은 증언할 것이 틀림없다. 그 발명으로 인해서 어떤 세계적인 동요가 일어났었는지, 기구를 타고 공중에서 비행한 사람은 어떤 관심을 한 몸에 받았었는지, 오래전에 전제되었고 예언되었으며 항상 믿어 왔으나 또 한편으로는 믿기지 않는 공중 비행에 참여하려는 동경이 수많은 사람의 가슴속에 얼마나 솟아올랐던지, 매번의 성공적인 시도는 얼마나 생생하게, 심지어 지나치게 자세히 신문지면을 채웠었는

---

53 라우머(F. v. Raumer, 1781-1873), 역사가, 『호엔슈타우펜가의 역사 Geschichte der Hohenstaufen』(1823/1825)의 저자. 바흐러(Ludwig Wachler, 1767-1838), 역사가, 『역사 교과서 Lehrbuch der Geschichte』(1816), 『문학사 편람 Handbuch der Geschichte der Literatur』(1823/1824)의 저자. 괴테는 이 저서들을 읽고 190번, 191번과 911번, 912번도 썼다.

지, 또 일기장과 동판화의 소재가 되었는지, 그러한 공중 비행의 시도에서 불행하게 희생된 사람들에 대해서 얼마나 따뜻한 동정심을 가졌었는지 등에 대한 증언 말이다. 그러나 회상 속에서나마 이것이 재현불가능하다는 것은 30년 전에 일어났던 지극히 중요한 전쟁에 대해 생생하게 관심을 보였던 일을 회상하지 못하는 것이나 마찬가지이다.[54]

197 개인이 직접적인 경험 및 간접적인 전승(傳承)과 겪는 갈등이 본래 학문의 역사이다. 왜냐면 전체 대중으로부터 그리고 대중가운데서 발생하는 일은 결국 모든 것을 수집하고, 분류하며 정리하고 통합하는 한사람의 유능한 개인과 연관되기 때문이다. 이때 동시대인들이 그러한 노력을 지지하거나 또는 반대하거나 하는 것은 사실 전혀 영향을 미치지 않는다. 왜냐면 지지한다는 것은 이미 존재하는 것을 증대시키거나 보편화시킨다고 할 때 할 수 있는 말이기 때문이다. 그러한 지지를 통해서는 유익함이 얻어지기는 하겠지만 핵심이 증진되지는 않는다.

198 전통에 관해서나 고유한 경험에 관해서도 개인들, 민족들 그리고 시대들의 특성에 따라서 특수한 지향(指向), 동요(動搖)와 뒤섞임이 발생할 수밖에 없다.

---

54 몽골피에(Étinne Jacques de Montgolfier, 1745-1799)는 동생 미셸 요셉과 함께 만든 열기구를 1783년 6월 최초로 고도 1800미터 까지 상승시키는데 성공했고, 그 해 11월에는 유인 비행에도 성공했다.

199 경험에는 두 가지 형태가 있다. 현재에 없는 것의 경험과 현전하는 것의 경험이 그것이다. 지나간 것이 속하기도 하는 현재에 없는 것의 경험은 우리는 타인의 전거(典據)를 통해서 얻게 되며, 현전하는 것의 경험은 자신의 전거를 통해서 얻어내야 한다. 두 가지를 함께 적절하게 행하는 것은 개인의 본성으로는 전적으로 불충분하다.

200 우리는 전통과 부단히 싸우고 있다. 그리고 마찬가지로 현전하고 있는 것의 경험을 자신의 전거를 통해서 얻어야 한다는 요구는 우리를 예사롭지 않은 싸움으로 이끈다. 그러나 천부적으로 활동성을 부여받은 인간은, 학문을 통해서 경감되는 것이 아니라 오히려 가중되는 이 이중의 싸움을 개인적으로 직접 이겨내야 한다는 사명을 느낀다. 왜냐면 더 폭넓은 자연과 더 넓은 전통에게 생명을 제공해야 할 쪽은 결국 변함없이 개인이기 때문이다.

201 세대와 시대의 엉킴은 우리들로 하여금 다소를 불문하고 조사된 전통을 인정할 수밖에 없도록 한다. 더욱이 인류의 장점들은 이러한 전통의 가능성에 근거하고 있는 것이다. 타인의 경험, 남의 판단의 전승은 제약된 인간성의 그처럼 큰 필요성에 비추어 볼 때 지극히 환영할 만하다. 특히 고상한 일, 일반적인 제도들을 말할 때 그러하다.

202 현재에 없는 것은 전승을 통해서 우리에게 작용한다. 평범한 전승은 역사적이라고 부를 수 있지만, 상상력과 친

화적인, 한층 높은 전승은 신화적이다. 우리가 이 후자의 배후에서 무엇인가 제3의 것, 어떤 의미를 찾으려 한다면 그것은 신비주의로 변하고 만다. 또한 그것은 쉽사리 감상적인 것으로 변하여 우리는 안락한 것만을 받아드리게 된다.

203 역사적인 인간감정이란 동시대의 공적과 업적이 될 만한 것의 평가에서 과거를 함께 고려하도록 교양을 쌓은 인간감정을 말한다.

204 우리가 거의 알고 있지 않은 의미 있는 시간들이 존재하고, 그 중요성이 그 결과를 통해서만 명백해지는 상태가 존재한다. 땅속에서 씨앗이 보내고 있는, 앞서 말한 그 시간은 주로 식물의 생명에 해당한다.

205 우리들에게는 거의 알려 진 것이 없지만, 지극히 괄목할 만한 것으로 알려져 우리의 관심을 끄는 시대가 있다. 이러한 시대에는 특출한 개별자들이 등장하고 기이한 사건들이 일어난다. 그러한 시대는 어떤 결정적인 인상을 남기고, 그 단순성을 통해서 우리를 끌어당기는 이미지들을 불러일으킨다.

206 역사적인 시간들은 한낮에 우리들에게 모습을 나타낸다. 사람들은 순전한 빛 앞에서 그림자를 보지 못하고, 밝음 앞에서 형체를 , 나무들을 앞에 두고서는 숲을, 인간들을

앞에 두고서는 인류를 보지 못한다. 그래서 모든 인간들과 모든 사물들에게 정당한 것이 일어나고 있는 듯이 보이고, 따라서 모든 사람들이 만족해하는 것이다.

207 어떤 존재의 실존은 우리가 그 존재를 의식하게 되는 한에서만 우리에게 그 모습을 나타낸다. 그렇기 때문에 침묵의 어두운 시대에 대해서 우리는 공정하지 않다. 그러한 시대에서는 인간은 제 자신을 알지 못한 채 내면적인 강한 충동에 의해서 활동했으며, 혼자서 훌륭하게 일했다. 그러나 어떤 보고보다도 더 높이 평가받을 수 있는 활동이외에 자신의 현존에 대해서는 어떤 기록도 남기지 않는 것이다.

208 역사연구자에게는 역사와 전설이 경계를 이루는 접점이 지극히 매력적이다. 그것은 대부분의 경우 전체 전승(傳承) 중에서 가장 아름다운 전승이다. 우리가 이미 알려진 사실로부터 미지의 생성을 구축해 내는 것이 꼭 필요하다고 생각될 때면, 마치 우리가 지금까지 모르고 있었던 교양 있는 인물을 알게 되고 그 인물의 교양의 역사를 탐구한다기보다는 예감하기라도 하듯이, 쾌적한 감정이 일어나는 것이다.

209 근대의 존경할만한 역사가들이 그렇게 했듯이, 우리가 시인과 연대기 기술자들을 그렇게 기분 나쁘게 얕잡아볼 필요는 없지 않을까 한다.

210 우리들이 어떤 시대, 지방, 촌락의 개별적인 초기 형성과정을 관찰할 때면, 그 어두운 과거의 곳곳으로부터 유능하고 걸출한 인간들, 용감한, 아름다운, 선량한 인간들이 눈부신 모습으로 우리 앞에 다가 선다. 신성(神性)이 기꺼이 귀 기울이고자 하는 인류의 찬가는 한 번도 끝난 적이 없다. 우리가 모든 시대와 지역으로 나누어진 조화로운 발산을 어떤 때는 개개의 목소리를 통해서, 어떤 때는 합창을 통해서 들을 때, 또 어떤 때는 둔주곡처럼, 어떤 때는 장엄한 총체합창처럼 들었을 때, 우리 자신은 어떤 신적인 행복을 느끼게 된다.

211 그러나 우리는 순수하고 신선한 귀를 가지고 그 소리를 주의 깊게 들어야 하며 이기적인 편파성과 같은 선입관을 인간이 해 낼 정도이상으로 버려야만 할는지 모른다.

212 세계사에는 두 개의 시기가 있다. 이것들은 때로는 연달아, 때로는 동시에, 부분적으로는 개별적이며 독자적으로, 또 한편으로는 얽혀져, 개별자와 민족들을 통해서 모습을 나타낸다.

213 첫 번째 시기는 개체들이 나란히 자유롭게 스스로를 형성해 나가는 시대이다. 이 시기는 생성, 평화, 양육, 예술, 학문, 즐거움, 그리고 이성의 시대이다. 이 때에는 모든 것이 내면을 향해 작용하며, 절정의 시기에는 행복한, 가정적인 교화를 향해서 전력을 기울인다. 그러나 이러한 상태

는 결국 병적인 파벌과 무질서로 인해 소멸되고 만다.

214 두 번째의 시기는 이용, 획득, 소비, 기술, 지식 그리고 오성의 시대이다. 활동은 외부를 향한다. 가장 아름답고 지고한 의미에서 이 시점에서는 정해진 조건 아래서 지속과 향유를 허락한다. 그러나 이러한 상태는 이기심과 전제(專制)로 변질되고 만다. 이 경우 독재자를 굳이 개별 인간으로 생각할 필요가 없다. 지극히 폭력적이며 저지할 수 없는 전체 대중의 전제도 있으니까 말이다.

215 우리가 어떤 조건아래에서의 인간의 교육과 활동을 생각해 보든지 간에, 이 두 개의 요소는 서로 정비례적으로 또는 반비례적으로 작용하는 시대와 국가, 개인과 전체를 통해서 흔들린다. 여기에서 세계사의 계산 불가능성, 비교 불가능성이 생겨나는 것이다. 법칙성과 우연이 서로 맞물린다. 그런데 관찰하는 사람은 자주 이 두 개의 사항을 혼동하는 사태에 부딪친다. 이러한 사실은 특히 대부분 무의식적으로, 그러나 또한 아주 교묘하게 이러한 불확실성을 자신의 이점으로 이용하는 편파적인 역사가들에게서 발견 할 수 있다.

216 우리가 역사에서 얻게 되는 최선의 것은 그 역사가 불러 일으키는 감동이다.

217 제자신이 역사를 체험한 사람이 아니라면, 어느 누구도 역사에 대해서 판단을 내릴 수 없다. 민족 공동체도 마찬 가지이다. 독일인들은 그 자신이 문학을 가진 다음에서 야 비로소 문학에 대해서 판단을 내릴 수 있다.

218 이러한 사실을 눈여겨보게 되면, 역사가 자신에게는 역사가 쉽사리 역사화 되지 않는다는 사실을 알게 된다. 왜 냐면 그때 그때의 서술자는 언제나 자신이 마치 그 당시 그곳에 있었기라도 하듯이 기술하는 것이며, 그 전에 있 었고 그 때 움직였던 마음을 기술하는 것은 아니기 때문 이다. 연대기 기술자는 다소를 불문하고 편협성을, 자신 이 속한 도시나 수도원, 그리고 자신이 속한 시대의 특성 을 지시해 보일 뿐이다.[55]

219 누군가가 최고의 나이에 도달하여 스스로 역사화 되는 일, 그리고 그의 동년배들이 역사화 된 나머지 그가 아무 하고도 더 이상 격론을 벌리고 싶지 않거나 그럴 수 없게 되는 일은 매우 드물다.

220 역사는 역사가 제시해야만 하는 우주와 마찬가지로 사 실적 부분과 관념적 부분을 가지고 있다.

---

55 자신의 제약성을 개인적으로 인식한 사람은 스스로가 역사화 된다고 괴테는 자주 말하고 있다. 이와같은 '스스로 역사화 됨'의 표현이 그의 방대한 자선적 기록들이다. 제자신과 타인의 한계를 보고 있는 사람은 어떤 논쟁도 삼가게 된다고 괴테는 말하 고 있다. 219번도 여기 참조.

221 관념적인 부분에는 신용(信用)이, 사실적인 부분에는 재산, 물리적 힘 등이 해당된다.

222 신용은 현실적인 업적에 의해서 생긴 신뢰의 이념이다.

223 모든 소유는 졸렬한 사안이다. 따라서 이에 대해서 '재산의 문제에는 어떤 불명확한 것도 존재해서는 안된다'(ne incerta sint rerum dominina)[56]라고 선고하는 것은 바람직한 일이다.

224 역사가가 모든 것을 확실성으로 끌고 갈 수도 없을 뿐만 아니라, 그럴 필요도 없다. 수학자도 5년 내지 11년 내에 다시 나타나기로 되어 있는 1770년의 혜성이 왜 정해진 시간에 나타나지 않았는지를 설명할 수 없는 것이다.

225 역사에 관해서는, 자연에 관해서나 과거, 현재 또는 미래를 불문하고 온갖 심오한 것에 관해서와 마찬가지로 이렇게 말할 수 있다. 즉 우리가 진지하게 깊이 파고들면 들수록, 그만큼 더 어려운 문제들이 드러나게 된다고 말이다. 그런 어려운 문제들을 두려워하지 않고 대담하게 그것을 향해 돌진하는 사람은 발전을 거듭하면서 보다 높이 교양이 쌓이면 한층 더 편안해 지는 것을 느끼게 된다.

---

56 로마 유스티니안 황제(Justinian, 482-565)의 「사회제도 Institutiones」에 포함되어 있는 법적인 기본 명제.

사고와 행동

226 지혜는 오직 진리 안에서만 존재한다.

227 우리가 신과 자연으로부터 얻은 최고의 것은 생명이며, 휴식과 안식을 모르는 모나드(單子)의 자전운동이다. 생명을 육성하고 보존하려는 충동은 각자가 태어날 때부터 필연적으로 지닌 것이지만, 생명의 특성은 우리들에게나 다른 것에게도 여전히 하나의 비밀이다.[57]

---

[57] 인간을 자신의 내면에 들어 있는 법칙에 따라서 목적을 향해 힘을 쏟는 엔텔레케이아적인 모나드로 규정하고 있는 것은 괴테의 기본 경험 가운데 하나이다. 21번, 44번, 45번 참조. 모나스(Monas) 또는 모나드(Monade)라는 개념은 안티케로부터 유래하며 부르노(Giordano Bruno)와 라이프니쯔(Leibniz)에 의해서 발전되었다. 이 지점에서 괴테는 이 개념을 개성적으로 변형시켜 수용했다. 괴테는 모나드를 아리스토텔레스로 거슬러 올라가는 엔텔레키와 동일한 것으로 생각하고 있다. 즉 활동가운데서 실현되는 분할할 수 없는 생명의 단위, 개별화의 비밀(individuum est ineffabile)로 보고 있는 것이다. 1813. 1. 25 괴테는 팔크(Johannes Daniel Falk, 1768~1826, 작가이자 교육자)에게 보낸 편지에서 이렇게 말하고 있다. "나는 모든 존재의 마지막 근원요소의 여러 다른 분류와 위계질서를 받아 드리네. 동시에 자연의 모든 현상들의 시발점의 그것들도 받아드린다네. 이 시발점을 나는 영혼이라고 부르고 싶네. 왜냐면 그것으로부터 전체의 영활(靈活)이 유발되기 때문이네. 아니 차라리 모나드라고 말하고 싶네. 그래, 우리 항상 이 라이프니쯔의 표현을 고수하도록 하세! 가장 단순한 존재의 단순성을 표현하자면 이보다 더 좋은 표현을 제시하고 싶지 않다네." 괴테의 파우스트와 『편력시대』의 제 3부 15장에 등장하는 마카리에(Makarie)가 괴테의 의미에서 위대한 모나드 또는 엔텔레키라고 볼 수 있다.
이후 231번까지 여기 참조.

228 위로부터 작용하는 존재의 두 번째 은혜는 체험과 인식이며 활발하게 유동하는 모나드의 외부세계 주변으로의 개입이다. 이를 통해서 모나드는 우선 내면적으로는 무한한 것으로, 외적으로는 한계를 가지고 있는 것으로 인지된다. 기질, 주의력, 행운이 한데 해당되기는 하지만 이러한 체험을 우리는 우리 내면에서 명료하게 알 수 있게 된다. 그러나 이러한 사실도 다른 것들에게는 여전히 비밀로 남겨져 있다.

229 세 번째로서 우리가 행동과 행위로써, 말과 문자로써 외부세계를 겨냥하고 있는 것이 비로소 전개된다. 이것은 우리 자신에게 보다는 외부세계에 속하며, 따라서 우리가 스스로 알 수 있기에 앞서 외부세계가 이 사실에 대해서 더 많이 알 수 있다. 그렇지만 외부세계는 그것에 관해 진정으로 명확하게 알기 위해서는 우리의 체험으로부터 가능한 한 많이 경험해야만 한다는 것을 느낀다. 그렇기 때문에 외부세계는 청년기 초기, 교양의 단계, 생활의 자세한 사항들, 일화(逸話)등에 대해서 알기를 갈망하는 것이다.

230 외부를 향한 이러한 작용에는 곧이어 일종의 반작용이 따른다. 사랑이 우리를 격려하려고 하거나, 미움이 우리를 저지할 수 있거나 간에 말이다. 이러한 갈등은 인간이 변함없이 그대로이고, 호감 또는 반감이 그 모양대로인 것을 느낄 수밖에 없는 한, 생활 가운데 거의 동일하게 남

아 있게 된다.

231 친구들이 우리와 함께 그리고 우리를 위해서 행동한 것도 일종의 체험이다. 왜냐면 그것은 우리의 인격을 강화시키거나 촉진시키기 때문이다. 그러나 적대자들이 우리에 맞서 시도하는 일은 우리는 체험하지 못한다. 우리는 그것을 다만 경험할 뿐이며, 그것을 거부하며, 추위, 폭풍, 뇌우 또는 예측할 수 있는 기타의 재해에 대해서와 마찬가지로 그것에 대응하여 우리를 지킬 뿐이다.

232 활동적인 자연으로부터 생성되지 않고, 활동적인 생활에 이익이 되도록 영향을 미치지 않으며, 그때마다의 삶의 상황에 맞추어 다양하게 변화하면서 끊임없이 생겼다가 사라져 버리는 사상으로부터는 세상이 도움을 거의 받지 못한다.[58]

233 실천적인 의도를 가지고 가장 가까이 있는 일에 밀착해 있는 생기 있고 재능 있는 정신이야말로 이 지상에서 가장 뛰어 난 것이다.

---

58 괴테의 기본명제이다. 1798. 12. 19. 쉴러(Schiller)에게 보낸 편지에서 괴테는 "나에게 오로지 가르치기만 할 뿐, 나의 활동을 증진시키거나 직접적으로 활성화시키지 않는 모든 것은 나에게 혐오스럽습니다."라고 말하고 있다. 『편력시대』 제 2부 9장에서 빌헬름이 말하고 있다. "사색과 행동, 행동과 사색, 이것이 모든 지혜의 총체야.… 이 두 가지는 숨을 들이마시고 내쉬는 것과 마찬가지로 인생에서 영원히 상호작용을 계속해 나가야만 하네."(함부르크판 괴테전집, 제 8권 263쪽). 또한 442번 참조.

234 모든 실제적인 사람들은 이 세계를 손으로 다루기 쉽게 만들고자 한다. 반면에 모든 사상가들은 이 세계를 머리로 다루기 쉽게 만들고 싶어 한다. 얼마나 각자가 이것에 성공할는지 모두가 보고 싶어 한다.

235 아는 것만으로는 충분하지 않다. 응용하지 않으면 안 된다. 원하는 것만으로는 충분하지 않다. 실행해야 한다.

236 무엇을 그리고 어떻게 실천할 수 있겠는가를 어느 정도라도 알기위해서 사람들은 얼마나 오랜 세월을 하는 일 없이 보내야만 하는가!

237 나의 모든 내면적 활동은 일종의 활발한 발견술이라는 사실이 증명되었다. 이 발견술은 미지의 예감된 규칙을 인정하면서 그것을 외부의 세계에서 발견해 내며 외부의 세계로 도입하려고 노력한다.

238 먹줄을 따라 돌을 놓아라, 돌을 따라 먹줄을 치지는 말아라.[59]

239 그들이 찾고 있는 것이 어디에 있는지를 알고 있다면, 그들은 그것을 결코 찾지 않을 것이다.

---

59 출처, 플루타크의 『모랄리아 Moralia』

240 누가 어떤 물건이 어디에 있는지를 알고 싶어 한다면 그는 그 물건을 이미 발견한 것이 틀림없다.

241 우리가 이해하지 못한 것을 우리는 소유하지 못한다.

242 사유는 지식보다 흥미롭다. 그러나 직관(直觀)보다 더 흥미롭지는 않다.[60]

243 일상의 직관, 즉 세속적인 사물에 대한 올바른 견해는 보편적인 인간 오성의 유산(遺産)이다. 그런데 외적인 것과 내적인 것에 대한 순수한 직관은 매우 드물다.

244 일상의 직관은 실제적인 감각가운데, 직접적인 행위를 통해서 표현되는데 반해서, 순수한 직관은 상징적으로, 주로 수학을 통해서, 숫자와 공식으로, 또한 언어를 통해서 원초적으로, 비유적으로 천재의 시로서, 인간오성의 격언과 같은 것으로서 표현된다.

245 자연은 많은 자유를 유보해 놓았기 때문에, 우리가 지식과 학문을 가지고 자연에 꺼리낌없이 필적할 수 없으며 자연을 궁지에 몰아넣을 수 없는 것이다.

---

60 괴테는 직관(Anschauen)을 합리적인 사고보다 상위에 놓고 있다. 그가 생각하고 있는 직관은 전통적인 이론(theoria) 개념을 따르고 있는 것이다. 이때 'théa'는 '살펴보다'(anschauen)에 상응하며, 'horáein' 역시 '보다'(sehen)에 상응한다. '살핀다'(schauen)는 것은 높은 망루에서 바라다봄을 말하며, 육체적 눈과 정신적 눈으로 동시에 봄을, 사물의 기초에 놓여 있는 연관을 인지하는 것을 의미한다.
243번, 244번도 여기 참조.

246 나를 구출하기 위해서 나는 모든 현상들을 상호 독립적인 것으로 관찰하고 그것들을 억지로 분리시키려고 애쓴다. 그런 다음 내가 그것들을 상관개념으로 관찰하면 그것들은 하나의 결정적인 생명체로 결합된다. 이런 방식을 나는 우선 자연에 적용시킨다. 그러나 또한 가장 최근의, 우리를 둘러싸고 움직인 세계사와 관련해서도 이러한 관찰방식은 유익하다.[61]

247 항상 우리들의 눈, 우리들의 표상 방식만 있을 뿐이다. 자연이 의도하고 있는 것, 자연이 의도했던 것은 오로지 자연만이 알고 있다.

248 자연과 자기 자신을 동시에 탐구하는 것, 자연을 향해서도 자신의 정신을 향해서도 무리를 행하지 않고 오히려 양쪽을 부드러운 상호작용을 통해서 균형 짓게 하는 것은 즐거운 일이다.

249 기초가 없는 무제한적인 활동을 보는 것보다 더 두려운 것은 없다. 실제적인 것에 기초를 두고 스스로 근거를 갖출 줄 아는 사람들은 복되도다! 그러나 이러기 위해서는 고유한 이중의 천부적 재능이 필요하다.[62]

250 행동하는 무지보다 더 끔찍한 것은 없다.

---

61 21번, 23번 참조.
62 1081번 참조.

251 행동하는 자는 언제나 선악의 느낌을 가지고 있지 않다. 관찰하는 자 이외에는 아무도 선악의 의식을 가지고 있지 않다.[63]

252 이 철저히 제한된 세계에서 무제약적인 것을 향하는 직접적인 노력을 바라다보는 일보다 더 슬픈 일은 없다. 그 어느 때보다 지금 1830년 이것은 더 부당한 것처럼 보인다.[64]

253 행동에서와 마찬가지로 관찰에서도 접근 가능한 것과 접근이 어려운 것은 구분되어야 한다. 그렇지 않으면 생활에서나 지식에 있어서 성과가 거의 없을 것이다.

254 여러 가지 제약을 달갑지 않게 느꼈던 레싱[65]은 자신의 작중인물 한사람을 통해서 이렇게 말하도록 하고 있다. 즉 "아무도 꼭 이렇게 해야만 한다고 강요받아서는 안 된다."고. 재치 있고 쾌활한 한 남자는 말했다. "하고자하는 사람은 행해야만 한다." 세 번째 사람, 어쩌면 교양을 갖춘 사람은 이 말에 덧붙인다. "통찰하는 자는 또한 하고자 한다." 이렇게 해서 인식, 의욕, 강제의 온전한 고리가

---

63 232번 참조.

64 프랑스 7월 혁명을 일컫고 있다.

65 레싱(Gotthold Ephraim Lessing, 1729-1781), 독일 계몽주의시대의 대표적인 작가 및 비평가. 시민비극『에밀리아 갈로티, Emilia Galotti』, 극시『현자 나탄 Nathan der Weise』, 비평문『라오콘 Laokoon』 및 비평문집『함부르크 연극평 Hamburgische Dramaturgie』 등 독일문학과 비평사에 큰 업적을 남겼다.

완결되었다고 믿었다. 그러나 평균적으로는 그 종류가 어떻든지 간에 인간의 인식이 자신의 행동과 방임(放任)을 결정한다. 그렇기 때문에 무지(無知)가 행동하는 것을 보는 일만큼 끔찍한 일은 없는 것이다.

255 우리가 진정으로 지원 받기를 원할 때, 우리가 주목해야 할 활동들은
　　　예비적인,
　　　동반적인,
　　　협동적인,
　　　촉진적인,
　　　진흥적인,
　　　강화적인,
　　　방해하는,
　　　지속적인 활동들이다.

256 어떤 일이 내 마음에 들지 않으면, 나는 그것을 제쳐 놓거나 아니면 그것을 개선한다.

257 내가 스스로 인내심을 가지지 않는다면, 누가 나를 인내한단 말인가?

258 내가 그렇게 오랫동안 보편적인 것을 찾으려고 노력한 나머지, 특출한 사람들이 특별한 경우에 성취하는 것이 무엇인가를 통찰하는 법을 배우게 되었다.

259 나의 천성에는 사교성이 들어 있었다. 그렇기 때문에 여러 가지 일을 도모하는데 있어서 협력자를 얻었고 나 자신 그들의 협력자가 되었다. 그리하여 그들 가운데 내가, 내 가운데 그들이 계속 살아 움직이는 것을 알게 되는 행복에 이르렀던 것이다.

260 문제가 있는 재능인들을 경솔하게 열정적으로 옹호한 것은 나의 젊은 시절 결점 중 하나였다. 그 결점을 나는 결코 온전히 버릴 수가 없다.

261 내가 호의를 가지고 있으면서 더 많은 호의를 베풀 수 있었으면 하는 인물들이 있다.

262 이들을 위해서 우리가 하고 있는 것은 충분하지 않으며, 이들을 위해서 했던 일은 아무 것도 아니다. 우리가 그들에게 마련해 준 실존은 그들이 신의 은총으로부터 얻는 것이다. 그리하여 마치 존재하지 않기라도 하듯이 우리는 존재했던 적도 없는 것이다.

263 나의 사고방식에 친숙했던 사람들 중 어느 누구도 나에 대해서 (평가를 내리려고 한 적이) 없다.[66]

264 적대자들이 묘사하고 있는 대로 이 세계를 그처럼 나쁘게 바라보는 것을 오래전부터 허락받은 듯이 생각하는

66 ( )은 원문에 생략부호로 남겨져 있으나, 역자가 문맥에 따라 보충해 보았다.

사람은 가엾은 주체가 될 것이 분명하다.

265 우리가 괴물에 내동댕이쳐져 무엇을 할 수 있는지, 또 최선의 역량과 활동을 어디를 향해서 써야 할지, 위쪽에서도 사방으로도 미처 찾지 못하고, 우리가 경험적이지 않을 때에만 지속할 수 있는 극도의 열정이 요구되는 동안에 우리의 일상을 갉아 먹고 있는 것은 그 전설적인 괴물이 아니라 비열한 인간의 모습을 띤 축소된 괴물이다.

266 가장 순수한 말과 행동의 중요성은 해가 갈수록 증가된다. 따라서 나는 내 주위에 오랫동안 보아 온 사람에게는 다음과 같은 사실을 주목하도록 만들고자 힘쓰고 있다. 즉 성실과 신뢰와 배신 사이에는 어떤 차이가 있는가 하는 점, 아니 본래 차이는 없으나 가장 무해한 것에서부터 가장 해로운 것으로의 소리 없는 이행(移行)만이 있다는 것, 그리고 이 이행은 반드시 인지되거나 나아가서는 감지되어야만 한다는 사실 말이다.

267 이 점에서 우리는 우리의 분별력을 행사하지 않으면 안된다. 그렇지 않으면 우리가 사람들의 호의를 얻었던 그 과정 가운데 생각지도 못한 채 그 호의를 다시 잃어버릴 위험에 봉착하게 될 것이다. 사람들은 삶의 진행 가운데서 저절로 이러한 사실을 깨닫게 된다. 그러나 비싼 수업료를 지불하고 나서야 비로소 깨닫게 되는 것이다. 유감스럽게도 이 대가를 자손들로 하여금 면제받게 해 줄 수

가 없다.

268 내 손에까지 이르게 된, 비이만에 의해 번역된 도브이송 드 브와상[67]의 지질학은 그 중심적인 의미에 있어서는 나를 애매하게 해 주지만, 이 순간 여러 가지로 나를 분발하게 만든다. 본래 세계표면의 살아있는 전면에 머물러 있어야만 하는 지질학이 여기서 모든 직관을 박탈당한 채 개념으로는 조금도 변화되지 않고, 어느 누구에게나 그리고 나에게도 지질학이 마지막 참직으로나 쓸 모 있고 유익한 전문 용어집으로 후퇴하고 있는 것이다.

269 다른 점에서는 일치된 생각으로 기꺼이 함께 행동했었을 어느 누구와 번거로운 관계에 서게 되는 일보다 더 고통스러운 일은 없는 것 같다.

270 친구의 결점을 곱씹어 생각하는 사람들이 있다. 그렇다고 얻을 것은 아무것도 없다. 나는 항상 나의 적대자들의 업적에 주목해 왔으며 그것으로부터 이득을 이끌어 내고 있다.

271 나는 일 년 내내 사람들이 나의 의견과는 다른 말을 하는 것을 듣고 있다. 그렇다면 내가 생각했던 바대로 말해서

---

67 드보이송 드 브와상(Jean François d'Aubuisson de Voisin, 1749-1841), 프랑스의 지질학자. 괴테는 이 학자의 저술 『지구구조학 개론, Traité de Géognoise』를 1821년 10월부터 읽었다고 기록되어 있다.

결코 안 된다는 이유가 어디 있는가?

272 나의 말에 항변하는 대신에 그들은 나의 본의에 따라서 행동해야만 옳다.

273 사람들은 자기들보다 내가 더 잘 알고 있다는 사실에 대해서 놀라워한다. 따라서 내가 생각하고 있는 것이 매우 자주 잘 못된 것이라고 이들이 생각하는 것은 놀라운 일이 아니다.

274 나는 처음에 나와 관계를 맺은 모든 사람들과 의견을 같이 한다. 기타의 다른 사람들의 그 어떤 것에도 나는 동의하지 않는다. 그 순간에 일은 끝난다.

275 우리에게 책은 새롭게 사람을 사귀는 것과 같다. 처음에는 일반적인 일에 일치하는 것을 발견하게 될 때, 실존의 어떤 중요한 측면에서 호의적으로 서로 접촉되는 것을 느낄 때, 우리는 매우 만족한다. 그리고 나서 점 더 가깝게 사귀게 되면 비로소 차이가 드러난다. 그럴 때에는 젊은 시절에 있음직한 것처럼 두려워 즉시 뒤로 물러서지 말고 일치적인 것에 매달리지만 일치하고자하는 의사는 가질 것 없이 차이점을 완벽하게 자각하는 것이 이성적 행동의 요점이다.

276 호의적으로 교훈적인 그러한 즐거움은 슈티이덴로트[68]의 심리학을 통해서 나에게 형성되었다. 표면화의 내면에 대한 모든 작용을 그는 비교할 수 없이 잘 말해 주고 있다. 그리하여 우리는 세계가 차츰차츰 우리 내면에서부터 생성되는 것을 다시 보게 된다. 그러나 외부를 향한 내면의 반작용에 대해서는 똑같이 성공적이지는 않다. 제자신의 부가물을 통해서 취하지 않고는 아무 것도 취하지 않는 엔테레키를 그는 공평하게 취급하고 있지 않다. 그리고 천새와 함께는 이 길을 쓸으려고 하지 않는다. 그가 관념을 경험으로부터 이끌어 내려고 생각하면서 '어린아이는 관념화하지 않는다.'고 말한다면 우리는 '어린아이는 증언하지 않는다.'고 대답해도 될 것이다. 왜냐면 사춘기도 관념적인 것의 인식에 속하기 때문이다. 그렇지만 그가 우리에게 귀중한 반려이자 동행자로 머물며, 우리 곁을 떠나지 않는 것으로 만족한다.

277 모두는 체험한 것을 소중하게 여길 줄 안다. 노년에 처한 사색자이자 깊이 생각하는 사람은 대부분이 그러하다. 그는 이 체험한 것을 아무도 빼앗아 갈 수 없다는 사실을 확신과 기쁨을 가지고 느끼는 것이다.

---

68 슈티이덴로트(Ernst Stiedenroth, 1794-1858), 철학자. 18243년에 발행된 그의 『영혼 현상의 해명을 위한 심리학, Psychologie zur Erklärung der Seelenerscheinungen』에 대해 괴테는 「자연과학을 위한 노트, Hefte zur Naturwissenschaft」에서 칭송하는 서평을 썼다.

278 그렇게 나의 자연연구는 체험한 것의 순수한 토대위에 근거하고 있다. 내가 1749년에 태어났다는 사실, (많은 것을 생략하기 위해 요약하자면) 내가 체험으로부터 첫판(版)의 자연이론을 충실하게 알게 되었다는 사실, 리히텐베르크의 주목을 통해서 끝없이 쌓여진 다른 판본들의 증가를 인쇄된 것을 통해서가 아니라, 새로운 발견이 진행되는 동안에 미리 인지하고 체험했다는 사실, 발걸음을 이어가면서 18세기 후반기인 오늘에 이르기까지의 위대한 발견들이 마법의 별처럼 하나씩 내 앞에 떠오르는 것을 보고 있다는 사실을 누가 나에게서 빼앗아 간단 말인가? 내가 계속해서 주의를 기울이는 노력을 통해서 많은 위대한, 세계를 놀라게 한 발견에 스스로 다가 서 그 현상들이 나 자신의 내면으로부터 솟아나오기라도 하듯 생각하며, 암담한 연구에서는 감히 내닫기를 머뭇거렸던 그 몇 걸음 앞에 그것들이 명료하게 놓여 있음을 내가 의식할 때, 그 남모르는 기쁨을 누가 나에게서 앗아간단 말인가?[69]

279 독일인들은 어찌하여 내가 행하고 이룩했던 일들을 거부하기 위해 행동하지 않았고, 또 아직도 그렇게 하지 않고 있는가? 만일 이들이 모든 것을 동의하고 진보해 왔던 것이라면, 그들이 내가 이룬 것을 가지고 번성했다면, 지

---

[69] 여기서 언급되고 있는 책은 에르크스레벤(Joh. Chr. Erxleben, 1744-1777)의 『자연과학입문, Anfangsgünde der Naturlehre』이다. 여기서 언급되고 있는 내용은 리히텐베르크(G. Chr. Lichtenberg, 1742-1799)가 감수한 이 책의 여섯 번째 판본과 관련되어 있다. 리히텐베르크는 괴테가 높이 평가했던 물리학자이자 격언집필가였다.

금의 그들처럼 계속 진보해 나갈지도 모를 일이다.

280 자연연구자들이 나와 철저하게 일치된 견해를 가진 것은 아니라는 사실은 그렇게 여러 가지의 사고방식이 제시된 것을 보았을 때, 전적으로 당연한 일이다. 나는 앞으로도 변함없이 나의 의견을 주장하려고 할 것이다. 그런데 심미적, 도덕적 영역에서도 나에게 반대하여 논쟁하고 활동하는 것이 유행하고 있다. 나는 원인과 결과, 이유와 목적을 잘 알고 있지만 그것에 대해서 더 이상 해명하지 않겠다. 내가 더불어 살아 왔고 또 서로 위해 가며 살아 온 친구들은 제자신과 나에 대한 기억을 틀림없이 옳게 간직할 수 있을 것이다.[70]

281 그들은 판단을 거부할 수는 있으나 영향을 저지할 수는 없다.

282 다른 어떤 사람의 의견에 귀 기울려야만 할 때, 그 의견은 확실하게 진술되어야만 한다. 그렇지 않아도 나는 내안에 문제들을 잔득 지니고 있으니까.

---

70 『편력시대』제 2부 제 9장 대화 중 몬탄(Montan)의 말. "누구나 자기가 알고 있는 것은 자기만이 알고 있어. 그것을 숨겨 두어야만 한단 말이지. 그것을 입 밖에 내면, 그 즉시로 반론이 생기지. 그런고로 그가 논쟁에 휘말려 들어가면 그 사람은 평정을 잃고 그에게 남아있는 최선의 것까지도 파괴되어 소멸까지는 아니라 할지라도 교란당해 버리고 마는 법이지."(함부르크판 괴테전집, 제 8권 263쪽) 참조. 이하 281번, 282번, 283번도 여기 참조.

283 나는 많은 문제에 대해서 침묵한다. 왜냐면 나는 사람들을 당황하게 만들고 싶지 않으며, 내가 화를 내어 그들이 즐거워한다면 나는 그것으로 충분히 만족하기 때문이다.

284 우리는 우리의 삶을 잘게 나누어진 상태로서만 되돌아본다. 왜냐면 등한시한 것, 실패한 것이 언제나 먼저 우리들 앞에 등장하고, 실행한 것, 성취된 것은 상상력 안에서만 우세하기 때문이다.

285 그중 어떤 것도 관심을 가지고 있는 젊은이에게 현상으로 나타나지 않는다. 그리하여 젊은이는 어느 선조의 청춘을 바라보고, 향유하고, 이용하며, 마치 현재의 자신과 같은 모습으로 이미 자신이 존재하기나 했었던 것처럼 가장 깊은 내면에서부터 그것에 감동하는 것이다.

286 비슷한, 아니 동일한 방식으로 낯선 나라에서부터 나에게 이른 다양한 여운들은 나를 즐겁게 한다. 타민족들은 우리들의 젊은 시절의 작업들을 뒤늦게야 알게 된다. 그들의 젊은이들, 성인들은 노력하고 활동하면서 우리를 거울삼아 저희들의 모습을 보며, 그들이 하고자 원하는 것을 우리도 역시 원했었다는 사실, 우리가 그들의 공동체 안으로 스며들며, 되돌아가는 청춘이라는 가상을 가지고 속이고 있다는 사실을 경험하는 것이다.

287 자우퍼 교수의 『괴테를 통해 본 독일 시학』[71]과 이에 대한 보유(補遺)는 시인에게 충분히 호감이 가는 인상을 주고 있는 것 같다. 그에게는 자신이 마치 거울들 앞을 지나가는 듯, 그리고 보기 좋은 광채 안에 드러나 있는 자신을 보기라도 하는듯한 기분인 것 같다.

288 그리고 다를 수 있겠는가? 그 젊은 친구가 우리에게서 체험하고 있는 것은 다름 아닌 행위와 행동, 말과 글이다. 이것들은 우리가 기꺼이 언제나 우리를 고백하게 되는 행복한 순간에 우리들에게서 생겨난 것들이다.

289 한 영국의 비평가가 나에게 전경(全景)을 바라다 볼 줄 아는 능력이 있다고 썼는데[72], 그것에 대해서 나는 진심으로 감사하지 않을 수 없다.

290 학문에 있어서 나는, 새벽에 일어나, 동터 올 때의 아침놀을, 그다음에는 태양을 초조하게 기다리다가 해가 떠오르자 눈부시어하는 사람과 같았다.

291 진실은 횃불이다. 그것도 거대한 횃불이다. 그렇기 때문에 우리 모두는 타 죽을지도 모른다는 두려움 가운데 눈

---

71 자우퍼(Joh. St. Zauper 1784-1850)의 저서 『괴테의 작품에 전개된 독일의 이론적-실천적 시학의 근본 특징들 Grundzüge zu einer deutschen theoretischßpraktischen Poetik, aus Göthes Werken entwickelt』을 말한다.

72 영국의 펄그레이브(F. Palgrave)경이 1817. 3 「에딘버러 평론 Edinburgh Review」에 기고한 글.

을 가늘게 뜬 채, 그것을 지나쳐 가 버리려고 한다.

292 진리에 대한 사랑은 여기저기에서 선(善)을 발견해 내고 존중할 줄 아는 데에서 나타난다.

293 진리를 파악하기 위해서는 오류를 방지위한 것보다 훨씬 고차적인 기관(器官)이 필요하다.

294 진실이 그처럼 간단명료하다는 사실이 사람들을 언짢게 한다. 그러나 사람들은 그것을 자신들의 편익을 위해서 활용하려면 아직 애를 쓸만큼 써야한다는 사실을 깊이 생각해야만 할 것이다.

295 감각은 속이지 않으나, 판단은 우리를 속인다.[73]

296 순수한 경험으로 만족하고, 거기에 따라서 행동하는 자는 충분히 진실을 갖춘 사람이다. 이런 의미에서 자라나는 어린이는 지혜롭다.

297 경험을 진전시키면 시킬수록 불가해한 것에 더욱 가까이 접근하게 된다. 경험을 더 많이 활용할 수 있을수록 불가해한 것이 어떤 실질적인 유용성을 가지고 있지 않다는 것을 더 잘 알게 된다.

---

73 시 「유언 Vermächtnis」에서 "그대는 감각에 믿음을 주어야만 하나니"라고 읊은 것(함부르크판 괴테전집, 제1권 370쪽)비교.

298 인간은 이해하지 못하는 것도 이해할 수 있다는 신념을 고수해야 한다. 그렇지 않으면 탐구하지 않게 되는지도 모른다.

299 실제적인 회의(懷疑), 그것은 조정된 경험을 통해서 일종의 제한된 확실성에 도달하기 위해서 자신을 극복하고자 끊임없이 노력한다.

300 그러한 정신의 보편적인 현상은 어떤 술어(述語)가 어떤 대상에 실제로 부합하는가를 탐구하는 경향이다. 그리고 이러한 탐구는 실험을 마치고 발견된 것으로서 실제로 확신을 가지고 적용할 수 있다는 견해 가운데 이루어진다.

301 칸트는 의도적으로 어떤 범위 안에 자신을 한정시켜놓고 반어적으로 항상 그 한계를 넘어 지시해 보인다.

302 바랄만한 가치가 있다고 모두 다다를 수 없으며, 인식할 가치가 있다고 모두 인식이 가능한 것은 아니다.

303 학문은 우리가 태생적으로 부여받은 놀라움의 감정을 어느 정도 경감시켜 준다는 사실을 통해서 우선 우리를 도와준다. 그러나 그 다음에는 항상 상승되는 삶에게 해로운 것을 피하며 유용한 것을 도입하려는 재능을 일깨워 줌으로써 우리를 도와준다.

304 학문을 통해서도 우리는 본래 아무 것도 알 수가 없다. 항상 알게 되기를 바랄 뿐이다.

305 앎은 구분해야 할 것의 지식에 기초하며, 학문은 구분할 수 없는 것을 인정하는데 기초한다.

306 앎, 그것은 항상 보편적인 것을 지시해 보이는 경험의 함축이다.

307 우리가 어떤 전체성에 대한 개념을 가지고 있지 않다면, 우리의 앎을 불완전한 것이라고 공언하지는 않을 것이다.

308 앎은 그 허점을 깨닫는 것을 통해서, 그 부족함의 느낌을 통해서 학문으로 이어진다. 학문은 모든 앎에 앞서서, 앎과 함께 또 그 이후에도 존속하는 것이다.

309 앎과 숙고(熟考)에는 허위와 진실이 있다. 이것이 학문의 외관을 갖추게 되면 참되면서도 동시에 거짓된 본질로 바뀌게 된다.

310 진리와 오류가 하나의 근원에서 발생한다는 사실은 확실하면서도 신기한 일이다. 그렇기 때문에 우리가 오류를 헐뜯어서는 안 되는 경우가 자주 있다. 왜냐면 그렇게 하면 동시에 진리를 해치게 되기 때문이다.

311 자연과학이 나날이 발전해 감과 더불어 내가 자연과학을 점점 더 많이 알게 되고 또 친숙하게 됨에도 불구하고, 동시에 일어나고 있는 전진과 후퇴에 대한 많은 생각이 내 머릿속에 떠오른다. 한 가지만 말해 보겠다. 우리는 학문상의 잘 알려진 오류들에서조차 벗어나지 못하고 있다는 사실이 그것이다. 이러한 일의 원인은 공공연한 비밀이다.[74]

312 어떤 사건이 잘못 해석되거나 잘못 연결되고 잘못 연역된다면 나는 그것을 오류라고 부르겠다. 그러나 경험과 사유(思惟)의 진행과정에서 어떤 현상이 모순 없이 연결되고, 옳게 연역되는 일이 일어난다. 사람들은 그것에 만족하면서도 그것에 어떤 특별한 가치를 부여하지 않고 그 옆에 오류를 아주 태연하게 방치해 둔다. 나는 우리가 조심스럽게 간직해 두고 있는 오류의 작은 저장소를 알고 있다.

313 인간에게는 자신의 견해보다 더 많은 관심을 두게 되는 일은 없다. 그렇기 때문에 의견을 개진한 모든 사람은 자신이 지지를 얻고 다른 사람의 지지를 굳힐 수단을 찾아 좌우를 살피는 것이다. 사람들은 쓸 만한 경우 진실을 이용한다. 그러나 사람들은 불완전한 논거로써 현혹시키고, 미봉책을 가지고 갈기갈기 찢겨 진 것을 겉으로 볼 때 통일시킬 수 있을 듯 보이는 순간을 위해 이용하고자

---

[74] 545번 참조. 312번도 여기 참조.

하는 때에는 곧장 열정적으로 미사여구를 써가며 거짓을 택한다. 이러한 사실을 경험하는 일은 나에게 처음에는 화나는 일이였다. 그리고 나서 그 사실을 두고 탄식했었다. 그러나 지금은 오히려 잘 됐다는 생각을 하게 된다. 나는 그러한 처리방식을 결코 다시는 드러내지 않겠다고 스스로에게 약속한 것이다.

314 새로운 진리에게 이전의 오류만큼 해로운 것은 없다.

315 진실한 것, 인정된 것은 거짓된 것, 가정된 것과 마찬가지로 서로 나란히 떠(올려 진다.)[75]

316 오류를 가지고 자신의 세계를 지어 놓고 그러면서도 인간은 쓸 모가 있어야 한다고 끊임없이 주장하는 사람들을 나는 저주한다.

317 잘못된 상상에 익숙해 진 사람으로부터는 무슨 오류라도 환영을 받는다.

318 그렇기 때문에 사람들은 아주 바르게 이렇게 말했었다. 즉 "사람들을 속이려고 생각하는 자는 다른 무엇보다도 허무맹랑한 일을 그럴듯하게 만들지 않으면 안 된다."

---

75 ( )은 원문에 생략부호로 남겨져 있으나 역자가 문맥에 따라 보충하였다.

319 오류는 계속해서 행동을 통해서 반복된다. 그렇기 때문에 우리는 말을 통해서 끊임없이 진실을 반복해야하는 것이다.

320 잘못된 학설은 반박을 용납하지 않는다. 왜냐면 이러한 학설은 허위가 참되다는 확신에 근거하고 있기 때문이다. 그러나 그 반대를 우리를 말할 수 있어야 하고, 말해도 되며 또 말해야만 한다.

321 진리는 우리의 천성과 어긋나는데 반해서 오류는 그렇지 않다. 그것은 아주 간단한 이유에서이다. 즉 진리는 우리가 우리 자신을 제약된 것으로 인식할 것을 요구하지만, 오류는 우리가 이렇게 저렇게 무제약적이라고 허영심을 북돋아 주기 때문이다.

322 허무맹랑하고 잘못된 것은 모든 사람의 마음에 든다. 왜냐면 이것은 암암리에 끼어들기 때문이다. 진실한 것, 무뚝뚝한 것은 그렇지 못하다. 왜냐면 이것은 쫓아내기 때문이다.

323 허위(오류)는 대부분 약한 자들에게 더 편안하다.

324 진실은 촉진시킨다. 오류로 부터는 아무 것도 발전하지 않는다. 오류는 우리들을 그저 혼란시킬 뿐이다.[76]

---

76 331번에서 334번까지, 또한 624번 참조. 시「유언」에서 "결실이 있는 것, 그것만이 참

325 진리를 발견하기보다는 오류를 인식하기가 훨씬 쉽다. 오류는 표면에 놓여 있어서 상당히 처리하기 쉽기 때문이다. 그러나 진리는 깊은 곳에 들어 있어서 그것을 탐구하는 것이 누구에게나 허락되지는 않는다.

326 앞을 따라 말해 진 진리는 이미 그것의 우아함을 잃어버리지만, 따라 말해 진 오류는 매우 욕지기가 난다.

327 방황한다는 말은 마치 참된 것은 존재하지 않는 것 같은 상태에 놓여 있는 것을 뜻한다. 스스로의 그리고 다른 사람의 오류를 발견한다는 말은 되돌려 새로운 것을 생각해 낸다는 것을 뜻한다.

328 참된 것의 영역들은 서로 직접적으로 접촉하고 있다. 그러나 오류는 중간에 떠돌면서 지배할 공간을 충분히 가지고 있다.

329 잘못을 변호 하고자 하는 사람은 조용히 걸으며 점잖은 생활 방식을 신봉하는 것을 공언할 온갖 이유를 가지고 있다. 정당함이 자기편에 있다고 느끼는 사람은 늠름하게 걸어야만 한다. 공손한 정의는 아무 것도 아니다.

330 본래의 반 계몽주의는 참된 것, 명료한 것, 유용한 것의 확산을 방해하는 것을 말하는 것이 아니라, 참되지 않은

됨이라."(함부르크판 괴테전집, 제 1권 370쪽)이라 옮긴 것 참조.

것을 통용(通用)시키는 것을 말한다.

331 파괴 하는 일에 있어서는 모든 거짓된 논거가 유효하지만 건설하는 데에는 결코 그렇지 않다. 참되지 않은 것은 건설하지 못한다.

332 참되지 않은 것은 사람들이 그것에 대해서 계속 지껄인다는 이점을 가지고 있다. 참된 것은 즉시 이용되어야 한다. 그렇지 않으면 없어지고 만다.

333 참된 것이 얼마나 실질적으로 일을 쉽게 만들어 주는지 통찰하지 못하는 자는 진실에 대해서 트집 잡고 빈정대려고 한다. 그렇게 해서 그는 자신의 잘못되고 수고로운 행동을 얼마만큼이나 변명할 수 있을는지 알 수 없는 일이다.

334 오류가 참된 것에 대해서 가지는 관계는 잠이 깨어남에 대해 가지는 관계와 같다. 나는 사람들이 잘못을 저지름에서부터 마치 원기라도 찾은 것처럼 참된 것으로 다시 방향을 바꾸는 것을 보곤 했다.

335 시대의 오류들과 타협하기는 어렵다. 그것에 거역하면 고립되고 그것에 사로잡히면 명예도 기쁨도 얻지 못한다.

336 많은 사람들이 참되지 않은 것을 일단 한번 말했기 때문에 반복해야 한다는 것을 의무로 느끼지 않았더라면, 전혀 다른 사람들이 되었을 텐데.

337 완전한 오류, 절반 정도의 오류, 사분의 일 정도의 오류를 해석하거나 정리하기는 어렵거나 힘들다. 거기에 접해 있는 참된 것을 그것이 속해 있어야 할 곳에 갖다 놓는 일도 역시 어렵고 힘들다.

338 재기 발랄한 사람들이 잘못 생각하고 있을 때에도 명민함은 그들을 버리고 떠나는 일이 거의 없다.

339 논쟁을 하려는 사람은 이러한 기회가 오면 아무도 그에게 논쟁삼지 않을 일을 입 밖에 내지 않도록 조심하지 않으면 안 된다.[77]

340 격론(激論)에서는 누가 문제의 핵심(punctum saliens)을 꿰뚫고 있는지를 볼 것.

341 불과 칼을 든 야만족만이 아니라, 세속적 성직자의 반 계몽주의만이 아니라, 학자들조차도 그러한 반 계몽주의자들이다.

---

[77] 880번-890번에 대한 주해 참조.

342 이성적인 것을 하나도 마음에 품고 있지 않기 때문에 전혀 잘못 생각하는 일이 없는 사람들도 있다.

343 내가 잘못을 저지르면 누구든지 그것을 알아차릴 수 있으나, 내가 거짓말을 하면 알아차리지 못한다.

344 내가 나의 생애에서 잘못된 경향에 의해 행하려고 했던 것을 마지막에는 그래도 이해하게 되었다.

345 나는 많은 독자가 나에게 항변하리라는 것을 충분히 예상한다. 그러나 독자는 인쇄되어 자기 앞에 놓고 있는 것을 그대로 놓아두어야만 한다. 다른 독자는 어쩌면 나에게 동의할는지도 모르는 일이니까. 바로 손에 들고 있는 똑같은 책을 가지고 말이다.

346   "내가 설 자리를 나에게 다오!"

－아르키메데스

"그대가 설 자리를 스스로 취하라!"

－노제[78]

그대가 서 있는 자리를 성공적으로 지켜라!

－G.[79]

---

78 노제(K. W. Nose, 1753-1835), 의사이자 지질학자.
79 이니셜 G는 괴테 자신. 그는 누구든 서 있는 위치가 자연에 의해서 분배된 것이라고

347 우리를 향해 반론이 펼쳐지면 다수결에 의해 지는 것을
두려워 할 필요는 없다.

348 원칙에 이의를 제기하려는 사람은 그 원칙들을 올바르
고 명확하게 올려놓고 이러한 명료성 내에서 싸울 능력
을 가져야만 한다. 그래야만 제자신이 만들어 놓은 환상
과 싸움을 벌리는 처지에 놓이지 않게 된다.[80]

349 어떤 원칙의 애매성은 다만 상대적일 뿐이다. 수행하는
자에게 분명한 것 모두가 듣는 자에게도 명백할 수는 없
는 것이다.

350 어느 작가에게 그 애매성을 질책하려고 하는 사람은 우
선 제 자신의 내면이 진정 밝은지를 들여다 보아야만 한
다. 어스름 속에서는 매우 명료한 문자도 읽을 수 없게 되
는 법이다.

351 "명료성은 빛과 그림자의 적절한 배분이다." 하만. 경청
하시라![81]

352 사람들이 자주 반복하는 옛사람들의 여러 가지 격언들
은 후대에 그것에 부여하고 싶어 하는 것과는 전혀 다른

생각하고 있다.

80 여기서부터 350번 까지. 880번-890번에 대한 주해 참조.

81 57번-58번에 대한 주해 참조. 인용문구는 하만(Hamann)이 야코비(Jacobi)에게 보낸
편지(1786. 1. 18)에 들어 있는 말.

의미를 가지고 있었다.

353 기하학에 무지한 사람, 기하학의 이방인은 철학자의 학교에 들어서서는 안 된다는 말은, 예컨대 현자가 되기 위해서는 수학자여야 한다는 말과 같은 뜻은 아니다.[82]

354 여기서 기하학은 유크리트를 통해서 우리에게 제시되어 있고 우리가 모든 초보자를 출발시키는 첫 요소들 내에서 고려되고 있다. 그러나 그 다음으로 기하학은 완벽한 예비, 그러니까 철학 입문인 것이다.

355 소년이 눈에 보이는 점에는 눈에 보이지 않는 점이 선행하고 있음이 분명하다는 것, 두 개의 점 사이의 최단 거리는 그것이 종이위에 연필로 그어지기 전에 이미 직선이라고 생각된다는 것을 알기 시작하면 상당한 자랑과 상쾌함을 느끼게 된다. 그도 그럴 것이다. 왜냐면 모든 사고 (思考)의 근원이 그에게 열린 것이고, 이념과 실현체, "잠재력과 실행(potentia et actu)"이 그에게 명백해 졌기 때문이다. 철학자가 그에게 새로운 무엇을 찾아 준 것도 아니며, 기하학자에게는 그의 편에서부터 모든 사고의 근본이 떠올랐던 것이다.

---

82 『이탈리아 여행』두번째 로마체류, 1787. 10. 5. 알바노(Albano)에게 보낸 편지에서 "플라톤은 그의 학교에 기하학을 모르는 자를 받아들이지 않으려 했습니다. 제가 학교를 만들 수 있다면, 모든 자연연구를 진지하게 생각하지 않는 사람을 받아들이지 않을 것 같습니다."(함부르크판 괴테전집, 제 11권 413쪽)라고 말하고 있다.

356 그 다음 "너 자신을 알라"라고 하는 의미 깊은 말을 생각해 보자. 그 말을 복음주의적으로 해석할 필요는 없다. 그말에는 우리 현대의 우울증환자, 익살꾼과 자학자(自虐者)의 자기인식이 의미되고 있는 것도 결코 아니다. 오히려 그 말은 아주 간단히 이런 의미의 말이다. 즉 어느 정도 네 자신에게 주의를 기울이라, 너 자신에 대해 알라, 그렇게 해서 네가 너와 같은 무리의 사람들과 세상 사람에 대해서 어떻게 대응할지를 알게 될 것이다. 여기에는 어떤 심리적인 가책을 필요로 하지 않는다. 덕을 갖춘 모든 사람은 그것이 무엇을 의미하는지를 알고 경험한다. 그것은 각자에게 실제로 커다란 이익이 되는 선의의 충고이다.

357 고대인들의 위대함을 떠 올려 볼 일이다. 특히 소크라테스학파의 위대성을 말이다. 그들은 모든 삶과 행동의 근본과 기준을 제시하고 공허한 사변이 아니라 삶과 행동을 촉구하고 있다.

358 이제 우리의 학교 교육이 항상 고전적 고대(古代)를 지향하고 그리스어와 라틴어 학습을 장려하고 있다면 우리는 더 높은 문화를 위해 그처럼 필요로 하는 공부가 결코후퇴하는 일은 없으리라고 그 성공을 희망해 볼 수 있다.

359 그 다음 우리가 고대를 마주하고 그것으로부터 우리를형성해 내려는 의도를 가지고 진지하게 고대를 살피게

되면, 우리는 마치 이제 비로소 인간이 된 것 같은 느낌을
갖게 된다.

360 소크라테스가 도덕적인 인간을 자신 앞으로 불러 놓고
그 사람이 아주 쉽게 제 자신에 대해 깨닫게 한 것처럼,
플라톤과 아리스토텔레스는 똑같이 자격을 갖춘 개인들
로서 자연 앞으로 나섰다. 한 사람은 정신과 감성을 가지
고 자연과 동화하기 위해서, 다른 한 사람은 탐구자의 시
선과 방법을 통해서 홀로 자연을 이기기 위해서였다. 그
리하여 전체적으로나 개별적으로 이 세 사람에게의 접
근 가능성은 우리가 가장 기쁘게 생각하는 사건이며, 또
한 우리의 교양을 촉진시키는 것을 항상 활발하게 증명
해 주는 사건인 것이다.[83]

361 대상들과 나란히 횡적으로 자신을 위치시키는 것을 '배
운다.'라고 하고, 대상을 그 깊이에서 파악하는 것을 '발명
한다.'라고 말한다.[84]

---

83 괴테는 소크라테스를 "뛰어나게 현명한 사람, 삶과 죽음에 걸쳐서 그리스도와 비견
할만한 사람"(『시와 진실』)(함부르크판 괴테전집, 제 9권 221쪽)이라고 선언하고 있
다. 유작(遺作)중 『크세니엔』에서는 "퓌티아의 입이 그대를 가장 현명한 그리스인이
라 선언 했었네/옳은 말이네! 가장 현명한 자는 자주 가장 거북한 자 일 수 있다네."
(함부르크판 괴테전집, 제 1권 230쪽)라고 읊고 있다. 『색채론의 역사 Materialien zur
Geschichte der Farbenlehre』에서는 매우 간략하지만 본질적으로 플라톤과 아리스토
텔레스가 언급되고 있다. 플라톤에 대해. "그가 진술한 모든 것은 영원히 전체성, 선,
진리, 아름다움에 관련되어 있으며 이것들의 촉진을 모든 사람의 가슴에 불러일으
키려고 노력한다." 아리스토텔레스에 대해서. "이 세상에 대해서 한 명의 사나이처
럼, 건축가와 같은 인간처럼 서 있다. 그는 일단 여기에 존재하며, 여기서 활동하고
여기서 창조해야만 하는 것이다."(함부르크판 괴테전집, 제 14권 53쪽 이하 및 35-54
쪽, 31쪽 참조)
84 이하 364번 까지. 발명(Erfinden)은 괴테에 있어서는 받아드리면서 인식하는 것이며,

362 우리는 발명은 사랑을 가지고 행하며, 배움은 확신을 가지고 행한다.

363 발명이란 무엇인가? 그것은 탐구한 것의 결말이다.

364 우리가 고차원적인 의미에서 발명, 발견이라고 부르는 모든 것은 근원적인 진리감정의 의미 있는 행사(行使)이자 실현이다. 이 진리감정은 조용한 가운데 오랫동안 형성되었다가 뜻하지 않게 번개처럼 재빠르게 어떤 결실 있는 인식에 이르는 것이다. 그것은 내면으로부터 나와 외부에 전개되는 계시로서 인간들로 하여금 자신과 신과의 닮음을 예감케 해 준다. 그것은 세계와 정신의 종합으로서 현존재의 영원한 조화에 대한 행복한 보증을 부여해 준다.

365 모든 참된 착상[85]은 어떤 연속으로부터 도출되고 어떤 연속으로 이어진다. 그것은 어떤 커다란, 생산적으로 상승하는 고리의 한 구성분자이다.

366 천재가 어떤 연쇄가운데 그리고 어떤 연쇄로부터 발견

가시화시키는 일이다. 무엇을 추가해서 만들어내는 독창성을 의미하는 것은 아니다. 『연대기, Tag- und Jahreshefte』1810년에 모든 발명은 "이성적 질문에 대한 현명한 답변"(함부르크판 괴테전집, 제10권 508쪽)이라고 정의하고 있다.

85 "착상"(Aperçu)은 괴테에게는 재기발랄한 기지(機智)가 아니라 대상에 대한 몰아적인 몰입의 결과로 이르게 된 어떤 법칙의 환희에 찬 경이로운 발견이다. 『색채론의 역사』에서 갈릴레이를 언급하는 자리에서 "착상"을 "현상들의 바탕에 놓여 있는 것의 인지"(함부르크판 괴테전집, 제14권 98쪽)라고 말하고 있다. 477번 참조.

한 것을 개별적인 일로, 우발적인 것은 아니라 할지라도 연관된 것은 아닌 것으로 언급되는 어법들.

367 첫 번째로 알게 된다는 것, 소위 말해서 발견한다는 것의 기쁨을 아무도 우리에게서 빼앗아 갈 수 없다. 그러나 우리가 이 일에 대해서 명예까지를 요구한다면, 그 명예는 우리의 가치를 심하게 떨어뜨리고 말 것이다. 왜냐면 우리는 대부분의 경우 첫 발견자가 아니기 때문이다.

368 발명한다는 것은 또한 무엇을 말하는가, 그리고 자기가 이것 또는 저것을 발명했노라고 누가 말할 수 있는가? 우선권을 주장하는 것 자체가 정말 바보스러운 일이다. 왜냐면 스스로 표절자라고 솔직하게 고백하지 않으려 한다면, 그것은 무의식적인 오만에 지나지 않기 때문이다.

369 극복하기 가장 어려운 감정 두 가지가 있다. 즉 이미 고안되어 있는 것을 고안해 내었을 때의 감정, 그리고 당연히 고안했어야 했던 것이 고안되지 않은 채 인 것을 볼 때의 감정이 그것이다.

370 롤랑부인[86]은 단두대위에서, 그녀가 단두대에 오르기 위해 오는 길에 떠오른 아주 특별한 생각을 기록하기 위해서 필기구를 요구했다. 사람들이 그것을 거부한 것은 애석한 일이다. 왜냐면 생의 마지막에 체념한 정신에게 생

---

86 롤랑부인(Mme. Roland). 지롱드당의 지도자 롤랑의 부인, 1793년 처형당했다.

각, 지금까지는 생각할 수 없었던 사상이 떠오르기 때문이다. 그 생각들은 과거의 정상(頂上)으로 반짝이며 내려 앉는 황홀한 마력과 같을 것이다.

371 젊고 유능한 인재들이 다른 사람들에 의해서 이미 인정된 진리를 인정하면 자신들의 독창성을 잃어버린다고 생각한다면 그것은 잘못가운데서도 가장 어리석은 잘못이다.

372 무지한 사람들은 아는 자들에 의해서 수천 년 전에 이미 답변된 질문을 제기한다.

373 모든 분별은 이미 생각된 상태이다. 우리는 그것을 다시한 번 생각해 보아야만 할 뿐이다.

374 말하자면 무엇인가 일단 발생되었고, 언급되거나 결정되었다고 하는 권위는 상당한 가치를 가지고 있다. 그러나 현학자(衒學者)만이 어디서든지 권위를 내 세운다.

375 우리는 옛 초석을 존중하지만, 어디에선가는 다시 한 번 처음부터 초석을 놓아도 되는 권리를 포기해서는 안 된다.

376 신뢰를 갖는다는 것은 묘한 것이다. 우리가 한 사람의 말에만 귀를 기우리기도 하는데, 그 사람이 잘못 생각하거나 착각할 수가 있다. 그러나 많은 사람들의 말에 귀를 기

울인다고 해도, 이들 역시 같은 경우에 놓여 있다. 우리는 거기서 진리를 전혀 발견해 내지 못하는 때가 많다.

377 우리는 모든 것을 직접보거나 체험을 거칠 필요는 없다. 그러나 다른 사람과 그 사람의 말을 신뢰하고자 한다면, 이제 삼자 간에, 즉 대상과 두 명의 주체 간에 책임관계가 있다는 사실을 생각할 일이다.

378 옛 사람들이 학문에서 정체(停滯)하고 있다면, 젊은이들은 학문에서 역행하고 있다. 옛 사람들은 진보가 자신들의 이전 이념과 연관되어 있지 않으면, 그 진보를 부정한다. 젊은이들은 그들이 이념에 닿을 만큼 성장하지 않았음에도 무엇인가 특출한 성과를 올리고 싶어 할 때, 진보를 부정하는 것이다.

379 우리가 유행이라고 부르는 것은 일시적인 관습이다. 모든 관습적 전래(傳來)는 유행과 같은 위치에 서야 할 상당한 필연성을 스스로 낳는다.

380 사고방식에서나 옷차림에 있어서도 유행을 따르지 않는 것이 나이든 사람에게는 바람직하다.

381 그러나 사람은 자신이 어디에 서 있으며, 다른 사람이 어디로 가려고 하는지를 알고 있어야 한다.

382 권위. 그것이 없으면 인간은 존재할 수 없다. 그러나 권위
는 진리와 맞먹을 만큼의 오류를 수반한다. 권위는 세부
적으로는 도외시해야 할 것을 세세하게 영속시키고, 붙
들어야 할 것을 거부하거나 도외시 한다. 그리하여 권위
는 인류가 진척(進陟)을 보지 못하게 되는 주요 원인이기
도 하다.

383 우리의 충고를 따라서 각자가 이미 접어든 길 위에 그대
로 머물면서, 권위에 의해서 감명을 받거나 보편적인 일
치 때문에 안절부절못하거나 유행에 사로잡히는 일이
없기를.

384 대단히 많은 것들이 오랫동안 발명되고 발견되었을 것
이다. 그런데 세상에 영향을 끼치지 않는다. 아니 영향을
미치고 있을 수도 있으나 인식되지 않을 수 있고 일반에
게는 닿지 않을 수 있다. 그렇기 때문에 발명의 모든 역사
는 불가사의하기 이룰 데 없는 문제들과 치고받으며 싸
우고 있다.[87]

385 아리스토텔레스, 히포크라테스와 같은 뛰어난 인물을 꾸
며낸 어리석은 이야기를 통해서 우스꽝스럽고 혐오스러
운 인물로 만들어 버린, 16세기에 이르기까지의 중세의
비열함.

---

87 880번-890번에 대한 주해 참조.

386 일반적인 개념들과 심한 자만심은 언제나 엄청난 불행을 불러 일으키는 단초이다.[88]

387 등불이 타는 데에는 기름의 흔적이 있기 마련이고, 초가 타는 곳에는 타고 남은 심지가 있기 마련이다. 하늘에서 비치는 빛들만이 순수하게 빛나고 얼룩을 남기지 않는다.

388 우리는 느낀 것, 본 것, 생각한 것, 경험한 것, 상상한 것, 이성적인 것에 가능한 한 직접적으로 부합하는 말을 포착하려고, 피할 수 없는, 나날이 새롭게 하는, 근본적으로 진지한 노력을 하고 있다.

389 각자가 자성해 보면 알 일이지만, 이러한 일은 우리가 생각하는 것보다는 훨씬 어렵다. 왜냐면 유감스럽게도 인간에게 말이란 평소 대용물이기 때문이다. 인간은 말로 표현한 것보다는 대부분 더 훌륭하게 사유하고 더 잘 알고 있다.

390 그러나 우리는 우리의 내면과 다른 사람의 내면에서 전개되거나 슬며시 일어날 수도 있는 잘못됨, 부적절함, 불충분함을 명료함과 성실성을 통해서 가능한 한 제거하려는 노력을 계속할 일이다!

---

88 일반적인 개념 또는 조잡한 개념(allgemeine Begriffe)은 특수한 것, 확고한 것, 생동하는 것으로부터 나온 것이 아니라, 강제된 개념들이다. 여기서 언급된 이 명제가 어떤 맥락에서 나온 것인지는 알려 진 것이 없다.

인식과 학문

391 학문들의 역사는 민족들의 목소리가 차례차례 출현하는 대규모의 둔주곡(遁走曲)이다.[89]

392　　　　　　　　학문의 역사

모든 시대에 걸쳐서 본래 무엇이 인간으로 하여금 관심을 갖게 하는가?
어떻게 사람들은 그것을 해명하거나 스스로 진정하려고 조금씩 노력해 왔는가?

　　　　　　　　지식의 역사
무엇이 인간에게 차츰 알려지게 되었는가?
인간은 이때 그리고 그것을 가지고 어떻게 처신했는가?

393 학문의 역사에서는 이상적인 부분은 현실적 부분에 대

---

89 210번 참조

해서 학문사 이외의 여타 세계사에서와는 다른 관련을 가지고 있다.

394 여러 학문의 역사. 그 현실적 부분은 현상들이며, 이상적 부분은 현상들의 전면(前面)들이다.

395 학문은 예술과 마찬가지로 전승 가능한(현실적인), 즉 습득 가능한 부분과 전승 할 수 없는 (이상적인), 즉 습득 불가한 부분으로 이루어져 있다.

396 사상은 되돌아오고, 신념들은 전파된다. 그러나 상황은 되돌릴 수 없이 지나가 버리고 마는 것이다.

397 평범한 학자는 모든 것이 전승될 수 있다고 생각하면서, 자신의 견해의 저속함이 그가 본래 전승 가능한 것을 파악하는 것조차 허락하지 않고 있다는 사실을 느끼지 못하고 있다.

398 옛 사람들이 이미 가지고 있었던 불충분한 진실을 찾아내고 계속 발전시켜 나가는 것은 학문의 매우 큰 업적이다.

399 　　　학문의 4단계 시기(時期)

　　　　　　유치한, 즉
　　　시적인, 미신적인 시기

경험적인, 즉

탐구적인, 호기심에 찬 시기

독단적인, 즉

교육적인, 현학적인 시기

관념적인, 즉

방법적인, 신비적인 시기.

400 "현재의 학문만이 우리의 것이며, 과거의 학문이나 미래의 학문은 우리의 것이 아니다."[90]

401 16세기에서 학문은 이 사람 또는 저 사람의 것이 아니라 세상의 것이다. 세상이 학문을 소유하고 인간은 오로지 풍요만을 장악할 뿐이다.

402 학문은 이중의 방식으로 스스로를 파괴한다. 학문이 걸어 들어서는 횡적인 폭을 통해서가 그 하나이고, 학문이 가라앉고 있는 깊이를 통해서가 또 다른 하나이다.

403 학문적으로 무엇을 시도하는 사람들은 자신이 무엇을 하려고 했는지 또 거기서 무엇이 결과 될 것인지를 아는 경우가 드물기 때문에 그들은 대부분 매우 흥분하여 자신의 길을 추구한다. 그러나 곧, 아무것도 결정적인 것이 생겨나지 않을 것 같이 보이면, 그들은 계획을 포기하고 다른 사람들조차 회의적으로 만들려고 시도한다.

---

90 이 인용문의 출처는 알려져 있지 않다.

404 사람들이 (학문에서) 요구하고 있는 모든 것은 엄청난 것이기 때문에 사람들은 아무것도 실행되지 않는다는 사실을 정말 잘 파악하고 있다.

405 학문을 주로 정체시키는 것은 학문에 종사하는 사람들이 동일하지 않은 정신의 인물들이라는 사실이다.

406 노년의 이성적이고 사려 깊은 사람들이 학문을 하찮은 것으로 평가한다면 그것은 그들이 학문과 제 자신에게 너무 많은 것을 요구했었다는 사실로부터 초래된 결과이다.

407 어떤 지식이 학문으로 형성될 만큼 성숙하게 되면, 필연적으로 어떤 위기가 발생하게 된다. 왜냐면 개별적인 사항을 분리시키고 또 분리된 것으로 묘사하는 사람들과 보편적인 사항을 눈여겨보면서 특수한 사항을 덧붙이거나 끼어 넣고 싶어 하는 사람들 사이에 차이가 생기기 때문이다. 그러나 학술적이며, 관념적이고 포괄적인 취급 방법이 더 많은 우군, 후원자, 협력자를 얻게 되는 것처럼 한층 더 높은 차원에서는 그러한 분리가 그렇게 결정적으로 남아 있지는 않게 된다. 그러나 역시 눈에 띌만하기는 하다.
내가 보편주의자라고 부르고자 하는 사람들은 다음 사실에 확고부동하고 이 사실을 머릿속에 새긴다. 즉 설령 무한한 편차와 다양성에도 불구하고 모든 것은 도처에 현존하고 어쩌면 발견될 수도 있으리라고 말이다. 내가 단원론자(單元論者)라고 부르고자 하는 다른 사람들은 보편적인 것 안에서 요점(要點)을 시인한다. 그리고 이에 따라서 관찰하고 규정하며 가르친다. 그러나 그들은 총체적 유형이 언급되어 있지 않을 경우에 항상 예외를 찾아내려고 한다. 그 점에서 그들은 옳다. 그러나 그들의 결점은 기본형상이 드러나면 그것을 무시하고 기본형상이 모습을 감추면 그것을 부정한다는 사실이다. 이 두 가지 사고방식은 근원적이며 서로 결합하거나 지양하는 일없이 영원히 맞서 있기 때문에 사람들은 모든 논쟁을 꺼리고 자신의 확신만을 명료하고도 적나라하게 주장하는 것이리라.[91]

408 그리하여 나는 나의 견해를 반복하겠다. 즉 한층 더 높은 단계에서는 알 수 없으면 오히려 실행해야 한다. 그것은 놀이에서는 아는 것이 거의 없는데도 모든 것이 행해질 수 있는 것과 같다. 자연은 우리들에게 그것으로부터 작용을 끌어 낼 수도 없고 끌어 낼 생각도 하지 않는 장기판을 주었다. 자연은 우리들에게 돌을 새겨 주었는데, 그 가치, 움직임과 능력은 차츰 알려지게 된다. 우리가 이기기를 기대하며 말을 움직여 실행하는 것은 우리의 몫이

---

91 소위 보편주의자인 생 일레르(G. de Saint-Hilaire)와 단원론자인 퀴비에(Cuvier) 사이의 논쟁을 대상으로 해서 괴테는 「동물학 철학의 원리 Principes de Philosophie Zoologique」라는 논문을 썼다. 보편적인 것의 종합적인 통합관찰과 특수한 것의 분리된 개별관찰이라는 대립된 사고방식에 대해서 괴테는 철저히 통찰하고 이로부터 하나의 조정된 종합 명제에 이르게 된다. 두개의 사고방식은 "분리되지 않은 생명행위로서" 서로를 파악해야 할 것이고, "날숨과 들숨처럼 서로 연관되어 있다"는 것이다.

다. 이 일은 각자가 자신의 방식대로 시도하며 누가 훈수를 두는 것을 달가워하지 않는다. 그러한 일이 일어날 수도 있을는지 모르겠지만 그럴 때 우리는 우리들 각자가 서로 얼마나 가까이 혹은 멀리 서 있는지를 무엇보다 면밀하게 관찰하고 우선 우리가 가까이 하고 있는 것만큼 가까이 편들고 있다고 고백하는 사람들과 화합하게 된다. 나아가 우리는 항상 어떤 풀리지 않는 문제에 관련되어 있다는 사실을 고려한다는 것이며, 또한 어떤 방식이로든 표현에 이르는 모든 것을, 우리의 마음에 거슬리는 것을 위주로 주목하고 있다는 것을 신선하고도 충실하게 입증한다는 것이다. 왜냐면 그렇게 해서 우리는 처음으로, 대상 자체의 내부에 들어 있는 , 그러나 인간의 내면에도 더 많이 들어 있는 문제성을 인식하게 되기 때문이다. 나는 내가 이렇게 잘 다루어 진 영역에서 계속 활동을 하게 될지는 확실치 않다. 그렇지만 연구의 이러한 또는 저러한 변환을, 개인의 이러 저러한 조치를 주목하거나 또 주목토록 만드는 것을 유보하고 있는 것이다.

409 모든 경험주의자들은 이념을 찾으려 애쓰면서도 다양성 가운데서는 이념을 발견할 수 없으며, 모든 이론가들은 다양성가운데에서 이념을 탐색하면서도 그 속에서 이념을 만날 수 없다.

410 그러나 양측은 생활 중에서, 행위 가운데서, 예술을 통해서 결합한다. 그리고 이런 사실은 자주 언급되어 왔다. 그

러나 이것을 활용할 줄 아는 사람은 거의 없다.

411 현존의 전체가 영원한 분리와 결합으로 이루어 져 있는
것이라면, 인간들이 엄청난 어떤 상황을 눈여겨 바라 볼
때도 역시 어떤 때는 분리하고 어떤 때는 결합하게 된다
는 결론이 나온다.[92]

412 우리가 예외로 인해서 미혹되지 않고 문제들을 존중할
줄 알게 되면 학문에 많은 확실성이 있게 된다.

413 우리가 두려워하지 않고 시도하는 의견의 피력은 장기
판에서 움직인 말과 상황이 같다. 그것으로 패배를 당할
수도 있지만 이기는 게임을 이끌기도 한다.

414 모든 개인들과, 그리고 이들이 유능하고 또 다른 사람들
에게 영향을 미칠 경우 이들의 학파는 학문에 있어서의
문제성을 사람들이 찬성하거나 반대해야 할 그 무엇으
로 간주한다. 그러니까 학술적인 것은 해소, 조정 또는 조
정이 불가능한 모순의 정립을 요구하는 대신에 마치 다
른 삶의 부분이라도 된다는 듯이 생각하는 것이다. 아우
이로니우스[93]가 여기에 해당된다.

---

92 21번 및 246번 참조.
93 아우이로니우스(Franciscus Aguilonius 1557-1617). 브뤼셀 출신의 예수회 회원. 광학
론에 관한 저술이 있다.

415 사람들은 현상에 대해 묻고 그 현상을 그대로 가능하다고 생각하면서 우리가 얼마나 깊이 통찰과 실천적인 적용으로 나갈 수 있는지를 알고 문제를 그냥 놔두면 될 것이다. 물리학자들은 거꾸로 행동한다. 그들은 곧장 문제를 향해서 나서며 도중에 많은 난관에 얽혀 들게 되어서 결국에는 모든 전망이 그들로부터 사라져 버리게 된다.

416 그렇기 때문에 페터스부르크 학술원은 자신이 내건 현상문제에 대해서 답변을 얻지 못했다. 연장된 마감일도 아무런 도움을 주지 못할 것이 분명하다. 학술원은 이제 상금을 두 배로 하고 왜 아무런 응모도 없었는지 그리고 왜 성과를 거둘 수 없었는지에 대해서 매우 명확하고도 분명하게 답을 눈앞에 제시하는 사람에게 현상금을 지불할 것을 약속해야만 할 것이다. 이렇게 할 수 있는 사람은 어떤 액수의 상금이라도 받아 마땅하다.

417 사람들은 두 개의 대립된 의견의 한 가운데 진리가 들어 있을 것이라고 말한다. 그런데 결코 그렇지 않다. 문제가 그 사이에 들어 있는 것이다. 침착하게 생각할 때, 그것은 불가시적인 것, 영원히 활동적인 생명의 가운데에 있다.

418 똑같은 예술의 두 대가가 그 표현에서 서로 차이를 보인다면, 짐작컨대 풀리지 않는 문제가 두 사람의 한 가운데에 자리 잡고 있을 것이다.

419 우리는 리히텐베르크[94]의 저술들을 신기하기 이룰 데 없
는 마술지팡이로 사용할 수 있을 것이다. 그가 농담을 할
때 거기에는 하나의 문제가 숨겨져 있다.

420 화성과 목성 사이의 광대한 우주공간에다가 그는 또한
쾌활한 착상을 던졌다. 칸트가 이 두 개의 거론된 행성들
이 이 공간에서만 물질로 남겨 진 것으로 발견되는 모든
것을 다 흡수하여 자기 것으로 삼았다고 신중하게 증명
했을 때, 리히텐베르크는 자신의 방식대로 농담조로 말
했다. "왜 눈에 보이지 않는 세계는 존재해서 안 되는가?"
그렇게 그는 완벽하게 진실을 말한 것이 아니었나? 새롭
게 발견된 행성들은, 우리가 말과 계산법에 대해서 믿을
수밖에 없는 소수의 천문학자들을 제외하고는 온 세상
사람들에게는 보이지 않는 것은 아닌가?

421 사물자체를 위한 내면적 충동에 의한 지식의 배양, 대상
에 대한 순수한 관심은 분명 언제나 가장 뛰어난 것이며
가장 유용한 것이다. 그러나 아주 초기에서부터 지금까
지 자연적 사물에 대한 인간의 통찰은 이러한 것을 통해
서 보다는 주변의 필요성에 의해서, 주의력이 활용하는
우연에 의해서, 그리고 결정된 목적을 위한 이러저러한
종류의 훈련에 의해서 촉진되었다.[95]

---

94 리히텐베르크에 관해서는 278번 및 이에 대한 주해 참조.

95 여기서 "유용한 것"이라는 개념은 478번-479번에서와는 다른 내용의 것이다. 유익
한 것, 전체적 유용성 내에서의 인간존재의 실현을 의미하며, 필요성의 충족을 의미
하지는 않는다.

422 전문분야의 사람들은 연관 내에 머물러 있다. 그러나 이에 반해서 애호가는 추종하는 것이 불가피하다고 느낄 때 그렇게 되기가 더 어려워진다.

423 "엄밀하게 관찰하면, 철학은 애매한 언어로 표현된 인간 오성에 불과하다."[96]

424 뱉어진 말은 기타의, 필연적으로 작용하고 있는 자연력의 권역내에 섞여 든다. 그것은 인류가 소요(逍遙)하고 있는, 바로 그 필요, 그 요구들이 반복되고 있는 좁은 공간에서 더욱 활발하게 작용한다. 그렇지만 모든 말의 전승은 그만큼 미심쩍은 측면이 있다. 그래서 우리는 말이 아니라 정신을 따라야 한다고들 한다. 그러나 정신은 말을 폐기하거나, 그 말의 지금까지의 방식이나 의미가 거의 남아 있지 않을 정도로 말을 변화시켜 버린다.

425 우리는 어떤 이념의 유용성을 인정할 수 있지만, 그것을 완전하게 이용하는 법을 올바르게 이해할 수는 없다.

426 지식의 확대와 함께 때때로 일종의 재정리가 필요하다. 이 재정리는 주로 새로운 원리에 따라 일어나지만 항상 임시적이기는 마찬가지이다.

427 그렇기 때문에 우리들에게 새롭게 경험적으로 발견된

---

96 이 인용문의 출처는 알려져 있지 않다.

것은 물론 새롭게 선호되는 방법을 상세하게 설명해 주
는 책들이 환영을 받는다.

428 결정학(結晶學)이 그렇게 큰 요구를 제기하고, 화학이 개
별적인 것을 더 자세히 규정하고 전체를 정리하려고 시
도할 때, 광물학에서 이것은 매우 필요하다. 두 명의 환영
받을 인물은 레온하르트[97]와 클리브랜드[98]이다.

429 우리가 알고 있는 것이지만 그것이 다른 방법으로 또는
외국어로 설명되어 있는 것을 보게 되면 참신하다는 특
별한 매력과 신선한 외관을 띈다.

430 이런저런 일을 함에 있어서 태생적으로 역부족한 사람
이 있기 마련이다. 그렇지만 조급함과 자만심은 능력이
아주 뛰어난 사람을 역부족한 사람으로 만들고, 모든 활
동을 정체시키며 자유로운 발전을 마비시키는 위험한
악령이다. 이러한 사실은 세속적인 일에 해당되는데, 특
히 학문에도 해당된다.

431 사람들은 학술적 기관들이 신선하고도 충분하게 삶에
관여하지 않는다고 탄식한다. 그러나 이러한 일은 그러
한 기관자체라기 보다는 학문을 다루는 방법에 주로 연
유한다.

---

97 레온하르트(K. C. v. Leonhard, 1779-1862) 광물학자.
98 클리브랜드(Parker Cleaveland, 1780-1858) 미국의 지질학자.

432 16, 17세기의 특출한 인물들은 그 자체가 학술기관이었다. 우리 시대의 훔볼트처럼 말이다.[99] 이제 지식이 엄청나게 많이 전파되자, 개인들이 개별적으로는 불가능한 것을 결합해서 수행하기위해 협동하게 되었다. 그들은 고위관료들, 영주들 그리고 왕들과는 멀리 거리를 두었다. 프랑스의 조용한 비밀집회는 리셸리외의 통치를 거부하려고 시도하지 않았던가! 영국의 옥스퍼드와 런던 연합은 칼 2세 총아들의 영향을 저지하려고 얼마나 애썼던가! 그러나 일단 일이 벌어지고 학문들이 국가조직의 한 구성요소로 스스로를 느끼고 행렬과 다른 축제에서 한 지위를 얻게 되자 드높은 목적은 시야에서 곧 사라져 버렸다. 사람들은 맡은 바 자신의 역할을 행하였고 학문들은 또한 상황에 따라 옷을 갈아입었다. 내가 쓴 색채이론의 역사에 나는 그러한 경우들을 상세하게 인용한 바 있다. 그러나 거기 써 놓은 것은 현재나 앞으로 계속 채워지기 위해서 실려 있는 것이다.

433 단체에 개입하는 사람은 언제나 불행하다. 폰 훔볼트는 모든 것 중에서 파리에서 통용되는 것 이외의 어떤 것도 전달해서는 안 된다. 도대체 우리가 지식과 학문이라고 부르고 있는 것으로부터 무엇이 형성된다는 말인가? 100년 안에 상황은 전혀 다르게 나타날 것이다.

---

99 433번에서처럼 훔볼트(Alexander v. Humboldt, 1769-1859, 자연과학자 및 지리학자)를 말하고 있다. 그는 1807-1827년 파리에 머물면서 프랑스어로 된 30권에 달하는 저술 『신대륙의 적도지역에의 여행 Voyage aux regions de èquinoxiales du nouveau continent』를 썼다.

434 우리가 알만한 가치가 없는 것, 알 수 없는 것을 다룸으로써 학문의 발전은 심하게 저해된다.

435 방법 없는 내용은 몽상으로 이어진다. 반면 내용 없는 방법은 공허한 궤변으로 이어지는 것이다. 형식 없는 소재는 번거로운 지식으로 이어지고, 반면 소재 없는 형식은 텅 빈 망상으로 이어진다.

436 유감스럽게도 오늘날에 이르기까지의 학문사의 전체 배경은 순전히 그렇게 유동적인 상호 교류 가운데에서도 통합적이지 않은 망령들로 이루어져 있다. 이 망령들은 시선을 혼란시켜서 우리가 특출하고 참으로 존경해야 할 인물들을 제대로 눈여겨 볼 수 없게 한다.

437 근대는 자신이 포괄하고 있는 소재의 엄청난 크기 때문에 스스로 지나치게 과대평가하고 있다. 그러나 인간의 주요 장점은 얼마나 소재를 다루고 또 지배할 줄 아느냐에 놓여 있을 따름이다.

438 너무 많은 것을 요구하는 사람, 복잡한 것을 즐기는 사람은 길을 잃을 위험성에 내맡겨진다.

439 학문적인 논쟁에서 우리가 문제점을 늘리지 않도록 유의했으면 좋겠다.

440 우리가 간단하기 이룰 데 없는 현상들조차 수수께끼로 만들어야할 만큼 이 세상이 아직도 수수께끼로 차 있지 않다는 말인가?

441 누군가 자신의 제자들과 함께 모든 감각가치를 지나쳐 가거나, 아니면 그것이 쌓여서 지극히 감각 가능한 것으로 되는 순간에 그 감각의 가치가 있는 것을 그 제자들에게 알려 준다면, 그 사람은 진정으로 심미적, 교육적일 수 있다. 그러나 이러한 요구가 충족될 수 없기 때문에 많은 선언들의 개념들을 제때에 만나면 모든 선한 것, 아름다운 것, 위대한 것, 참된 것에 대해서 그것들을 기쁨과 함께 파악할 수 있도록 감성적으로 만들어 제자의 내면에 생생하게 심어 놓는 것이 강단에 선 교사의 최고 자랑이 아닐 수 없을 것이다. 이렇게 해서 모든 것이 생성되는 원천으로서의 기본이념이 그들의 내면에 생동하게 될 것이다.

442 그대가 유능한 자라고해서 훈계할 수는 없다. 그것은, 우리들의 상황에 따라 요구된 설교처럼, 담화와 교리문답이 애초에 행해진 것처럼 서로 일치 할 때, 참으로 유용하다. 그러나 그대는 가르칠 수는 있고 또 그렇게 될 것이다. 다만 행위가 판단을, 판단이 삶을 위한 행동을 도울 경우에 한에서 이다.

443 학생은 불확실한 어떤 것도 전달 받는 것을 원하지 않느

니만큼, 교육적인 강의를 위해서는 확실성이 요구된다. 교사는 어떤 문제를 그대로 방치해서는 안 되며 어느 정도 거리를 두고서 그 주위를 맴돌아서도 안 된다. 즉시 무엇인가 결정되지 않으면 안 된다.(네델란드 사람들은 "말뚝을 박는다."고 말한다) 이제 사람들은, 다른 어떤 사람이 말뚝을 다시 잡아 빼고 즉시 좁게 또는 넓게 다시 한 번 말뚝을 박아 울타리를 칠 때까지, 미지의 영역을 차지하고 있다고 잠시 믿는 것이다.

444 자신의 편람과 도형들이 자연에 비하여 그리고 정신의 한층 높은 요구에 비하여 아무 것도 아님을 철저히 내 보일 수 있는 물리학자가 있다면 정말 가장 존경할만한 교수로 삼을 수 있을 텐데.

445 쓸모없는 것을 하나도 가르치지 않는다면, 어찌 자신의 전공분야에서 거장(巨匠)으로 보이길 바라겠는가?

446 전문분야의 모든 사람들은 쓸모없는 것을 무시하는 것이 그들에게 허락되지 않는다는 점을 매우 얹잖게 생각한다.

447 재기발랄함으로 인한 정신의 약화.

448 독일인 뿐만은 아니지만, 특히 독일인은 학문을 접근하기 어렵게 만드는 재능을 가지고 있다.

449 영국인들은 발견된 것을 그것이 새로운 발견과 활발한 실천으로 이어질 때까지 즉시 활용하는데 있어 명수이다. 우리는 왜 그들이 여기저기에서 우리를 앞질러 가고 있는지 물어 볼 일이다.

450 학자들은 논박할 때 대체로 악의적이다. 잘못 생각하고 있는 사람을 그들은 불구대천의 원수로 여긴다.

451 학문의 역사는 어떤 일이 일어나든지 간에 어떤 때는 좀 더 빠르게, 어떤 때는 좀 더 서서히 이어지는 일정한 시기를 우리에게 보여 준다. 의미 있는 견해가, 새롭게 혹은 새삼스럽게 제기된다. 이 견해는 조만간에 인정을 받는다. 협력자들이 발견되고 결과는 제자들에게로 넘어간다. 그것은 가르쳐지고 전파되며, 우리는 그 견해가 옳은 것인지 아니면 허위의 것인지는 전혀 문제시되지 않는다는 사실을 알게 된다. 옳음과 그릇됨이 같은 경로를 밟으며, 양자는 결국 하나의 빈 말이 되고, 죽은 어휘로서 기억에 새겨진다.

452 불충분한 진실이 한동안 계속 작용하고, 완전한 해명 대신에 갑자기 현혹하는 오류가 들어선다, 이것이 세상을 만족시키고 수세기가 현혹되는 것이다.

453 오래전에 발견된 것은 다시금 땅에 묻힌다. 티코[100]는 세네카[101]가 오래 전에 인정한 사실인, 혜성을 규칙적인 천체로 삼기위해서 얼마나 애써야 했던가!

454 얼마나 오랫동안 사람들은 대척자(對蹠者, 지구의 정반대 쪽에 사는 사람)에 대해서 이러쿵저러쿵 논쟁을 했던가!

455 가끔은 지식과 학문의 폭넓은 직조물로부터 모든 시대, 가장 암울하고도 혼란스러운 시대까지도 거치면서 끊어지지 않고 이어온 약한 실은 개인에 의해서 이어진다. 이 개인들은 이 세기 또는 저 세기에서 가장 우수한 자질을 가지고 태어나 그들이 존재한 모든 세기에 대해서 언제나 같은 방식으로 대한다. 말하자면 그들은 대중과 대립하며 충돌도 한다. 이점에서는 교육받은 세기라고 해서 야만적 세기보다 나은 것은 아무 것도 없다. 왜냐면 덕목은 모든 시대에 걸쳐 드물고, 결점은 일반적이기 때문이다. 심지어 개인에 있어서 조차 결점이 개별적인 유능함에 비해서 더 크게 드러나는 것은 아닌가?

456 어떤 덕목들은 시대에 속하며, 시대와 연관을 맺고 있는 어떤 결점들 역시 시대에 속한다.

---

100 티코(Tycho de Brahe, 1546-1601), 덴마크의 천문학자.
101 세네카(Lucius Annaeus Seneca, 기원전 4-기원후 65), 로마의 시인, 윤리 및 자연 철학자.

457 모든 시대에서 학문을 위해 활동했던 쪽은 개인들 뿐 이
였지, 시대는 아니었다. 그러나 소크라테스를 독약으로
처형한 것은 시대였으며, 후센을 화형에 처한 것도 시대
였다. 시대는 항상 변하지 않은 채 그대로 이다.

458 오류를 영속화시키는 데에는 일상의 진실과 오류를 백
과사전식으로 전해 주는 저작물들이 특히 많이 공헌한
다. 여기서는 학문이 가공되는 일이 없으며 사람들이 알
고 있고, 믿고 있으며 또한 망상하고 있는 것이 받아드려
진다. 그렇기 때문에 그러한 저작물들은 반세기가 지나
면 기이하게 보인다.

459 교과서는 매력적이어야 한다. 교과서가 매력적이 되는
것은 지식과 학문의 가장 명랑하고 가장 접근이 용이한
측면을 건네 줄 경우일 뿐이다.

460 어떤 책들은 그 책을 통해 무엇을 배워주기 위해서가 아
니라, 저자가 무엇인가를 알고 있다는 사실을 알리기 위
해서 쓰여 진 것처럼 보인다.

461 두 가지 사항에 대해서 우리는 아무리 주의를 기울여도
충분치 않다. 자신의 전문분야 안에 자신을 제한시킬 경
우의 완고함과 거기서 벗어 난 경우의 불충분성이 그것
이다.

462 다른 일에서도 그렇지만, 학문에 있어서도 누군가 전체에 대해서 장광설(長廣舌)을 늘어놓고자 한다면 나름대로의 완벽성을 위해서는 결국 진리를 오류로, 오류를 진리로 만드는 일 외에 다른 길이 없다. 그는 모든 것을 혼자서 탐구할 수 없으며, 전승에 기댈 수밖에 없고, 관직을 가지고 싶어 하면 자신을 후원해 주는 사람의 의견의 노예가 될 수밖에 없다. 대학의 강단에 서 있는 모든 교육자들은 이점에 따라 자신을 검증해 보시기를!

463 사람이 알았다고 믿고 있는 것은 꼭 전달되어야만 한다고 생각하는 것은 가장 어리석은 일이다.

464 지식에 관여해야 할 사람은 외부의 강제가 그를 저항하기 어렵도록 숙명지어 주지 않는다면 배반을 당하거나 스스로 환멸을 느끼지 않을 수 없게 된다. 자기를 기다리는 온갖 불쾌한 일들을 불현 듯 눈앞에 떠 올린다면 누가 의사가 되겠는가?

465 "우리는 우리의 학문적인 오류, 과실과 결함보다는 차라리 우리의 도덕적인 그것들을 고백하고자 한다."[102]

466 이러한 일은 양심은 겸손하고 심지어 부끄러워하는 것을 감추지 않는 데에서 생기는 일이다. 그러나 오성은 오만하고, 강요된 철회는 그것을 절망에 빠뜨린다.

---

102 이 인용문의 출처는 알려져 있지 않다.

467 이로부터 공개된 진리가 처음에는 조용한 가운데 인정되고 차츰 퍼져 나가 사람들이 완강하게 부정했던 것이 마침내 아주 자연스러운 것으로 보이게 되는 일이 일어난다.

468 우리가 너무 정확하게 인식하려고 하지 않을 때, 많은 것을 더 잘 알게 되는지도 모르겠다. 어떤 대상은 45도의 각도에서 비로소 파악 가능하게 되는 것처럼 말이다.

469 현미경과 망원경은 본래 순수한 인간의 감각을 혼란시킨다.

470 우리는 주로 분석에 주력했다는 점에서 18세기를 높게 평가한다. 19세기에는 잘못된 지배적 종합을 찾아내고 그 내용을 새롭게 분석해야 할 과제가 남겨 져 있다.

471 학문은 전반적으로 삶으로부터는 언제나 거리를 두고 있으며, 우회를 거쳐서야 다시금 삶속으로 되돌아온다.

472 왜냐면 학문은 본래 삶의 편람이기 때문이다. 학문은 외적, 내적인 경험들을 보편화시키고, 연관시킨다.

473 학문에 대한 관심은 근본적으로 특별한 세계에서만, 그러니까 학술적 세계에서만 일어난다. 최근에 일어나고 있는 것처럼 다른 세계도 이를 위해서 내세우고 다른 세

계로 하여금 이에 대해서 주의를 기울이게 하는 것은 일
종의 남용이고, 유용하다기 보다는 해로움을 초래한다.

474 학문은 오로지 증강된 실행을 통해서만 외부세계에 영
향을 미치게 된다. 본래 학문은 모두가 밀교적(密敎的)인
데 어떤 행동의 개선을 통해서만이 공공연해지기 때문
이다. 기타의 모든 참여는 허사에 이르게 된다.

475 무엇인가 이론적인 것을 대중화 시키려면, 그것을 불합
리하게 표현해야만 한다. 우리는 그것을 우선 직접 실천
적인 것으로 도입해야 한다. 그렇게 되면 모든 세상 사람
들에게 통용된다.

476 학문은 그 내적인 권역 내에서 관찰할 때에도 순간적이
며 매 경우에서의 관심에 따라 다루어진다. 어떤 강한 충
격, 특히 무엇인가 새로운 것과 전대미문의 것 혹은 최소
한 강력하게 촉구된 것에 의한 강력한 충격이 보편적인
참여를 불러일으킨다. 이러한 참여는 몇 년을 지속할 수
있으며 특히 최근에 이르러서 매우 큰 효과를 내고 있다.

477 하나의 중요한 사실, 천재적인 착상에 상당히 많은 사람
들이 마음을 빼앗긴다. 처음에는 단순히 알기 위해서, 그
다음에는 인식하기 위해서, 그 다음에는 가공하고 발전
시키기 위해서 그렇다.[103]

---

103 365번 참조.

478 많은 사람들은 모든 새로운 중요한 현상을 보면 그것이 무엇에 소용 닿는가를 묻는다. 이러한 사람들이 부당하다고 할 수 없다. 왜냐면 많은 사람들은 오로지 유용성을 통해서만 어떤 사물의 가치를 알 수 있기 때문이다.[104]

479 참된 현자들은 사물들이 자기 내부와 다른 사물에 대해서 어떤 상황과 관련되어 있는지를 물을망정, 다른 정신의 소유자, 즉 명민하고 생활을 즐기며 기술적으로 숙달된 사람들이 분명 발견하게 될 유용성, 그러니까 이미 알려진 것이나 실생활을 위해 필요로 하는 것에의 적용은 개의치 않는다.

480 사이비 현자들은 모든 새로운 발견으로부터 가능한 한 재빨리 자신의 적지 않은 이익을 위해서 무엇인가를 끄집어내려고 한다. 그들은 어떤 때에는 전파(傳播)를 통해서, 또 어떤 때에는 보충을 통해서, 또 어떤 때는 개선을 통해서, 그리고 조금 더 빠른 취득을 통해서 공허한 명성을 얻어 내려고 시도하는 것이다. 이러한 미숙한 행위를 통해서 참된 학문을 위태롭게 만들거나 혼란시키고 심지어 학문의 가장 아름다운 성과인 실제적인 효용의 꽃을 공공연하게 위축시키고 만다.

481 어떤 형태의 자연탐구는 파문(破門)을 당할 수도 있으리라는 생각은 가장 해로운 선입견이다.

---

104 421번과 그 주해 참조. 479번도 여기 참조.

482 "학문에 종사하는 사람은 처음에는 부진함 때문에, 그 다음에는 선취 당한 것 때문에 괴로워한다. 처음에는 사람들은 우리들이 전승해 주는 것에 어떤 가치도 인정하려고 하지 않으며, 그 다음에는 우리가 그들에게 전승시킬 수도 있을 법한 모든 것이 마치 그들에게는 이미 알려져 있기라도 하다는 듯이 행동한다."[105]

483 모든 연구자는 자신을 배심원으로 소명 받은 한 사람으로 생각해야만 한다. 연구자는 연구보고가 얼마나 완벽한 것인가 또 얼마나 명백한 증거를 통해서 논의되었는가에만 주의를 기울여야 한다. 이에 따라서 자신의 확신을 정리하고 자신의 의견이 보고자의 의견과 일치하든 일치하지 않든지 간에 한 표를 던지는 것이다.

484 이때 연구자는 다수가 자신의 의견에 동조 했을 때, 마치 자신이 소수자들에 속해 있는 것처럼 침착한 태도를 취한다. 왜냐면 그는 자신의 할 일을 했고 자신의 확신을 표명했던 것이지, 정신이나 심정의 지배자는 아니기 때문이다.

485 그러나 학문적 세계에서 이러한 생각은 결코 통용될 기미를 보이지 않았다. 철저히 지배와 군림을 목표로 삼아 왔기 때문이다. 그리고 아주 극소수의 사람만이 진정으로 자율적이기 때문에, 대중은 개별자들을 자신들 편으

---

105 이 인용문의 출처는 알려져 있지 않다.

로 끌어 드리게 마련이다.

486 철학, 학문, 종교의 역사 모두가 보여 주고 있는 것은 의
견들이 대량으로 퍼져 나가지만, 보다 이해하기 쉬운, 즉
보통의 인간정신의 분수에 맞고 편리한 의견이 항상 우
위를 점한다는 사실이다. 그렇기 때문에 보다 차원 높은
의미에서 수련한 사람은 다수를 적으로 두고 있다는 점
을 언제나 전제해도 된다.

487 너무 오랫동안 추상적인 것에 머무는 것은 좋지 않다. 비
교적(秘敎的)인 것은 대중적인 것이 되려고 하는 동안 해
를 끼칠 뿐이다. 생명은 생동하는 것을 통해서 가장 훌륭
하게 알려지는 법이다.

488 가장 최고의 것은 모든 사실적인 것이 이미 이론이라는
것을 파악하는 일일 것이다. 하늘의 푸르름은 우리들에
게 색채론의 기본법칙을 밝혀 주고 있다. 현상의 뒤에서
무엇을 찾아본다 할지라도 아무것도 찾지 못 할 것이다.
현상들 자체가 이론이다.

489   보편이란 무엇인가?
        개별적인 사례.
        특수란 무엇인가?
        수백만의 사례들.[106]

---

106 여기서부터 495번 까지. 괴테에게는 보편적인 것은 특수한 것의 외부에 존재하는

490 허약한 정신들의 결점은, 총체가운데서만 보편적인 것을 구할 수 있는 것인데도 불구하고, 성찰하면서 개별적인 것으로부터 즉각 보편적인 것으로 넘어간다는 점이다.

491 보편적인 것과 특수한 것은 일치한다. 특수한 것은 여러 다른 조건들 아래서 현상적으로 나타나는 보편이다.

492 특수한 것은 영원히 보편적인 것의 하위에 위치한다. 한 편 보편적인 것은 영원히 특수한 것을 따라야 한다.

493 무조건적인 것이 자신을 제약할 수 있는 것처럼 제약된 것은 자신과 동일한 것에 적응할 수 있다.

494 제약된 것은 동시에 무제약적이라는 사실. 우리가 이것 을 매일 경험하면서도 파악이 불가능하다.

495 어떤 방식을 통해서든 응용을 허락하는 모든 특수한 것 은 파악이 가능하다. 이런 방식으로 파악 불가능한 것이 유용하게 될 수도 있다.

496 우리가 인식하고 단단히 붙들고 있는 참된 것(보편적인

것이 아니라, 전적으로 아리스토텔레스적인 의미에서 그것 안에 자기실현을 지니 고 있다. 『색채론 Farbenlehre』의 머릿말에서 "그러므로 우리는 세계를 주의 깊게 응 시하는 순간 이미 이론화한다고 말할 수 있다."고 피력하고 있다.(함부르크판 괴테 전집, 제 13권 317쪽). 488번, 509번, 570번, 571번 참조. 나아가 15번-21번과 그 주해 참조.

것). 우리를 방해하고 붙들어 잡고 있는 열정적인 것(특수한 것). 제3의 것, 능변(能辯), 진리와 열정 사이에서 비틀거리는 것.

497 이론과 경험/현상들은 부단한 갈등 속에 대립하고 있다. 성찰을 통한 어떤 조화도 착각에 지난지 않는다. 오로지 행동을 통해서만 이것들은 일치될 수 있다.

498 자연은 고문을 가해도 입을 열지 않는다. 정직한 물음에 대한 자연의 충실한 답변은, 그렇다! 그렇다! 아니다! 아니다! 이다. 다른 모든 것은 악에서 나온다.[107]

499 현상들의 항수(恒數)가 유일하게 의미를 가진다. 이때 우리가 생각하는 것은 아무래도 좋다.

500 어떤 현상도 그 자체로서 그리고 그 자체로부터 설명되지 않는다. 다만 많은 현상들이 함께 개관되고 방법적으로 정리되어 이론을 위해서 타당하다고 할 만한 무엇이 마지막에 부여되는 것이다.

501 하나의 현상, 한 번의 시도는 아무 것도 증명할 수 없다. 그것은 연관 속에서 비로소 가치를 가지는 커다란 사슬의 한 고리이다. 진주 목걸이를 숨겨 놓고, 가장 아름다운 진주알 하나씩을 보여 주기만 하면서 다른 진주알 모두

---

107 245번 및 617번 참조.

가 그렇게 아름답다는 것을 우리가 믿기를 요구한다면 누구를 거래에 끌어대기 어려울 것이다.

502 스케치, 서술, 치수, 숫자 그리고 도해는 여전히 어떤 현상을 표현해 내지 못한다. 그렇기 때문에 뉴톤의 이론이 그처럼 오랫동안 유지될 수 있었고 그 결과 라틴어 번역의 4절판 서적 안에 수세기동안 오류가 방부 처리된 상태로 보존되었던 것이다.[108]

503 현상들은 우리들에게 자연에 대한 한층 심오하고 풍부한 통찰을 제공하든가, 활용을 위해 우리로 하여금 눈길을 돌리게 할 수 있는 경우 외에는 아무런 가치가 없다.

108 뉴톤(Isaac Newton, 1643-1727, 영국의 수학자, 물리학자 및 천문학자)은 『색채론』에서 괴테의 가장 큰 적수이다. (함부르크판 괴테전집, 제 13권 527쪽이하의 괴테 자신이 쓴 자신의 『색채론』에 대한 「공고와 개관」중 논쟁부분 Polemischer Teil 참조) 괴테가 보기에는 뉴톤은 근대 합리주의 자연과학의 대표자, 즉 수치화된 물리학의 대표자였다.(함부르크판 괴테전집, 제 13권 『색채론』의 제5장, 인접학문과의 관계 중 483쪽-485쪽 「수학에 대한 관계」참조). 이 수치화된 물리학은 이미 앞서 주어진 인간 현존재를 도외시하고(512번, 617번, 689번 참조) 오로지 기계적으로 측량 가능한 것, 계산가능한 것에 객관적인 사실성을 인정한다. 그러나 괴테의 관심사는 본질, 현상, 생동하는 현존재와 개방적인 인식을 "우리가 살고, 활동하며 존재하는"(함부르크판 괴테전집, 제 13권 488쪽)세계 안에 견고한 존재로서 함께 모으는 일이다. 그렇기 때문에 "실험들을 인간으로부터 떼어놓고 있는"(664번) 뉴톤의 물리학에 대한 날카로운 논쟁은, 거꾸로 주관적인 감정으로서 이념적인 것을 객관적인 세계로부터 떼어놓고 있는 낭만주의에 대한 비판과 궤도를 같이 하는 것이다. 뉴톤에게 무지개는 객관적인 스펙트럼이며, 낭만주의자들에게는 주관적인 감정이다. 괴테는 이와는 달리 객관적인 미를 객관적인 진리 안에서 인식하기를 원하고, 이와 더불어 근대를 unum(하나의 전체), verum(진리), pulchrum(아름다움)이라는 서구적 전통의 연관 안에 묶어 두려고 한다. 이러한 철학적인 관심의 의미를 광학에 대한 잠언의 수효가 말해 준다. 이것을 살펴보는 것이 여러 가지 색채이론을 둘러싼 분리된 토론을 살펴 보는 것보다 더 중요해 보인다. 뉴톤의 성품에 대한 괴테의 생각은『색채론의 역사』중 「뉴톤의 특성」(함부르크판 괴테 전집, 제 14권 170쪽이하)참조.

504 현상을 눈앞에 두고 있는 사람은 틀림없이 그 현상 너머를 자주 생각한다. 그러나 현상에 대해서 듣기만 한 사람은 아무것도 생각하지 않는다.

505 누가 자기 자신은 순수한 경험에 대해서 호감을 가지고 있다고 말 할 수 있는가? 프란시스 베이콘[109]이 간절히 추천했던 것을 각자는 실행하리라 믿었다. 그런데 누가 성공했던가?

506 우리는 베이콘으로부터 경험에 의한 자연과학의 시대가 열린 것으로 계산한다. 이 시대의 길은 그러나 이론적인 경향에 의해서 자주 끊기고 통행할 수 없게 되기도 했다. 엄격하게 보자면, 우리는 매일을 새로운 시대의 시작일로 잡아도 되며 또 그렇게 해야 한다.

507 가장 인위적인 수단을 통해서만이 인간에게 생생하게 떠올려 줄 수 있다면 ―현상들의 형이상학은 가장 위대한 것으로 부터도 또 가장 사소한 것으로 부터도 생성된다. 그 한 가운데에는 내가 의존하고 있는 특수한 것, 우리의 감각에 적합한 것이 놓여 있다. 그러한 영역을 나에게 접

---

109 베이콘(Francis Bacon, 1561-1626). 근대 경험적-실험적 자연과학 철학의 원조. 그는 『신기관론 Novum organum scientiarum』에서 "자연의 종이며 해석자로서 인간은 그가 자연존재의 진행을 대하고 실제적으로 또는 사상적으로 관찰한 것 모두를 그리고 그것만을 실현시키며 이해할 수 있다. 이 경계를 넘어서는 아무것도 알지 못하며 알 수도 없다."고 피력했다. 괴테는 『색채론의 역사』에서 베이콘의 철학을 비교적 자세히 다루고 있다.(함부르크판 괴테전집, 제 14권 89쪽-95쪽)

근시켜 주는 재능 있는 자들이 진심으로 축복받기를.[110]

508 17세기 후반기에 사람들은 현미경에 그처럼 무한히 많은 빚을 지고 나서, 18세기 초 무렵에는 그것을 하찮게 취급하려 했다.

509 대상과 내면적으로 동일화되고 이를 통해서 참된 이론으로 변화되는 섬세한 경험적 지식이 있다. 정신적 능력의 이러한 상승은 그러나 높은 교양을 쌓은 시대의 것이다.[111]

510 오성에게 아무것도 주는 것이 없는 차이는 차이가 아니다.

511 그대들의 내면에서 찾으라, 그러면 그대들은 모든 것을 발견하게 될 것이다. 그리고 그대들이 항상 부르고 싶어하는 대로 자연이, 그러니까 그대들의 내면에서 발견했던 모든 것에 동의하는 자연이 저기 외부에 존재한다면, 그대들이여 기뻐할 지어다![112]

512 현상은 관찰자로부터 떨어져 나가지 않는다. 오히려 관찰자의 개성 안으로 짜 맞추어 지고 얽히고설킨다.

---

110 『색채론』, 인접학문과의 관계, 철학에 대한 관계(함부르크판 괴테전집, 제 13권 482쪽) 참조.
111 489번-495번에 대한 주해 참조.
112 880번-890번에 대한 주해 참조.

513 크거나 작거나 간에 자연의 관찰에 임하면 나는 끊임없이 물음을 제기해 왔다. 이것은 대상인가, 아니면 여기서 말하고 있는 너 자신인가? 라고 말이다. 그리고 이런 의미로 나는 선배들과 동료들을 관찰했던 것이다.

514 대상의 내면에는 무엇인가 미지의 법칙성이 있어서 주체의 내면에 있는 미지의 법칙성에 상응한다.[113]

515 주체 안에 있는 모든 것은 대상 안에 있으며, 또한 그 이상의 무엇이다. 대상 안에 있는 모든 것은 주체 안에 있으며, 또한 그 이상의 무엇이다.
우리는 이중으로 상실되거나 보호받고 있다. 우리가 대상을 향해서 그것의 그 이상의 무엇을 인정하면 우리는 우리의 주체성을 주장하게 되는 것이다.

516 …그렇기 때문에 관찰에 있어서 우리가 가능한 한 많이 대상을 의식하고 이에 대해서 사고할 때 가능한 한 많이 우리 자신을 의식하게 된다면 그것으로 최상이다.

517 견해가 세상에서 사라지게 되면 그 견해들과 더불어 대상자체들도 사라지기 마련이다. 더 높은 의미에서 견해

---

113 여기부터 516번까지. 괴테는 자신의 글 「빙켈만 Winckelmann」에서 "어떤 특별한 재능의 소유자는 외부세계에서 자연이 자신에게 부여한 모든 것에 대응하는 형상들을 열심히 찾고, 그럼으로써 내적인 것을 전체적인 것, 확실한 것으로 완전히 고양시키려는 보편적인 욕구를 느낀다."고 말하고 있다.(함부르크판 괴테전집, 제 8권 97쪽)

는 바로 대상이라고 우리는 말할 수 있기에 말이다.[114]

518 우리가 생각하는 것보다 훨씬 많은 것이 이미 발견되었
다.

519 대상들은 인간들의 견해를 통해서 비로소 무(無)에서 떠
오르기 때문에 견해들이 소실되면 그것들은 다시 무로
되돌아간다. 지구가 둥글다는 견해, 플라톤의 창공설(蒼
空說)이 그렇다.

520 심리적 성찰에서 커다란 난점은 우리가 내면적인 것과
외면적인 것을 병행해서 또는 서로 얽힌 것으로 관찰하
지 않으면 안 된다는 사실이다. 생명체의 수축과 팽창, 날
숨과 들숨 현상이 언제나 그렇다. 우리가 그것을 말로 표
현할 수 없다면, 면밀하게 관찰하고 그것을 알아 차린다
면 좋으련만.[115]

---

114 괴테에게 있어서 모든 대상은 역사적으로 접근해 오는 대상이다. 대상은 이미 해석
된 것으로서 확실한 현존재 가운데 우리와 만난다. 그리고 우리가 그 대상 자체를
묻고자 한다면, 이러한 해석에 참여해야만 한다.

115 수축과 팽창. 괴테의 세계관을 나타내는 기본개념이다. 분리와 결합, 후퇴와 전진,
자기화와 탈자기화와 같은 개념이 이것에 상응한다. 이런 양극성위에 모든 생명체
는 성립한다. "결합된 것을 분리시키고, 분리된 것을 결합시키는 것이 자연의 생명
이다. 이것은 영원한 수축과 팽창, 영원한 결합과 분리이며 우리가 그 속에 살고 활
동하며 존재하는 세계의 들숨과 날숨이다."(『색채론』 함부르크판 괴테전집, 제 13권
488쪽). 『서동시집』 시인 시편의 「부적의 글귀 Talismane」 마지막 시연 "숨쉬기에는
두 가지 은총이/공기를 들이 마시고 내쉬는 은총이 들어 있네/ 들이 마실 땐 답답하
고 내쉴 땐 시원하지/ 우리 삶에도 놀랍게도 그 두 가지 섞여 있으니/ 신이 그대를
옥조인다 해도 감사드리고/ 그대를 다시 풀어 줄 때에도 감사드리게나."(함부르크
판 괴테전집 제 2권, 10쪽)참조.

521 우리가 사로잡히지만 않는다면, 이룰 데 없이 큰 가치를 가진 열광적인 성찰이 존재한다.

522 시적 생산에 있어서의 스피노자적인 모든 것[116]은 성찰에서는 마키아벨리즘[117]으로 변한다.

523 한층 차원 높은 경험론이 자연에 대해 가지는 관계는 인간오성이 실천적인 삶에 대해 가지는 관계와 같다.

524 그들은 그들이 이해하고 있는 것으로부터는 아무것도 알고 싶어 하지 않는다.

525 모든 것은 우리가 생각할 수 있는 것보다 더 간단명료하고, 동시에 파악할 수 있는 것보다는 한층 더 짜임새를 갖

---

116 철학자 스피노자(Baruch de Spinoza, 1632-1677)의 괴테사상에 대한 복합적인 의미는 별도의 논의가 필요할 만큼 크다. 괴테의 스피노자에 대한 관계의 단면을 보여주는 언급을 『시와 진실』에서 읽을 수 있다. "모든 것을 조절하는 스피노자의 평온은 모든 것을 자극하는 나의 노력과 대립했으며, 그의 수학적 방법은 나의 사고방식과 표현방식과 상반되었다. 또 도덕적인 대상에는 적합하다고 여길 수 없는 그의 규칙적인 취급방식도 나를 그의 열렬한 제자로 만들었고 절대적 숭배자로 만들었다. 정신과 감정, 오성과 감각은 필연적인 친화력으로 서로를 찾으며, 이 친화력에 의해 다양한 성찰들의 결합이 이루어지는 것이었다."(함부르크판 괴테전집, 제 10권 35쪽). 뮐러(G. Müller)의 전언에 의하면 괴테는 '스피노자적인 것'이라는 말로써 "모든 궁극적인 존재는 '목적자체가 되는 것'이라는 뜻으로 이해하고 있다는 것이며, 그것은 예술작품의 유기적인 통일체를 의미한다고 볼 수 있다는 것이다. 그런 의미가 여기에 반영되었다고 볼 수 있다.

117 이탈리아 피렌체의 정치이론가 마키아벨리(Niccoló Machiavelli, 1496-1527)는 그의 주저 『군주론 Il Principe』를 근거로 비도덕적인 권력정치의 상징적 인물로 요약되는데, 괴테는 첼리니(Benvenuto Celini)를 논할 때, 그 보유(補遺)에서만 인용하였다. 괴테는 '마키아벨리즘'이라고 적은 한 육필메모에 '비난받을만한'(verrucht)이라고 부기했다.

추고 있다.

526 우리는 시각(視覺)이 좌우, 상하로 놓여 있는 대상들의 거리를 가늠할 수 있다는 사실을 인정한다. 그러나 전후(前後)의 것에 대해서도 똑같이 용인하려 하지는 않는다.

527 그러나 정지된 것으로서가 아니라 움직이는 것으로 생각되는 인간에게 시차각(視差角)을 통한 가장 확실한 이론이 주어져 있다.

528 면밀하게 살펴 볼 때, 상응하는 각도의 이용에 대한 이론이 그 안에 포함되어 있다.

529 통찰 대신에 자기들의 지식을 내세우는 사람들(젊은이들).

530 모든 현상은 삼각형 지형의 뒷부분이 가파르고 도달할 수 없을 때, 편안하게 오를 수 있는 완만한 경사지처럼 접근이 가능하다.

531 통찰력이 있는 사람들도 우리가 당면해서 만족해야만 하는 기본 경험이 무엇인지 자기들이 설명하고자 한다는 사실을 깨닫고 있지 않다.[118]

---

118 여기서부터 532번까지. 298번 참조.

532 그러나 이것 또한 유익하다. 그렇지 않으면 우리는 너무 일찍 탐구를 중단하게 될 터이니까 말이다.

533 하나의 특성이 인간이 태어날 때부터 주어져 있고 인간의 천성과 가장 내면적으로 관련되어 있다. 즉 가장 가까이에 있는 것은 인식을 위해서 그에게 충분치 않다는 점이다. 그러나 우리 자신이 지각하고 있는 모든 현상들은 그 순간 가장 가까이에 있는 것이며 우리가 강하게 그 현상 안으로 뚫고 들어가면 그것이 제 스스로를 해명할 것을 요구할 수 있는 것이다.

534 그러나 사람들은 그 사실을 터득하지 못할 것이다. 왜냐면 그것은 그들의 천성에 맞지 않기 때문이다. 그렇기 때문에 교육을 받은 사람들은 즉석에서 어떤 진리를 인식했을 때, 그것 자체를 인정하지 않고 가장 가까운 것 뿐만아니라 가장 넓고 먼 것과도 연관시키며, 이로부터 오류에 오류가 더해진다. 가까이 있는 현상은 모든 것이 사방에 널리 알려져 있는 몇 되지 않는 큰 법칙들에 연관된다는 의미에서만 멀리 있는 현상들과 관련되는 것이다.

535 인간이 인식 가능한 단순한 것에 만족하지 않고 어쩌면 결코 알아 낼 수 없는 한층 복잡한 문제를 향해 나아가는 이상한 일을 볼 수 있다. 그 단순하고 파악 가능한 것은 전적으로 활용가능하고 유용하며, 그것이 우리를 만족시키고 생기 있게 해 주면, 우리로 하여금 평생에 걸쳐 정신

을 쏠리게 해 줄 수 있다.

536 우리가 현상 가운데 들어 있는 이념을 인정해야 할 때 우리를 그처럼 당혹스럽게 하는 것은 그 이념이 자주 그리고 예사로 감각에 거슬린다는 점이다.

코페르니쿠스의 체계는 파악하기 어려웠고, 일상적으로 우리의 감각에 거슬리는 이념에 바탕을 두고 있다. 우리는 인식하거나 파악하지 못한 것을 그저 되풀이해서 말하고 있을 뿐이다. 식물들의 변형도 똑같이 우리들의 감각에 맞지 않는다.[119]

537 개념은 경험의 총체이며 이념은 경험의 결과이다. 개념을 이끌어 내려면 오성이 필요하고, 이념을 파악하려면 이성이 필요하다.

538 이성은 형성되고 있는 것에, 오성은 이미 형성된 것에 의지한다. 이성은 <무엇을 위해서?>에는 관심을 갖지 않으

---

119 21번에 대한 주해 참조. 『식물변형론 Die Metamorphose der Pflanzen』은 『색채론』과 함께 괴테의 가장 뛰어난 자연과학적인 업적이다. 형태화-변형이라는 형성의 법칙은 모든 유기적인 자연에 똑같이 유효하다. 『식물변형론』에서 괴테는 식물의 형태론을 전개하고 있다. 즉 형성과 변성, 확장과 수축의 양극적인 교차에 따르는 떡잎, 경엽, 악엽, 꽃잎, 수꽃술, 열매와 씨앗의 형성과 변성을 전개시키고 있다. "그렇게 해서 우리가 이제 싹트고 꽃피우는 식물의 서로 달리 보이는 유기체를 하나의 유일한, 그러니까 매 마디마다에 보통으로 피어나는 잎을 통해서 해명하려고 시도했듯이, 우리는 또한 그 씨앗을 자체 안에서 단단히 내포하곤 하는 예의 열매들을 그 잎의 형태로부터 이끌어 내려고 감행했던 것이다."(함부르크판 괴테전집, 제 13권 100쪽 이하). 괴테가 의미하는 변형은 삼중으로 이루어 지는 데, 첫째 잎에서 원식물로의 변형, 두 번째 원식물에서 속(屬), 종(種) 그리고 개체로의 변형, 마지막으로 개체의 성장단계로의 변형이 그것이다.

며, 오성은 <어디서부터?>를 묻지 않는다. 이성은 발전을 즐기며, 오성은 이용할 수 있도록 모든 것을 확실하게 붙잡기를 원한다.[120]

539 이념을 두려워하는 자는 결국에는 개념마저 지니지 못한다.

540 숭고함은 지식 때문에 차츰차츰 조각나, 우리들의 정신 앞에 쉽사리 재결합되어 나타나지 않는다. 그리하여 우리는 우리에게 은혜로 주어졌던 지고(至高)함을, 우리를 완전하게 무한한 것과의 공감의 경지에까지 끌어 올리고 있는 일체성을 단계적으로 빼앗기고 있다. 우리는 증가된 지식과 비례해서 점점 더 위축되고 있는 것이다. 이전에 우리는 전체와 더불어 거인처럼 서 있었다면, 지금은 부분들에 맞서 있는 난장이로 우리 자신을 보고 있다.

541 각각의 이념은 낯선 손님으로 현상 안으로 들어선다. 그리고 이념이 자신을 실현시키기 시작함과 함께 그것은 환상이나 망상과 거의 구분되지 않는다.

542 이것이 우리가 좋은 의미에서나 나쁜 의미에서 이데오

---

120 에커만과의 대화 (1829. 2. 13.)에서 "신성(神性)은 그러나 살아 있는 것 안에 작용하지만 죽은 것안에서는 활동하지 않는다네. 신성은 형성되는 것, 변성되는 것 안에 존재하는 것이지 이미 형성된 것이나 고착된 것 안에는 존재하지 않는다네. 그렇기 때문에 이성은 신적으로 경향 안에서 오로지 형성되고 있는 것, 살아 있는 것과만 관련하는 것이고, 오성은 기존의 형성된 것, 고정된 것과 관련하는 것이네."라고 한 괴테의 말 참조.

로기라고 불러왔던 바의 것이며 왜 관념론자가 활발하게 활동하는 실천적인 일상의 사람들에게 그렇게 거슬리는지에 대한 이유이다.

543 공리(公理)와 추리(推理)의 차이는 무엇인가? 공리. 그것은 우리가 본래부터 증거 없이도 인지하고 있는 것. 추리. 그것은 우리로 하여금 많은 경우를 회상케 하고 우리가 이미 인지했던 것을 한데 연결시키는 것.

544 잘못된 경향들은 사실적인 동경(憧憬)의 한 형태이며, 이념적인 동경이라고 자신을 표명하는 잘못된 경향보다는 항상 유익하다.

545 사색하는 사람은 묘한 특성을 가지고 있다. 그는 풀리지 않는 문제가 있는 곳에서 즐겨 공상속의 상(像)을 지어내고, 그 문제가 풀리고 진리가 들어났을 때에도 그것으로부터 벗어날 수가 없다.

546 신화도 전설도 학문에서는 용인되지 않는다. 이것들은 세상의 유익함과 기쁨을 위해 이것들을 다룰 소명을 받은 시인들에게 맡길 일이다. 과학적인 사람은 가장 가까이 있는, 가장 명백한 현재에 자신을 한정시키는 것이 낫다. 그러나 그 사람이 때때로 연설가로서 등장하려 한다면, 신화와 전설을 다루는 일이 그에게 거부되지는 않을 것이다.

547 자연연구의 역사 안에서는 현상의 관찰자들이 너무 빨리 이론을 향해 서둘러 가고, 이로 인해서 불충분하고 가설적으로 변화되는 것을 꼭 발견하게 된다.

548 이론들이란 현상으로부터 떨어져 나오기를 좋아하고 그 자리에 이미지들, 개념들, 그리고 자주 말들을 끼워 넣는 조급한 오성의 경솔한 작업인 경우가 보통이다. 그것은 그저 하나의 미봉책이라는 사실을 예감하며, 또 그것을 잘 알고 있기도 하다. 그러나 열정과 낭파성신이 언제든지 미봉책을 서로 사랑하는 것은 아닐까? 열정과 당파심이 미봉책을 매우 필요로 하기 때문에 그것이 당연한 일이기도 하다.

549 수단을 깊이 생각하지 않은 채 목표를 향한 성급한 전진. 마치 요람에 누워 있는 아들에게 시기를 놓치지 않고 이익을 주기위해서 그 애비를 때려죽이는 것처럼.

550 우리가 아리스토텔레스의 문제를 생각해 보면, 관찰의 재능에 대해서 그리고 모든 것에 대한 그리스인들의 안목에 대해서 놀라게 된다. 다만 이들은 조급함의 실수를 저지르고 있는데, 현상으로부터 직접 설명으로 나아가고 이를 통해서 전혀 불충분한 이론적인 진술을 전면에 내세우고 있는 것이다. 그러나 이것은 오늘날에도 저질러지고 있는 일반적인 실수이기도 하다.[121]

---

121 괴테는 1827. 3. 23-29. 첼터에게 보낸 편지에서, 자신에게 젊은 힘이 더 주어진다면

551 데카르트는 자신의 저서 『방법론 서설』을 몇 차례 고쳐 썼다. 그리고 지금 내 놓은 것으로는 우리에게 아무런 도움을 줄 수 없다. 한 동안 성실한 연구에 머물고 있는 사람은 누구든지 자신의 방법을 언젠가는 바꾸어야만 한다.

552 19세기는 이 점을 주목해야 할 이유를 모두 가지고 있다.

553 경험이 성가시게 된 사람만이 방법으로 끌려가게 된다.

554 가설(假說)이란 우리가 건축에 앞서 설치하는 발판이다. 건물이 완성되면 우리는 그 발판을 치운다. 발판들은 일꾼에게는 없어서는 안 될 설비이다. 다만 일꾼이 그 발판을 건물로 착각해서는 안 된다.

555 우리가 인간의 정신을, 불필요하게 제약하고 잘못 또는 절반만 보도록 잘못 결합하고, 직관하는 대신 파헤치고, 판단하는 대신 궤변을 늘어놓도록 강요하는 가설로부터 해방시킨다면 우리는 그 정신에게 이미 커다란 봉사를 바친 셈이다. 그는 현상들을 한층 자유롭게 다른 관계들과 연결가운데 보게 되고, 자신의 방식에 잘못을 범할 기회를 다시 얻게 되지만, 그가 다음 차례에 자신의 오류 자

무엇을 하겠는가에 대해 쓰기를 "자연과 아리스토텔레스가 나의 목표점이 될 것 같네. 이 인물이 탐지했고, 보았고, 들여다 보았으며, 알아차렸고, 관찰했던 모든 개념들에 대해서 말일세."라고 했다. 여기서 괴테가 즐겨 사용한 개념의 중복적인 제시가 주목할 만하다. 탐지하고(erblicken), 보고(sehen), 들여다 보고(schauen), 알아차리고(bemerken), 관찰한다(beobachten)는 것은 대상 또는 현상에의 몰입을 강조하고 있다.

체를 다시 통찰하는데 이르게 된다면 평가할 수 없을 만큼 귀중한 기회를 얻게 되는 것이다.

556 모든 가설들은 반복적인 관찰을, 재검을, 대상들에 대한, 의문시되는 현상들에 대한 모든 측면에서의 관찰을 방해한다.

557 가설들은 교사가 학생들에게 불러 잠재우는 자장가이다. 사색하는 성실한 관찰자는 갈수록 더 많이 자신의 한계를 알게 되고, 지식이 넓게 펼쳐지면 질수록 더 많은 문제가 제기되는 것을 알게 된다.

558 환상적인 것과 이념적인 것, 법칙적인 것과 가설적인 것의 차이를 파악할 줄 모르는 사람은 자연연구자로서 적합하지 않다.[122]

559 오성과 상상력이 이념의 위치를 차지할 때 가설은 존재한다.

560 우리들의 과오는 우리가 확실한 것을 의심하고 불확실한 것을 고착시키고 싶어 하는 데에 있다. 자연탐구에서 나의 원칙은 확실한 것을 확실하게 붙들고, 불확실한 것은 주의하라는 것이다.

---

122 주관적인 환상을 객관적인 이념과 착각하는 위험에 대해서 괴테는 반복해서 지적하고 있다.

561 내가 허용할만한 가설이라고 부르는 것은, 진지한 자연에 의해서 반박당하기 위해서, 말하자면 유희삼아 세운 가설이다.

562 형체 없는 현실성을 자신의 가장 고유한 방식대로 파악하고 그것을 망상과 구분하는 것은 본래 정신의 행사(行使)이다. 망상도 어느 정도의 현실성을 가지고 활발하게 나서기 때문이다.

563 경험은 무한하게 확장될 수 있고, 바로 그런 의미에서 이론은 순화하고 한층 더 완벽해 질 수 없다. 경험은 우주를 향해서 모든 방향으로 활짝 열린 채이고, 이론은 인간능력의 한계 안에 갇힌 채 머문다. 그렇기 때문에 모든 사고 방식은 되풀이 될 수밖에 없고 확장된 경험에서 고루한 이론이 다시금 총애를 받게 되는 이상한 경우가 나타나는 것이다.

564 경험은 처음에는 과학에 유익하고, 그 다음에는 과학에 해를 끼친다. 왜냐면 경험은 법칙과 예외를 알게 해 주기 때문이다. 이 두 개 사항의 평균치는 결코 진리를 산출하지 못한다.

565 절대성에까지 [끌어 올려 진 / 확대된] 경험주의가 자연철학이다. 쉘링[123]

---

[123] 1798년부터 괴테는 당시 예나대학 교수로 있었던 쉘링(Friedrich Wilhelm Joseph von

566 개별적인 사례에서 법칙을 인식해 내는 일은 인간에게 드물게만 일어난다. 그렇지만 언제나 수천의 사례에서 법칙을 인식한다면, 개별적인 사례에서 다시 법칙을 발견해 낼 것이 틀림없다. 정신은 먼 우회로를 절약한다.

567 경험의 절약

경험의 대홍수

무엇에 대해서 말하는지 안다면, 말하지 않게 될 사항들.[124]

568 자연의 탐구에서 정리, 체계를 목표로 삼는 것은 방해도 되지만 촉진이 되기도 한다.

569 그리스 사람들은 그들이 기술(記述)하거나 설명할 때, 원

Schelling, 1775-1854)과 직접적으로 유대관계에 있었다. 괴테는 그간 쉘링이 발표한 자연철학 저술들을 빠짐없이 읽었고 쉘링과의 대화를 통해서 이 저술의 내용을 자세히 검토하기도 했다.(괴테의 일기, 1798년 11월, 1799년 9월-10월). 쉘링은 이 저술들을 통해 피히테(Fichte)의 관념론을 벗어나 그의 『학문론』을 자연철학으로 보완하고자 했다. "자연은 가시적인 정신이어야 하고, 정신은 불가시적인 자연이어여야 한다. 그러니까 여기, 우리 내면의 정신과 우리 외부의 자연의 일치성에서 우리 외부의 자연이 어떻게 가능한가라는 문제가 해결되어야만 하는 것이다." (괴테가 읽은 바 있는 쉘링의「자연철학에 대한 이념들 Ideen zur einer Philosophie der Natur」, Manfred Schröter편찬의 쉘링전집, 제1권 706쪽) 여기에는 발전 사상이 결합되어 있다. 즉 자연은 형성되고 있는 것으로 나타나며, 이 과정은 자연철학자들에 의해서 실감있게 체험되어야 한다. "우리는 우리의 표상의 체계를 그것의 존재에서가 아니라, 그것의 형성가운데서 관찰해야한다. 철학은 발생학적으로 변할 것이다. 즉 철학은 우리들의 표상의 전 필연적인 연결을 우리의 눈앞에 생성되듯이 해야 하는 것이다."(같은 책, 689쪽). 여기에서 괴테의 자연관과의 밀접한 접촉점을 읽을 수 있다. 괴테는 쉘링의 1798년 저술 『세계정령 Weltseele』을 발간 즉시 정독했음을 기록하고 있다.

124 한편으로는 보편주의자의, 다른 한편으로는 단원주의자의 위험성을 의미한다.

인에 대해서나 결과에 대해서 말하지 않고 외적인 현상을 앞에 내세워 말했다. 자연과학에서도 그들은 우리처럼 어떤 시도를 행하지 않고 개별적인 경험의 사례에 의지했다.

570 이론자체는 우리로 하여금 현상들의 연관성을 믿게 만드는 것 이외 아무 소용이 없다.

571 이론적인 의미에서 절대성에 대해서 나는 감히 말하지 않겠다. 그러나 그 절대성을 현상 안에서 인정하고 언제나 주목했던 사람은 그것으로부터 많은 이익을 경험하게 되리라는 점을 내가 주장해도 될 것 같다.

572 아낙사고라스[125]는 모든 동물은 능동의 이성을 지니고 있지만, 오성의 통역사이기도 한 수동의 이성을 지니고 있지는 않다는 사실을 가르치고 있다.[126]

573 동물은 자신의 기관(器官)에 의해서 가르침을 받고, 인간은 자신의 기관을 가르치고, 그것을 지배한다.[127]

---

125 아낙사고라스(Anaxagoras, 기원전 약 500-428). 추방당하기 전 주로 아테네에서 제자들을 가르친 자연철학자.
126 플루타크의 『철학자들의 교훈들』에 들어 있는 말.
127 아낙사고라스에서 유래된 것으로 보이는 그리스의 격언을 활용한 잠언. 괴테는 그리스의 격언에 "인간은 자신의 기관을 가르치고…"를 첨가하였다. 괴테는 1832. 3. 17. 훔볼트(W. v. Humboldt)에게 보낸 편지와 1831. 6. 9. 첼터에게 보낸 편지에서도 유사하게 피력했다.

574 여기저기에서 일어나고 있는 일이기는 하지만, 학문분야에서 커다란 폐해의 하나는 이념의 능력을 전혀 가지고 있지 않은 사람들이, 그렇게 많은 지식도 이론화할 자격을 가지고 있는 것은 아니라는 것을 모르고, 주제넘게 이론화 하려고 한다는 점이다. 사람들은 처음에 칭찬할 만한 인간오성을 가지고 일에 임하지만, 이 오성도 자신의 한계를 가지고 있다. 그리하여 오성이 이 한계를 넘게 되면 사리에 어긋날 위험에 빠진다. 오성에게 주어진 영역과 상속은 행동과 행위의 부분이다. 오성은 활동하면서 길을 잃는 경우는 거의 없다. 그러나 더 높은 차원의 사유, 추론 그리고 판단은 오성이 관여할 사항이 아니다.

575 오늘날 학문에서 착잡해지는, 좋지 않은 방법이 있다. 사람들은 보다 차원 높은 생각을 열어 보이지 않은 채, 평범한 생각으로부터 멀어지고 초월하고 공상하며 생생한 직관을 두려워한다. 그리고 마침내 실천적인 것 안으로 들어가고자 하거나 또 그렇게 해야만 할 경우, 갑자기 해체적으로 되거나 기계적으로 되어 버린다.

576 모든 이념적인 것은 사실적인 것으로부터 요구를 받게 되자마자 이 사실적인 것과 제 자신을 결국 다 소모해 버린다. 그리하여 신용(지폐)이 은(銀)과 자기 자신을 다 먹어 없애는 것이다.

577 평이(平易)함은 감성과 오성의 몫이다. 여기에는 적절함

과 유사한 적합성이 연결된다. 적합성은 그러나 어떤 특수한 시기와 결정적인 상황에 대한 하나의 관계이다.

578 인간오성은 건강한 인간과 함께 순수하게 태어나고, 스스로 발달하여 필연적인 것과 유용한 것의 결정적인 지각과 인정을 통해서 현시된다. 실천적인 남녀들은 확실성을 가지고 이것을 이용한다. 오성이 결핍되면 남녀는 자신들이 욕구하는 것을 필연으로, 자신들의 마음에 드는 것을 유용한 것으로 생각하게 된다.

579 "상식은 인류의 수호신이다."[128]

580 인류의 수호신으로 평가해야 옳은 상식은 우선 그것의 표현에서 관찰되어야만 한다. 인류가 그것을 무엇을 위해 쓰고 있는가를 살펴보면 다음과 같은 사실을 발견하게 된다. 즉 인류는 욕구에 의해서 조건 지워져 있다. 이 욕구가 채워지지 않으면 초조해 하며, 욕구가 채워지면 무관심한 태도를 보인다. 본래의 인간은 그러니까 이 두 개의 상태사이에서 움직인다. 그리고 그는 자신의 욕구를 충족시키기 위해서 오성을, 소위 말하는 인간의 오성을 사용하게 된다. 그렇게 된 경우, 그는 무관심의 공간을 채워 넣어야 하는 과제를 안게 된다. 이 일이 가장 가까이 또 가장 필연적인 한계에 제한

---

128 이 인용의 출처는 프랑스의 역사학자 기조(M. Guizot)의 『유럽 문명사 Histoire gé-nérale de la civilisation en Europe』이다.

해서 이루어지면, 이 일 또한 성공하게 된다. 그러나 욕구가 커지고 평범의 범위를 벗어나게 되면 상식은 더 이상 충분하지 않게 된다. 이제 상식은 더 이상 수호신이 아니며 오류의 영역이 인류에게 열리게 되는 것이다.

581 실천적인 것을 고려할 때 엄격한 오성은 이성이다. 왜냐면 이성의 최고 지향점은 오성의 그것에 대응하여 오성을 엄격하게 만드는 일이기 때문이다.

582 모든 추상적인 것은 응용을 통해서 인간오성에 접근된다. 그렇게 해서 인간오성은 행동과 관찰을 통해서 추상에 이르는 것이다.

583 본래 실천적인 것을 향해 있는 인간오성은 보다 차원 높은 문제의 해결에 도전하게 될 때에만은 과오를 저지르게 된다. 이와 반대로 한층 차원 높은 이론도 오성이 작용하고 존재하는 그 영역 안에 순응할 수 있는 경우가 드물다.

584 변증법은 사물들의 차이를 인식하는 법을 배우도록 인간에게 주어진 반론제기 정신의 수련이다.[129]

---

129 에커만과의 대화에서 에커만이 전하는 바에 따르면(1827. 10. 18.) 헤겔이 변증법을 가리켜 "누구에게나 있는 모순의 정신을 법칙화 하여 방법적으로 다루는 것에 지나지 않는데, 이것은 참과 거짓을 분별하는데 도움이 됩니다."라고 말하자, 괴테는 이 말을 받아 "그런데 그러한 정신상의 기술과 민활함이 자주 남용되어, 거짓을 참이라하고 참을 거짓이라고 하는 데에 사용되지만 않으면 얼마나 좋겠는가"라고 말했다는 것이다.

585 사람들은 오랫동안 이성의 비판에 열중해 왔다. 나는 인간오성의 비판을 원했다. 우리가 상식으로 하여금 그것이 얼마나 멀리 도달할 수 있는지 확신에 이르기 까지 증명할 수만 있다면 그것은 인류를 위해서 하나의 참된 선행일 것이다. 그리고 그것이 상식이 지상에서의 삶을 위해서 전적으로 필요하다고 할 수 있는 한계이다.

586 개개의 모든 오성이 마음에 들어 하고, 설령 감정이 언제나 동조하는 것은 아니지만, 이성이 아무런 피해도 주지 않는 무한한 오성.

587 관찰자가 찾아내고 유사한 현상들을 하나의 일반적인 원인의 탓으로 돌리는 일반적인 인과관계. 그러나 신변 아주 가까이에 있는 것이 생각의 대상이 되는 경우는 거의 없다.

588 인간들은 무한한 현상의 무한한 조건에 의해 과도한 짐을 짊어진 상태여서 하나의 근원적인 조건을 인지할 수가 없다.

589 우리는 파생된 현상들안에 살고 있음으로 어떻게 해야 근원적 질문에 이르게 되는지를 결코 알지 못한다.

590 사람들은 아주 적절하게 말한다. 즉 현상은 원인 없는 결과이며, 작용은 이유 없는 결과라고. 원인과 이유는 너무

도 단순해서 사람들의 눈길을 피해 숨어 버리기 때문에 사람이 그것을 발견하기가 쉽지 않다.

591 사고하는 사람은 원인과 결과를 물을 때 특히 과오를 범한다. 이 원인과 결과가 합쳐 분리되지 않는 현상을 만들어 낸다. 이러한 사실을 인식할 줄 아는 사람은 옳은 길을 따라서 행동으로, 행위로 향한다.[130]

592 발생론적인 처리방식은 우리를 보다 나은 길로 이끌어 갈 것이다. 비록 그것으로 충분한 것은 아니라 할지라도 말이다.

593 원인과 결과에 관한 가장 고유한 개념, 가장 필연적인 개념은 그 적용에서 수많은, 계속 반복되는 오류들의 동기가 된다.

594 우리가 저지르게 되는 가장 큰 잘못은 마치 활의 시위가 날려 보낼 화살을 재어 놓고 있듯이, 원인을 그 결과에 항상 가까이 놓고 생각한다는 점이다. 그런데 우리는 이러한 잘못을 피할 수가 없다. 왜냐면 원인과 결과는 항상 함께 사유되고 따라서 정신 안에서 접근되기 때문이다.

595 가장 가까이에 있는, 파악하기 쉬운 원인은 구체적이며

---

130 이하 595번까지, 괴테는 원인과 결과의 관계를 기계적인 인과율(因果律)로 보지 않으며 유기적인 작용으로 보고 있다.

바로 이 때문에 가장 명백하다. 따라서 우리는 한층 차원 높은 형태의 것도 종종 기계적이라고 생각하게 된다.

596 이유는 바로 이런 것이다. 우리가 동적으로만 설명될 수 있는 문제를 한쪽으로 제쳐 놓으면, 그때는 기계적인 설명방식들이 다시금 토론 일정(日程)에 이른다는 것이다.

597 결과의 원인으로의 환원은 역사적 처리절차에 불과하다. 예컨대 한사람이 살해되었다는 결과는 발사된 총이라는 원인으로 환원된다.

598 꽃식물 안에는 포자식물과 비슷한 아주 많은 특성이 있어서 수세기에 걸쳐도 그 비밀이 풀리지 않을 것이다.

599 생성의 개념은 우리들에게 전적으로 거부되어 있다. 그렇기 때문에 우리가 무엇이 생성되는 것을 보면 그것이 이미 존재했었다고 생각한다. 따라서 전생(前生)내포 체계가 우리에게는 이해하기 쉽게 여겨진다.[131]

---

131 괴테의 견해에 따르면 전생내포설은 터무니없지만 사람들이 이해하기 쉽다는 것이다. 이 학설은 누구보다도 스위스의 자연과학자 보네(Charles Bonnet, 1720-1795)에 의해서 주창되었는데, 모든 생명체는 이미 씨앗에 내포되어 있으며, 모든 것은 첫 번째의 생명체로 되돌아가는 것이라고 설파했다. 형태론자인 괴테는 사물을 전혀 달리 보았다.『프랑스종군기 Campagne in Frankreich』에 괴테는 이렇게 기록하고 있다. "어느 모임에서나 사람들이 자기들만의 세계에 틀어 박히는 것을 탓할 수는 없다. … 이미 일년전에 출판된『식물변형론』에 대해서 그들은 거의 지식이 없었다. 나로서는 막히는데 없는 나의 변형론적 사고를 논리정연하게, 가장 강력한 확신을 가지고 설명해 보았지만, 유감스럽게도 이미 존재하는 것 이외에는 아무것도 생성될 수 없다는 굳어버린 상상력 같은 것이 모든 사람의 마음을 지배하고 있다는 사실을 인정하지 않을 수 없었다. …전생내포설은 매우 설득력있고, 보네와 함께 자연

600 더 이상 생성하지 않는 것을 우리는 생성 중에 있는 것으로 생각할 수 없다. 생성이 끝난 것을 우리는 생성 중이라고 이해하지 않는다.

601 근래의 일반적인 화성설(火成說)은 현재의 파악할 수없는 세계를 과거 미지의 세계에 연관 시키려는 하나의 대담한 시도이다.[132]

602 상당수의 중요한 것이 부분들이 결합되어 이루어져 있는 것을 우리는 본다. 우리는 건축술의 작품을 관찰해 보았다. 많은 것들이 규칙적으로 또는 불규칙하게 축적되어 있는 것을 보게 된다. 그렇기 때문에 단자론(單子論)적인 사상은 가까이 그리고 편안하게 우리가 활용할 수 있도록 준비되어 있다. 따라서 우리는 그 단자론적인 사상을 유기체의 경우에도 적용하는 것을 꺼려하지 않는 것이다.

603 우리가 상상력에 대해서 생성된 것 대신에 생성을, 이성

을 관조한다는 것이 지극히 교훈적인 것처럼 보였다."(함부르크판 괴테전집, 제 10권 314쪽)참조.

132 화성설(Vulkanismus). 태고의 화산 폭발로 지구표면이 형성되었다는 이론. 부흐(L. v. Buch)와 훔볼트(A. v. Humboldt)에 의해서 주창되었다. 괴테는 베르너(A. G. Werner)에 의해서 주창된 수성론(Neptunismus)의 편에 서 있었다. 현무암과 화강암으로 이루어 진 암석들도 물로부터 생성되었다고 주장한다. 괴테의 이러한 학술적인 대립은 매우 진지해서『파우스트』제 2부에서는 아낙사고라스와 탈레스의 논쟁으로 인용되기도 한다. 아낙사고라스: "바위도 화염의 운무에 의해서 만들어졌네."(7855행). 탈레스:" 생명체는 물에서 탄생하지."(7856행). 아낙사고라스는 화성론자를 대변하고, 탈레스는 수성론자를 대변한다.

에 대해서는 결과 대신에 원인을 재생산하고 발언하기를 기대하는 가운데, 우리는 거의 아무 것도 한 것이 없다. 왜냐면 그것은 [표상^{직관}]의 한 전환에 불과한 것이지만, 외부 세계를 [맞선^{향한}] 관계에서 더 이상 수행할 수 없는 사람에게는 충분한 것이기 때문이다.

604 이성은 생동하고 있는 것에 대해서만 지배력을 갖는다. 지질학이 관계하고 있는 생성이 끝난 세계는 죽은 것이다. 그렇기 때문에 지질학은 존재할 수 없다. 여기서는 이성이 아무것도 할 일이 없으니까.

605 내가 흩어져 있는 뼈대를 발견한다면 나는 그것을 주워 모아 짜 맞출 수 있다. 왜냐면 여기에서 영원한 이성이 어떤 유사물(類似物)을 통해서 나에게 말해 주기 때문이다. 그것이 설령 홍적기(鴻績期)에 살았던 거대한 포유류일지라도 말이다.

606 인간은 작용의 한 가운데 순응하며, 원인을 묻고 싶어 참을 수가 없다. 게으른 존재의 하나로서 그는 가장 가까이에 있는 원인을 최고의 원인으로 생각하고 안심한다. 특히 이러한 것이 일반적인 인간오성의 형태이다.[133]

607 우리는 어떤 폐해를 보면, 즉시 그것에 작용을 가한다. 다

---

133 578번-583번 참조.

시 말하자면, 증세가 보이면 즉각적으로 그것에 대해 치료를 시작하는 것이다.

608 원인에 대한 활발한 질문, 원인과 결과의 혼동, 잘못된 이론에의 안주는 크게 해로운 것이며, 그 해로움을 확산시켜서는 안 된다.

609 동일한 또는 최소한 유사한 작용들이 여러 가지 다른 방식을 통해서 자연의 힘에 의해 생성된다.

610 이때 분할의 근거를 수단으로 하는 것처럼 파생의 근거를 수단으로 한다.[134] 이것들은 상세하게 검토해야만 한다. 그렇지 않으면 그 자체 아무것도 아니다.

611 복합체를 통해서 단순한 것을, 어려운 것을 통해서 쉬운 것을 설명하려고 하는 것은, 학문의 전체에 퍼져 있고 통찰력이 있는 사람들에게는 잘 인식되고 있으나, 모든 곳에서 명백하게 시인되지 않은 일종의 폐해이다.

612 물리학을 엄밀하게 들여다 보기 바란다. 그러면 물리학이 토대로 삼고 있는 실험들은 물론 현상들이 서로 다른 가치를 가지고 있다는 사실을 발견하게 될 것이다.

---

134 분할의 근거(Eintheilungsgründe)는 다른 용어로 카테고리(Kategorie)로, 파생의 근거(Ableitungsgründe)는 공리(公理 Axiom)로 이해된다.

613 일차적인, 기초적인 실험에 모든 것은 달려 있다. 그리고 이 위에 세워진 주제는 확실하고도 확고하게 서 있다. 그러나 제 2의, 제 3의 그리고 기타의 실험들도 있다. 이것들에 대해서도 동일한 권리를 용인하게 된다면, 그것들은 첫 번째의 기초적인 실험에 의해서 해명된 것을 혼란시킬 뿐이다.

614 나는 신중한 탐구를 위해서 내 자신이 귀납법을 사용한 적이 없다. 왜냐면 나는 제때에 그것의 위험성을 충분히 느꼈었기 때문이다.

615 그러나 누군가가 귀납법을 나에 대응하여 사용하고 일종의 몰이사냥으로 나를 회유하여 궁지에 몰아넣으려고 하면 나는 그것을 참아낼 수 없을 것이다.

616 직관과 추론을 즉각적으로 결부 시키고 이 양자를 똑같이 유효한 것으로 생각하는 것은 곤란한 일인데도 이런 일이 많은 관찰자에게서 일어난다.

617 일종의 병리학적인 실험 물리학을 사람들이 설명하고 오성을 기만하며 믿음을 사취하는 온갖 속임수를 백일하에 드러내 보이는 때가 다가올 것이다. 여기에서 가장 고약한 일은 철저히 모든 실천적인 진보를 방해한다는 사실이다. 현상들은 이번만은 침침하고 경험적-기계적-독단적인 고문실에서 나와 평범한 인간오성의 심판대

앞에 세워져야만 한다.

618 말 많은 관찰자들과 변덕스러운 이론가들은 가장 못마 땅한 사람들이다. 그들의 시도는 좀스럽고 복잡하며, 그 들의 가설은 이해하기 어려우며 기묘하다.

619 융통성 없는 현학자이면서 동시에 무뢰한인 인간들이 있다. 그런 자들은 최악의 인간이다.

620 자연을 파악하고 직접 자연을 이용할 줄 아는 재능을 부 여받은 사람은 극소수이다. 사람들은 인식과 활용 사이 에 허공에 뜬 존재를 꾸며내기를 좋아한다. 그들은 이 허 공의 존재를 세심하게 만들어 내고 이를 넘어서 이용과 함께 대상을 잊어버리게 된다.

621 마찬가지로 우리는 아주 작은 범주 내에서도 행해지고 있는 일이 대자연안에서 일어나고 있다는 사실을 쉽사 리 파악하지 못한다. 경험이 강하게 요구하면, 사람들은 결국 그 사실을 인정하게 된다. 연마된 호박(琥珀)에 의 해서 끌어당겨지면 짚은 가장 무서운 뇌우와 근친관계 에 있으며, 동일한 현상이기도 하다. 우리는 몇몇 다른 경 우에서도 이러한 대소동질성(大小同質性)을 인정한다. 그러나 때로는 순수한 자연의 정령이 우리를 떠나며, 인 위의 악령이 우리를 점령하고 도처에 세력을 얻을 수 있 게 된다.

622 내가 살아 갈수록 더욱 짜증나는 경우가 있다. 최고의 지위에 있으면서 자연을 향해서 명령하고, 자신과 자신의 동료를 폭력적인 자연으로부터 해방시키고자 하는 사람을 볼 때, 어떤 잘못된 선입견으로 잘못 파악된 개념을 통해서 자신이 원하는 것과는 반대의 일을 행하고, 전체적으로 재능이 타락해서 개개의 일에 있어서 딱하게도 서툴게 손을 대는 것을 보게 될 때가 그렇다.

623 관찰에 열려있는 세계, 관조되고 예감되고 있는 세계는 언제나 동일한 세계이다. 그리고 진실 혹은 허위에 사는 사람, 첫 번째보다 마지막에서 더 편안하게 사는 사람도 언제나 동일한 인간이다.

624 우리의 서쪽 이웃나라의 최근 철학은[135] 인간이 자신이 원하는 대로 행동하더라도 언제나 다시금 태어난 속성으로 되돌아가며 전체 민족도 역시 그러하다는 증언을 제시하고 있다. 천성이 인간의 성격과 생활방식을 규정

---

135 "우리의 서쪽 이웃나라의 최근 철학"은 프랑스의 철학자 쿠쟁(Victor Cousin, 1792-1867)을 일반화시켜 말하고 있다. 괴테는 두 차례에 걸쳐(1817. 10. 10/ 1825. 4. 28)쿠쟁을 만나고 나서 그를 높게 평가했다. 쿠쟁은 쉘링, 헤겔 철학의 영향을 받아 경험주의와 독일의 관념론을 종합하고자 했고, 절충주의적인 유심론을 주장했다. 수차례 독일을 방문했고 그 기회에 괴테를 만났다. 1828년부터는 솔본느 대학의 교수를 역임하고, 1834년 에꼴 노르말의 교장을 맡았으며, 1840년 문부대신을 역임했다. 에커만과의 대화에 따르면 괴테는 쿠쟁과 그의 학파의 인물들이 발행하는 「세계 Globe」지를 열심히 읽고 대화의 소재로 삼았다고 한다. "괴테는 얼마 전부터 매우 열심히 「세계」지를 읽고 있다. 그리고 자주 이 잡지를 대화의 소재로 삼고 있다. 쿠쟁과 그의 학파의 노력이 괴테에게 특별히 중요해 보인다." 이 대화에서 괴테는 "이 사람들이 국가 간 이념의 교류를 쉽게 만들어 주는 데에 참으로 알맞은 담론을 형성하는 가운데 프랑스와 독일간의 접근에 영향을 미칠 길에 올라서 있다."(1828. 10. 17)고 말하고 있다.

해 주는 한 어찌 달리 되겠는가?

625 프랑스인들은 유물론을 거부했고, 최초의 사람들에게 더
많은 영혼과 생명을 인정했다. 그들은 감각주의로 부터
도 떠나 인간본성의 깊숙한 것에 그 자체로부터의 발전
을 용인했고, 그것 안에 들어 있는 생산적인 힘을 인정하
고 모든 예술을 지각된 외부의 모방으로 설명하려고 시
도하지 않는다. 그러한 방향에 그들이 머물러 있었으면
좋겠다.[136]

626 절충적인 철학은 존재할 수 없다. 다만 절충적인 철학자
들은 있을 수 있다.[137]

627 절충주의자란 자신을 둘러싸고 있는 것으로부터, 자신의
주위에서 일어나고 있는 일로부터 자신의 본성에 맞는
것을 제 것으로 취하는 그러한 사람이다. 이러한 의미에
서 교양과 발전이라고 불리며 이론적으로나 실제적으로
행해 진 모든 것은 통용되고 있다.[138]

---

136 "프랑스인들"이라고 일반화되어 있으나, 역시 쿠쟁을 지칭한다. 쿠쟁은 유물론적
이며 경험주의적인 존 로크(John Locke, 1632-1704)의 철학을 추종하는 프랑스의
철학자 꽁디악(E,.-B. de Condillac, 1715-1780)에 특히 대립했었다.

137 절충주의적인 철학자들. 철학적 절충주의의 대표자는 쿠쟁이다. 괴테는 절충주
의라는 표현에 대해서 대안을 제시했었다. 「독일문학에 대한 프랑스인들의 참여
Theilnahme der Franzosen an deutscher Literatur」라는 메모에 "우리가 절충주의라고
부르고 있는 것. 이러한 표현의 거부. 그 의도를 인정한다손 치더라도, 우리는 총체
주의라고 불러야만 할 것 같다. 아니면 조화주의"라고 쓰고 있다.

138 총체적인 원리라는 전제를 염두에 두고 괴테는 절충주의를 시종 중요하게 다루고
있다. 후일 팔크(J. D. Falk)와의 대화에서 "나는 절충주의자 조차 철학에서 태어나게
된다고 주장했다. 그리고 인간의 내면적 천성으로서 절충주의가 생성된다면 그것

628 따라서 두 명의 절충주의적인 철학자는 그들이 적대적 성향을 가지고 태어나고, 제 편에서 전수된 모든 철학에 대해서 자신에게 알맞은 것을 취했을 경우 최대의 적수가 될 수 있을 것이다. 우리들 주변만을 둘러보아도 각자가 이러한 방식으로 행동하면서 왜 다른 사람을 자신의 의견에 동조시키지 못하는지 이해하지 못하고 있는 것을 언제나 발견하게 된다.[139]

629 어떤 것이 자연탐구의 참된 길인지 설명할 수 있으면 좋으련만. 이 길이 가장 간단명료한 관찰의 진행과정에 놓여 있는지, 관찰이 실험단계로 끌어올려 질 수 있는지, 그리고 어떻게 이 실험이 마침내 성과로 이어지는지를 설명할 수 있으면 좋겠다.

630 자연탐구에서는 도덕적인 것에서와 마찬가지로 일종의 정언적(定言的) 명령이 필요하다. 다만 그것을 통해서 우리가 끝에가 아니라, 우선 시작에 놓인다는 사실에 대해서 깊이 생각했으면 한다.[140]

도 역시 좋을 것이다. 나는 결코 질책하지 않을 것이다. 태어난 특성에서 절반은 스토아파이고 절반은 에피쿠로스파인 사람들을 얼마나 자주 보게 되는가!"라고 말하고 있다.

139 쿠쟁은 자신의 절충주의적 이상을 "하나의요소가 다른 요소에 추가되는 가운데 역사의 창고는 더욱 풍요로워 질 것이다."라고 표현했다. "왜 다른 사람을 자신의 의견에 동조시키지 못하는지"와 같은 체념적인 표현을 괴테는 자주 사용하고 있다. 405번, 707번, 712번, 1142번, 1197번, 1199번, 1200번등에서 이러한 체념적인 표현을 읽을 수 있다.

140 자연과학에서의 정언적 명령(kategorischer Imperativ)에 대해서는 여러 곳에서도 피력하고 있다. 괴테는 이로써 연구자는 현상을 순수하게 인식하기 위해서 개방적이어야 한다는 사실을 강조하고 있는 것이다.

631 오늘날 자연과학의 대가들은 각론적인 취급의 필요성과 개별적인 사항에 대한 관심의 필요성을 설명하고 있다. 그러나 이것은 전체에의 관심을 명시하는 방법 없이 생각할 수 없다. 우리가 그것에 도달한다면, 무수히 많은 개별 사항을 이리저리 더듬어 찾을 필요가 없다.

632 번역문을 여기에 다 삽입하기에는 지면이 허락하지 않는데, 프랑스 대백과사전에 쓴 달랑베르[141]의 서문의 한 구절은 우리들에게 대단히 중요하다. 이 문구는 사절판 10쪽에 "수학적 학문에 관하여"로 시작하여 11쪽에 "그 영역을 넓혔다."로 끝내고 있다. 첫 시작에 연결되는 이 글의 마지막 구절은 학문 안에 들어 있는 모든 것이 처음에 제시된 기본 원리의 내용과 적합성에, 의도의 순수성에 기초한다는 커다란 진리를 포괄하고 있다. 우리들 역시 이러한 큰 요구가 단순히 수학적인 사례에서 뿐만 아니라, 학문과 예술, 삶의 도처에 행해져야만 한다고 확신하고 있다.[142]

---

141 달랑베르(Jean Le Rond d'Alembert, 1717-1783), 프랑스의 수학자, 철학자 및 물리학자. 프랑스 과학아카데미의 회원이자 종신 서기를 역임하였다. 그 당시 프랑스에서 주류를 이루던 데카르트주의를 배척하고 물체와 그로부터 독립적인 공간을 생각하는 뉴톤주의의 입장을 취했다. '달랑베르의 원리'를 통해서 역학의 일반화에 기초를 놓았고 해석역학으로의 전개를 가능하게 하여 역학발전에 큰 전환점을 기록했다.

142 이하 661번까지에서 괴테는 수학의 품위와 한계를 성찰하고 있다. 괴테의 글「수학과 그 오용에 대해서, Über Mathematik und deren Mißbrauch」(함부르크판 괴테전집, 제 18권 591쪽이하,『편력시대』1부 10장에 대한 주해에서의 인용문 참조)와『색채론』중「수학에 대한 관계」(함부르크판 괴테전집, 제 13권 483쪽 이하)와 비교. 괴테의 관심은 무엇보다도 물리학과 수학을 엄격하게 구분하는 것이다. 특히 642번-644번. 502번에 대한 주해 참조. 632번-634번까지는「자연철학 Naturphilosophie」이라는 제목아래 한데 실려 있음.(함부르크판 괴테전집, 제 13권 44쪽이하)

633 그리하여 예술적 취급에서와 마찬가지로 자연과학적 취급과 수학적 취급에서도 모든 것은, 그 전개가 사변(思辨)에서는 실제에서 만큼 그렇게 쉽게 드러나지 않는 기본 진리에 달려 있다. 왜냐면 실제는 정신에 의해 받아드려진 것, 내면적 감각에 의해서 진실이라고 간주된 것의 시금석(試金石)이기 때문이다. 당사자가 자신의 의도에 대해 확신을 가지고 외부세계로 향하고, 세계에 대해서 자신의 생각에 찬성할 것을 요구할 뿐만 아니라 자신에게 순응하고 자신의 생각을 따르며 이 생각을 실현시켜야 한다고 요구한다면, 그 때에는 그 당사자를 위해서 중요한 경험, 즉 자신의 기도(企圖) 가운데 오류를 범하고 있는지, 아니면 그의 시대가 진리를 인식하지 못하고 있는지에 대한 중대한 경험이 생긴다.

634 그러나 진실이 속임수와 가장 확실하게 구분될 수 있는 주요 특징은 분명 그대로 존재한다. 진리는 항상 생산적으로 작용하고, 그 진리를 소유하고 가슴에 품고 있는 사람에게 혜택을 주는데 반하여, 거짓은 생산적이지 못한 채여서, 죽은 부분이 살아있는 부분이 치유를 수행하지 못하도록 방해하는 일종의 회사(壞死)처럼 보일 수도 있다.

635 수학의 탁월함은 그것의 방법이 어디에 장애가 있는지를 즉각 제시해 준다는 점이다. 사람들은 천체의 운행이 자신들의 계산에 맞지 않음을 알았고 그 때문에 섭동(攝動)이라는 가정(?)으로 눈을 돌렸던 것이다. 그리고 이 섭

동은 여전히 지나치게 많게 또는 지나치게 적게 나타나고 있다.

636 이런 의미에서 우리는 수학을 최고의 가장 확실한 과학으로 공언할 수 있다. 그러나 수학은 참된 것 이외의 어떤 것도 참되게 할 수 없다.

637 도대체 수학자는 양심에 대해서, 인간의 가장 높고 가장 고귀한 유산이며, 비교할 수 없는, 가장 미세한 것에까지 작용을 미치는, 스스로 분할하고 다시금 결합시키는 활동인 양심에 대해서 어떤 관계를 가지고 있는가? 양심은 지고한 것에서부터 가장 보잘 것 없는 데까지 이른다. 양심은 가장 짧은 시를 훌륭하고 뛰어나게 만들어 주는 당사자이다.

638 수학만이 확실 하다는 말을 우리는 듣는다. 그러나 수학은 어떤 다른 지식과 행동보다 더 확실한 것은 아니다. 수학이 확실한 것은 우리가 확신을 가지게 되고 확신을 가질 수 있는 범위 내에서의 사물들만을 현명하게 관계할 때이다.

639 인간이 그가 가진 모든 힘을 가지고 가슴과 정신, 오성과 사랑과 결합하고 서로를 알게 되리라는 이러한 희망이 실현된다면, 아직 사람이 생각할 수 없는 일이 일어 날 것이다. 수학자들은 이 보편적이며 윤리적인 세계연맹에

중요한 국가의 시민으로 받아드려지고 차츰 범우주적인 독재국가로서 모든 것을 지배할 수 있다는 망상을 버리는 것을 용인하게 될 것이다. 수학자들은 계산에 따르지 않는 모든 것을 무가치하고, 부정확하며 불충분하다고 더 이상 선언하지 않게 될 것이다.

640 수학은 항상 (…)과 품위에 전념한다.
의지와 창작과의 비교.

641 수학자는 양적인 것에, 숫자와 척도를 통해서 규정되는 모든 것에 의지하고 있다. 말하자면 어느 정도 외적으로 인식 가능한 우주에 예속되어 있는 것이다. 그러나 우리가 우리에게 주어진 능력의 한도 내에서 모든 정신과 힘을 다해 이러한 사실을 관찰하게 되면, 우리는 현상적인 존재의 양극단으로서 양과 질이 유효할 수밖에 없다는 사실을 인식하게 된다. 그렇기 때문에 수학자는 자신의 공식(公式)언어를 그처럼 높이 끌어올려 가능한 한 잴 수 있고 셀 수 있는 세계를 잴 수 없는 세계와 함께 파악하고자 한다. 이제 그에게는 모든 것이 파악가능하고, 이해가능하며 기계적인 것으로 보인다. 그리하여 그는 우리가 신이라고 부르는 가장 측량할 수 없는 것을 동시에 파악했다고 믿고, 그 때문에 신의 특수하거나 특출한 현존재를 포기하는 것처럼 보인 나머지 비밀스러운 무신론이라는 의심을 받기에 이르는 것이다.

642 수학이란 무엇인가, 수학이 자연탐구에 본질적으로 무슨 도움을 줄 수 있는가, 이와 반대로 수학이 속하지 않은 영역은 무엇인가, 수학의 혁신 이래 잘못된 응용을 통해서 학문과 예술이 어떤 비탄할 만한 일탈(逸脫)에 빠졌던가를 우리는 인식하고 고백해야만 한다.

643 수학적-철학적 이론들을 물리학의 부분으로부터 추방하는 일은 커다란 과제일지도 모른다. 물리학의 부분들 안에서 수학적-철학적 이론들은 인식을 촉진하는 것이 아니라 방해할 뿐이며, 그것들안에서 수학적인 취급은 발전의 일방성 때문에 보다 새로운 학문적인 교육에 대해 잘못된 적용을 발견했던 것이다.

644 수학으로부터 물리학은 분리되어 있다는 것이 드러나야 한다. 물리학은 결정적인 독립성에 서 있어야만 하고, 공경하며 경건하게 모든 역량을 가지고 애정이 담긴 자연 안으로, 자연의 성스러운 생명 안으로 파고들어 가려고 힘쓰지 않으면 안 된다. 수학이 제 나름으로 무엇을 행사하든 전혀 개의치 않는 가운데 말이다. 수학은 이와는 달리 모든 외적인 것으로 부터의 독립을 선언하고, 제자신의 위대한 정신의 도정(道程)을 가야만 할 것이고 지금까지 현존하는 것과 관계를 맺고 거기서 무엇인가 얻어내거나 또는 동화하려고 할 때 일어날 수 있는 것보다는 더 순수하게 자신을 단련해야만 한다.

645 우리가 형이상학의 도움을 받지 않는다면, 자연과학에서의 많은 문제들에 대해 알맞게 언급할 수 없을 것이다. 그러나 학교에서 배운 지혜, 말에 의한 지혜를 뜻하는 것은 아니다. 그것은 물리학의 이전, 물리학과 더불어 그리고 물리학 이후에도 존재하며 또 존재하게 될 바의 것이다.

646 수학은 변증법처럼 고차적인 내적 감각의 기관이다. 실행에 있어서 수학은 웅변술과 마찬가지로 일종의 기술이다. 이 두 가지에서 형식이외에는 아무것도 가치가 없다. 내용은 아무래도 상관없다. 수학이 페니히 또는 기니를 계산하든, 수사학(修辭學)이 진실 또는 허위를 변호하든 양자에게는 똑같은 일이다.

647 그러나 여기서 그러한 일을 행하고, 그러한 기술을 발휘하는 사람의 천성이 이제 문제된다. 정당한 사안에 있어서 단호하게 조치를 취해 나가는 변호사, 별이 총총한 하늘 아래에서 목적을 이루어 내는 수학자는 다 같이 신을 닮아 보인다.

648 수학에서의 엄밀함 이외 무엇이 엄밀한 것일까? 그리고 이 엄밀함, 그것은 내면적인 진리감정의 결과는 아닐까?

649 수학은 선입관을 제거할 능력이 없다. 고집을 완화시킬 수도, 편파심을 가라앉힐 수도 없으며, 모든 도덕적인 것 중 어떤 것도 행할 능력이 없다.

650 수학자는 제 자신이 완전한 인간일 때, 진리의 아름다움을 제 안에 받아 드릴 때에만 완전하다. 그럴 때 비로소 그는 철저하게, 명석하게, 통찰력을 가지고, 순수하게, 명료하게, 안락하게, 우아하게 영향을 미칠 수 있다. 이 모든 것은 라 그랑주[143]와 비슷하게 되려고 할 때에 해당되는 사항이다.

651 수학이 잘못된 것을 입증하거나 잘못을 인정하는 것을 목적으로 삼을 경우, 선량한 두뇌의 소지자들은 수학에 대해서 화를 내게 된다.

652 수학자들은 일종의 프랑스인 들이다. 그들에게 말을 하면, 그들은 그 말을 자기들의 언어로 옮긴다. 그러고 나면 그 말은 즉시 전혀 다른 무엇이 된다.

653 우리가 세련된 궁중어(宮中語)이자 세계어로서 프랑스어가 계속 세련의 정도를 더 해 가면서 영향력을 발휘하는 장점을 가지고 있다는 점에 대해서 결코 이의를 제기하지 않듯이 아무도 수학자들의 공적을 낮게 평가할 생각을 가지지 않을 것이다. 그들은 자신들의 언어를 통해서 가장 중요한 문제들을 다루면서, 가장 높은 의미에서 숫자와 척도에 예속되어 있는 모든 것을 규제하고 규정하며 결정하는 방법을 알고 있어서 세계를 위해서 그 큰

---

143 라그랑주(Jeseph de Lagrange, 1736-1813), 프랑스의 수학자. 프러시아 학술원의 수학분과 위원장 역임 후 파리에서 교수. 새로운 해석역학을 창시했다.

공적을 쌓고 있다.

654 자기가 가지고 있는 달력을 쳐다보고, 자기 시계를 들여다 보는, 생각할 줄 아는 사람은 누구나 이러한 혜택이 누구의 덕분인지를 돌이켜 보게 된다. 우리가 그들(수학자들)을 경외심을 가지고 시간과 공간에 내버려 두면, 그들은 우리가 모두에게 속해 있는 것을 훨씬 벗어나 있는 그 무엇을 자각하고 있다는 사실을, 또 그것 없이는 그들 자신들이 행동을 취하거나 활동할 수 없다는 것을 인식하게 될 것이다. 여기서 그 무엇이란 바로 이념과 사랑이다.

655 들짐승을 쏘아 잡는 사냥꾼이 동시에 그것을 요리하는 요리사여야만 한다는 것은 전혀 이치에 맞지 않는다. 우연하게 요리사가 사냥에 나설 수 있고 사격을 잘할 수 있다. 그러나 잘 쏘려면 요리사여야만 한다고 주장한다면 지독한 오판을 내린 것이다. 수학자가 아니면 물리적인 사물에서 아무것도 볼 수 없고, 발견할 수도 없다고 주장하는 수학자들도 이와 같다고 생각된다. 수학자들은, 그들이 공식을 가지고 맛을 돋우며 마음대로 조리를 할 수 있는 부엌으로 그들을 데려가면 항상 만족스러워할 터이니 말이다.

656 인간의 오성과 이성의 능력이 언어의 기초를 이루고 있기는 하지만 언어는 그것을 이용하고 있는 사람에게 순수한 오성, 수련된 이성, 성실한 의지를 전제하지는 않는

다. 언어는 목적에 맞게 그리고 자의적으로 사용하는 도구이다. 사람들은 언어를 궤변의 혼란을 일으키는 토론술에도, 혼돈의 애매모호하게 만드는 신비주의에도 사용하고, 거리낌 없이 공허하고 무가치한 산문과 운문의 문구에도 잘못 사용하며, 운율상으로는 흠잡을 데 없으나 내용상 허무맹랑한 시구를 지어내려고 시도하기도 한다. 우리들의 친구, 기사(騎士) 치코리니[144]는 "모든 수학자들이 그들의 저술에서 라 그랑지와 같은 사람의 독창적 재능과 명료성을 발휘했으면 하고 나는 희망했었다."고 말하고 있다. 다시 말하면 모두가 라 그랑지와 같은 사람의 근본적으로 명석한 감각을 소유하고 그러한 지식과 학식을 가지고 분석하고 논했으면 한다는 것이다.

657 어떤 현상을 계산 또는 말을 통해서 처리해 버리거나 정리해 버릴 수 있으리라는 잘못된 생각.

658 수학자들은 묘한 사람들이다. 그들이 이룩한 위대한 업적을 통해서 그들은 포괄적인 길드를 조직했으며 그들의 울타리 안에 적응하는 것, 그들의 기관이 다룰 수 있는 것 이외의 것은 아무것도 인정하려고 하지 않는다. 일류 수학자중 한 사람은 그에게 물리학 분야의 주제 한 장(章)을 읽어 보기를 강하게 권유하려고 했을 때 이렇게 말했다. "그러나 계산으로 환원될만한 것은 도대체 아무것도 없지 않은가?"

---

144 치코리니(L. Ciccolini, 1767-1854), 천문학자. 몰타기사단의 기사

659 수학 안에서 인간의 정신이 자립성과 독자적인 활동을 알아내고, 다른 생각 없이 이를 따르려고 하는 기운을 느끼면, 인간정신은 동시에 수학이 수시적인 요구에 미치지 못한 적이 없다는 신뢰를 경험세계에 불어 넣는다. 17세기 후반에 천문학, 역학, 조선술, 성곽의 축조, 대포기술, 경기, 수도, 건축용 석재의 절단, 망원경의 성능개선 등이 순서를 바꿔 가며 수학의 도움을 청했던 것이다.

660 수학자로서 뉴턴은 높은 명성을 가지고 있기 때문에 가장 서투른 오류, 즉 밝고, 순수하며, 영원히 흐려지지 않는 빛은 어두운 빛으로 합성되어 있다는 오류가 오늘날까지도 명맥을 유지하고 있다. 그리고 이러한 이치에 어긋나는 학설을 옹호하고 가장 저열한 청중에게 하듯 듣고 아무것도 생각할 수 없는 말로써 그 학설을 반복하고 있는 무리가 수학자들이 아닌가?[145]

661 위대한 수학자의 한 사람이었던 티코 드 브라에[146]는 최소한 감각에는 적합했던 옛 우주체계로부터 절반밖에는 벗어날 수 없었다. 그는 정당하다는 생각에서 감각으로는 볼 수 없고 사고에는 도달될 수 없는 복잡한 시계장치를 통해서 이 옛 우주체계를 대체하려고 했다.

662 근대적 자연이론의 끝없는 다양성, 세분화와 교착상태

---

145 502번에 대한 주해 참조
146 453번에 대한 주해 참조

에서 벗어나 다시 단순성으로 구출해 내기 위해서 우리는 항상 이런 물음을 스스로에게 제기해야만 한다. 근원적인 통일체이면서 지금 우리들에게 대단한 다양성으로 나타나 있는 것 같은 자연에 대해서 플라톤은 어떤 태도를 취했을까?[147]

663 우리는 우리가 똑같은 경로를 통해서 인식의 마지막 갈래에까지 유기적으로 도달할 수 있고 이 기초로부터 출발해서 모든 지식의 정상을 향해 차츰 쌓아 올리며 강화할 수 있다는 것을 확신하게 되었다고 믿기 때문이다. 우리가 유용한 것을 물리치지 않고 해로운 것을 받아드리지 않으려고 할 때, 매일과 같이 행해야하는 탐구는 이때 시대의 활동이 우리를 촉구하거나 방해하는 것과 유사하다.

664 인간은 자신의 건강한 감각을 사용하는 한, 인간 자체는 존재할 수 있는 기관 중 가장 위대하고 가장 정밀한 물리학적인 기관이다. 따라서 실험들을 인간으로부터 떼어놓고 인공적인 기구들이 제시해 주는 것 안에서만 자연을 인식하려 할 뿐만 아니라, 자연이 할 수 있는 것을 이를 통해서 제한하고 증명하려고 하는 것은 근대 물리학의 최대 불행이다.[148]

---

147 48번에 대한 주해 참조

148 이하 665번까지. 첼터와의 편지왕래에서 제기된, 음악적인 화음이 인간의 귀를 통해서 또는 현(絃)의 수학적인 분할을 통해서 주어지는가라는 질문에 자극받아 쓴 글로 알려져 있다.

665 계산에서도 동일하다. 결정적인 실험에까지 이르지 않는 정말 많은 것들이 진리인 것처럼, 계산을 허락하지 않는 많은 것들도 진리이다.

666 이를 위해서 그러나 인간은 너무 높은 위치에 있어서 그의 내면에 들어 있는 달리 표현될 수 없는 것이 스스로를 표현한다. 음악가의 귀에 현악기의 현과 그 현의 역학적인 구분은 도대체 무엇인가? 그렇다. 우리는 이렇게 말할 수 있다. 자연현상 모두를 어느 정도 동화시킬 수 있기 위해서 그 현상들을 우선 길들이고 변화시켜야만 하는 인간에게 자연의 기초적인 현상들 자체는 무엇이란 말인가?

667 물리학에서 무엇인가가 생성되어야 한다면, 빛의 분해와 분극(分極)과 같은 아주 공허한 말이 물리학으로부터 추방되지 않으면 안 된다. 그러나 이러한 망령이 금세기의 후반부에 이르기까지도 출몰하는 일이 가능할지도 모른다, 아니 그럴 가능성이 농후하다.[149]

668 불쾌하게 받아드리지 않았으면 좋겠다. 아무도 시인하지 않는 것, 아무도 들으려고 하지 않는 것은 그만큼 더 자주 반복되어야만 한다.

669 하나의 실험이 모든 것을 다 수행해야 한다면, 그것은 지

---

149 502번에 대한 주해 참조.

나친 요구이다. 그러나 우리가 전기현상을 당초 마찰만을 통해서 제시해 보일 수 있었다면, 오늘날 그것의 최고 현상은 단순한 접촉을 통해서 생성되고 있다.

670 어떤 쾌활한 자연과학자가 말했다. "마치 어둠속에서 고양이를 쓰다듬거나 자기 곁에 번개와 천둥이 번쩍이고 소리 울리는 것처럼 전기에 대해서 무엇인가를 알고 있는 사람 누구인가? 그리고 난 후에 그것에 대해서 얼마나 많이 또 얼마나 적게 그는 알 것인가?"

671 학문으로 고찰하건대 결정학(結晶學)은 아주 독특한 견해를 가지게 되는 동기를 부여한다. 결정학은 생산적이지 않으며, 단순히 그 자체이고 어떤 효용도 가지고 있지 않다. 더욱이 그러한 것은 우리가 그 내용에 따라서 전혀 다르게 입증되는 동일 형태의 결정체를 그렇게 많이 만나 보았기 때문이다. 결정학은 본래 아무데도 적용할 수가 없어서 높은 정도에 이르러서도 제 스스로의 내부에서 형성되어 왔다. 결정학은 정신에게 상당히 제약된 만족감을 주고 그 세부에 있어서는 너무도 다양해서 그것을 무한정으로 명명할 수 있기도 하다. 그렇기 때문에 결정학은 특출한 인물들도 그렇게 결정적으로 또 그렇게 오랫동안 자신에게 붙들어 매고 있는 것이다.

672 결정학은 무엇인가 은둔적이며 독신자와 같은 속성을 지니고 있다. 그렇기 때문에 결정학은 스스로 만족한다.

결정학은 실제적인 생활에 영향력을 지니고 있지 않다. 그 영역의 가장 귀중한 산물, 결정질의 보석은 우리가 그것으로 부인네들을 치장할 수 있기 전에 정밀하게 연마 되어야만 한다.

673 화학량론(化學量論)처럼 결정학은 광물 전문가를 완결 시킨다. 그러나 나는 얼마 전부터 사람들이 교육방법에 서 갈피를 못 잡고 있다고 생각한다. 강의를 위한 그리고 자습을 위한 교과서는 학술적인 백과전서의 한 부분으로서 조차 인정받을 수 없다. 출판업자는 공급하지만, 학생들은 원치 않는다.

674 광물 거래업자들은 독일에서 그들의 상품에 대한 애호가들이 줄어들고 있다고 탄식하면서 왕성한 결정학에게 그 탓을 돌리고 있다. 그럴 수도 있다. 그러나 가까운 시간 내에 형상을 보다 더 정밀하게 알아내려는 그 노력이 바로 거래를 다시 활발하게 하고 몇몇의 표본들을 한 층 값나가게 해 줄 것이다.

675 최고로 폭이 넓어진 응용과 생활에의 무한한 영향을 드러내고 있는 화학에 대해서 전적으로 대립적인 것이 언급될 수 있다.

676 화강암은 대부분 구형(球形)과 계란형으로 풍화 된다. 그렇기 때문에 북부독일에서 자주 발견되는 그러한 형태

의 화강암 덩어리가 물속에서 이리저리 밀리고 충돌과 굴림을 통해서 모난 것과 각진 것을 탈피했을 것이라고 생각할 필요는 전혀 없다.

677 ... 화강암을 가지고 하지 않는 일이 무엇인가! 우리는 화강암을 새로운 시대에까지 끌고 들어 왔지만 더 이상 우리 눈앞에 생성되지는 않는다. 가장 깊은 해저에서 일이 일어나고 있다면, 우리는 그것에 대해 아무것도 아는 것이 없을 것이다.

678 돌은 침묵의 교사이다. 돌은 관찰자를 침묵시킨다. 돌에게서 배울 최선의 것은 전달이 불가능 하다.

679 낙하와 충돌. 이것을 통해서 천체의 운동을 해명하려 하는 것은 본래 숨겨진 의인관(擬人觀)이다. 그것은 들판을 건너가는 방랑자의 걸음이다. 들어 올려 진 발은 아래로 내려가고 나머지 발은 앞으로 가려고 하며 떨어진다. 그렇게 출발에서 도착까지 계속된다.

680 만일 지금 뒤따르는 발이 다시금 앞으로 움직이어야 할 숙명을 지키도록 자극을 주어야 할 의무를 딛고 있는 발이 넘겨받는 가운데 앞으로의 전진이 그 딛고 있는 발에게 의무로 주어지는 스케이팅의 비유를 똑같은 길에 적용한다면 어떻게 될까?

681 사람들은 근대에 들어서 기상학적 관찰을 정밀성의 최고도에까지 끌어 올리고 나서 이제는 그 관찰을 북부지방으로부터 추방하고 열대 이하의 관찰자에게만 승인하려고 한다.

682 우리가 한층 높은 의미에서 그처럼 큰 가치를 가지고 있는 성(性)의 체계[150]에도 싫증을 느끼게 되고 그것을 추방된 것으로 알고 싶어 하다니! 50년 전부터 성실하게 공부하면서 정확하기 이룰 데 없이 이어지는 시간들의 차이를 들여다보려고 노력을 경주해 온 그 오래된 예술사에도 그와 똑같은 상황이 벌어지고 있다니! 이제 모든 것은 헛된 것이고, 모든 연속적인 것은 동일하며 구분될 수 없는 것으로 보여 진다고 해야 할 것이다.

683 전통적 색채론이 근거하고 있는 뉴톤의 실험은 극도로 다각적인 얽힘으로 이루어져 있다. 그는 아래의 조건들을 결합시키고 있다.
따라서 망령이 나타난다는 말을 피할 수 없다.
1. 유리 프리즘
2. 삼면체이며,
3. 크기가 작을 것
4. 창의 덧문 하나
5. 이 안에 트인 곳 하나
6. 이 트인 곳은 아주 작을 것

---

150 식물의 암수체계

7. 그 안으로 들어오는 태양스펙트럼이

8. 일정한 거리를 두고

9. 일정한 방향에서 프리즘으로 떨어져

10. 판지위에 반영될 것

11. 이 판지는 프리즘의 뒤편에 일정한 거리 안에 설치될 것.[151]

만일 우리가 이 조건들 중에 3번, 6번 그리고 11번을 치워 버리면, 즉 트인 곳을 크게 하고, 큰 프리즘을 택하고, 판지를 가까이 당겨 놓게 되면, 그렇게 좋아하는 스펙트럼은 나타날 수도 없고 나타나지도 않게 되는 것이다.

684 사람들은 비밀스럽게 중요한 실험에 대해서 말한다. 이렇게 해서 이론을 비로소 정당한 것으로 확정하려고 하는 것이다. 나는 그것을 진정 잘 알고 있으며 이것을 표현할 수도 있다. 즉 위의 조건들에다가 몇몇 조건을 덧붙이는 것은 전적으로 요술이다. 이렇게 덧붙임으로써 마술은 더욱 더 엉클어지게 된다.

685 스펙트럼 안에 사선들이 나타난다는 프라운호퍼의 실험[152]은 빛의 새로운 속성이 발견된다는 실험들과 같은 형태의 것이다. 이 실험들은 이중 삼중으로 복잡하다. 이것들이 소용 닿아야 한다면, 그 요소들로 해체되지 않으면 안

---

151 이하 697번까지. 색채론에 관련됨. 502번에 대한 주해 참조.

152 프라운호퍼(J. v. Fraunhofer, 1787-1826)는 스펙트럼의 어두운 선을 발견해 냈다.

된다. 그것은 알고 있는 자에게는 어렵지 않으나, 문외한 누구도 이를 파악하고 이해하기 위해 사전 지식이나 인내심을 충분히 가졌다고 할 수 없고, 반대자 누구도 의도와 성실성을 충분히 지녔다고 할 수 없다. 차라리 보이는 것을 그대로 받아드리고, 거기서 이전의 결론을 끌어낸다.

686 이러한 말이 부질없다는 것을 나는 잘 알고 있다. 그러나 이 말들은 미래의 공공연한 비밀로서 유지되기를 바란다. 어쩌면 라 그랑즈와 같은 사람이라면 이러한 문제에 다시 한 번 관심을 가질는지 모른다.

687 뉴톤이 자신의 프리즘을 통한 실험에서 가능한 한 틈을 적게 만들어서 광선에 이르는 선을 편안하게 상징화한 것은 어쩌면 아직도 수세기에 걸쳐 괴로워해야 할 과실(過失)을 세상에 초래했다.
이 작은 구멍을 통해서 말뤼스[153]는 모험적인 이론으로 내몰렸다. 만일 제베크[154]가 그처럼 사려 깊지 않았다면, 이러한 현상들의 근본적 원인, 투명체 속의 형상체와 색채를 발견해 내는데 방해를 받았을 것이 틀림없다.[155]

688 그러나 가장 유별난 것은 이렇다. 인간은 설령 오류의 이유를 발견했다 하더라도 그 오류자체를 그 때문에 벗어

---

153 말루스(E. L. Malus, 1775~1812),물리학자, 빛의 분극현상을 발견했다.
154 제베크(T. J. Seebeck, 1770~1831), 물리학자.
155 667번 참조.

나지 않는다는 것이다. 많은 영국인들, 특히 리드박사[156]
는 뉴톤에 대항해서 열정적으로 진술하고 있다. 프리즘
상의 형상은 결코 태양의 상이 아니며, 우리들 창의 덧문
에 난 틈의 상, 색채 가장자리로 장식된 그러한 틈의 상
이라는 것이다. 프리즘상의 상들 안에는 원초적인 녹색
은 없으며 이 색채는 청색과 황색의 겹침을 통해서 생성
되는 것이고 우리가 여기서 용해를 말하고 싶어 한다면,
흑색 빛의 선이 백색의 선과 똑같이 색채로 용해될 수 있
으리라는 것이다. 우리가 수년전부터 밝혔던 모든 것을
이 훌륭한 관찰자가 똑같이 충분히 제기하고 있다. 그러
나 현재 다양한 방향으로의 빛의 굴절에 대한 고정된 이
념은 그를 놓아 주지 않고 있다. 그렇지만 그는 그 이념을
되돌리고 그의 위대한 장인보다 한층 더 사로 잡혀 있다.
이러한 견해에 감동해서 그 번데기 상태로부터 벗어나
는 대신에 이미 성장해서 발달한 지체를 새삼 옛 고치 속
으로 집어넣으려고 시도하고 있는 것이다.

689 뉴톤의 오류는 환담용 백과사전에 그처럼 친절하게 실
려 있어서 색채로 하여금 전체 생명을 잃게 하기 위해서
우리가 8페이지를 그대로 외우기만 하면 될 지경이다.

690 뉴톤과의 싸움은 본래 매우 수준 낮은 영역에서 진행되

---

156 리드 박사(Dr. Joseph Reade), 영국의 물리학자. 괴테는 1817년 리드 박사의 논문 「빛
의 새로운 이론에 대한 실험적 개요, Experimental outlines for a new theory of light」를
읽었다.

고 있다. 우리는 불충분하게 본, 불충분하게 전개된, 불충분하게 적용된, 불충분하게 이론화된 현상들을 문제 삼고 있는 것이다. 우리는 그에게 초기의 실험에서의 부주의, 이어지는 실험에서의 고의성, 이론화에 있어서의 조급성, 방어에서의 집요함 그리고 전반적으로는 무의식 반, 의식 반의 부정직성에 대해 책임을 묻고 있는 것이다.

691 색채가 있는 빛에서 유일한 기본 광채의 빛을 합성해 낸다는 사람들은 진짜 반계몽주의자들이다.

692 정신이 풍부한 사항을 적대시하는 사람들은 그저 숯불 구덩이를 두드린다. 숯불은 주변으로 튀어나가 그냥 두었더라면 영향을 미치지 않았을 데에다 불을 붙인다.

693 우리가 색채를 심지어 느낀다고 생각한다면, 나는 그것에 전혀 이의가 없다. 색채의 본래의 고유성이 그것을 통해서 더욱 활발하게 될는지도 모르기 때문이다.

694 색채는 또한 맛 볼 수도 있다. 청색은 알카리 맛, 황적색은 신 맛이 난다. 사물의 실체의 모든 표명은 유사하다.

695 그리고 색채는 본래 전적으로 얼굴 표정의 한 부분이 아닌가?

696 두 개의 막대기에 하나에는 빨간색을 다른 하나에는 푸

른색을 칠해서 나란히 물속에 넣어 보기 바란다. 그러면 양쪽이 다 같이 굴절되어 나타날 것이다. 각자는 육체의 눈으로 이 단순한 실험을 탐지할 수 있다. 정신적인 눈으로 이것을 관찰한 사람은 수천의 잘못된 조항들로부터 해방될 것이다.

697 얼마 전부터 나의 색채이론에 대한 문의가 많아져서 선명하게 채색된 화판이 필요하게 되었다. 내가 이러한 작은 일을 하면서 이성적인 일이자 부조리한 일을 명백하게 하려고 그 무슨 이루 말할 수 없는 수고를 스스로 하는지 웃지 않을 수 없다. 차츰 사람들은 이 양 측면을 포착하고 인지하게 되었다.

698 학파란, 100년 동안 자기 자신과 대화하고, 설령 그처럼 어리석게 보일지라도 제자신의 존재를 특별히 맘에 들어 하는 희귀한 인간쯤으로 볼 수 있다.

699 비판에 대항해서 우리는 몸을 지킬 수도 저항할 수도 없다. 우리는 비판을 무릅쓰고 행동해야 한다. 그러면 비판도 차츰 그것을 인정하게 될 것이다.

700 많이 증명해 보이려고 하지 말고 생각하는 대로 솔직하게 발언하는 것이 언제나 훨씬 나은 행동이다. 왜냐면 우리가 제시하는 모든 증명은 우리들의 의견의 변주에 지나지 않으며 반대의견을 가지고 있는 사람들은 그 어느

것에도 귀 기울이지 않기 때문이다.

701 지금 시대에서는 누구도 침묵하거나 양보해서는 안 된다. 우리는 적을 쳐부수기 위해서가 아니라, 자신의 진지를 지키기 위해서 발언하고 활동해야만 한다. 다수파에 속하든 소수파에 속하든 전혀 관계없이 말이다.

702 그대가 서 있는 곳을 고수하라! -이것은 이전보다 더욱 필요불가결한 격언이다. 사람들은 한편으로는 커다란 당파 속으로 끌려가지만 그런 다음에 각 개인은 개별적인 견해와 능력에 따라 자기주장을 관철하고자 하기 때문이다.

703 인간은 누구든지 자기방식대로 생각해야 한다. 왜냐면 자기가 가는 길 위에서 언제나 진리를 발견하며, 일생을 통해서 도움을 주는 일종의 진리를 발견하기 때문이다. 다만 제 멋대로 가서는 안 된다. 그리고 스스로를 통제해야만 한다. 노골적이고 적나라한 본능은 인간에게 적합하지 않다.

704 겸손은 훌륭한 사사로운 회합에서나 적합하다. 한층 큰 결사(結社)에서는 벌써 불손이 유리한 위치에 선다. 그러나 주제넘음, 그러니까 뻔뻔스러움은 국민의회에나 적합하다. 거기에서는 오합지졸이 말 참견하려하고 사람들은 그들을 큰소리로 제압하거나 침묵하며 집으로 슬며시

피할 수밖에 없다. 나는 덧붙여 뉴톤의 무리를, 그것이 민중, 위선자들 아니면 먹물들로 구성되어 있다고 [말할 수 있다.] 그 무리들은······

705 자신의 신념고백을 때때로 반복하고, 동의하는 것, 저주하는 것이 무엇인지 말해야만 한다. 상대방도 이점에서 하고 싶은 대로 다 한다.

706 반대자들은 자신들의 의견을 반복하고 우리들의 의견을 무시하면 그것으로 자신들이 우리를 반박했다고 믿는다.

707 반박하거나 논쟁하는 사람들은 무슨 말이건 모든 사람들에게 이해될 수 있는 것은 아니라는 사실을 때때로 깊이 생각해 보아야만 한다.

708 누군가가 자신이 나를 반박했다고 말할 때 그가 나의 의견에 대응해서 하나의 의견을 제출한 것에 지나지 않는다는 것을 생각하지 않는다. 다른 의견의 제시로서는 아무것도 정리된 것이 없다. 제3자 역시 똑같이 그런 권리를 가지고 있으며 그리하여 끝없이 똑같은 상황으로 이어 갈 것이다.

709 뉴욕에는 90개나 되는 서로 다른 기독교 종파가 있고 이들의 각기는 나름의 방식대로 하나님과 주님을 받들고 있다. 더 이상 서로를 잘못 보는 일은 없다. 자연 연구, 아

니 모든 연구에 있어서도 우리는 그 정도까지는 나가야
만 한다. 모두가 관용을 말하면서도 제 나름으로 사고하
고 자신의 의견을 말하려는 다른 사람을 방해하려고 하
는 것을 어떻게 설명하겠다는 것인가?[157]

710 극히 결정적인 오류에 붙잡혀 있는 두뇌상태로 옮겨지
는 것이 절반의 진리를 진짜로 여기는 두뇌상태로 옮겨
지는 것보다 훨씬 먼저 생각해 볼 수 있는 일이다.

711 여느 때 사려 깊은 사람들의 참으로 이해하기 어려운 점
은 다른 사람이 말하는 내용을 정확하게 해석할 수 없으
면서 어떻게 말했어야 하는지를 곧바로 알아맞히지도
못한다는 사실이다.

712 사람이 알고 있는 바의 것은 본래 자기 스스로를 위해 알
고 있는 것이다. 내가 알고 있다고 생각하는 것에 대해서
어느 다른 사람과 이야기를 하면, 그 사람은 곧장 그것을
더 잘 안다고 생각한다. 그리하여 나는 나의 앎과 더불어
언제나 내 자신 속으로 되돌아가지 않을 수 없다.[158]

713 내가 옳게 알고 있는 것은 나 자신만을 위해 알고 있는 것
이다. 입 밖에 발설된 말이 촉진하는 적은 드물고, 대체로
반론, 중단, 정지를 불러일으킨다.

---

157 78번 참조.
158 이하 713번 까지. 283번 참조.

714 사람은 우선 자기 자신을 가르치는 것이 바람직하다. 그 다음에서야 다른 사람으로부터 가르침을 받게 된다.

715 본래 우리는 우리가 평가할 수 없는 책으로부터만 배운다. 우리가 평가할 수 있는 책의 저자는 우리로부터 배우지 않으면 안 될지도 모른다.

716 자신이 알고 있는 것에 대해서는 자랑스러워하고, 알지 못하는 것을 만나면 교만한 사람이 적지 않다.

717 사람은 아는 것이 거의 없을 때만 진정으로 무엇인가를 안다. 지식과 함께 의심도 자라는 법이다.

718 사색하는 사람의 가장 커다란 행복은 탐구할 수 있는 것을 탐구해 내고, 탐구할 수 없는 것은 조용히 숭상하는 일이다.[159]

---

159 괴테의 노년의 지혜. 플루타크의『모랄리아 Moralia』를 따르고 있다. 15번-20번에 대한 주해 참조.

예술과 예술가

719 미(美)는 비밀스러운 자연법칙의 발현이다. 미의 현상이 없었더라면 이 자연법칙은 영원히 우리들에게는 감추어진 채 였을 것이다.[160]

720 자연이 자신의 공공연한 비밀을 드러내기 시작한 사람은 자연의 가장 잘 어울리는 해석자인 예술을 향한 억제할 수 없는 동경을 느끼게 된다.[161]

721 미, 그것은 숙고와 사색을 요구하지 않은 채 직접적으로 마음에 드는, 일체의 온화하고 드높은 일치이다.

722 예술, 그것은 역시 신비하지만, 한층 이해 가능한 또 하나

---

160 괴테의 객관적 미의 개념에 대한 의미 있는 성찰 기록이다. "비밀스러운 자연법칙"이라는 말에서는 '근원현상'을 떠올리게 된다. (15번-20번에 대한 주해 참조). 이 근원현상의 전개에서 미로서의 이념이 선포된다.(745번, 12번-14번에 대한 주해 참조). 이어지는 잠언과 성찰은 『예술론 Schriften zur Kunst』(함부르크판 괴테전집, 제12권 7쪽-223쪽)(한국어판 괴테, 예술론, 정용환 옮김, 민음사)에 대한 중요한 보완이다.

161 15번-20번과 이에 대한 주해 참조. 752번 참조.

의 자연이다. 왜냐면 예술은 인간의 이해력에서 나온 것
이기 때문이다.[162]

723 자연은 창조주와 일치하여 정한 법칙에 따라서 작용하
며, 예술은 천재와 함께 동의한 규칙에 따라서 작용한다.

724 자연미와 예술의 미에 관해서 설명하는 일의 불가능성.
그 이유는
첫째, 일반적인 자연이, 가능할 때 따라서 활동하려 하고
활동하는 법칙들을 우리가 알아야만 하고
둘째, 일반적인 자연이, 가능할 때 인간 천성의 특수한 형
식 아래서 일반적인 자연이 생산적으로 활동하려하고 또
활동하면서 따르는 법칙들을 알아야만 하기 때문이다.

725 우리는 인간에 관련된 상태 이외의 세계를 알고 있지 않으

---

162 이하 725번까지. 여기서 "이해력"은 개념화의 능력이 아니라, 파악하면서 가시화시
키는 과정, 예술가에 의한 이해가운데서의 본질의 발굴을 의미한다. 괴테는 「단순
한 자연의 모방, 마니어, 양식 Einfache Nachahmung der Natur, Manier, Stil」에서 "양식
은 인식의 가장 깊은 기초, 사물의 본질에 토대를 두고 있다. 우리에게 눈으로 보고
손으로 잡을 수 있는 형상속에서 사물의 본질을 인식하는 것이 허락되는 한에서 말
이다."(함부르크판 괴테전집, 제 12권 32쪽)라고 말하고 있다. 예술과 자연은 괴테에
있어서는 상호 교차적으로 이해된다. 왜냐면 예술과 자연에는 동일한 법칙, 동일
한 기초적 이념이 되돌아 오기 때문이다. 『이탈리아 여행기』에서는 "이러한 고귀한
예술작품들은 동시에 지고한 자연의 작품으로서 인간에 의해서 참되고 자연스러
운 법칙에 따라서 탄생된 것입니다. 모든 자의적인 것, 공상되었던 것은 모두 무너
지고 맙니다. 거기에는 필연성이 있고, 거기에는 신이 있습니다.(1787. 9. 3)(함부르
크판 괴테전집, 제 11권 395쪽)라고 말하고 있다. 그러나 나이를 먹어 갈수록 그만큼
엄격하게 예술을 수공예에 연관시킨다. 또 그만큼 더 단호하게 자연과 예술사이의
원리적인 차이를 강조하고 있다. "예술이 자연은 아니기 때문에 예술은 예술이라
불리는 것이다."(『편력시대』 함부르크판 괴테전집, 제 8권 250쪽). 797번, 880번-890
번에 대한 주해 참조.

며, 이 연관의 표현인 예술 이외 예술을 원하지도 않는다.

726 미는 자기 자신에 대해서 결코 뚜렷하게 드러낼 수가 없다.

727 미와 정신의 노예가 되고자 원하지 않으면 이 양자를 멀리할 수밖에 없다.

728 예술은 일종의 종교적 감각을, 깊고 흔들림 없는 엄숙성을 기초로 하고 있다. 그렇기 때문에 예술은 역시 기꺼이 종교와 하나가 된다. 종교는 예술적 감각을 필요로 하지 않는다. 종교는 제 자신의 엄숙성을 기초로 하고 있는 것이다. 종교는 그러나 엄숙성을 양도하지 않으며, 취미를 부여하지도 않는다.

729 예술은 말로 표현할 수 없는 것의 전달자이다. 그렇기 때문에 예술을 다시금 말을 통해서 전달하려고 하는 것은 어리석은 시도로 보인다. 그러나 우리가 그렇게 하려고 노력하는 가운데 이해력을 위해서 그처럼 많은 이익을 발견하게 되는데 이 이익은 실천적인 능력에도 도움이 된다.[163]

730 미학적인 것을 통해서 미의 이념을 말하는 것은 적절하지 않다. 미의 이념을 말함으로써 개별화 시켜서 생각될 수 없는 미를 개별화시키고 만다. 그러나 미에 대해서 어

---

163 18번, 720번 참조

떤 개념을 가질 수는 있다. 그리고 이 개념은 전승될 수 있는 것이다.

731 칸트는 이성의 비판이라는 것이 있다는 것, 인간이 지니고 있는 이 최고의 능력이 자신을 감시하는 원인을 가지고 있다는 점에 대해서 우리가 주목하도록 해 주었다. 이 목소리가 우리들에게 얼마나 큰 이익을 가져다주었는지 각자가 스스로에 비추어 검증해 보는 것이 좋을 것이다. 그러나 나는 똑같은 의미에서 예술 자체가, 특히 독일의 예술이 무엇인가 다시 원기를 회복하고 즐거운 삶의 행진을 통해서 전진해야만 한다면 감각의 비판이 필요하다는 과제를 제시하고 싶다.

732 유기적인 자연은 극히 작은 부분에 이르기까지 생동하며 예술은 극히 작은 부분에 이르기까지 느낌을 준다.

733   갈등들.
        자연과 예술의 균열.
        때맞추어 등장하는 정령.
        요소를 충분하게 예비함.
        조야(粗野)하거나 경직되지 않음.
        또한 이미 다 써버리지 않음.
        마찬가지로 체제를 갖춤.
        여기서 자연은 보다 드높은 것, 현실로 들어서는 것이 뛰어난 현상에 도달할 수 있을 때, 모든 것이 예비 되는 한에서만 열린다.

734 좋은 예술이건 열등한 예술이건 그것이 탄생하자마자 자연에 속한다. 안티케는 자연에 속한다. 말하자면, 안티케가 심금을 울릴 때 그것은 가장 자연스러운 자연에 속한다. 우리가 이 고상한 자연이 아니라 비속한 자연을 연구해야만 하다니!¹⁶⁴

735 왜냐면 신사들에게 자연이라고 부르는 것은 본래 비속한 것이기 때문이다! 자신의 자질로부터 만들어 낸다는 말은 우리가 편안하게 해낼 수 있는 것을 다룬다는 말과 대개 같은 것이다!

736 예술의 최고 의도는 인간적인 형식들을 가능한 한 감각적으로 의미 있게 그리고 아름답게 나타내는 일이다.

737 우리는 예술을 통해서 보다 더 확실하게 세상을 도피하지 못한다. 또한 예술을 통해서 보다 더 확실하게 세상과 결부되지도 않는다.

738 지극한 행복의 순간, 지극한 곤경의 순간에서 조차 우리는 예술가를 필요로 한다.

---

164 이하 735번까지. 880번-890번에 대한 주해 참조. "자신으로부터 만들어 낸다."-이 말은 괴테가 노년에 이르러 반복해서 지적하고 있는 근대의 위험성이다. 괴테에게 있어서 모든 위대한 것은 독자적인 것이 아니라 기존의 것과 연결되어 있으며, 기존의 것을 전진시킨다.

739 예술은 어려우면서 선 한 것에 몰두하는 법이다.[165]

740 곤란한 것이 쉽게 다루어지는 것을 보는 일은 우리들에게 불가능한 것의 직관을 부여한다.

741 고대 그리스인들은 손을 이성에 조화시킨다. 이성은 여러 예술의 기술이다. 손은 모든 수공예의 기술이다.[166]

742 필수적인 것이 갖추어지면 완벽함이 있게 된다. 그러나 미는 필수적인 것이 갖추어지더라도 숨겨진 채이다.

743 완벽성은 불균형과 공존할 수 있지만, 미는 오로지 균제(均齊)와만 공존이 가능하다.

744 최고의 유용성[합목적성]안에 들어 있는 사실성은 아름답기도 할 것이다.

745 미의 표출로서의 이념의 표출은 숭고함, 정신적 풍요, 재미있는 것, 익살맞은 것의 표출과 똑같이 덧없는 것이다. 이것이 그것에 대해서 언급하는 것이 왜 어려운가에 대

---

165 원고에는 라틴어로 "Ars est de difficili et bono"라고 적혀 있으나, 출처는 알려져 있지 않다.

166 수공(手工)을 통한 예술의 최고 이성과 맺는 관련은 후기 괴테에게 있어서는 의미심장하다. 『편력시대』에서 수공예를 "엄격한 예술"이라고 부르고 있으며, "여기에서 자유로운 예술에게 엄격한 예술이 모범의 역할을 해야만 한다."(함부르크판 괴테전집, 제 8권 412쪽)고 언급하고 있다.

한 이유이다.[167]

746 미에 이르기 위해서는 현상 안에 나타나는 일종의 법칙
이 요구된다.
장미의 예.
만개한 꽃 안에는 식물로서의 법칙이 그 최고의 현상으
로 등장한다. 장미는 다시 이러한 현상의 정점이라고 할
수 있다.
과일의 껍질들도 여전히 아름다울 수 있다.
과일은 결코 아름다울 수 없다. 왜냐면 식물다운 법칙이
제 자신 안으로(단순한 법칙으로) 물러나기 때문이다.

747 현상 안으로 나타나는 법칙은 최대의 자유 가운데, 자신
의 가장 고유한 조건들에 따라서 객관적 미를 생성시킨
다. 이 미는 물론 알맞은 주체를 발견해 내야만 한다. 이
주체에 의해서 그것은 파악되는 것이다.

748 청춘의 아름다움을 위에서 언급한 것으로부터 연역할

---

167 이하 752번까지. 괴테의 상징개념에 대한 고전적인 언급들이다. 12번-20번, 722
번-725번 및 그에 대한 주해 참조.『편력시대』에서 "여기 있는 것은 인간이 행한 행
위나 일어난 사건이 그려진 것이 아니라 기적과 비유가 그려져 있을 뿐입니다. 이
것은 하나의 새로운 세계입니다…기적과 비유에 의해서 하나의 새로운 세계가 열
리는 것입니다."(함부르크판 괴테전집 제 8권, 161쪽) 비유에는(상징에서처럼) 어떤
특별한 것과 단순하게 일치함이 없이 드높은 것, 특출한 것, 신적인 것이 직접적으
로 나타난다. 가장 드높은 것은 현실 안에 현재화되어 작용하면서 등장하지만 동시
에 닿거나 마음대로 조정할 수 없다. "일어나고 있는 모든 것은 상징이다. 그리고 이
것이 완벽하게 자신을 표현하는 가운데, 기타의 다른 것을 의미하게 되는 것이다."
(1818. 4. 2. 슈바르트 Schubart에게 보낸 편지)

수 있다. 노년은 현상으로부터의 단계적인 퇴보. 나이 들어가는 것은 어느 정도까지를 아름답다고 말할 수 있는가. 그리스 신들의 영원한 청춘.[168]

749 상징적 표현은 현상을 이념으로, 이념을 하나의 형상으로 전환 시킨다. 그리하여 형상안의 이념은 항상 무한히 활동적이며 도달하기 어려운 채로 남아 있으며, 온갖 언어로 표현되어서도 이루 다 표현할 수 없는 채 남아 있다고 할 것이다.

750 알레고리는 현상을 하나의 개념으로, 개념을 하나의 상으로 전환시킨다. 그러나 그렇게 해서 형상 안에 들어 있는 개념은 항상 제한되어 있어서 완전히 유지되고 소유될 수 있으며 그 자체로서 말로 표현될 수 있다고 할 것이다.

751 쉴러와 나의 관계는 하나의 목적을 향하는 두 사람의 확실한 방향에, 우리가 이 목적에 도달하기 위해서 노력하

---

168 앞의 746번과 747번과 연결되어 있다. 분리해서 인용하게 되면 오해될 수 있다. 여기서 "현상"은 사물의 영역, 나이들어 가는 인간이 바라보는 대상의 영역이 아니라, 지고한 자기표현, 생동하는 형상체의 현상으로 드러남을 의미한다. 그 형상체의 눈에 드러나는 반짝임, 광채, 빛살의 드러남을 의미하는 것이다. 인간은 노년에 접어들면 생애의 전성기에 비하면 외적으로는 이목을 끌지 못하거나 초라해지기 마련이다. 70세의 괴테는 보아제레(Boisserée)에게 사람들이 "자연이 퇴각하면서 이제는 필연적인 것에나 만족하고, 삶의 충만이 사라지고 만" 상태에 있는 자신의 초상화를 그리고 싶어 한다고 쓴 바 있다. 892번 참조. 892번에서는 현상안으로 나타나고 있는 정신적 형식에 대해서 언급하고 있다. 나이든 사람에게 현상을 벗어난 후 퇴는 정신적인 형식으로의 되돌아감을, 법칙, 이념 그러니까 추상, 정신화와 숭고화에 대한 자각을 의미한다는 것이다. 플로틴(Plotin, 204/205-270)에 따르면 정신적인 형식은 현상 안으로 들어서자마자 보잘것없어진다고 했으나, 괴테는 플로틴의 이러한 명제를 반박하고 있는 것이다.

면서 취했던 수단의 다양성을 통한 우리들의 공동 활동에 기초했다.

우리들 사이에 한때 언급되었고 그가 보낸 편지의 한 구절을 통해서 기억되는 민감한 차이를 두고 나는 아래와 같이 숙고했었다.

시인이 보편적인 것을 위해서 특수한 것을 추구하는가, 아니면 특수한 것 가운데 보편적인 것을 보는가의 사이에는 큰 차이가 있다. 전자의 방식에서는 알레고리가 생겨나며, 여기에서는 특수한 것은 다만 하나의 예(例), 보편적인 것의 본보기로만 가치를 가진다. 그러나 후자의 방식은 본래 시문학의 본성이다. 시문학은 보편적인 것을 생각하거나 그것을 암시하지 않은 채 특수한 것을 표현한다. 이 특수한 것을 생생하게 파악한 사람은 지각하지 못한 채, 또는 뒤늦게나 알게 되지만, 보편적인 것을 동시에 함께 얻는다.

752 참된 상징적 표현이란 특수한 것이 한층 보편적인 것을 나타내되, 꿈과 환영(幻影)으로서가 아니라 탐구해 낼 수 없는 것의 생생하고 순간적인 계시로서 나타내는 것을 말한다.

753 형식은 소재만큼 잘 소화되기를 바란다. 아니 형식은 소화되기 훨씬 어렵다.[169]

---

169 880번-890번에 대한 주해 참조.

754 누구든지 소재를 눈앞에 두고 본다. 그러나 내용을 발견하는 사람은 거기에다 무엇인가를 보탤 것이 있는 사람뿐이다. 그리고 형식은 대부분의 사람들에게 일종의 비밀이다.

755 "형상의 도도한 위력." 요한네스 제쿤두스의 이 멋진 한마디의 말.[170]

756 예술작품의 내용이 표현방법보다 사람들의 관심을 더 많이 끈다. 사람들은 내용을 상세하게 파악할 수 있지만 전체적으로 방법을 파악할 수 없다. 그렇기 때문에 부분 부분의 강조가 생긴다. 이 경우에도 주의해서 잘 보면 결국 총체성의 작용이 일어나지 않는 것은 아닌데, 아무도 이를 의식하지 못한다.

757 "시인은 어디로부터 그것을 얻게 되었는가?" 라는 질문도 다만 '무엇'에만 관계하고 있다. 이러한 질문에서 '어떻게'에 대해 무엇인가를 듣게 되는 사람은 아무도 없다.

758 진정 생산적인 것의 지배자는 아무도 없다. 사람들은 그것을 그냥 내버려 둘 수밖에 없는 것이다.

759 천재에게 요구되는 첫 번째이자 마지막인 것은 진리에

---

170 요한네스 제쿤두스(Johannes Secundus, 1511-1536) 네델란드의 근세 라틴어 시인. 본명은 에베라에르트(Jan Nicolai Everaert)이다.

대한 사랑이다.

760 천재는 일종의 편재(遍在)를 행사한다. 경험이전에는 보편성안으로, 경험이후에는 특수성안으로 영향을 미치는 것이다.

761 천재의 행운은 진지한 시대에 태어났을 때의 일이다. 천재는 고결한 정신을 가지고 자기의 세기를 추월하려고 한다. 재사(才士)는 오만 때문에 다분히 그것을 붙들어 앉힌다.

762 장려한 성가, 「오라, 창조주 정령이여」(Veni creator Spiritus)는 전적으로 천재를 향한 호소이다. 그렇기 때문에 그 성가는 정신과 힘이 풍부한 인간에게도 강한 호소력을 가지고 있는 것이다.[171]

763 해학(諧謔)은 천재 요소의 하나이다. 그러나 이 해학이 우세하게 되자마자, 그것은 천재의 대용물에 지나지 않게 된다. 해학은 쇠퇴하는 예술을 동반하며, 예술을 파괴하고 끝내 파멸시킨다.

764 야릇하게 표현되어서 해학적으로 보이지 않을 비속한

---

171 여기서 말하는 "장려한 성가"는 마우루스(Hrabanus Maurus, 780경-856)의 작품으로 추측된다. 괴테는 "오라, 성스러운 정령, 그대 창조주여…(Komm, heiliger Geist, du Schaffender…)"라고 이 찬가를 번역한 바 있다.

것은 없다.

765 이것에 대해서 우리가 준비한 한 작업이 품위 있게 해명해 줄 수 있다. 그처럼 여러 측면에서 우리에게 이미 알려져 있는 전체 예술가들을 전적으로 윤리적인 측면에서 고찰하기가 그것이며, 시간과 장소, 그들이 속한 민족과 교사(敎師), 파괴할 수 없는 고유한 개성이 그들이 이룩한 바에로 그들을 기르고, 그들의 과거 모습대로 그들을 유지시키는데 기여한 것이 무엇인지 그들 작품의 대상과 취급방법으로부터 설명하는 것이 그것이다.

766 고결한 독일인에게서라면, 그것이 어떤 종류이건 간에 자신의 상태를 가치와 우아함으로 어느 정도 장식할 수 있는 참된 수단으로서 얼마만큼의 시적 재능을 기대할 수 있다.

767 문학은 그 상태가 아주 조야(粗野)하건, 절반밖에는 개화되지 않았건, 아니면 문화의 변환기이건, 외래문화를 인식하게 되는 때이건 여러 상황의 시발점에서 가장 많은 작용을 한다. 따라서 우리는 새로움의 작용이 처음부터 끝까지 일어나고 있다고 말할 수 있는 것이다.

768 가장 좋은 의미에서의 음악은 문학에 비해서 새로움에 대한 필요성이 덜하다. 음악은 해를 거듭할수록 사람들이 그것에 익숙해지고, 그만큼 더 많은 효과를 내게 된다.

769 예술의 품위는 어쩌면 음악에서 가장 현저하게 드러난다. 음악에는 제외해야만 하는 소재가 없기 때문이다. 음악은 전적으로 형식과 내용이며 자신이 표현하는 모든 것을 고양시키고 고귀하게 만든다.

770 음악은 성스럽거나 아니면 속되다. 성스러움은 그것의 품위에 전적으로 어울리는 것이며, 이점에서 음악은 삶에 가장 커다란 영향을 끼치고 있으며, 그 영향은 모든 시대와 시기를 통해 변함이 없다. 속된 음악은 전체적으로 명랑하다고 할 것이다.

771 성스러운 성격과 속된 성격을 뒤섞은 음악은 사악하다. 약하고 비참하며 동정어린 감정을 즐겨 표현하려는 시원치 않은 음악은 몰취미하다. 왜냐면 이런 음악은 성스럽기에는 진지함이 충분치 않고 대비되는 주요 성격인 명랑성마저 결여하고 있기 때문이다.

772 교회음악의 성스러움, 민속적 멜로디의 명랑함과 익살스러움은 참된 음악이 그 주위를 돌고 있는 두 개의 축이다. 이 두 개의 점 위에 참된 음악은 매번 필연적인 작용을 증명한다. 예배와 춤이 그것이다. 이 두 가지의 혼합은 혼란을 초래하고, 본래 모습의 약화는 싱거운 것이 되고 만다. 그리고 음악이 교훈시, 서술시 또는 이와 유사한 것에 의지하려하면 음악은 죽은 것이 되고 마는 것이다.

773 짧은 가곡. 사랑과 모든 열정적 행복의 충만을 영원하게 함.

774 외부를 향하고 먼 곳을 지향하며 아름다운 곡조로서는 제 자신의 내부로 제한하는 동경이 단조(短調)를 낳는다.

775 리듬은 무엇인가 마력적인 점을 가지고 있다. 리듬은 심지어 우리로 하여금 숭고한 것이 우리의 속성인 것처럼 믿게 만든다.

776 고결한 철학자의 한사람이 응결된 음악으로서의 건축술을 말했었고 이 말에 대해서 많은 사람들이 고개를 옆으로 흔드는 것을 알아야만 했다. 우리가 건축술을 침묵의 음악이라고 부른다면 이 아름다운 생각을 그 이상 더 훌륭하게 다시 한 번 도입할 수는 없을 것이라고 믿는다.
오르페우스를 생각해 보자. 그에게 넓고 황량한 대지가 주어 졌을 때 그는 현명하게도 가장 적합한 장소에 자리를 잡고서 그의 리라의 생명을 주는 소리로 자기 둘레에 넓은 광장(廣場)을 형성했다. 강력하게 명령을 하면서도 다정하게 유혹하는 소리에 빠르게 감동되어 커다란 덩어리로부터 떨어져 나온 바위들이 이곳으로 격정적으로 굴러 들어와서 예술적으로 또 공예적으로 알맞게 형태를 갖추고 이어서 율동적인 층과 벽들을 걸맞게 배열했음이 틀림없다. 그렇게 하여 거리는 거리로 이어진 것이다! 잘 방어할 수 있는 성벽들도 빠지지 않는다.
소리는 잦아들지만, 하모니는 남는다. 이런 도시의 시민들은 영원한 멜로디 사이를 거닐며 활동한다. 정신이 약해질 리 없고 활동이 잠들 리 없다. 눈이 귀의 기능, 책무와 의무를 떠맡는다. 시민들은 대부분의 일상에서 자신들이 상상적 상태에 있다고 느낀다. 성찰 없이, 근원을 물을 것도 없이 그들은 최고의 도덕적이며 종교적인 행복의 체험에 동참하게 된다. 성 베드로 사원을 이리 저리 거니는 데에 익숙해 보라. 그러면 우리가 감히 표현하고 있는 것과 유사한 것을 느끼게 될 것이다.

이와 반대로 우연히 기분 나쁜 빗자루로 집들을 쓸어 모아 놓은 조잡한 도시에서는 시민들이 음울한 상태의 사막에서 무의식적으로 살고 있다. 외지에서 이곳에 처음 발을 드려 놓은 사람은 마치 백파이프, 피리, 템벌린 소리를 듣는 듯 하며 곰들의 춤이나 원숭이의 재주넘기를 구경할 각오를 해야 할 것 같은 기분을 느끼게 된다.[172]

777 익살스러운 무용예술은 실로 모든 조형예술을 파멸시킬지도 모른다. 그리고 당연하다. 그것이 불러일으키는 관능적 자극은 다행히도 일시적이다. 자극을 주기 위해서

---

172 "고결한 철학자"는 셸링을 말한다. 셸링은 그의 『예술철학강의 Vorlesungen über Philosophie der Kunst』에서 건축을 "응결된 음악 eine erstarrte Musik"이라고 표현했다. 괴테도 에커만과의 대화에서 "나의 원고들 가운데 한 장을 찾았는데 거기에는 건축술을 응결된 음악이라고 내가 명명하고 있다네. 실제로 일리가 있지. 건축술로부터 풍겨 나오는 분위기는 음악의 효과에 근접하니까 말일세."(1829. 3. 23)라고 말하고 있다. 건축은 "일종의 침묵의 음악 eine stumme Musik"이라고 『이탈리아 여행』에서 언급하기도 했다.(함부르크판 괴테전집, 제 11권 408쪽) 그 노래에 나무들과 바위들이 조응했다고 하는 오르페우스와 암피론의 신화는 건축작업이 음악을 수반하고, 이를 통해서 작업의 능률을 올렸던 관례에서 유래한다. 성베드로 사원은 바티칸의 베드로 대성당을 말한다.

무용예술은 과장으로 이행할 수밖에 없다. 이 과장이 다른 예술가들을 즉각적으로 경악케 하는 것은 다행스러운 일이다. 그래도 이 다른 예술가들이 영리하고 주의력이 있다면 여기에서도 많은 것을 배울 수 있을 것이다.

778 우리는 모든 것을 실용적으로 생각해야만 하고 따라서 위대한 이념의 유사한 발로는 그것이 인간을 통해서 나타나는 것인 한 알맞은 방식으로 서로 작용하도록 하는 데에도 노력을 기울어야 할 것이다. 회화, 조소 그리고 연기는 뗄 수 없는 연관아래 서 있다. 그러나 이중 어느 한 분야에 소명 받은 예술가는 다른 분야의 예술가에 의해서 해를 입지 않도록 주의해야만 한다. 조각가는 화가로부터, 화가는 배우로부터 유혹을 받을 수 있다. 그러면 이 셋 모두가 서로를 혼란스럽게 만들어 그들 중 누구도 존립하지 못하게 된다.

779 교양을 갖춘 사람들을 보아 알 수 있듯이, 그들은 원존재의 한 발현에 대해서만, 아니면 소수의 발현에 대해서만 민감하다는 사실을 알게 된다. 그리고 그것으로 족하다. 재능은 실천적인 것에서 모든 것을 펼치며 이론적인 자세한 사항을 주의할 필요는 없다. 음악가가 자신의 손상 없이 조각가를 무시할 수 있거니와 그 반대도 마찬가지이다.

780 조각은 본래 그 최고의 단계에서만 영향력을 발휘한다.

중간급의 조각은 하나 이상의 이유로 감명을 줄 수는 있다. 그러나 이러한 모든 중간급의 예술작품들은 즐거움을 주기 보다는 당황하게 만드는 경우가 더 많다. 조각예술은 따라서 아직 소재에 관한 관심을 추구해야만 할 것이며 저명한 인물상에서 이것을 발견하게 될 것이다. 그러나 이때에도 조각예술이 참되고도 품위 있기를 원한다면 이미 높은 경지에 도달하지 않으면 안 된다.

781 조형예술은 가시적인 것에, 자연적인 것의 외적인 현상에 의존한다. 순수하게 자연적인 것을, 그것이 도덕적으로 호감을 불러일으키는 한, 우리는 소박하다고 부른다. 소박한 대상들은 자연스러운 것의 도덕적인 표현이어야 하는 예술의 영역이다. 이 양 측면을 환기시키는 대상들이 가장 유망한 대상들이다.

782 회화는 모든 예술 가운데서 가장 너그럽고 속편한 예술이다. 가장 너그러운 예술이라고 말하는 것은 그것이 한낱 수공예에 머물거나 예술이라고 할 것도 없을 경우에도 그 소재와 대상 때문에 많은 것이 용서되고 그것을 즐기기 때문이다. 한편 내용이 없는 실행이라도 손끝 기술이 교양 있는 사람이나 없는 사람을 경탄케 할 수 있음으로 상당한 수준으로 환영을 받기 위해서라면 어느 정도로만 예술의 경지로 올라가면 되기 때문이다. 색채나 표면에 들어 있는 진실과 가시적인 대상들의 상호 연관에 들어 있는 진실은 이미 거슬리지 않는 데, 그것은 그렇지

않아도 모든 것을 보는데 익숙해져 있어서 기형적 형상이나 서투른 그림도 가락이 맞지 않는 소리가 귀에 거슬리는 것만큼 눈에 거슬리지는 않기 때문이다. 사람들은 아주 형편없는 모사(模寫)도 인정한다. 왜냐면 사람들은 한층 형편없는 대상들을 보는 것에 익숙해져 있기 때문이다. 화가는 그러니까 그저 어느 정도의 예술가이면 된다. 그렇더라도 같은 수준에 있는 음악가 보다는 더 많은 애호가들을 발견하게 된다. 최소한 서투른 화가는 여전히 제 스스로 작업할 수 있다. 반면에 수준이 낮은 음악가는 공동의 연주를 통해서 얼마만큼의 효과를 내기 위해서는 다른 음악가와 단합하지 않으면 안 된다.

783 예술작품을 관찰함에 있어서 비교를 해야 할 것인가 하지 말아야 할 것인가라는 물음에 우리는 이렇게 대답하고 싶다. 수련을 쌓은 전문가는 비교해야한다. 왜냐면 그런 사람의 머리에는 이념이 떠오르고, 어떤 일이 행해질 수 있고 또 행해야 하는가에 대한 개념을 파악하고 있기 때문이다. 교양을 쌓아가는 도중에 있는 애호가는 비교하지 않고 매 작품을 하나씩 감상할 때 가장 훌륭하게 진보한다. 이렇게 함으로써 보다 일반적인 것에 대한 감정과 감각이 차츰 길러진다. 알지도 못하는 사람의 비교행위는 본래 제 스스로 평가를 내려 보고 싶어 하는 자의적 행위에 불과하다.

784 원근법의 법칙. 적절성으로서의 큰 의미와 더불어 세계

를 인간의 눈과 관점과 연관시키고 이를 통해서 대상들의 온갖 특수하고 혼란스러운 밀어닥침이 단정하고 침착한 화상(畵像)으로 변화될 수 있도록 해 준다.

785 망막이 생겨난 목적인 수축과 확대에서, 플라톤의 용어를 빌어 말하자면 결합(Synkrisis)과 분리(Diakrisis)로부터 맨 먼저 색채의 조화를 발전시킨 사람이 채색의 원리를 발견한 사람이다.[173]

786 그림에서 수평으로 그은 선의 다양한 움직임의 목표점을 자신의 시야에 처음 담은 사람이 원근법의 원리를 발명한 사람이다.

787 예술애호가들이 완벽한 작품을 일치하여 인정하고 높이 평가하면 그것으로 충분하다. 중간 정도의 작품에 대해서는 논쟁이 끝없이 이어지게 되어 있다.

788 오로지 한 예술작품에서만 특출한 함축성은 그것이 무엇이든지 인정받지 못하며, 어떤 유익함과 촉진적 역할도 도외시되며, 심오하게 포괄적인 종합은 누구나 쉽게 간파하지 못한다.

---

173 이하 786번까지. "결합"과 "분리"에 대한 괴테의 한층 심오한 의미부여는 『색채론의 역사』에 피력되어 있다. "우리는 그리스의 단어 결합과 분리 대신에 이렇게 대치해 보고 싶다. 수축, 확장, 모음, 뿌리침, 구속, 완화, 축소(rétrécir), 신장(développer) 등으로 말이다. 생명과 감각이 표현되는 맥박에 대해서 그처럼 정신적이면서 육체적인 표현을 우리는 발견할 수 없다."(함부르크판 괴테전집, 제 14권 36쪽). 880번-890번에 대한 주해 참조. 특히 785번에 대해서는 520번과 그 주해 참조.

789 예술에 대한 감각이 사라짐과 동시에 예술작품들은 파괴된다.

790 모든 예술에는 태생적인 소질을 가지고, 즉 혼자의 힘으로 도달할 수 있는 어떤 수준이 있다. 그러나 기법의 도움이 없으면 이 수준을 넘어서는 것은 불가능하다.

791 정서는 누구나 가지고 있으며, 기질을 지닌 사람은 많지만 예술의 개념을 파악하고 있는 사람은 드물다.[174]

792 "입김을 불어 넣는다고 피리를 불 수 있는 것은 아니다. 그대들은 손가락을 움직여야만 한다."[175]

793 마지막 손길이 행할 수 있는 것은 이미 첫 손길이 결정적으로 표현하지 않으면 안 된다. 이 첫 손길에서 행해 질 것은 이미 결정되어 있어야만 하는 것이다.

---

174 예술론 중 「마지막 전시 Letzte Kunstausstellung」에서 괴테는 이와 유사하게 쓰고 있다. "정서가 정신보다, 자질이 솜씨보다 높이 평가되고 그렇게 해서 재능이 없는 자도 재능이 있는 자와 마찬가지로 득을 본다. 정서는 누구나 가지고 있고 자질은 여러 사람이 가지고 있다. 이에 반해서 정신은 드물고 예술은 어렵다."(함부르크판 괴테전집, 제 12권 129쪽). 165번 및 739번 참조. 여기서 주관적 내면성의 근대예술에 맞서 있는 괴테의 태도가 주목된다. 첼터에게 쓴 한 편지(1804. 7.13)에서 괴테는 "우리의 시대에 있어서 예술이 충실하고 영원(永遠)에 값할 만 할 때, 그것들이 시대와 모순에 놓인다는 것은 매우 곤란하다." 말하고 있다.

175 몽테뉴(Michel Eyquem de Montaigne, 1533-1592)의 『수상록 Essai』에 나오는 가스코뉴(Gascogne)지방의 속담을 괴테가 직접 번역하여 인용하고 있다.

794 본보기로부터 무엇인가를 배우는 것은 자연으로부터 배우는 것과 똑같이 어렵다.[176]

795 그대들은 본보기를 선택하고 거기에 그대들의 개성을 섞어 넣는다. 그것이 그대들의 예술의 전부이다. 그때 어떤 기본 원칙을, 어떤 유파, 어떤 순차를 생각할 필요가 없다. 모든 것은 자의적이며 각자의 마음대로이다. 단순히 전통에 의해서 신성시된 법칙들로부터 해방되는 것에 대해서는 아무것도 말 할 수 없다. 그러나 자연으로부터 모든 예술이 탄생한다는 것이 법칙임에 틀림없다는 것을 생각하지 않는다는 점에 대해서 생각하는 사람은 아무도 없다.

796 완벽한 예술가는 소질보다는 수업에 힘입은 바가 더 많다.

797 교양 없는 사람에게 예술작품에서 자연처럼 눈에 띤 것은 (외적) 자연이 아니라, (내적 자연인) 인간이다.[177]

798 제자에게 가장 끔찍한 일은 최후에는 스승에게 저항하여 자신을 재정립해야 한다는 사실이다. 스승이 전해 준 것이 강력하면 할수록 전해 받는 자는 그만큼 더 큰 불만, 아니 절망을 느끼는 것이다.

---

176 880번-890번에 대한 주해 참조.
177 722번-725번에 대한 주해와 880번-890번에 대한 주해 참조.

799 참된 예술에는 예비학교가 없다. 그러나 여러 준비를 위한 조치는 있다. 가장 좋은 준비는 가장 열등한 제자라도 스승의 일에 동참하는 것이다. 그림물감 바르는 일을 돕던 제자들 가운데서 뛰어난 화가들이 태어난다.

800 어려운 일을 쉽게 해 내는 탁월한 예술가에 의해서 우연히 자극받아 인간의 자연스럽고 평범한 행동이 이르게 되는 원숭이 같은 흉내 내기는 다르다.

801 유파 자체 내에만 본래의 예비학교가 있다.

802 거장(巨匠)의 기질은 자주 이기주의로 간주된다.[178]

803 거장만큼 예술을 촉진시킬 수 있는 사람은 아무도 없다. 후원자들은 예술가들을 격려해 준다. 그것은 그것대로 옳고도 좋은 일이다. 그러나 그것을 통해서 예술이 항상 촉진되는 것은 아니다.

804 위대한 예술가들은 누구나 우리의 마음을 빼앗고 우리에게 불을 붙인다. 우리 내면에 능력으로 들어 있는 모든

---

178 이하 810번까지. "거장의 기질"은 노년의 괴테에게는 딜레탕티즘, 독창성, 졸렬한 설익은 능력에 반대되는 개념이다. 참된 예술가는 스스로부터 창조하는 것이 아니라, 전승으로부터, 사안이 무엇을 요구하는지를 알고 있는 장인으로부터 배운다. 에커만과의 대화에서 "자신에게만 의지하여 머물기 위해서 재능이 태어나는 것은 아니네. 오히려 예술을 향하기 위해서, 훌륭한 장인을 향하기 위해서 태어나는 것이네. 이것들이 그 재능에서 무엇인가를 만들어 내는 법이네"(1826. 12. 13)라고 괴테는 말하고 있다. 735번, 741번과 이에 대한 주해, 나아가 796번, 813번 참조.

것이 꿈틀거리게 된다. 우리는 위대함에 대한 표상과 그것에 대한 어느 정도의 소질을 지니고 있기 때문에 그 위대성의 싹이 우리의 내면에 숨어 있을 것이라고 아주 쉽게 착각하게 되는 것이다.

805 천성적으로 이성적인 사람도 역시 더 많은 교양을 필요로 한다. 부모와 교사의 배려를 통해서, 부드러운 예(例) 또는 엄중한 경험을 통해서 이성은 차츰 그에게 나타나게 될 것이다. 마찬가지로 미래의 예술가가 태어나는 것이지 완결된 예술가가 태어나는 것은 아니다. 그의 눈이 참신하게 세상에 태어났을 것이고, 형태, 균형, 동작에 대한 축복받은 시각을 가지고 있을 것으로 생각해 봄 직하다. 그러나 한층 차원 높은 구성을 위해서는 자세, 빛, 그림자가, 색채를 위해서는, 자신이 인지하지는 못하고 있지만, 그의 태생적인 소질로써는 부족함이 있을 수 있다.

806 그럼으로 예술가가 참된 예술가가 되기 위해서 전시대와 동시대의 보다 높은 교양을 쌓은 예술가들로부터 자신에게 부족한 점을 배울 생각을 가지고 있지 않으면, 태어날 때부터 가지고 있는 독창성에 대한 잘못된 생각 때문에 자기 자신의 뒤쪽으로 정체해 버리고 말 것이다. 왜냐면 우리가 가지고 태어난 것뿐만이 아니라 우리가 배워서 얻을 수 있는 것도 모두 우리들 자신의 것이며, 우리는 이 양자로 인하여 존재하기 때문이다.

807 흔히 사람들은 예술가를 찬양하기 위해 그가 모든 것을 자기 자신으로부터 창출했다고 말한다. 이런 식의 말을 다시는 듣지 않아도 된다면 얼마나 좋을까! 엄밀하게 본다면 그런 독창적인 천재의 작품들은 대부분 무엇을 생각나게 하는 것들이다. 경험을 가진 사람이라면 그것을 낱낱이 증명할 수 있다.

808 "우리들 보다 앞서 우리의 정신적 재산을 언급한 자들이여, 멸망할 지어다!"(Pereant, qui ante nos nostra dixerunt!)[179]
이처럼 별스럽게 말할 수 있는 사람은 제 자신이 땅에서 솟아나온 것으로 착각하는 사람뿐이다. 이성적인 선조의 혈통을 잇고 있다는 것을 자랑으로 여기는 사람은 적어도 자기 자신과 같은 정도로 조상에게도 인간적 감각을 인정할 것이다.

809 그렇기 때문에 전수된 사항을 결실 있게 발전시켜서 그 안에 얼마만큼의 전수된 사상이 숨겨져 있는지를 아무도 모를 정도가 되면 그것이 독창성의 징표라 하겠다.

810 푸른 가지에서 꽃이 만개하듯, 많은 사상들은 일반적인 문화로부터 처음 발생한다. 장미의 계절에는 사방에서 장미꽃을 보게 된다.

---

179 라틴어로 되어 있는 이 문구가 영어판 「코란」에 인용되어 있는 것을 괴테가 발견했다.

<u>**811**</u> 본래 모든 것은 믿음에 귀결된다. 믿음이 있는 곳에 사상 또한 탄생한다. 그리고 믿음이 있고 나서 사상 역시 존재하는 것이다.

<u>**812**</u> 독창적이지 않은 것에는 아무 것도 걸쳐져 있지 않다. 독창적인 것은 자체에 개인의 결함을 언제나 수반한다.

<u>**813**</u> 소위 말하는 '자체로 부터의 창조'는 관례적으로 가짜의 독창적인 인물들과 기교주의자들을 만들어 낸다.[180]

<u>**814**</u> 우리는 왜 기교적인 것을 그처럼 비난하는가? 그것은 우리가 거기에서부터는 정도(正道)로 되돌아가는 것이 불가능하다고 믿기 때문이다.

<u>**815**</u> 기교적인 것은 빗나간 이념, 주관화된 이념이다. 따라서 그것에는 재치가 빠지는 것이 쉽지 않다.

<u>**816**</u> 할 수 있었던 것을 지금도 할 수 있다고 사람들이 믿는 것은 지극히 당연하다. 그런데 결코 해 낼 수 없었던 것을

---

180 이하 815번까지. "기교적인 것"은 과잉된 예술행위로서 직접 자연을 모방하는 것이 아니라 만들어 내는 것을 의미하는 것으로 괴테는 이를 비판한다. 이에 대한 괴테의 중요한 논거가「단순한 자연모방, 마니어, 양식」이다. 이중 마니어(기교)에 대해서는 이렇게 언급하고 있다. "사람들은 그림을 그릴 때 자연의 문자를 따라 읽기만 하는데 싫증이 나서, 스스로 하나의 방식을 발명하고 스스로 하나의 언어를 만들어 낸다. …그렇게 되면 그들이 대상을 반복할 때 자연자체를 마주 대하거나 자연을 생생하게 기억해 낼 필요가 없게 된다. 이제 그것은 말하는 사람의 정신이 직접 자신을 표현하고 드러내는 하나의 언어가 된다."(함부르크판 괴테전집, 제 12권 31쪽). 특히 813번-814번에 대해서는 880번-890번에 대한 주해 참조.

할 수 있다고 믿는 것은 기이한 일인데, 그렇게 믿는 경우가 드물지 않다.

817 예술은 불쾌한 것을 보여 주어서는 안 된다.

818 "내 그림에 대고 냄새를 맡아서는 안 된다. 그림물감은 몸에 해롭다."-렘브란트[181]

819 많은 스켓치로부터 마침내 전체를 만들어 내는 것은 가장 뛰어난 사람에게 조차 언제나 이루어지는 것이 아니다.

820 보통의 재능조차도 자연을 앞에 두고 있으면 언제나 명민함을 보인다. 그렇기 때문에 어느 정도 주의를 기울인 그런 종류의 소묘들은 언제나 즐거움을 준다.

821 딜레탕티즘의 원인은 예술적 기법으로 부터의 도피, 방법에 대한 무지, 접근할만하다 할 때에도 최고의 기술을 요하는 도달 불가능한 것을 항상 수행하고 싶어 하는 무모한 시도이다.[182]

---

181 렘브란트(Rembrandt Harmensz van Rijin, 1606-1699). 네델란드의 화가. 여기 인용된 렘브란트의 일화과 같은 경우는 괴테가 1825년 한 수첩에 기록해 두었는데, 그 전거는 알려져 있지 않다.

182 딜레탕티즘은 후기의 괴테에게는 "거장의 기질"이나 "충실하고 긍정적인 것"에 대한 반대개념이며, 근대성에 대한 징후적 현상이다. 괴테는 고전주의 시기에 제 자신의 천성안에 이러한 딜레탕트적인 요소를 인식하고 그것의 장단점을 대비하면서 숙고하기도 했다. 이 시기에서는 딜레탕트는 "다만 관찰하고 향유할 뿐만아니라, 예술의 실행에도 참여하려고 하는 예술의 애호자"라고 아주 중립적으로 평가했다. 그러나 노년의 괴테는 시대현상으로서의 딜레탕티즘을 해체의 보편적인 현

822 딜레탕트들은 그들에게 최대한 가능한 일을 해 놓고서도 작업이 아직 끝나지 않았다고 변명하기 일쑤이다. 어쩌면 그 작업은 결코 끝나지 않을 수도 있다. 왜냐면 올바르게 시작되지 않았기 때문에. 거장은 몇 번 되지 않는 터치로 작품을 완성된 것으로 만들어 낸다. 끝손질을 했거나 아니거나 간에 작품은 완성된다. 가장 재치 있는 딜레탕트도 불확실한 가운데 더듬거린다. 그리고 끝손질이 점점 불어남에 따라 첫 구도의 불확실성은 더 많이 드러날 뿐이다. 아주 마지막에 이르러서야 보완할 수 없는 결함이 비로소 발견되고 그렇게 해서 작품은 두 말할 나위 없이 완성될 수 없게 되는 것이다.

823 딜레탕트들의 오류는 공상과 기술을 직접 결합시키려고 한다는 데에 있다.

824 젊은 딜레탕트들의 주제 넘는 언행들을 호의를 가지고 참아 주어야만 한다. 그들이 노년에 이르면 예술과 거장의 가장 참된 숭배자가 되기 때문이다.

상으로 평가했다. "딜레탕트에게 부족한 것은 가장 높은 의미에서의 건축술, 창조해내고 형성하며 구성해내는 실천적인 역량이다. 딜레탕트는 이러한 것에 대해서 다만 일종의 예감만을 지니고 있을 뿐이고, 소재를 지배하는 대신 전적으로 그것에 자신을 바쳐버리고 만다."고 한 에세이의 초안 「딜레탕티즘에 대해서 *Über den Diletantismus*」에서 언급하고 있다. 첼터에게 보낸 편지(1823. 8. 23)에서도 "천박한 딜레탕티즘"이라는 표현을 썼다. "골동취미와 애국주의에서 잘못된 근거를, 사이비 경건성에서 연약한 요소를 찾고 있는 이 시대의 천박한 딜레탕티즘, 공상하고 있는 공허한 미사여구가 달콤하게 울리는 분위기를 찾으며, 구차한 육신을 가리는 격언의 옷을 그처럼 고상하게 걸치고 있는 이 시대의 천박한 딜레탕티즘. 매일과 같이 소모로 좀 먹히고 그저 생명을 이어가며 살아남기 위해서 불확실성에 병들어 가며 가장 굴욕적으로 제 자신을 속일 수밖에 없는 이 시대의 천박한 딜레탕티즘"

825 딜레탕티즘을 진지하게 다루고, 학문을 기계적으로 행하면 좀스러운 행위가 되고 만다.

826 "사이비 예술가도 있다. 딜레탕트와 투기꾼이 그들이다. 딜레탕트들은 오락을 위해서 예술을 하고, 투기꾼들은 이익을 위해서 예술을 한다."[183]

827 예술 안에 들어 있는 불확실한 것에 대한 독일인들의 쾌감은 졸작에서 유래한다. 날림으로 일을 하는 사람은 정당한 것을 인정해서는 안 되기 때문이다. 그렇지 않으면 자신은 아무것도 아닐 터이니까.

828 최초의 조각가 다이달로스는 도예공의 회전반(回轉盤) 발명을 시기(猜忌)했다는 전설이 있다. 시기로 부터는 아무것도 나오는 것이 없다고 하겠다. 그러나 이 위대한 인물은 기술이 결국에는 예술에서 필경 파멸의 근원이 되리라는 것을 아마 예감했을 것이다.

829 몰취미와 결합된 기교는 예술의 가장 두려운 적이다.

830 위대하거나 하찮거나 간에 모든 예술 작품에서 가장 세부에 이르기까지 모든 것은 구상에 달려 있다.

---

183 이 문구의 출처는 알려져 있지 않다. 여기서만큼 딜레탕트가 부정적으로 언급된 기록은 없다.

831 시인이나 조형 예술가는 자신이 다루려고 하는 대상이 거기로부터 다양하고 완벽하며 충분한 작품이 전개될 수 있는 종류의 것인가를 우선 주목해야만 한다는 점은 우리가 아무리 반복해 말해도 충분하지 않다. 이것이 소홀히 되면 다른 모든 노력은 완전히 수포로 돌아간다. 운율과 각운, 붓질과 끌로 파는 작업이 헛수고가 되고 만다. 설령 어떤 장인다운 실행이 재기발랄한 감상자를 순간적으로 매혹시킬 수 있을 때에도 모든 가짜가 앓고 있는 내용 없음을 그 감상자는 곧장 느끼게 된다.[184]

832 모든 다른 예술들에게 우리는 어느 정도 유리한 조건을 부여해야만 하지만, 그리스 예술에게만은 우리는 영원히 채무자이다.

833 우리가 안티케로부터 측량할 수 없는 것을 얻으려 하기 때문이지만, 안티케로부터 비례적 관계 (측량할 수 있는 것)를 얻어내야만 하는 사람이 우리들의 미움의 대상이 되어서는 안 된다.

834 회이슘[185]처럼 복숭아를 볼 줄 아는 데까지 화가는 무엇을 연구해야만 할까? 그리고 우리가 그리스인이 보았던 대로 인간을 보는 것이 가능한 일인지를 시험해 보아야 하는 것은 아닌가?

---

184 631번-634번에 대한 주해 참조.
185 회이슘(Jan van Huysum, 1682-1749), 네델란드의 화가.

835 독일의 시인들에게 호머파의 시인으로서도 평가받고자 하는 이룰 수 없는 소망을 허락하도록 하자! 독일의 조각가들이여, 그대들이 마지막 프락시텔레스[186] 후예의 명예를 얻기 위해서 노력한다 해도 해될 것이 없을 것이다!

836 어떤 사람이 말했다. "무엇을 얻으려고 그대들은 호머[187]을 위해 힘을 다 하는가? 그대들은 그를 어차피 이해하지 못한다." 이에 대해서 나는 대답했다. "나는 해와 달과 별들을 역시 이해하지 못한다. 그러나 그것들은 나의 머리 위로 운행하고 있으며, 내가 그들을 바라보고 그들의 규칙적이고 신비로운 운행을 관찰하는 가운데 그들 속에서 나 자신을 인식한다. 그러면서 동시에 무엇인가가 나로부터 형성될 수 있다고 생각하게 된다."

837 『일리아스』안에 조형예술[188]이 그처럼 높은 단계로 나타난다는 사실은 이 시의 현대성에 대한 논거를 충분히 제공한다고 해도 좋지 않을까.

---

186 프락시텔레스(Praxteles, 기원전 약 350년), 아테네의 조각가.

187 호머(Homer, 기원전 8세기 후반) 오랫동안 전설적인 인물로 여겨오다가 오늘날 실재했던 인물로 인정되었다. 유럽문학사에서 가장 오래된 대서사시 『일리아스 Illias』(약 16000행)와 『오딧세이 Odysee』의 저자. 괴테는 『이탈리아 여행』에서 "호머는 나의 눈을 열어주는 고전입니다. 그의 묘사와 비유 등은 우리에게 시적 감동을 주면서도 말할 수 없이 자연스럽지만, 그 순수성과 내면성에는 사람들이 두려움을 느끼게 하는 것이 있습니다. 아무리 괴상하게 꾸며낸 사건이라도 묘사된 대상이 아니고는 아무데서도 느낄 수 없는 자연스러움을 간직하고 있습니다."(함부르크판 괴테 전집, 제 11권 323쪽)라고 말하고 있다.

188 『일리아스』 18장에 나오는 대장쟁이 신 헤파이토스가 만든 아킬레우스의 방패에 대한 유명한 묘사를 가리킨다.

838 문학적 그리고 조형적인 창작에 대해서 감수성 있는 정신의 소유자는 고대(古代)를 마주하고 가장 쾌적한 상상속의 자연 상태로 옮겨져 있음을 느낀다. 그리고 오늘날에 이르기까지 호머의 노래들은 수 천 년의 전통이 우리에게 떠맡겨 온 엄청난 짐으로부터 최소한 순간적으로라도 우리를 해방시켜줄 수 있는 힘을 가지고 있는 것이다.

839 3세기와 4세기의 문학적 및 조형적 예술작품들을 관찰해 보면 얼마나 오랫동안 예술가들이 아직 옛 훌륭한 감각에 매달려 왔는가, 그리하여 그들을 둘러 싼 모든 것들이 이 대신 소멸되어 버렸는가를 알게 된다. 이러한 방법을 통한 예술작품에 대한 설명양식, 그때의 예술작품들은 결코 난해하다고 할 수 없고 오히려 구상적이라고 부를 수 있다. 프로메테우스등이 함께 들어 있는 카피톨 언덕의 부조(浮彫)를 보라.

840 예술가들은 성 요셉을 겨냥해 왔다. 비잔틴파의 화가들이 과잉된 풍자를 섞어 표현했다고 우리가 뒷말을 할 수는 없지만, 그들은 예수의 탄생 자리에 있는 이 성자를 항상 불쾌한 모습으로 그려 보이고 있다. 어린아이가 구유에 누워 있고 나귀들이 그 안을 들여다보면서 그들이 먹어야 할 마른 풀 대신에 살아 있는 천상적이며 품위 있는 피조물을 보고 어리둥절해 하고 있다. 천사들이 갓난아이에게 경배하고 어머니는 그 곁에 앉아 있다. 그러나 성 요셉은 몸을 딴 곳으로 돌린 채 앉아 있고 내키지 않는 듯

머리만 이 기묘한 장면을 향해 돌리고 있는 것이다.[189]

841 프라스카티 근처에 있는 빌라 알도브란디니의 아폴로 홀에서 도메니친[190]이 얼마나 성공적으로 오비드의 변신 이야기를 더할 나위 없이 알맞은 지형(地形)으로 둘러 싸 그렸는지를 보면 말할 수 없는 황홀감을 경험한다. 이때 지극히 행복한 일들도 멋진 장소에서 우리들에게 베풀어진다면 갑절로 행복하게 느껴진다는 것, 아니 그 뿐만 아니라 아무렇지도 않은 순간들도 품위 있는 장소성을 통해서 한층 높은 의미로 고양되었다는 것을 즐거움과 함께 회상하게 된다.

842 모든 예술가들의 내면에는 무모함의 싹이 들어 있다. 이 싹이 없다면 어떤 재능도 생각할 수 없다. 그리고 이 싹은 능력 있는 자를 속박하고 일방적인 목적을 위해서 고용하고 이용하려고 할 때 특히 활기를 띤다.

---

189 예술론 중 「라인강과 마인강가의 예술과 고대문화 Kunst und Altertum am Rhein und Main」에서 괴테는 비잔틴 미술과 그것이 근대에 미친 영향을 논하고 있다. "비잔틴 화가 유파는 그 모든 분파를 통해서 여러 해 동안 라인강가를 비롯한 서구전체를 지배했고…비잔틴 화가들에게 그처럼 뛰어난 그리스 예술작품이 눈앞에 등장했으나, 그들은 그들의 메마른 붓질에서 빠져 나오지 못했다."(함부르크판 괴테전집, 제 12권 151쪽). 이 글에서 괴테가 특별히 비잔틴-네델란드 화가 유파의 대표자들에게 관심을 두고 있는지 아니면 일반적으로 비잔틴 제국의 예술 발전과정에 더 많은 관심을 기울여는지는 논쟁의 여지가 없지 않으나, 여기에 주어진 성찰록의 문맥으로 볼 때, 후자의 경우일 가능성이 더 큰 것으로 보인다. 라인강과 마인강 유역에서는 괴테의 서술에 맞는 비잔틴화풍의 회화작품을 그간 발견할 수 없었다. 퀼른 대성당에 있는 로히너(Stephan Lochner)의 「왕들의 기도」에는 요셉의 묘사가 들어 있지 않다.

190 도메니친 또는 도메니치노(Domenichino, 1581-1641), 이탈리아의 화가. 오비드에 대해서는 864번에 대한 주해 참조.

843 근대 예술가들 중에서 라파엘로[191]는 이점에서도 가장 순수한 예술가이다. 그는 전적으로 소박한 인물로서, 그에 있어서는 현실적인 것이 도덕적인 것 또는 심지어 성스러운 것과도 다툼에 이르지 않는다. 왕들의 기도가 그려진, 지극히 훌륭한 구도인 이 장면이 그려진 양탄자[192]는 가장 나이든 기도하는 왕에서부터 무어인과 낙타 등에 앉아서 사과를 즐기고 있는 원숭이에 이르기 까지 전체적인 세계를 보여 주고 있다. 이 그림에서 성 요셉은 들어온 선물을 보고 기뻐하는 양아버지로서 아주 소박하게 그려져 있다.

844 무미건조하고도 소박함, 강하고 씩씩함, 소심하고 정직함, 이것들을 가지고 옛 독일의 예술을 특징지울 수도 있을 것 같은데, 이것은 초기의 보다 단단한 모든 예술방식에 다 해당된다. 옛 베네치아파, 옛 피렌체파와 기타 등등

---

191 라파엘로(Rafaelo Santi, 1483-1520), 로마의 뛰어난 화가. 괴테는 예술론 중 「고대와 근대 Antik und modern」에서 "라파엘로는 평생 동안 항상 똑같은 가벼움으로, 아니 점점 더 큰 가벼움으로 작업한다. 그에게 심혼의 힘과 생동력은 아주 결정적으로 평형을 이루어서, 근대의 예술가중 누구도 그만큼 순수하고 완벽하게 생각하고 또 그만큼 투명하게 자신을 표현한 사람이 없었다고 주장할 수 있을 정도다. 그러니까 여기서 우리는 다시 최초의 원천에서 우리에게 가장 신선한 샘물을 떠 보내는 천재를 발견한다."(함부르크판 괴테전집, 제 12권 175쪽)고 기술하고 있다.

192 『시와 진실』 제9장에서 괴테는 스트라스부르 부근의 라인 강의 한 섬에 있는 건물에서 라파엘의 밑그림에 수놓은 고블랭의 모조품을 본 경험을 술회하고 있다. "여기서 나는 처음으로 라파엘의 밑그림을 바탕으로 해서 짜낸 융단의 견본을 보았다. 내가 이것을 본 것은 나에게는 결정적인 영향을 미치는 것이었다.…그 순간은 내가 매일을 즐겨 바라보고, 존중하고 경배드릴 이 라파엘의 작은 융단을 향한 동경이외 어떤 다른 동경도 나에게 남아 있지 않았던 것이다."(함부르크판 괴테전집, 제 9권 362쪽)

도 이 모든 것을 다 갖추고 있다.[193]

845 그래서 우리가 이 초기를 벗어나지 못할 때도 우리 독일인들이 스스로를 독창적이라고 생각해야 하겠는가?

846 알프레히트 뒤러[194]가 비교할 수 없는 재능을 가지고 있음에도 불구하고 미의 균형이념에 결코 도달할 수 없었고, 심지어는 적정한 합목적성의 사상에까지 도달한 적이 없었기 때문에 우리가 언제까지 항상 땅바닥에 바짝 엎드려 있어야만 하는가?

847 알프레히트 뒤러는 최고의 사실주의적인 관조, 모든 현재적인 상황들에 대한 인간적인 공감을 촉진시켰다. 그러나 불투명하고, 형체와 밑바탕 없는 환상이 그에게 해를 끼쳤다.

---

193 924번에 대한 주해 참조. 또한 이하 850번까지를 포함하여 880번-890번에 대한 주해 참조.

194 이하 847번까지. 괴테는 뒤러(Albrecht Dürer, 1471-1528, 뉴른베르크출신의 독일화가)에 대해서 일관된 평가를 내리지는 않고 있다. 뒤러를 높이 평가하면서도 낭만주의자들에 의한 일방적인 찬양에 대해서는 반감을 표하고 있는 것이다. 예술론 중 「독일적 건축술에 대해서 Von deutscher Baukunst」에서 "화장을 한 우리의 인형화가들을 내가 얼마나 싫어하는지에 대해 열변을 토하고 싶지는 않다.…이 풋내기들이 야유하는 남성적인 알브레히트 뒤러여, 목각처럼 투박한 형태가 오히려 내 맘에 든다."(함부르크판 괴테전집, 제 12권 14쪽)라고 술회하고 있는가하면, 『이탈리아 여행』에서는 더 명백하게 "행운이 알브레히트 뒤러를 더 깊숙하게 이태리로 인도해왔더라면 좋았을 텐데. 뮌헨에서 그의 그림 몇 점을 보았었다. 믿기 어려운 위대함을."(함부르크판 괴테전집, 제 11권 103쪽)이라고 기록하고 있다. 한편 「라인 강과 마인 강가의 예술과 고대문화」에서는 "알브레히트 뒤러가 그림에서 그가 베네치아에 갔었다는 사실을 특별히 보여주는 것이 있는가? 이 탁월한 화가는 외국의 영향과 무관하게 완전히 그 자신으로부터 설명할 수 있다"(함부르크판 괴테전집, 제 12권 163쪽) 고 뒤러의 일방적인 훈련에 대해서 언급하고 있다.

848 어떻게 마르틴 쉔[195]이 그[뒤러]와 나란히 서 있고, 어떻게 거기에서 독일의 공적(功績)이 제약을 받는가를 보여 주는 것은 흥미있는 일 일는지도 모르겠으며, 한편 거기서 모든 것이 끝이 아니었음을 보여 주는 것은 쓸모 있는 일 일는지 모르겠다.

849 모든 이태리의 유파에서 나비가 번데기를 벗어나면 얼마나 좋을까!

850 몇몇 북방의 예술가들이 그들의 계산이 맞아 떨어진다고 해서 우리가 영원히 애벌레로 이리저리 기어 다녀야만 하겠는가?

851 특정한 성격을 가진 사람들은 허약함을 법칙으로 삼는 경우가 종종 있다. 세상 물정을 아는 사람들은 말해 왔다. "그 뒤에 두려움이 숨겨져 있는 영리함은 이겨낼 수가 없다." 허약한 사람들은 혁명적 사상을 품는 경우가 많다. 그들은 통치 받지 않으면 얼마나 좋을가 라고 생각하면서도 제 자신은 자신도 다른 사람도 통치할만한 능력이 없다는 사실을 느끼지 못한다.

852 바로 이러한 경우에 근래의 독일 예술가들이 해당된다. 그들이 소유하고 있지 않은 예술의 가지를 유해하다고,

---

195 마르틴 쉔 (Schön)=마르틴 숀가우어(Martin Schongauer, 1445-1491), 꼴마(Colmar)출생의 화가, 동판화가.

그렇기 때문에 잘라 버려야 한다고 선언한다.

853 성전으로부터 물건을 사고파는 자들을 내쫓고 있는 장면을 새긴 렘브란트의 동판화에서 보통은 주의 머리를 감싸고 있는 광륜(光輪)이 앞으로 뻗치려는 손으로 똑같이 전파되고 그 손은 신적인 동작으로 광채에 둘러싸인 채 거칠게 내려치고 있다. 머리의 주변은, 얼굴도 마찬가지이지만, 어둡다.

854 베를린에서 발행된 「제조업자들의 모범」을 계기로 그러한 신문들의 최고 실행을 위해서 그처럼 많은 비용이 꼭 필요한 것인지에 대해 논란이 있었다. 이와 함께 이러한 실행이 재능이 풍부한 젊은 예술가들과 수공예업자들에게는 가장 큰 매력을 느끼게 한다는 사실, 이들의 주목과 모방에 의해서 비로소 형식의 전체성과 가치를 파악할 능력이 주어진다는 사실이 결과로 나타났다.

855 프리드리히 2세는 코도비에스키[196]에 이어 주석(朱錫)에 새겨진 말[馬]을 뉴른베르크에서 구입하기를 좋아한다. 일반적으로 이 말은 어린 병정들을 선도하고 있으며 이때에도 공경 받을 만 하다.
나는 그러나 똑같은 방식으로 이 말이 덜 육중하게라도 실제 크기대로 모습을 취하고 있는 것을 눈으로 보고 싶

---

196 코도비에스키(Daniel Chodowiecky, 1726-1801), 베를린출신의 동판화가, 부식동판 제작가, 삽화가.

지는 않다.[197]

856 코도비에스키는 아주 존경스러운 예술가이며, 말하자면 이상적인 예술가이다. 그의 훌륭한 작품들은 시종일관 정신과 취미를 증언해 준다. 그가 일하고 있는 그룹 내에서 그에게서보다 더 이상적인 것이 요구될 수 없었다.

857 그대들의 애국적인 대상들을 그려 보시라! 우물 수도관 위에 앉아서 생각에 잠겨 있는 왕을! 물론 그대들이 그의 생각을 그려낼 수 있다면 말이다!
그런 왕은 그대들의 조형예술과는 아무런 관련이 없다.
그런 왕은 정신과 진심가운데서만 공경 받아야 마땅하다.

858 그림으로 그리고, 동판에 새기고, 돈을 지불하고, 팔고, 대가를 받으라, 어디까지나 공공연한 침묵 속에서. 만일 그대에게 흠잡는 말이 들려온다면 그냥 지나쳐 버려라. 그러나 다만 이러한 궁색함을 점점 더 크게 세상 사람들의 귓전에 대고 비웃도록 누구를 자극하지는 말라.

859 애국적 예술도 애국적 학문도 존재하지 않는다. 예술과 학문은 모든 고상하고 훌륭한 것과 마찬가지로 전 세계에 속하며, 과거로부터 우리에게 남겨진 것과 알려진 것을 항상 고려하는 가운데 동시에 살고 있는 모든 사람들의 보편적이고도 자유로운 상호작용을 통해서만 촉진될

---

197 이하 858번까지. 880번~890번에 대한 주해 참조.

수 있는 것이다.[198]

860 그대들이 "우리는 그렇게 한다."라고 말하면, 아무도 그 말에 반발하지 않는다. 그러나 그대들이 "그대들도 역시 그렇게 해야만 하네, 우리의 제약에 따라서 제약을 받아야 하네."라고 말한다면 그대들은 많은 것을 너무 뒤늦게 잃고 말 것이다.[199]

861 파리는 개방되어 있고 이탈리아도 역시 그렇게 될 것이다. 목숨이 남아 있는 한, 우리는 예술가에게 세계와 예술의 광활함과 제 자신의 제약을 가리켜 보일 것이다.

862 그러나 예술가를 그러한…을 통해서 제약하지는 말아라. 그렇지 않아도 각자는 넓기 이를 데 없는 세계와 예술을 누림에 있어 자기가 충분히 제약되어 있음을 느끼고 있으니까![200]

---

198 이 잠언은 궁정조각가인 샤도(Joh. G. Schadow, 1764-1850)의 예술적 자연주의와 애국주의에 대한 반박을 내용으로 한, 잡지『프로퓔레엔 Propyläen』에 실린 한 논문에 포함되어 있는 구절이다. 이 문구는 다음과 같은 문장에 연결되어 있다. "베를린에서는 개인적 공적으로 잘 알려진 거장이외에도 사실성과 유용성에 대한 촉구를 동반하는 자연주의가 깃들어 있고, 산문적인 시대정신이 가장 많이 현시되고 있는 것 같다. 시문학은 역사에 의해, 개성과 이상은 초상화에 의해, 상징적인 가공은 알레고리에 의해, 자연정경은 조망에 의해, 보편적인 인간성은 조국적인 것에 의해 추방당한다."

199 이하 862번까지. 880번-890번에 대한 주해 참조.

200 소네트「자연과 예술 Natur und Kunst」에서 괴테는 이렇게 읊고 있다. "얽매임 없는 정신들 /순수한 정점의 완성을 향해 진력한들 허사로다.// 위대함을 원하는 자 전력을 다 해야만 하는 법/ 제약을 통해서 거장은 비로소 자신을 내 보이고/ 법칙만이 우리에게 자유를 부여할 수 있으리라."(함부르크판 괴테전집, 제1권 245쪽). "그러한…을 통해서"의 공란은 괴테가 나중에 채워 넣을 생각으로 남겨 두었던 것으

863 건강한 것은 고전적이며, 병적인 것은 낭만적이다.[201]

864 오비드[202]는 망명 중에서도 여전히 고전적이었다. 그는 자신의 불행을 내면에서가 아니라 세계의 수도 로마로부터 멀리 떨어져 있음에서 찾고 있다.

865 낭만적인 것은 이미 그 심연 안으로 사라지고 말았다. 근래의 산물들의 가장 혐오스러운 것도 이보다 더 타락한 것으로 생각되지는 않는다.

866 영국인과 프랑스인은 이런 점에서 우리를 능가했다. 육체적 삶과 함께 부패하고 그 부패를 세부적으로 관찰하면서 만족해 하는 육체, 다른 자의 파멸을 위해서 생명에 머물고 살아 있는 것에서 그 죽음을 기르고 있는 죽은 자. 우리의 예술 생산자들은 그 지경에까지 이르고 있는 것이다.[203]

로 보이는데, 결국 채워지지 않았다.

201 에커만과의 대화(1829. 4. 2)에서 괴테는 "고전적인 것을 나는 건강한 것이라고 부르고, 낭만적인 것을 병적이라고 부르겠네. 그렇다면 니베룽겐도 호메로스와 마찬가지로 고전적인 것이 되네. 왜냐면 둘 다 건강하고 건실하기 때문이네." 라고 말하고 있다. 낭만적인 것과 모든 초월적인 것에 대한 논쟁은 노년기 괴테의 전 작품에 펼쳐져 있다. 1829. 10. 19 첼터에게 보낸 편지에서는 "현대인들에게는 그들의 이상이 오직 동경으로만 보인다."고 쓰고 있다.

202 오비드(Ovid, 기원전 43-기원후 17), 『변신 Metamorphosen』 『연가 Amores』 그리고 흑해연안의 토미스에서의 귀향사리동안 로마를 그리워하며 쓴 『흑해에서 보내는 편지 Episturae ex Ponto』등의 작품을 남겼다. 아우구스투스에 의해 흑해연안으로 추방 되었었다.

203 뱀파이어(Vampire)문학을 의미한다. 뱀파이어는 영국시인 바이론(Byron)의 비서였던 폴리도리스(J. W. Polidoris)에 의해 서구문학에 도입되었다.

867 고대에서는 그러한 현상들이 희귀한 질병의 경우처럼 어쩌다가 출몰한다. 그러나 근대인들에게서는 그러한 현상들은 풍토병과 전염병처럼 되고 말았다.

868 어느 지역의 소위 낭만적인 것은 과거라는 형식아래 놓여 있는, 아니면 같은 소리로 들리겠지만, 고독, 부재, 은거라는 형식아래 놓여 있는 숭고의 조용한 감정이다.

869 취미와 함께 표현되면 부조리한 것은 반감과 감탄을 함께 불러일으킨다.

870 조형예술가가 자연에 대해 연구해야 할 필연성과 이 연구의 가치에 대해서 우리는 충분히 납득하고 있다. 그런데 우리들이 그렇게 칭찬할만한 노력이 남용되는 것을 인식하게 될 때 그것이 우리를 우울하게 해 준다는 것만은 우리가 부정할 수 없다.

871 우리의 확신에 따르면 젊은 예술가가 어떻게 매 스켓취를 전체로 완성해 갈 것인가, 이 개별적인 것을 하나의 기분 좋은 그림으로 변화시키고, 하나의 틀 안에 넣어서 애호가나 전문가의 마음에 들도록 제공할 수 있겠는가를 동시에 생각하지 않는다면 자연에 대한 연구를 조금이라도, 아니 애당초 시작해서는 안 된다.

872 이 세상에는 많은 아름다운 것들이 고립해서 존재하고

있다. 그러나 연결을 발견해 내고 이를 통해서 예술을 생성시켜야만 하는 것은 바로 정신이다. 꽃은 자신을 좋아하는 곤충을 통해서, 자신을 촉촉하게 적시는 이슬방울을 통해서, 자신이 마지막 양분을 빨아 드리는 꽃병을 통해서 비로소 그 매력을 갖추게 된다. 어떤 부분, 어떤 나무도 바위의 이웃함을 통해서, 샘이 가까이 있음을 통해서 의미를 부여받을 수 있고, 단순히 적당한 거리를 취함으로써 더 큰 매력을 부여받을 수 있는 것이다. 인간의 모습과 온갖 종류의 동물들도 사정은 같다.

873 이를 통해서 젊은 예술가가 얻는 이익은 다양하기조차 하다. 그는 생각하는 법, 적절한 것을 알맞게 결합시키는 법을 배운다. 그리고 이러한 방법을 통해서 재치 있게 구성하게 되면, 마지막에는 우리가 발명이라고 부르는 것에도, 개별적인 것으로부터의 다양성의 전개라는 점에도 그에게 결코 부족함이 있을 수 없게 된다.

874 이런 가운데 젊은 예술가가 본래의 예술교육에 진정한 만족감을 주게 된다면, 곁들여 커다란, 무시할 수 없는 수확을 얻게 된다. 즉 그는 잘 팔리는, 애호가들에게 쾌적하고도 사랑스러운 그림을 제작하는 법을 배우게 되는 것이다.

875 그러한 작업이 최고의 수준에서 수행되고 완성될 필요는 없다. 이 작업이 훌륭하게 보이고, 좋게 생각되며 또

훌륭하게 끝낸 경우에, 애호가들에게는 한 층 위대한 완성된 작품보다 더 매력적일 때가 많다.

876 뭐니 뭐니 해도 젊은 예술가는 화첩과 서류철에 끼어져 있는 자신의 습작을 자세히 들여다보고, 그것들 중 몇 장을 앞서 말한 방법으로 감상할만하고 소망스러운 가치를 가지도록 만들 수 있는가를 곰곰이 생각해 보라.

877 이것은 사람들이 물론 말할 수 있기는 하지만, 보다 고차적인 것에 대한 언급은 아니다. 오히려 샛길로부터 되돌아오라 부르며 보다 높은 차원을 향하도록 지시해 보이는 경고로서 언급될 수 있을 뿐이다.

878 예술가라면 이것을 반년만이라도 실현하려고 시도해 보면 좋을 것이다. 그리고 눈앞에 있는 자연 대상물을 그림으로 옮기려는 의도 없이는 목탄도 화필도 잡아서는 안된다. 만일 그가 타고난 재능을 가지고 있다면, 우리가 이러한 암시와 함께 어떤 목적을 염두에 두었던 것인지가 곧 드러날 것이다.

879 내가 젊은 독일의 화가에게, 심지어 한동안 이탈리아에 머물렀던 이들에게 왜 특히 그들이 그린 풍경화에서 그처럼 불쾌하고 야한 색채를 눈앞에 내 보이며 일체의 조화를 피하려는 것 같은가라고 물으면, 그들은 아주 자신만만하게 그리고 태연하게 자신들은 자연을 정확하게

그런 식으로 본다고 대답할 것이다.

880 많은 사람이 고대를 쫓아 탐구했지만 그 본질을 완전히 자기 것으로 하지는 못 했다. 그렇다고 이들이 비난 받아 마땅한 것인가?[204]

881 한층 차원이 높은 요구들은 설령 충족되지 못하더라도 완전히 충족된 차원 낮은 요구들 보다는 그 자체로서 벌써 더 큰 가치를 가지고 있다.

882 현재 예술에 대해서 글을 쓰려고 하거나 나아가 논쟁까지 벌릴 생각을 가지고 있는 사람은 우리 당대에서 철학이 수행했고 또 앞으로 계속 수행할 것에 대해서 얼마만큼의 예감을 가지고 있어야만 한다.

---

204 이하 890번까지. 베를린의 궁정조각가 샤도와의 논쟁이 계기가 되어 쓴「경구(警句), 친구와 적대자의 마음에 새기기 위해 Aphorismen, Freunden und Gegnern zu Beherzigung」라는 제목을 달고 있는 유고(遺稿)에 기록되어 있는 일단의 잠언들이다. 샤도와의 논쟁이 계기가 되기는 했지만 그 내용은 후기 괴테의 전체적인 사고와 태도를 보여 주면서 계기를 이룬 논점(859번에 대한 주해 참조)의 범위를 넘어서고 있다. 함부르크판 괴테전집 제 12권의『잠언과 성찰』은 주제의 분류에 따라 재편집하여 수록하고 있다. 즉 882, 350, 339, 348, 883, 890, 884, 885, 887-889, 797, 725, 786, 785, 511, 384, 794, 753, 880, 881, 844-850, 965-968번으로 분산 수록되어 있다. 또한 최초 육필원고 에는 1240, 972, 835, 834, 734, 735, 813, 814, 856, 855, 857, 858, 860-862, 1222번도 수록되어 있다. 잡지『프로필렌』Ⅲ, 2(1800)에서 괴테는 베를린에 세워졌거나 세워질 예정인 쉴레지엔 전투에서 전공을 세운 프러시아 영웅들의 입상(立像)을 놓고 샤도의 자연주의와 애국주의를 공격했었다. 전해지고 있는 최초 초안원고에 나타나는 서둘고 있는 필체가 괴테의 분노를 간접적으로 보여준다. 1801. 6. 샤도는 베를린에서 발간되는 잡지『에우노미아 Eunomia』에 고전적 예술관이 발전을 저해하며 거짓된 것이라고 지적하는 등 제 나름의 반론을 실었다.

883 가치 있는 작업을 행한 예술가라도 자신과 다른 사람의 작품에 대해서 항상 설명할 수 있는 것은 아니다.

884 예술가들이 자연에 대해서 말할 때는 분명히 의식하지도 못한 채 언제나 이념을 미리 상정한다.

885 전적으로 경험을 선전(宣傳)하는 모든 사람들의 사정도 똑같다. 그들은 경험은 경험의 절반에 지나지 않다는 것을 깊이 생각하지 않는다.

886 "예술가들이여, 자연을 탐구하라!"고 사람들은 말한다. 그러나 비속한 것으로부터 고상한 것을, 기형적인 것에서부터 아름다움을 펼쳐 내는 것은 결코 간단한 일이 아니다.[205]

887 우리는 먼저 자연과 자연의 모방에 대해서 듣는다. 그리고 나면 아름다운 자연이 존재하게 된다. 우리는 선택해야 한다. 그것도 최선의 것을 선택해야만 한다는 것이다! 그런데 무엇을 통해서 이 최선의 것을 인식해야만 한단 말인가? 어떤 표준에 따라서 선택해야 하는가? 그리고 도대체 표준은 있기나 한 것인가? 설마 자연안에도 표준이 있다는 것은 아니겠지?

---

205 이하 890번까지. 예술론 중 단순한 자연모방, 마니어, 양식(함부르크판 괴테전집, 제 12권 30쪽-34쪽)(한국어판. 괴테, 예술론, 정용환 옮김, 민음사. 39쪽-44쪽) 참조.

888 그리고 나름대로 완벽하다고 산지기에 의해서도 인정받을만한 숲속의 가장 아름다운 나무가 대상으로 주어져 있다고 가정하자. 이제 그 나무를 그림으로 변모시키기 위해서 나는 그 나무 주위를 돌면서 가장 아름다운 쪽을 찾는다. 나무를 온전히 조망하기 위해서 충분히 뒤로 물러서서 좋은 햇빛이 들기를 기다린다. 그리고 이제 자연의 나무에서부터 많은 것이 화지(畫紙)로 옮겨질 차례란 말인가!

889 예술가의 비밀은 그의 작품의 무대 뒤편에 가면 해명될 것이라고 문외한은 믿을는지 모른다.

890 예술과 생명이 파괴되지 않고서는 자연과 이념이 분리되지 않는다.

891 고대 및 근대의 관념론자들이 만물이 생성되고 또 만물이 다시금 되돌아 갈 유일자를 마음에 새기라고 강하게 요구한다고 해서 그들을 탓할 수는 없다. 왜냐면 생명을 주고 질서를 세우는 원리는 거의 살아남을 수 없을 만큼 현상 안에서 압박을 받고 있기 때문이다. 그러나 형식을 부여하는 것과 차원 높은 형식 자체를 우리의 외적 내적 감각으로부터 사라져 가고 있는 통일체로 되돌려 보낸다면 우리들은 다른 측면에서 다시금 제약을 받게 될 뿐이다.[206]

---

206 이하 893번까지. 플로틴의 명제에 대한 괴테의 반론. 플로틴은 정신적 형식은 현상

892 우리 인간은 신장(伸張)과 운동에 의지하고 있다. 모든 다른 형식들, 특히 감각적인 형식이 현현(顯現)하는 것은 이 보편적인 두 개의 형식 안에서 이다. 그러나 정신적인 형식은 그 등장이 참된 생산이며, 참된 번식이라는 전제 아래 현상 안에 나타난다면 결코 제약받는 일은 없다. 생산된 것이 생산 활동보다 못하다는 법은 없다. 생산된 것이 생산 활동보다 더 우수할 수 있다는 것이 활발한 생산의 장점이다.

893 이것을 더 자세히 설명하고 완전하게 가시적으로, 아니 더 나아가서 실로 실제적으로 만드는 일이 중요할는지도 모른다. 그러나 상세하고도 수미일관된 설명은 듣는 사람에게 너무 지나친 주의를 요구하게 될 것 같다.

894 우리는 고대를 기꺼이 우리보다 상석에 앉히지만, 후대를 그렇게 하지는 않는다. 오로지 아버지만이 아들의 재능을 시새우지 않는 법이다.

안에 드러나자마자 왜소해 진다고 했다. 세계는 존재의 더 보잘것없는 단계라는 것이다. 존재의 상이한 단계라는 이러한 구태의연한 학설을 괴테는 반박한다. 괴테에게는 나누어지지 않은 존재만이 있을 뿐이다. "이념"은 그 본질에 따라 "현상" 이상의 것이 아니다. 괴테는 플로틴의 격언들을 번역하여 『편력시대』의『마카리에의 문고에서 Aus Makariens Archiv』에 17번-25번으로 삽입하였고, 이어서 26번-28번을 자신의 언명으로 추기하고 있다(본서 891번-893번). 플로틴의 앞의 언급에 대해 괴테가 반박하는 형식을 취한 것으로 볼 수 있으나, 자세히 그 내용을 보면 플로틴이 예술의 철학적 문제를 언급하고 있는데 비해서 괴테는 원리와 현상의 자연철학적 문제를 언급하고 있음을 알 수 있다.(함부르크판 괴테전집, 제 8권 462쪽-464쪽) 따라서 891번-893번은 플로틴의 견해에 대해서 다른 맥락에서 괴테가 맞서고 있음을 나타낸다고 하겠다.

895 종속되는 것은 자체가 예술이 아니다. 그러나 하강하는 노선 안에서, 혈통에서 자신보다 위에 있는 그 무엇, 그리고 자신의 아래에 놓여 있는 그 무엇을 인식하는 것이 예술이다.

896 조형예술의 어떤 작품은 내가 그 작품에 이르기까지에는 성장하지 않았기 때문에 첫 눈에는 마음에 들지 않는 경우를 경험했고 아직도 그런 일이 일어나고 있다. 그러나 내가 그 작품에서 무엇인가 얻을 것이 있음을 예감하면 그것에 다가가려고 노력한다. 그러면 빠짐없이 반갑기 그지없는 발견이 주어진다. 사물에서는 새로운 속성들을, 나 자신에게서는 새로운 능력을 알아차리게 되는 것이다.

897 예술은 그 자체가 고결하다. 따라서 예술가는 비천한 것을 두려워하지 않는다. 예술가가 그것을 받아드리는 것으로 그것은 이미 고상하게 된다. 그리하여 우리는 위대한 예술가들이 대담하게 그들의 존엄한 권한을 행사하는 것을 보게 된다.

898 여신을 마녀로, 동정녀를 창녀로 만드는 것은 예술의 일이 아니다. 그러나 그 반대의 활동, 모멸당하고 있는 것에 품위를 부여하고, 질책당할 일을 바람직한 것으로 만드는 일에 예술 또는 성격이 필요하다.

899 예술은 진지한 행위이다. 예술은 고상하고 성스러운 대상을 다룰 때 가장 진지하다. 그러나 예술가는 기술과 대상 위에 있다. 기술 위에 있다는 것은 그가 기술을 자신의 목적을 위해서 사용하기 때문이고, 대상 위에 있다는 것은 그 대상을 자신의 고유한 방식대로 다루기 때문이다.

900 예술과 학문에서나 행위와 행동에서 모든 것은 대상이 순수하게 파악되고 그 본성에 맞게 다루어지는 데에 달려 있다.

901 예술들과 학문들이 삶에 대해 가지는 관계는 그것들이 서 있는 단계의 상황에 따라서, 시대와 수많은 기타의 우연의 상태에 따라서 매우 다양하다. 그렇기 때문에 아무도 그것에 대해서 전반적으로 쉽게 이해할 수 없는 것이다.

902 예술과 학문을 시간의 흐름가운데서 장점들과 단점들이 서로 뒤섞여 있는 영원한 것, 자신 안에 생동하며 완결된 것으로 공경하면서 바라다보지 않는다면, 우리는 스스로 방황하고 탄식하게 될 것이고, 풍요로움이 오히려 우리를 그러한 당혹스러움에 빠뜨릴 수 있다.

903 탁월함은 우리가 하고 싶은 대로 어떻게 해 보더라도 탐구해 내기가 어렵다.

문학과 언어

904 문학은 자연의 비밀을 가리키며 형상을 통해서 그 비밀을 풀려고 한다.
철학은 이성의 비밀을 가리키며 언어를 통해서 그 비밀을 풀려고 한다.(자연철학, 실험철학)
신비주의는 자연과 이성의 비밀을 가리키며 언어와 형상을 통해서 이를 풀려고 한다.

905 신비주의는 하나의 미숙한 문학, 미숙한 철학.
문학은 하나의 성숙한 자연.
철학은 하나의 성숙한 이성.

906 형상적 표상은 문학의 영토, 가설적 설명은 철학의 영토.

907 언어와 형상은 우리가 전의적 표현과 비유에서 얼마든지 알고 있듯이 끊임없이 서로 추구하는 상관관계를 맺고 있다. 그래서 옛 부터 귀에 대고 내면을 향해 말해지거나 노래된 것은 똑같이 눈에도 호응해야만 했다. 우리가

어린 시절에 법률 책이나 구원의 길, 성서와 초보자용 교재에서 말과 그림이 항상 균형을 이루고 있음을 보게 되는 것도 그 때문이다. 형상화되지 않는 것을 말로 표현하고, 말로 표현되지 않는 것을 형상화 했다면 그것은 아주 당연한 일이었다. 그러나 아주 자주 잘못 파악하고 형상으로 표현하는 대신 말로 표현하는데, 이러한 잘못으로부터 이중으로 불쾌한 상징적-신비적 괴물이 탄생했던 것이다.

908 미신은 인생의 문학이다. 그렇기 때문에 미신적이라는 것이 시인에게 해가 되지는 않는다.[207]

909 미신은 인간의 본질에 속한다. 우리가 이 미신을 완전히 내쫓으려고 생각하면, 미신은 가장 종잡을 수 없는 구석으로 도망쳐 있다가, 웬만큼 안전하다고 생각될 때 갑자기 다시금 등장한다.

910 문학은 토막글들의 토막글이다. 일어나고 말해진 것의 가장 적은 부분만이 쓰여 졌고, 이 쓰여 진 것 중 극히 적은 부분들만이 남겨져 있는 것이다.

---

207 이하 909번까지. 문학론 중 「유스투스 뫼저 Justus Möser」에서 "미신은 삶의 문학이다. 이 둘은 상상된 존재를 생각해 내고 활동적인 것, 손에 붙잡히는 것 사이에서 기묘하기 이룰 데 없는 관계를 예감한다. 거기에는 동감과 반감이 바꾸어가며 때때로 지배한다."고 하고, "시인에게 미신은 해로운 것이 아니다. 왜냐면 미신은 그가 일종의 정신적인 타당성만을 부여하고 있는 절반의 광기를 다방면으로 활용토록 해 줄 수 있기 때문이다."(함부르크판 괴테전집, 제 12권 322쪽)(한국어판, 괴테, 문학론, 안삼환 옮김, 민음사. 175쪽)라고 서술하고 있다.

911 일어난 일 중 얼마나 적은 부분이 쓰여 졌으며, 이 쓰여 진 것 중 얼마나 적은 부분이 소멸을 면할 수 있었던가! 문학은 본래가 단편적(斷片的)이다. 문학은 문자로 파악 되고 마지막까지 남겨져 있는 한에서 인간 정신의 기념 비를 포함하고 있을 뿐이다.

912 문학적 존재의 온갖 불안전성에서 우리는 수많은 반복 을 보게 된다. 이로부터 인간의 정신과 운명이 얼마나 제 약되어 있는지 분명해 진다.

913 내가 즐기기 위해서 그리고 기분전환을 위해서 책을 읽 는가, 아니면 인식과 배움을 위해서 책을 읽는가에는 큰 차이가 있다.

914 책들도 그것들로부터 떼어낼 수 없는 체험을 지니고 있다.

> 눈물과 함께 빵을 먹어 본 적이 없는 자,
> 번민에 찬 밤들을
> 침대위에서 눈물로 지새운 적이 없는 자,
> 그런 자는 그대들, 천국적인 힘을 알지 못하리.

이 깊은 고통의 시행을 지극히 환영받고 숭배의 대상이 었던 왕비가 끝없는 불행으로 추방된 끔찍한 망명생활 중에서 반복해서 읽었다. 왕비는 위 시구와 또 많은 고통 어린 경험을 전해 주는 이 책과 친해졌고, 거기에서 고통

중에도 위로를 얻었다. 이미 영원 안으로 내뻗고 있는 이
러한 영향을 누구인들 아무 때나 저지해서 되겠는가?[208]

915 문학은 인간이 타락해 가는 정도에 따라서만 타락한다.

916 사전이 뒤따라 잡을 수 있는 저자는 아무 쓸 모가 없다.

917 읽어서 온갖 것을 다 경험하지만 결국 사안에 대해서는
아무것도 파악할 수 없는 그런 책들도 있다.

918 시적 재능은 농부에게도 기사(騎士)에게도 똑같이 주어
져 있다. 중요한 것은 각자가 자신이 처한 상황을 파악하
고 그것이 품위를 갖추도록 다루는 일이다.

919 드라마 작품을 쓰는 일은 천재가 해야 할 일이다. 끝에는
감정이, 중간에는 이성이, 처음에는 오성이 지배해야만
하고, 활발하고 명료한 상상력을 통해서 이 모든 것이 균
형을 유지하면서 전개되어야만하기 때문이다.

920 비극작가의 과제와 행위는 심리적 도덕적 현상을 파악
가능한 실험을 통해서 표현하고 그것을 과거 안에서 증

---

208 "책들도…체험을 지니고 있다."는 표현은 라틴어 속담, "habent sua fata libelli"를 옮겨
쓴 것이다. "눈물과 함께…"는 『빌헬름 마이스터의 수업시대』에 나오는 하프를 켜
는 사람의 노래인데 완전히 일치하지는 않는다. 여기서 왕비는 민중과 괴테가 존
경했던 프러시아의 왕비 루이제(Luise)를 말하는데, 나폴레옹 전쟁 때 메멜(Memel)
에서 피란생활을 하는 동안 괴테의 소설을 특별히 즐겨 읽었다고 전해진다.

명해 보이는 것 이외 다른 것이 아니다.

921 우리가 모티프라고 일컫는 것은 과거에 반복되어 왔고 앞으로도 반복될 인간정신의 현상들이며, 시인이 다만 역사적인 것으로 증명하는 현상이다.

922 시작법에 대한 아리스토텔레스의 논문의 단편들은 보는 사람에게 경이로운 모습을 보여 준다. 인생의 중요한 한 부분을 이러한 예술에 이용하고 직접 이 예술 내에서 많은 작업을 했던 우리와 같은 사람처럼 극장을 속속들이 알고 있다면, 그가 이러한 예술현상을 어떻게 고찰했었는지를 파악하기 위해서는 다른 무엇 보다도 이 사람의 철학적인 사고방식을 잘 알고 있지 않으면 안 된다는 사실을 먼저 알아 차리게 된다. 그렇지 않으면 우리의 탐구는 혼란을 면치 못한다. 근대의 시학이 그의 이론의 가장 외형적인 것을 손상시키기만 하면서 응용하거나 응용해 왔던 것처럼 말이다.[209]

923 주제가 아주 단순할 때, 삼일치의 법칙에 대하여 할 말은 아무것도 없다. 그러나 때때로는 삼일치의 법칙이 삼중으로, 성공적으로 얽히면, 아주 좋은 효과를 발휘할 것은

---

209 이하 923번까지. 아리토텔레스에 대해서는 550번의 주해 참조. 나아가 문학론 중 「아리토텔레스의 시학에 대한 추가설명 Nachlese zu Aristoteles' Poetik」(함부르크판 괴테전집, 제 12권 342쪽–345쪽)(한국어판, 앞의 책, 213쪽–218쪽)과 「배우수칙에서 Aus: Regeln für Schauspieler」(함부르크판 괴테전집 제 12권 252쪽–261쪽)(한국어판, 앞의 책, 60쪽–72쪽)참조. 괴테는 1791년부터 1817년까지 바이마르 궁정극장을 이끌었다.

틀림없다.

924 피렌체 파, 로마 파, 베네치아 파[210]에 대해서 말하면서 조형예술사에서 쓰고 있는 것과 같은 유파라는 용어는 미래에 더 이상 독일 연극에는 사용되지 않을 것이다. 이 용어는 제한된 상황아래서 자연이나 예술에 근거한 수련을 생각할 수 있었던 30년, 40년 전에나 사용 가능 했던 표현이다. 엄밀하게 볼 때, 조형예술에서도 이 유파라는 단어는 초기에만 적용하는 것이 적합할 뿐이다. 왜냐면 이 유파가 뛰어난 인물들을 배출하게 되면 곧바로 멀리에까지 영향을 미치기 때문이다. 피렌체는 프랑스와 스페인에 미친 자신의 영향을 증명하고 있다. 네델란드인과 독일인들은 이탈리아 사람들로부터 배우고 정신과 감각에 더 많은 자유를 습득한다. 대신에 남쪽나라의 사람들은 이들로부터 보다 적절한 기교와 북방 전래의 엄밀한 실행으로부터 얻는 바가 있는 것이다.

925 독일의 연극은 보편적인 교양이 어떤 개별적 지역에 더 이상 귀속되지도 않으며 특정한 지점으로부터 더 이상 출발할 수도 없을 만큼 확산되어 있는 종말단계에 와 있다.

926 모든 연극예술의 기반은 다른 예술의 경우에서와 마찬

---

210 이탈리아 르네상스시대의 화가들의 유파. 피렌체 파에는 도나텔로(Donatello), 보티첼리(Botticelli)등이, 로마 파에는 미켈란젤로(Michelangelo), 라파엘 등이, 베네치아 파에는 벨리니(Bellini)등이 있다.

가지로 진실성과 자연과의 일치이다. 이것이 현저하면
할수록 시인과 배우가 한층 높은 관점에서 그것을 파악
할 수 있으며 그럴수록 무대는 그만큼 높아진 지위를 자
랑하게 될 것이 틀림없다. 이와 함께 특출한 시인의 낭독
이 더 일반화되고 극장의 밖에서도 확산되는 것도 독일
에게는 큰 소득이 된다.

927 모든 낭송조의 암송과 표정술은 시의 낭독에 기초하고
있다. 이제 시의 낭송만이 주목받고 훈련되어야 하느니
만큼, 이러한 일을 맡아하는 사람들이 그 직업의 가치와
품위를 충분히 깨닫고 있다면, 필연코 낭독이 참되고 자
연스러운 것의 도장(道場)으로 남으리라는 사실은 변함
없이 명백하다.

928 셰익스피어와 칼데론[211]은 이러한 낭독에게 빛나는 입구
를 마련해 주었다. 그러나 이때 언제나 생각해야 할 것은

---

211 칼데론(Calderón de la Barca, 1600-1681),스페인 극작가. 스페인의 문화 황금기의 대
표적인 극작가로서 그 소재를 모두 고대와 기독교의 학문적 전통에서 취하고 있으
며, 줄거리의 중심 구성요소는 명예이다. 괴테는 칼데론의 동방세계와의 비밀에 찬
친화를 발견했다고 생각했다. 문학론 중「칼데론의 "대기의 딸" Calderons "Tochter
der Luft"」에서 괴테는 "이 시인은 초월문화의 문지방에 서 있다. 그는 인류의 정수
를 부여하고 있다."(함부르크판 괴테전집, 제 12권 304쪽) 고 쓰고 있다. 따라서 괴
테의 『서동시집 West-östlicher Divan』 에서도 칼데론은 한 몫을 하고 있다. 『서동시
집』의 시인의 시편(Buch des Sängers)중「갈등 Zwiespalt」(함부르크판 괴테전집, 제 2
권 14쪽 이하)은「대기의 딸」제1막을 바탕으로 해서 쓴 시이다. 929번도 여기 참조.
셰익스피어에 대한 괴테의 언급은 문학론 중「셰익스피어의 날에 즈음하여 Zum
Shakespeare-Tag」(함부르크판 괴테전집, 제 12권 224쪽-227쪽)(한국어판, 앞의 책,
9쪽-16쪽),「셰익스피어와 그의 무한성 Shakespeare und kein Ende」(함부르크판 괴테
전집, 12권 287쪽-298쪽)(한국어판, 앞의 책, 113쪽-130쪽)을 비롯하여 수없이 많이
등장한다. 괴테의 이론적 저술에서 셰익스피어라는 이름의 등장은 호머, 헤르더, 쉴
러보다 많거나 대등하다.

여기서 매우 두드러진 이질성, 허구로 까지 상승된 재능이 독일적인 연극육성에 해롭지 않을까 하는 점이다.

929 나는 스페인의 연극과 완전히 똑같은 입장에 서는 것을 결코 받아드릴 수 없다. 훌륭한 칼데론은 그처럼 많은 인습적인 것을 지니고 있어서 정직한 관계에 있어서 이 시인의 위대한 재능을 연극의 꼬리표를 통해서 완전히 아는 것은 어려운 일이다. 그리하여 우리가 그러한 것을 어떤 관중들에게 제공할 때, 우리는 이들에게서 언제나 선의(善意)를 전제하게 된다. 즉 관객이 이국적인 것도 받아드리고, 이국풍의 감각, 음조와 리듬을 즐기고 자기에게 본래 맞는 것으로부터 한동안 떠날 각오가 되어 있으리라는 선의 말이다.

930 "비극이란 외부의 사물들로부터 나로서는 어찌할 수 없는 무엇을 만들어 내는 그러한 사람들의 시화(詩化)된 수난기(受難記)에 다름 아니고 무엇이겠는가?"[212]

931 눈으로 볼 때 상징적이지 않은 것은 연극적인 것이 아니다.

932 "극장에서는 시각과 청각의 즐거움 때문에 성찰은 매우 제약을 받게 된다."[213]

---

212 인용의 출처는 알려 져 있지 않다.
213 인용의 출처는 알려 져 있지 않다.

933 배우는 관객의 마음을 사로잡으면서 자신들의 마음은 주지 않는다. 그러나 그들은 애교 있게 관중을 속인다.

934 비극이 뒤따를 필요조차 없는 그러한 비극적인 죄를 본다는 것은 나에게는 불가사의하게 여겨진다.

935 동화는 우리들에게는 불가능한 사건들을 가능한 또는 불가능한 조건아래에서 가능한 것으로 서술한다.

936 소설은 우리들에게 가능한 사건들을 불가능한 또는 거의 불가능한 조건아래에서 사실적인 것으로 서술한다.

937 소설의 주인공은 모든 것에 동화된다. 그러나 연극의 주인공은 자신을 에워 싼 모든 것 가운데서 자신과 비슷한 것을 찾아서는 안 된다.[214]

938 소설은 그 작가가 세계를 자기방식대로 다루도록 허락해 줄 것을 간청하고 있는 일종의 주관적인 장편 서사문학이다. 그 자신이 어떤 방식을 지니고 있느냐는 것만이 문제될 뿐, 다른 것은 이미 발견된 것이나 다름없다.

939 가장 평범한 소설도 평범한 독자들보다는 언제나 나은

---

214 문학론 중 「서사문학과 극적문학에 대해서 Über epische und dramatische Dichtung」
에서, "서사문학은 자신의 외부에서 활동하고 있는 인간을…비극은 내면으로 이끌
려진 인간을"(함부르크판 괴테전집, 제 12권 250쪽)표상한다고 쓰고 있다.

편이다. 사실 가장 졸렬한 소설조차도 전체 장르의 좋은
점에 약간은 관여하고 있는 것이다.

940 모든 서정적인 것은 전반적으로 매우 이성적이어야 한
다. 그리고 개개의 면에서는 약간 비이성적이어야 한다.

941 민요풍의 설화시(說話詩)는 최후의 심판이 내려져야만
하는 소송이 아니다.[215]

942 소위 민요의 가장 본질적인 가치는 그 모티프가 자연에
서부터 직접 얻어진 것이라는 점이다. 그러나 수련을 쌓
은 시인들도 그것을 이해한 경우에 이러한 장점을 잘 활
용할 수 있을 것이다.

943 그러나 이 경우에도 자연적인 인간이 참되게 교양을 쌓
은 사람보다 표현의 간결성에 더 정통하다는 점에서 뛰
어나다.

944 소위 자연시인들은[216] 신선하고도 새롭게 요청되는 재능
인이며, 과잉 교양의 답답한 기교주의적인 예술 시대로
부터 배척당한 재능인들이다. 그들은 평범함을 피할 길
이 없으며 그 때문에 사람들은 그들을 퇴보하는 것으로

---

215 괴테는 담시(譚詩 Ballade)를 염두에 두고 있다.
216 자연시인은 예컨대 바프스트(Dietrich Georg Babst), 퓌른슈타인(Anton Fürnstein), 구
뤼벨(Johann Conrad Grübel), 헤벨(Peter Hebel)을 들 수 있다.

생각하고 있다. 그러나 그들은 생명을 되찾고 새로운 전
진을 촉발시키고 있다.

945 표현의 색다름은 모든 예술의 시작이자 끝이다. 그러나
각 민족은 인류의 보편적인 특성을 벗어나는 독자적인
특별한 개성을 가지고 있다. 이 개성은 처음에는 우리들
에게 불쾌감을 불러일으킬 수도 있지만, 우리가 그것을
견디어 내고 그것에 마음을 빼앗기게 되면 마침내 우리
들 자신의 특징적인 천성을 극복하고 또 압도할 수도 있
게 된다.

946 번역에서 우리는 번역 불가능성에까지 육박하지 않으면
안 된다. 그때 이르러서야 비로소 우리는 다른 민족과 다
른 언어를 알게 된다.

947 번역자들은 우리들에게 절반 쯤 베일에 가려 진 미인을
최고로 사랑스럽다고 칭찬하는 중매인 같다. 그들은 실
물을 향한 떨쳐버릴 수없는 애착심을 불러일으킨다.

948 셰익스피어 작품에는 기묘한 전의적(轉義的) 표현이 풍
부하다. 이 전의적 표현들은 의인화된 개념에서 생성되
고 있는데, 우리들에게는 적합하지 않은 것이지만 그에
게 있어서는 완전히 제자리를 차지하고 있다. 그의 시대
에는 모든 예술이 알레고리에 의해 지배받고 있었기 때
문이다.

우리가 선택하지 않을 자리에 이 작가는 비유를 찾아내고 있다. 예를 들면 책이 그렇다. 인쇄술은 벌써 백년이 넘는 세월 전에 발명되었는데도 불구하고, 책은 우리가 당시의 장정(裝幀)을 통해서 알 수 있는 것처럼 일종의 성스러운 존재로 보였다. 또한 그렇게 이 고상한 시인에게도 사랑스럽고 공경할만한 가치를 가지고 있었다. 그러나 우리는 지금 모든 것을 가철(假綴)하며 장정에 대해서나 그 내용에 대해서 쉽사리 존경을 품지 않는다.

949 셰익스피어의 『헨리 4세』. 이런 식으로 서술되어 우리들에게 이르게 된 모든 것이 분실되더라도, 사람들은 이 작품으로부터 문학과 수사법을 완벽하게 재구성할 수 있을는지도 모른다.

950 셰익스피어의 청년기 작업인 『피버스햄의 아든』[217]. 파악과 재현의 전적으로 순수하고 충실한 진지성. 효과에 대한 고려의 흔적이 없고, 완벽하게 희곡적이며, 전적으로 비연극적임.

951 셰익스피어의 가장 뛰어난 희곡에는 더러 용이함이 모자란다. 이런 희곡들은 본래 되어야 할 것보다는 약간 깊이가 더하다. 그리고 바로 그렇기 때문에 이 희곡들이 위대한 시인을 지시해 보인다고 할 수 있다.

---

217 이 작품은 오늘날 셰익스피어의 작품으로 보지 않는다.

952 이제 막 움트기 시작한 인재들이 셰익스피어를 읽는 것은 위험하다. 그는 그들로 하여금 그를 재생산하는 것을 불가피하게 만드는데, 그들은 이것을 자신이 창작하고 있다고 착각한다.

953 셰익스피어와 특히 칼데론이 우리들에게 얼마나 많은 잘못을 저질렀던가, 그리고 우리들의 머리위의 문학적인 하늘에 떠 있는 이 두 개의 위대한 광채가 어떻게 도깨비불로 변하고 말았던가는 후대의 학자들이 역사적으로 확인하게 될 것이다.[218]

954 셰익스피어의 타고난 위대한 재능을 자유롭고도 순수하게 펼쳐 준 행복했던 상황에는 그가 신교도였다는 사실도 포함된다. 그렇지 않았다면 그는 칼리다사[219] 또는 칼데론처럼 부조리한 것을 찬미하지 않을 수 없었을 것이다.

955 요리크-스턴[220]은 과거에 활동했던 가장 아름다운 정신의 소유자였다. 그의 작품을 읽는 사람은 곧장 자신이 자유롭고 아름답다고 느끼게 된다. 그의 유머는 모방을 허

---

218 928번 참조.

219 칼리다사(Kalidasa, 서기 400년경?). 인도의 시인, 작가. 그의 작품 7막의 드라마『사쿤탈라 Sakuntala』가 1790년 독일어로 번역 소개되었다.

220 스턴(Laurence Sterne, 1713-1768), 영국의 작가. 1738-1758 사이에는 목사. 계몽주의, 감상주의의 소설가. 주요 작품으로는 해학적 소설『트리스트람 샌디의 생애와 견해 The Life and Opinions of Tristram Shandy, Gentleman』와 여행문학인『요리크의 프랑스와 이탈리아에의 감상적 여행 Yoriks Sentimental Journey Through France and Italy』이 있다. 디데로(Diderot)와 괴테, 장 파울(Jean Paul)에게 많은 영향을 미쳤다. 여행소설의 주인공 요리크를 따라 요리크-스턴이라고 불리게도 되었다.

락하지 않는다. 모든 유머가 영혼을 해방시키는 것은 아니니까 말이다.

956 지금 이 순간에도 모든 교양 있는 사람은 스턴의 작품을 다시 손에 쥐어야 할 것이다. 그렇게 해서 19세기에 살고 있는 우리도 그에게서 무슨 덕을 보고 있는지를 알고, 앞으로 그에게 덕 볼 수 있는 것은 무엇인지를 깨닫게 될 것이다.

957 비록 거칠게 그리고 불쾌감을 불러일으키도록 형성된 재능의 소유자이기는 하지만, 바이런경[221]은 자연 그대로의 진실성과 위대함을 갖추고 있다. 그렇기 때문에 다른 어떤 재능의 소유자도 그와 비교할 수 없다.

---

[221] 바이런 경(George Gordon Noel Lord Byron, 1788-1824), 영국의 시인. 그의 생활방식 때문에 영국사회에서 멸시받고 1816년부터 스위스, 이탈리아에서 거주하였고, 그리스 해방전쟁에 참전하려고 그리스를 향해 가는 도중에 말라리아에 걸려 병사하였다. 바이런은 낭만주의자였으나 의고전주의의 형식적인 명료성의 영향을 많이 받았던 것으로 평가되었다. 괴테는 바이런의 문학적, 인간적 발전과정을 처음부터 큰 관심을 가지고 추적했었다. 그는 나폴레옹에게서와 마찬가지로 바이런에게서도 마적인 천성, 천재성을 보았다. 나이 들어감에 따라 다른 어떤 현대적 시인에게는 보이지 않았던, 바이런에 대한 괴테의 감동적이고 열정적인 인정은 괴테 자신의 예술과 예술가에 대한 관념이 전혀 다른 방향을 취하게 됨에 따라서 더욱 두드러졌다. 「바이런 경에 대한 회상을 위한 괴테의 기고 Goethes Beitragen Zum Andenken Lord Byrons」를 썼으며, 메드윈(Thomas Medwin)이 발행한 「바이런 경의 대담 일지 Journal of the conversations of Lord Byron」(1824)에 독문과 영문으로 수록되었다.(함부르크판 괴테전집, 제 12권 324쪽-327쪽)(한국어판, 괴테, 문학론, 안삼환 역, 181쪽-185쪽).

958   영국의 희곡들
          소재의 흉악함
          형식의 부조리 함
          부도덕한 줄거리
          망할 놈의 영국의 연극!

959 영국인의 감상(感傷)은 유머가 있고 섬세하며, 프랑스인
     의 감상은 통속적이며 울먹이는듯하고, 독일인의 감상은
     소박하고 사실적이다.

960 희곡『샤쿤탈라』[222]이 작품에서 시인은 자신의 최고 기능
     을 나타내고 있다. 가장 자연스러운 상태의, 가장 세련된
     생활방식의, 가장 순수한 도덕적인 노력의, 가장 존엄한
     권위의, 그리고 가장 진지한 신에 대한 추앙의 대변자로
     서 그는 비속하고 어리석은 정반대의 진영안으로 과감
     히 발을 들여놓고 있는 것이다.

961 추기경 리셸료의 폭압적인 무분별로 인해서 코르네이유
     [223]는 제 자신을 잃고 말았다.

---

222 954번에 대한 주해 참조.

223 코르네이유(Pierre Corneille, 1606-1684). 프랑스의 극작가. 1636년 희비극『르시
     드 Le Cid』를 통해서 고전극의 이정표를 세우고 17세기 프랑스문학에서 정점을
     이루었다. 말년에 라신느(Racine)와의 갈등으로 어려움을 겪었고, 경연에서 라신
     느의 비극『베레니체 Bèrènice』에게 패배했다.『르시드』가 성공을 거둔 후, 리셸료
     (Richelieu)가 주동해서 제기한 프랑스 아카데미의 3통일의 원칙 준수 요청을 따를
     수밖에 없었다.

<u>962</u> 받음과 줌, 얻음과 잃음을 통한 한층 높은 의미에서의 변신은 단테가 이미 훌륭하게 묘사한 바가 있다.[224]

<u>963</u> 인류의 오래된 진부한 상투적 표현을 급히 서둘러 해 치우기 위해서 클롭슈토크는 천국과 지옥, 태양, 달과 별, 시간과 영원, 신과 악마를 총동원했다.[225]

<u>964</u> 18세기의 프랑스인들이 파괴적일 때, 빌란트는 익살스러웠다.

---

224 단테(Dante Alighieri, 1265-1321), 이탈리아의 작가. 백과사전적인 지식을 갖춘 라티니(Brunetto Latini)로부터 교육을 받았다. 초기의 여러 작품을 통한 예비적 단계를 거쳐 필생의 작품 『신곡 Divina Commedia』을 남겼다. 괴테는 문학론 중 「단테」(함부르크판 괴테전집, 제 12권 339쪽-342쪽)(한국어판, 앞의 책 206쪽-212쪽)를 통해 『신곡』의 「지옥 Inferno」편 25번째 노래를 논하고 있다. 여기 "변신"은 「지옥」편 49행-141행의 인간과 용(龍)의 합일 장면을 두고 언급한 것이다. 괴테는 1821년의 한 기록에서 단테는 "접근하기 어렵고 자주 역겨운 위대함"을 보인다고 말하기도 했다.

225 이 비판은 명백하게 1773년에 완성된 클롭슈토크의 6운각의 서사시 「메시아 Der Messias」를 향해 있다. 여기에서의 비판과는 달리 『시와 진실』의 여러 곳에서는 클롭슈토크를 비교적 높이 평가하고 있다. "멀리서부터 클롭슈토크라는 이름 또한 우리에게 큰 영향을 주었다. 우리는 처음에는 그토록 뛰어난 사람이 어떻게 그런 이상한 이름을 하고 있을까 의아하게 여겼다. 그러나 곧 그 이름에 익숙해 져 더 이상 그 이름의 철자에 대해 중요하게 생각하지 않게 되었다." 괴테는 아버지가 별로 달가워하지 않는 클롭슈토크의 이 작품을 당시 시의원이었던 슈나이더가 어머니에게 빌려주어 감추어 두고 읽었는데, 누이동생과 함께 구석에 숨어 인상적인 부분들을 외웠다고 기술하고 있다. 특히 작품 중의 한 장면인 「포르티아의 꿈」을 서로 내기를 해 가며 암송했다는 것이다. 그리고 낭송한 부분을 인용해 기록했다. (함부르크판 괴테전집, 제 9권 79쪽-80쪽 및 81쪽-82쪽). 『젊은 베르터의 고뇌』에서 베르터는 이 시인 이름을 자신과 롯테 사이의 영혼의 암호라고 부르고 있다. "그녀는 하늘과 나를 바라보았다. 나는 그녀의 눈물로 그득한 눈을 보았다. 그녀는 내 손위에 자기의 손을 얹으며 말했다. '클롭슈토크!'-나는 그녀의 생각 가운데 들어 있는 그 찬란한 송가를 금시 기억해 내었다. 그리고 이 암호를 통해서 그녀가 나에게 쏟아 부은 감정의 강물에 나는 가라앉았다."(함부르크판 괴테전집, 제 6권 27쪽)

965 클롭슈토크가 우리를 각운에서 해방시키고, 포스가 우리들에게 운문의 표본을 제시해 준 뒤라고 해서 우리가 또다시 한스 작스처럼 4강음의 평범한 시형식인 크닛텔 시행(詩行)으로 되돌아가야만 하겠는가?[226]

966 다면성을 갖추도록 하자! 마르크 브란덴브르크에서 생산되는 작은 순무는 맛이 좋은데, 밤과 곁들여 먹으면 가장 맛이 좋다. 그런데 이 두 개의 귀중한 열매들은 서로 멀리 떨어진 곳에서 재배되고 있다.

967 우리들의 혼합문집속에 서방과 북방의 형식들과 함께 동방과 남방의 형식들도 수록하는 것을 허용하도록 하자!

---

226 클롭슈토크(Friedrich Gottlieb Klopstock, 1724-1803)는 9세기 오트프리트(Otfried von Weißenburg)에 의해서 도입되고 12세기 고지독일어 문학 전성기에 표준화된 각운을 통한 시행규칙대신에 그리스의 장단음 시행형식을 본 따 각운 없는 강세음 기준의 시행을 독일 운문형식으로 도입했다. 6운각, 고대양식을 모방한 송가형식, 자유운율 등이 그의 노력으로 독일어 문학에 자리를 잡았다. 많은 추종자가 있었고, 괴테도 그 중의 한 사람이다. 포스(Johann Heinrich Voß, 1751-1826)는 오늘날까지도 고전으로 남아있는『오딧세이』와『일리아스』의 번역을 통해서 독일어와 오핏츠(Opitz)의 강세운율법에 알맞은 6운각의 전형을 보여 주었다. 한스 작스(Hans Sachs)는 화가 뒤러의 뉴른베르크 동향인이자 동시대인인데, 괴테가 여기서 조소(嘲笑)하는듯한 표현을 쓰고 있는 배후에는 어느 정도는 자신에 대한 반어가 들어 있는 것으로 보인다. 괴테는 경의를 표하는 시「옛 목판화의 해설, 한스 작스의 시적 사명을 소개하면서 Erklärung eines alten Holzschnittes, vorstellend Hans Sachsens poetische Sendung」(함부르크판 괴테전집, 제 1권 135쪽-139쪽)를 크닛텔 시행으로 썼을뿐만 아니라,『우어 파우스트 Urfaust』의 여러 군데와『파우스트』제 1부의 도입부 파우스트의 유명한 독백도 이 시행형식을 썼다.(『파우스트』354행-385행) 크니텔 시행(Knittelvers)은 독일에서 15-16세기에 서정시 뿐만 아니라 희곡과 서사문학에도 널리 사용된 시행이다 4강음과 자유로운 약음배치를 한 쌍각운(Reimpaare)이 이 시행의 특징이다. knittel의어원 knüttel, knorrig으로 거슬러 가서 본다면 크닛텔 시행은 질적인 면에서는 '열등한', '규칙적이지 않은' 시행이라는 의미를 가진다.

968 (진지함 가운데) 노력을 기울여야 하기 때문에 우리가 최고를 향해서 노력할 때, 그리고 우리가 (농 삼아) 하고 싶어서 하찮은 것으로 내려갔을 때, 우리는 다면적(多面的)이다.[227]

969 근래의 문학이 중요한 모티프를 통해서 스스로 장만하고 있는 소재적 형태의 보조영역. 종교와 기사(騎士)제도. [228]

970 인간이 예기치 못한 일, 아니 참을 수 없는 일에 대해서 시적형식을 통해서 어떻게 스스로를 달래는가 하는 예시.
　　　경험적으로 현시되는 절대적 권력
　　　'오베론', '푸른 수염의 사나이'.[229]

971 가상된 조형예술의 형식아래 들어 있는 인간적이며 호의적이고 섬세한 측면. 수도사, 슈테른발트.[230]

---

227 "농삼아"는 "자유의지로"로 이해된다. "자유의지로 진지성을 벗어날 수 있는 사람은 다면적이다" 라고 이해할 수 있다.

228 낭만주의 문학과 그 문학의 소도구들에 대한 비판적 관점.

229 오베론(Oberon), 정령의 왕. 푸른 수염의 사나이(Blaubart), 프랑스 동화에 나오는 인물. 자신의 여섯 부인을 죽이고 일곱 번째 부인의 형제들에 의해서 죽음에 이른다.

230 괴테는 1805년 한 신문의 기고문에서 "수도사(修道士)화 하고, 슈테른발트화 하는 폐해"에 대해서 격렬하게 거부적인 의견을 표했다. 수도사는 바켄로더(Wilhelm Heinrich Wackenroder)의 초기 낭만주의 소설『예술을 사랑하는 어떤 수도사의 심정토로 Herzensergießungen eines kunstliebenden Klosterbruders, 1797』를, 슈테른발트는 티이크(Ludwig Tieck)의 소설『프란쯔 슈테른발트의 편력, 한 고대독일의 이야기 Franz Sternbalds Wanderungen, Eine altdeutsche Geschichte, 1798』를 의미한다.

972 슈미트 폰 베르노이헨[231]은 소박한 성품의 참된 소유자이다. 모든 사람들이 그를 웃음거리로 삼았는데, 그것은 당연한 일이었다. 그런데 그가 시인으로서 우리가 그를 대하고 존경심을 내보여야만 하는 실제적인 공적을 세우지 않았더라면 그를 웃음거리로 삼을 수 없었을 것이다.

973 슈바인니헨[232]의 책은 주목할 만한 역사 및 풍속서이다. 그것을 읽으려고 지불한 노력에 대해서 우리는 풍부하게 대가를 얻을 것으로 생각한다. 어떤 상황들에 대해서는 가장 완벽한 형태의 상징이 되기 때문이다. 이 책은 독본은 아니지만, 우리는 이 책을 읽어야만 할 것이다.

974 오이렌슈피겔. 이 책의 중심적 재미는 모든 사람들이 비유적으로 말하고 있는데 오이렌슈피겔은 그것을 곧이곧대로 듣는다는 점이다.

975 여성이 쓴 의미 있는 시 한편[233]에 대해서 누군가가 이 시는 감격보다는 에너지를, 내용보다는 특성을, 시보다는 수사법을 더 많이 가지고 있어 전반적으로는 어느 정도 남성적이라고 말했다.

---

231 슈미트 폰 베르노이헨(Schmidt von Werneuchen, 1764-1838), 브란덴부르크의 향토 시인

232 슈바인니헨(Hans von Schweinnichen, 1552-1616), 자서전적인 풍속서 『16세기 독일인들의 사랑, 오락과 생활 Lieben, Lust und Leben der Deutschen des 16. Jahrhunderts』 의 저자. 괴테는 즐겨 이 책을 읽었다고 전해진다.

233 프랑스의 여류시인 게(Delphine Gay)의 시 「환영(幻影) La vision」을 말한다.

976 커다란 화(禍)는 대중이 잘못된 이해력에서 발생한다. 왜냐면 현존하는 작품들이 통용되는 선입견 가운데 포함되어 있지 않으면 그 작품들의 가치는 곧바로 무시되기 때문이다.

977 어느 시대의 내부에는 그 시대를 관찰할 수 있는 관점이 존재하지 않는다.

978 어떤 민족도 자신에게서 행해지고 기록된 것 이외의 것에 대해 판단할 수 없다. 매 시대에 대해서도 이와 같이 말할 수 있을 것이다.

979 참된, 모든 시대와 민족들을 포괄하는 판단은 매우 드물다.

980 어떤 민족도 자신이 얼마나 탁월하고 유용하며 훌륭한 작품을 소유하고 있느냐의 정도를 넘어서 비평을 행할 수 없다.

981 시인의 의도가 우리에게 명료하게 드러나지 않는 애매한 구절을 시인을 사랑하기 때문에 일단 나름대로 해석해 보지만, 그 구절로 되돌아가면 여전히 상당한 불쾌감을 느끼게 된다.

982 사람들은 취미에 관해서 그렇게 많이 말하고 있다. 취미는 완곡어법에 그 본질을 두고 있다. 이 완곡어법은 의미

를 활성화시키면서 귀를 보호한다.

983 대중은 여인처럼 다루어지기를 바란다. 이들에게는 그들이 듣고 싶어 하는 것 이외 어떤 것도 말해서는 안 된다.

984 어떤 저자가 독자를 위해서 베풀 수 있는 최대의 경의는 일방적으로 기대하는 것이 아니라, 자신과 타인의 교양의 매 단계에서 옳고 유용하다고 생각되는 것을 쓰는 것이다.

985 후세에 대한 호소는 영속적인 것이 존재하며, 지금 당장 인정받는 것은 아니라 할지라도 결국에는 소수를 벗어나 다수가 기쁨으로 향유할 수밖에 없으리라는 순수하고도 생생한 감정에서부터 생겨나는 것이다.

986 대중은 더 잘 봉사 받으려고 노력하기 보다는 불쾌하게 봉사 받은데 대해서 끊임없이 불평하기를 좋아한다.

987 흔히 볼 수 있는 연극비평은 개전의 길로 인도하는 도움의 손길대신 어떤 악령이 가엾은 강도의 눈앞에 질책하면서 들이대는 무자비한 죄과목록이다.

988 비평은 아테여신[234]처럼 보인다. 이 여신은 저자들을 뒤

---

234 아테(Ate)여신은 제우스의 딸인데 제우스가 그녀를 땅바닥에 내동댕이쳤을 때 다리를 다쳐 절름발이가 되었다고 전해진다. 재앙의 여신으로 알려져 있다.

쫓지만 절름발이 걸음을 걷는다.

989 깊고 진지하게 생각하는 사람들은 대중에 대해서 불쾌한 입장을 취한다.

990 경험주의적인 열광자들이 있다. 이들은 비록 그럴 수 있기는 하지만 새로운 좋은 작품을 대하면 마치 여느 때 이 세상에서 뛰어난 작품은 본 적이 없었던 것처럼 황홀경에 빠진 모습을 실증해 보인다.

991 더 잘 할 수 없는 사람은 최소한 다르게라도 한다. 청중과 독자는 종래의 무관심에 빠져서 그런 것을 아주 기꺼이 허용한다.

992 이름을 대고 철저하게 작업하는 저자들의 작용, 기자처럼 이름을 감추고 쓰는 자들의 역작용.

993 사이비 시인으로서 재치 있는 유머작가는 풍부한 자신의 지식과 감정을 생각하면서 전의적(轉義的) 어법을 통해서 자신을 표현하는 것이 불가피하다고 느낀다.

994 출판업자들은 저자들과 자신이 법률의 밖에 놓인 것으로 선언했다. 어찌 그들은 서로 뒤엉키는 것을 원하는가, 누가 그들과 시비를 가르려고 하겠는가?[235]

---

[235] 괴테는 자주 법적으로 작가들이 보호받지 못하고 있는 데에 대해서 개탄했다.

995 세계문학이 막을 올리고 있는 지금, 엄밀하게 볼 때, 독일 인이 가장 많이 지고 있다. 이러한 경고를 깊이 생각하는 것이 독일인에게 이로울 것이다.[236]

996 우리가 지난 반세기에 걸친 우리문학을 되돌아 볼 때, 외 국의 문학을 위해서 아무것도 기여한 것이 없다는 것을 알게 된다.[237]

997 프리드리히 대왕은 독일인들에 대해서 아무것도 알고 싶어 하지 않았다. 이것이 독일인들을 화나게 만들었다. 그리하여 그들은 대왕 앞에 무엇인가를 보여주기 위해 서 전력을 다 했던 것이다.[238]

998 그리스 문학과 로마 문학의 연구가 계속해서 보다 높은 교양의 기초로 남아 있으면 얼마나 좋을까![239]

999 중국, 인도, 에집트의 고대 유물은 언제나 호기심을 불러

---

236 괴테는 세계문학(Weltliteratur)에 대해 자주 언급했다. 이러한 언급들은 문학론에「세 계문학에 대한 괴테의 중요한 언급들 Goethes wichtigste Äusserungen über "Weltlit- eratur"」로 편집되어 있다. (함부르크판 괴테전집, 제 12권 361쪽-364쪽)(한국어판, 앞 의 책 252쪽-258 쪽). 그 중 하나를 들어 보면 1837년 1월 31일, 에커만과의 대화에서 "민족문학은 별로 할 말이 많지 않네. 세계문학의 시대가 도래 했다네. 그러나 누구 든 이 시대를 가속화시키도록 노력해야만하네."라고 말하고 있다.

237 18세기 독일문학에 대한 괴테의 개관은『시와 진실』제 7장을 이루고 있다.(함부르 크판 괴테전집, 제 9권 258쪽-308쪽)

238 프리드리히 대왕은「독일문학론 De la litterature allemande」에서 독일문학을 무시하 는 태도를 보였다. 이 글의 부제가 '질책해야 할 독일문학의 결점과 그 원인' 이었다.

239 358번 참조.

일으킨다. 자신과 세계를 그것을 통해서 알리는 일은 매우 좋은 일이다. 그러나 도덕적 그리고 심미적 교양을 위해서는 그것은 우리들에게 거의 소용 닿지 않는다.

1000 문학의 성과 가운데 이전에 작용하던 힘은 저물고 거기서 생겨난 생산물이 우세하게 된다. 그렇기 때문에 때때로 다시금 뒤를 돌아다보는 것은 좋은 일이다. 우리들에 있어서 독창적인 것은 우리가 우리의 선조들을 눈에서 놓치지 않을 때 가장 잘 보존되고 또 칭찬을 받게 된다.

1001 외국인들이 우리의 문학을 이제 비로소 철저히 연구하여 얻게 되는 아주 귀중한 이점은 우리가 거의 세기를 경과하는 동안에 거쳐 올 수밖에 없었던 발전과정에서의 병폐를 한 번에 뛰어 넘게 된다는 것과 운이 좋다면, 그것으로부터 아주 실질적으로 가장 바람직하게 자기수련을 쌓게 된다는 점이다.

1002 상상력은 예술을 통해서만, 특히 문학을 통해서만 조정된다. 취미가 배제된 상상력보다 더 두려운 것은 없다.

1003 근대인들이 무(無)에서부터 무엇인가를 만들어 내야 한다면 오로지 라틴어로만 기록해야 한다. 만일 그렇지 않으면, 그들은 그들의 거의 보잘 것없는 그 무엇조차도 항상 무로 변화시키고 말 것이다.

1004 젊고 재기발랄한 학자가 독일의 시인들이 지난 3세기 동안 라틴어로 세상에 선보인 진정으로 시적인 공적의 진가를 인정하려고 시도한다면, 독일인이 그 쇠약해짐을 걱정하고 있는 보다 자유로운 세계관의 육성에 큰 도움이 될 것이다. 그렇게 하면 설령 독일인이 비록 외국어로 말할지라도 충실하게 자신에 머문다는 사실이 들어나게 될 것이다. 우리는 요한네스 제쿤두스와 발데를 생각해 보는 것으로 충분하다. 어쩌면 제쿤두스의 번역자 파소우씨가 이러한 뜻 깊은 작업을 맡을 수도 있지 않을까 생각한다. 이때 그는 라틴어가 세계어였을 그 당시 다른 교양있는 민족들도 라틴어로 시를 썼으며 우리들에게는 상실되어 가고 있는 하나의 방법을 통해서 서로가 서로를 이해했었다는 사실을 주목하게 되리라고 생각한다.[240]

1005 사람들은 유감스럽게도 모국어를 가지고도 그것이 마치 외국어라도 되듯이 생각하면서 시를 쓴다는 사실을 염두에 두지 않는다. 어느 시대를 통해서 쭉 하나의 언어로 많이 씌여지고 그 한 언어를 통해서 뛰어난 재능을 지닌 사람들에 의해서 인간의 감정과 운명의 생생하게 현전하고 있는 영역이 표현되어서 시대의 내용과 그 언어가 동시에 완전히 퍼 올려 지게 되면, 그때는 모든

---

240 이하 1005번까지. 잡지 「예술과 고대문화 Über Kunst und Altertum」 제1권 제 3책 (1818)에 1012번, 1013번과 함께 「독일어 Deutsche Sprache」라는 제목아래 수록되어 있다.

범용한 재능의 소유자도 눈앞에 놓여 있는 표현들을 주어진 성구(成句)로 편안하게 이용할 수 있다.

1006 지금은 그렇게 조악(粗惡)하지는 않지만 가치가 전혀 없는 작품들이 가능하게 되었다. 가치가 전혀 없다고 하는 것은 아무런 내용도 담고 있지 않기 때문이고, 그렇게 조악하지는 않다고 하는 것은 좋은 범례의 일방적인 형식이 저자의 머리에 떠올려져 있기 때문이다.

1007 그렇지 않으면 근대문학을 완전히 부정할 수밖에 없어서 달리 어떻게 할 수가 없었던 것인 바, 우리가 주관적 또는 소위 말하는 감상적 문학에 객관적인 서술문학과 똑같은 권리를 부여하게 되자마자, 설령 진짜 문학적 천재들이 태어났다 하더라도 그 천재들도 세상살이의 보편적인 일보다는 내면적 삶의 아늑함을 항상 더 많이 그렸을 것이라는 것을 예상할 수 있었다. 이것은 전의적 표현이 없는 문학도 존재하고 이러한 문학에 동의하는 것을 결코 거부할 수 없을 정도로 현실화 되었다.

1008 은유와 같은 전의적 표현을 담고 있지 않으면서 전체가 우수한 전의적 표현인 문학이 존재한다.

1009 문학과 수사학이 단순하고 긍정적이였던 그리스인에게서는 비난보다는 인정(認定)이 더 자주 나타난다. 이에 반해서 로마인들에게서는 정반대이다. 문학과 웅변

술이 타락하면 할수록 비난은 늘어나고 칭찬은 줄어드는 것이 분명하다.

1010 라틴어는 저자의 명령법이라는 일종의 어법을 가지고 있다.[241]

1011 참되고, 선하고 특출한 것은 단순하고, 겉으로 나타나고 있는 것과 언제나 동일하다. 그러나 비난을 불러일으키는 과오는 지극히 다양하고 자체 내에서도 차이가 있어서 선하고 참된 것에 대해서 뿐만 아니라, 자신에 대해서도 투쟁적이며, 스스로 모순에 빠진다. 그렇기 때문에 모든 문학에서 비난의 표현이 칭찬의 말을 압도할 수밖에 없는 것이다.

1012 우리는 독일인 각자는 어떤 외국어의 도움을 받지 않고서 우리의 언어를 통해서 완벽한 교육을 충분히 받을 수 있으리라는 것을 서슴없이 인정한다. 우리는 이러한 상황을 지난 세기의 개별적이며 다방면에 걸친 노력의 덕택으로 생각하고 있다. 이러한 노력들은 전체 국민, 특히 말의 가장 참된 의미에서 내가 부르고 싶은 대로 부르자면, 일종의 중산층의 도움을 받아서 이루어진 것이다. 이 중산층에는 독일에 다수 존재하고 위치와 환

---

241 『색채론』의 역사편에서의 다음 언급이 이 성찰문의 이해에 도움이 될 것이다. "이(그리스어)와는 달리, 라틴어는 명사의 사용을 통해서 단호하고 명령조가 된다. 개념은 어휘안에 완결된 채 제시되고, 어휘안에 고착되어 이 어휘를 가지고 실제적인 본질로서 수행하게 된다."(함부르크판 괴테전집, 제14권 75쪽)

경이 뛰어난 것으로 생각되는 소도시의 주민들이 속한다. 거기에서 근무하는 모든 상급 및 하급의 공무원, 상인들, 공장주인들, 무엇보다도 그러한 가정의 부인들과 딸들, 그리고 교사 역할을 한 지방성직자들이 그들이다. 제한된 그러나 유복한, 그리고 도덕적으로 쾌적함을 요구하는 생활환경에 살고 있는 이러한 사람들이 전체적으로 그들의 생활과 교육의 욕구를 모국어를 가지고 만족시킬 수 있었다.

1013 이에 반해서 더 광범위하고 한층 고도화된 영역에서 확대된 언어능력이라는 관점에서 우리에게 제기되는 요구를, 그저 어느 정도만이라도 세계에서 활동하고 있는 사람 누구도 계속 숨길 수는 없는 일이다.

1014 독일인은 모든 언어를 배워야 한다. 그래야 자국에서는 외국인이 불편하지 않고, 자신도 외국 어디를 가더라도 불편하지 않을 것이다.

1015 외국어를 모르는 사람은 제 자신의 언어에 대해서도 아무것도 모른다.

1016 언어의 힘은 그것이 이질적인 것을 물리치는 것이 아니라, 그것을 동화(同化)한다는 사실이다.

1017 외국어로서 더 많은 것 혹은 한층 섬세한 것을 포함하

고 있는 단어라 하더라도 이를 써서는 안 된다고 하는 모든 부정적인 언어 순수주의를 나는 저주한다.

1018 나의 관심사는 긍정적인 언어 순수주의이다. 이 긍정적 순수주의는 생산적이며 오로지 우리는 어떤 때 바꾸어 쓰지 않으면 안 되는가, 그리고 이웃나라의 말이 어떤 경우 결정적인 어휘를 가지고 있는가에서 출발한다.

1019 옹졸한 언어 순수주의는 의미와 정신의 광범위한 전파에 대한 불합리한 거부행위이다.(예컨대 영어의 grief라는 단어)[242]

1020 모국어를 동시에 정화하고 풍요롭게 하는 것은 최고의 두뇌 소유자들의 일이다. 풍성하게 하는 일없이 이루어지는 정화는 자주 미련한 것으로 드러난다, 왜냐면 내용을 도외시하고 표현에 주목하는 일보다 더 안일한 것은 없기 때문이다. 재기에 넘치는 사람은 그가 가지고 있는 어휘소재가 어떤 요소들로 이루어져 있는지를 개의치 않는 가운데 그 어휘소재들을 주무른다. 우둔한 사람은 말할 것이 없기 때문에 순수한 것이 좋다고 말한다. 의미 있는 어휘를 써야 할 자리에 어떤 형편없는 대용어가 쓰이고 있는지 그가 어떻게 느낀단 말인가?

---

[242] 이 영어 단어는 이에 상응하는 독일어 Gram(상심, 회한) Kummer(근심, 격정), Sorge(불안, 격정), Schaden(유감, 손해)과는 조금 다른 그리고 더 광범위한 의미의 스펙트럼을 가지고 있다.

그가 쓰면서 아무것도 생각하지 않았기 때문에 그 대용어가 그에게 결코 생생한 것이 아니었기에 말이다. 언어가 생기 있게 성장해야한다면 본질적으로 모든 것을 함께 포괄시켜야 하는 정화와 풍성하게 만드는 많은 방법이 있다. 문학과 열정적인 연설이 이러한 생명이 솟아나는 유일한 원천이다. 이 원천이 격렬하게 흐르는 가운데 산의 흙더미를 얼마간 함께 떠밀어 흘려보낸다 해도, 흙은 바닥에 가라앉고 그 위로는 깨끗한 물결이 흘러 올 것이다.

1021 언어는 그 자체가 옳다든가, 훌륭하다든가, 아름답다든가 하지 않으며, 그 언어 안에 체현되어 있는 정신이 그러하다. 그럼으로 각자가 자신의 계산, 담화 또는 시에 대해서 소망할만한 가치가 있는 특성을 부여하고자 하는지의 여부는 그 개인에게 달려 있는 것이 아니다. 문제는 자연이 거기에 필요한 정신적 및 도덕적 자질을 그에게 부여 했느냐의 여부이다. 정신적 자질이란 직관과 통찰의 능력을 말하며, 도덕적 자질이란 진리에 대해서 존중을 바치려는 것을 방해할 수도 있는 악령을 거부하는 것을 말한다.

1022 학파에서의 논쟁적인 언어 순수주의에 대한 제안.

1023 로마인들은 그들이 무엇인가 훌륭한 것을 말하고자 할 때, 그것을 그리스어로 말했던 적이 있다. 우리는 왜 프

랑스어로 말할 생각을 하지 않았는가?

어떻게 외국어가 우리를 아주 희귀한 감정의 표현으로 더 많이....

1024 어떤 어휘도 정지된 채 있지는 않는다. 그것은 사용을 통해서 처음의 자리에서부터 계속 옮겨진다. 상승보다는 하강하며, 개선보다는 열등의 방향으로, 확대보다는 위축의 방향으로 옮겨 가는 것이다. 어휘의 무상함을 통해서 개념의 무상함을 인식할 수 있다.

1025 문헌학자는 끝이 뾰족한 철필을 항상 손에 쥐고 도마뱀을 찌르려고 노리고 있는 '도마뱀을 잡는 아폴로'이다.[243]

1026 내가 정확한 구절을 잘못 이해하고 있는지, 또는 내가 훼손된 구절에 어떤 다른 의미를 부가하고 있는지 사이에는 큰 차이가 없다. 그러나 후자는 각자에게 전자의 경우보다 더 유익하다. 그것은 사적인 정정본(訂正本)이 될 것이고, 이를 통해서 그가 문자를 위해서 얻은 바가 있었다면, 자신의 정신을 위해서도 얻은 바가 있기 때문이다.

---

243 도마뱀을 잡는 아폴로(Apollo Sauroktonos). 아테네의 조각가 프락시텔레스의, 지금은 멸실된 조각상에서 표본을 딴, 널리 퍼져 있었던 고대 회화의 모티브. 또한 괴테는 친교를 맺고 있었던 미술사학자 마이어(C. H. Meyer)로부터 받은 한 편지에서 예술과 학문의 신인 아폴로가 문헌학도 관장한다는 내용을 읽었다고 술회한 적이 있다.

1027 문헌학자에게는 전해 내려온 문헌의 일치점을 찾는 일이 맡겨져 있다. 원고가 기본으로 놓여 있지만, 이 원고 내에는 실제적인 결함이 있고 의미상의 결함을 초래하는 오기(誤記)도 있다. 기타 모든 것이 원고의 탓이 될 만하다. 그런데 제 2의 필사본, 제 3의 필사본이 있다고 하면 이것들의 비교는 전래된 문헌의 오성적인 면과 이성적인 면을 알아내는데 더 많은 작용을 하게 된다. 문헌학자는 더 나아가 자신의 내면적인 감각에 의존하여 외적인 보조수단 없이 다루고 있는 문헌의 일치를 더 많이 파악하고 명백하게 제시하기를 요구받는다. 이를 위해서 특별한 분별, 세상을 떠난 작가의 내면으로의 각별한 몰두가 필요하고 어느 정도의 상상력도 요구되기 때문에 그가 취미에 관련한 것까지 판단에 의존한다 할지라도 우리는 그 문헌학자를 나쁘게 볼 수가 없다. 다만 판단이 그에게 항상 잘 이루어지는 것은 아니다.

1028 시인에게는 표현의 임무가 주어져 있다. 이 표현의 정점은 그것이 사실과 경쟁을 벌릴 때, 그 묘사가 정신을 통해서 모든 사람들에게 눈앞에 현전하는 것처럼 생각될 만큼 생생하게 될 때이다. 문학은 그 최고의 정점에서는 전적으로 외면적으로 나타난다. 문학은 내면적으로 움츠러들면 들수록 약해지는 과정에 놓이게 된다. ― 오로지 내면적인 것만을 표현하고 외적인 것에 의해 구체화되지 않는 문학, 또는 내면적인 것을 통해서 외면적인 것을 느끼게 하지 못하는 문학은 다 같이 비속(卑

俗)한 삶속으로 들어서기 직전의 마지막 단계에 있다고 할 것이다.[244]

1029 웅변술은 문학의 모든 장점과 그것의 모든 권리에 의지하고 있다. 웅변술은 이것을 자기 것으로 삼고 남용한다. 그리하여 시민적 생활 가운데에서 어떤 외적인, 도덕적이거나 부도덕한, 순간적인 이점을 손에 넣는다.

1030 학자는 자신이 라틴어로 쓰고 말해 보려고 하는 사이에 일상생활에서 스스로에 대해 생각해도 될 만한 것보다 더 높고 탁월한 존재로 자신을 착각한다.

1031 프랑스 말은 기술(記述)된 라틴어 어휘에서가 아니라 구술(口述)된 라틴어로부터 생성되었다.[245]

1032 나는 인쇄상의 오자(誤字)를 보면 언제나 무엇인가 새로운 것이 발견된 것 같은 생각을 한다.

1033 각자는 자신이 말을 사용하고 있기 때문에, 언어에 대

---

244 이 성찰록은 괴테의 문학관을 단적으로 나타낸다. 낭만주의와는 전면적으로 대칭을 이루는 가운데 괴테는 문학의 정점(頂點)은 '전적으로 외면적'으로 나타난다고 보고 있다. 이러한 문학관은 예컨대 문학은 '심혼을 일깨우는 예술'(Gemütser-regungskunst)이라고 한 노발리스(Novalis)의 문학관에 정면으로 대치되는 것이다. 에커만과의 대화(1827. 1. 15)에서 괴테는 자신이 쓴 노벨레에서는 "내면적인 것은 아무것도 찾지 못할 것이다."라고 말하고 있다. 502번에 대한 주해 참조.

245 프랑스의 학자이자 작가인 메나지(Gilles Ménage, 1613-1692)와 몽노이에(Bernard de la Monnoie, 1641-1728)가 편찬한 프랑스어판 『메나지아나 Ménagiana』에서 인용하고 있다.

해서도 말할 수 있으리라고 믿고 있다.

1034 이성, 경험, 사색의 경우와 마찬가지로 감정의 지극히 중요한 문제에 대해서는 구두(口頭)로 다루어야 한다. 입으로 발설된 말은 그것이 듣는 자에 따라서 이어지는 말을 통해서 생명이 유지되지 않는 한 즉시 소멸되고 만다. 사교적인 대화만을 기억해 보시라! 말이 죽지 않은 채 듣는 사람에게 도달했다 하더라도 듣는 사람은 반론, 규정, 조건, 오도(誤導), 본의로 부터의 이탈을 통해, 환담의 수많은 무례함이 언급될 수 있는 것처럼, 역시 그 말을 곧바로 살해하고 만다. 글로 쓴 것은 상황이 더 나쁘다. 아무도 자신이 어느 정도 익숙해져 있는 것 이외의 것을 즐겨 읽고자 하지 않는다. 달라진 형식일지라도 알려진 것, 익숙해 진 것을 요구한다. 그러나 글로 쓴 것은 오래 견디고 영향을 미치는 것이 허락될 때까지 그 시기를 기다릴 수 있다는 장점을 가지고 있다.

1035 우리가 구두로 말하는 것은 현재에, 순간에 바쳐진다. 그러나 글로 쓴 것은 먼 미래, 후대에게 바쳐지는 것이리라.

1036 일단 입으로 발설된 말은 되돌아 제 자신을 겨눈다.

경험과 인생

1037 신분이 높거나 낮거나 마찬가지인 일이 있다. 인간적인 숙명을 우리는 언제나 짊어져야만 하는 것이다.

1038 사물의 무상함에 대해서 야단법석을 떨고 현세적인 허무를 생각하는데 휩쓸린 사람들을 나는 유감스럽게 생각한다. 우리는 바로 그 때문에 무상함을 불멸의 것으로 만들기 위해서 존재하고 있다. 그런데 이러한 일은 우리가 이 양측면의 가치를 인정할 때에만 일어날 수 있다.

1039 인간이 이 땅에게 넘치게 고귀한 존재가 아니라면, 지상에서 가장 고귀한 존재가 아닐 것이다.

1040 삶은 비록 비속하게 보이고, 쉽사리 범속한 것, 일상적인 것에 만족하는 것처럼 보이지만 남몰래 어느 정도 더 높은 요구를 언제나 품고 기르며, 그 요구를 만족시킬 수단을 탐색한다.

1041 우리가 그 순간에 자연의 법칙도, 자유의 법칙도 발견하지 못하는 우발적이며 현실적인 것을 우리는 비속(卑俗)하다고 부른다.

1042 자연스러운 것으로서의 소박성은 현실성과 밀접한 관계를 맺고 있다. 도덕적인 연관이 결핍된 현실성을 우리는 비속하다고 부른다.

1043 비속함을 나무랄 필요는 없다. 그것은 영원히 변함없을 터이니까.

1044 우리 모두가 평온을 허락해 주기 때문에 그 정도가 어떻든 평범한 것을 좋아하는 것은 이상할 것이 없다. 그것은 같은 부류의 사람들 끼리 교류할 때처럼 편안한 느낌을 주기 때문이다.

1045 삶에서 가장 묘한 것은 다른 사람들이 우리를 이끌어 주리라는 믿음이다. 우리가 이러한 믿음을 가지고 있지 않으면 우리는 우리 자신의 길을 비틀거리며 위태롭게 걸을 것이다. 그러나 이러한 믿음을 가졌을 때는 모르는 사이에 가장 나쁜 길로 이끌리게 된다.

1046 인간의 오류들이 그 인간을 진실로 호감이 가는 존재로 만들어 준다.

1047 인생은 우매한 자에게 어렵게 보일 때 현자에게는 쉽게 여겨지고, 우매한 자에게 쉽게 여겨질 때 현자에게는 자주 어렵게 느껴진다.

1048 우리가 세상을 어떻게 알건 간에 이 세상은 변함없이 밝은 면과 어두운 면을 지닐 것이 분명하다.

1049 우리는 우리가 처한 상황을 때로는 신의 탓으로, 때로는 악마의 탓으로 돌리지만, 두 경우 다 틀렸다. 수수께 끼는 이 두 세계의 산물인 우리들 자신의 내면에 있다. 색채도 사정은 이와 같다. 사람들은 색채를 어떤 때는 빛 속에서, 어떤 때는 저 바깥 우주에서 찾지만, 그것이 깃들어 있는 바로 거기에서는 색채를 발견할 수 없다.

1050 극단의 논리적 귀결보다 더 비논리적인 것은 없다. 왜 냐면 이것은 결국 역전되고 마는 부자연스러운 현상을 낳기 때문이다.

1051 우리는 아무에게도 부정한 생활환경을 원해서는 안 될 것이다. 그러나 이러한 깨끗하지 못한 생활환경들은 우연히 거기에 빠진 사람에게 성품의 시금석이자 인간이 할 수 있는 바, 극단의 단호함에 대한 시금석이다.

1052 우리가 실행과 인내를 통해서 순화시킬 수 없는 상황은 없다.

1053 누구에게든 확신하고 있는 것을 실현할 정도의 힘은 언제나 남아 있기 마련이다.

1054 분별 또는 우연이 다시금 올바른 방향으로 이끌어 가지 못할 만큼 비이성적인 일은 일어나지 않으며, 무분별과 우연이 그릇된 방향으로 이끌어 갈 수 없는 이성적인 일도 일어나지 않는다.

1055 통치하는 것은 분별력 있는 인간이 아니라 분별 자체이며, 이성적인 인간이 아니라 이성자체이다.

1056 인간의 본질 중 대립적인 것이 뒤에 남겨진다는 사실은 지극히 기묘한 일이다. 즉 정신이 현세에서 머물면서 의탁함에 만족했던 육체적 껍질과 골격, 그리고 언어와 행위를 통해서 정신으로부터 생성된 이념적 영향력이 그것이다.[246]

---

246 이 성찰문은 1826년에 쓴 시「진지한 유골안치소안에서 였네… Im ernsten Bein-haus war's…」(괴테 사후「쉴러의 해골을 바라다 보면서 Bei Betrachtung von Schillers Schädel」로 시제를 붙이기도 하였음)(함부르크판 괴테전집, 제 1권 366쪽~367쪽)와 마찬가지로 쉴러의 해골을 본 것이 계기가 되어 쓴 것이라고 많은 괴테연구자들은 말하고 있다. 이 성찰문과 관련하여서 시를 읽어 보면, 1인칭의 시적자아가 오래된 무덤에서 파낸 유골을 안치하고 있는 안치소에 가서 나란히 진열되 있는 해골중 온전한 형태를 한 해골 하나를 자세히 살펴보면서 황홀경에 빠져 든다. 시적자아가 이렇게 황홀함을 느끼게 되는 것은 이 해골에서 가장 원시적인 생명체로부터 인간에 이르기까지 신의 의지가 담긴 형태의 절정에 달한 충만을 발견했기 때문이다. 시적자아는 이 해골이 그것을 골똘하게 바라다보는 자에게는 신의 음성에 귀 기우리고 있는 성직자에게 그러하듯 신탁을 보낸다고 확신한다. 시적자아는 경건하게 그 해골을 붙들어 안고 햇빛 비치는 곳으로 나선다. 이 시는 삶의 가장 보편적인 사실에 이르면서 종결된다. 정령의 산물은 살아 움직이는 형상체로서 형태를 이룬다. 이 형상체는 그러나 죽은 자에게 귀속되며 정령만이 남겨 져 있다는 것이다. 이러한 사실이 신적 자연의 직관을 일깨워 준다는 것이다. 정신없는 물질은 없으며, 물질 없는

1057 내가 나의 죽음을 생각할 때, 어느 조직이 파괴되는지
는 생각해서도 안 되고 생각할 수도 없다.[247]

1058 우리는 인생행로의 비밀을 폭로해서도 안 되고 폭로할
수도 없다. 거기에는 모든 도보 여행자가 걸려 비틀거
릴 수밖에 없는 걸림돌이 있기 마련이다. 시인은 그러
나 그 장소를 살짝 암시해 준다.[248]

1059 만일 신에게 인간들이 진리 안에 살고 행동하는 일이
중요한 것이었다면, 신은 그의 장치를 다르게 했어야만

정신도 존재할 수 없거니와 활력적일 수 없다는 괴테의 신념이 이 시를 통해서 확인
된다. 이 성찰문도 이 시의 의미와 밀접하게 연관을 맺고 있다고 하겠다.

247 괴테의 죽음에 대한 태도의 일면을 보여주는 문구이다. 괴테는 "죽어서 되어라"와
같은 위안을 주려는 권유에 결코 안심할 수 없었다. 그는 질병과 죽음에 대해서 남
모르는 두려움을 가지고 있었다. 죽음, "그 검은 시금석"이라고 말하는가 하면(1812.
12. 3. 첼터에게 보낸 편지) "갑자기 현실이 되어버리는 어느 정도는 어떻게 해 볼 도
리가 없는 것"(1830. 2. 15. 에커만과의 대화)이라고 말하고 있다. 아내와 아들이 세
상을 떠났을 때 괴테의 태도, 그리고 슈타인(Stein) 부인이 "나의 관이 괴테의 집 앞
을 지나가게 해서는 안 된다"고 말했다는 일화가 특이하다.

248 인간의 운명 안에 들어 있는 수수께끼와 같은 마(魔)적인 것의 지배를 말하
고 있다. 괴테는 『시와 진실』의 마지막을 에그몬트의 다음과 같은 말로 장식
하고 있다. "자, 자, 그만하시오! 시간이라는 태양의 말은 보이지 않는 정령에
게 채찍질을 당하듯 우리 운명의 가벼운 마차를 끌고 달려가는 것이오. 우
리는 용감하게 고삐를 부여잡고 좌우로 방향을 바꾸고 바위도 피하고 절벽
도 피하면서 조종해 나가는 수밖에 없소. 어디로 가는지 아는 자 누구겠소?
어디서 왔는지도 기억하지 못하는데."(함부르크판 괴테전집, 제 10권 187쪽)
여기와 관련해서 『편력시대』에서도 같은 의미의 구절을 찾아 볼 수 있다. 레온나르
드가 일기에 인용하고 있는 빌헬름의 편지 구절이 그것이다. "모든 사람은 자기 생
의 아주 이른 순간부터 끊임없이 처음에는 무의식적으로, 그 다음에는 반 의식적
으로, 마침내는 의식적으로 자신의 위치에서 조건지워 져 있고 제약되어 있음을
느낀다. 그러나 아무도 자신의 현존재의 목적과 목표를 알지 못하고, 현존재의 비
밀은 지극한 손길에 의해서 가려 져 있기 때문에 인간은 그저 더듬거리고, 붙잡았
다가 놓아 버리고 멈추어 섰다가 움직이며 머뭇거리다가 서둘러 대는 것이다. 그
리하여 이런 저런 식으로 우리를 혼란에 빠뜨리는 온갖 오류들이 생기는 것이다."
(함부르크판 괴테전집, 제 8권 426쪽)

했다.

1060 만일 내가 나 자신과 외부세계에 대한 관계를 안다면 나는 그것을 진리라고 부르겠다. 그리하여 각자는 자신의 진리를 가질 수 있는데, 그것은 언제나 동일한 진리이다.

1061 인간이 자신의 감각을 신뢰하고 그 감각이 신뢰에 보답하도록 그것을 발달시킨다면 그에게는 모든 참된 현세적 욕구의 충족을 위해 충분할 만큼의 천분이 주어져 있는 셈이다.

1062 부족(不足)은 우리가 생각하는 것 이상으로 대용(代用)을 싫어한다.

1063 인간이 자신의 육체적인 것 또는 정신적인 것을 깊이 생각하면 의례히 병들게 된다.

1064 자신의 종말을 시작과 연결시킬 수 있는 사람은 가장 행복한 사람이다.[249]

1065 만일 세상의 모든 예지(叡智)가 신 앞에서는 우매(愚昧)

---

249 시 「변화가운데의 영속 Dauer im Wechsel」의 마지막 시연, "시작이 끝과 더불어/ 하나로 이어지게 하라/대상들보다 더 빠르게/ 그대를 지나쳐 날아가도록 버려두라/ 뮤즈의 은총은 사라지지 않는 것/ 그대의 가슴에 내용을/ 그대의 정신에는 형식을/ 약속함에 감사드릴 일이다."(함부르크판 괴테전집, 제 1권 248쪽) 참조.

에 지나지 않는다면, 70세의 나이를 먹으려는 노력은 부질없는 일일 것이다.[250]

1066 역사적으로 고찰하면, 우리의 선(善)은 희미한 빛 가운데 나타나고 우리의 결점은 변명이 가능하다.

1067 우리가 행하는 본래의 참된 선은 대부분 은밀하게, 간절히 원해서(clam, vi et precario) 일어난다.

1068 만일 인간이 사람들이 요구하는 것을 모두 행해야 한다면, 그는 본래의 자신 이상으로 스스로를 생각해야만 한다.

1069 일이 부조리로 빠지지 않는다면, 사람들은 기꺼이 참아낸다.

1070 삶의 진행 중 심지어는 자주, 변화의 더 없는 확실성의 한 가운데에서 우리는 언뜻 알아차리게 된다. 우리가

---

250 성경에서 모티프를 찾아 볼 수 있다.「시편」제 90편 10절. "우리의 연수가 칠십이요, 강건하면 팔십이라도 그 연수의 자랑은 수고와 슬픔뿐이요,…"와「고린도 전서」제 3장 19절. "이 세상의 지혜는 하나님이 보시기에 어리석은 것입니다."가 그것이다. 그러나 이러한 모티프에 대해서 괴테의 현세에서의 발전과 승화라는 사상이 대칭을 이루고 있다. 현세에서의 엔테레키의 전개와 승화는 내세에서도 효력을 가진다는 믿음이 괴테의 사상에 깔려 있다. 현세와 내세사이에는 어떤 간격도 없다.「파우스트」제2부의 마지막 장면, 신비의 합창은 "일체의 무상한 것/한낱 비유에 불과하도다./미칠 수 없는 것/여기에서 이루어지고,/형언할 수 없는 것/여기서 실현되었도다."(함부르크판 괴테전집, 제3권 364쪽, 12104행-12111행)와 1827. 3. 19. 첼터에게 보낸 편지에 쓴 "세계의 정령에 의해 부름을 받아 하늘로 되돌아갈 때까지 우리들은 활동을 계속하도록 하자."라는 구절 참조.

어떤 착오에 붙들려 있다는 것, 우리가 사람들과 사물에 대해서 마음을 빼앗기고 눈을 뜨면 곧장 사라지고 말 이들과의 관계를 꿈꾸어 왔다는 사실을 말이다. 그러나 우리는 빠져 나올 수가 없다. 알 수 없는 어떤 힘이 우리를 단단히 붙잡고 있기 때문이다. 그렇지만 우리는 가끔 완전한 의식에 이르게 되고, 오류도 진리와 똑같이 행동을 향해 움직이고 동력으로 작용할 수 있다는 것을 알게 된다. 행동이야말로 결정적이기 때문에 어떤 활동적인 오류로부터는 훌륭한 일이 생겨날 수도 있는 것이다. 그 행해진 것의 영향은 영원에까지 미친다. 그리하여 생산은 틀림없이 최상의 것이다. 그러나 파괴 역시 좋은 결과를 낳지 말라는 법은 없다.

1071 그러나 가장 놀라운 착오는 우리자신과 우리의 역량과 관련된 착오로서 우리가 미치지 못할 어떤 기품 있는 일, 존경받을만한 일에 몸을 바치고, 우리가 도달할 수 없는 어떤 목표를 향해 노력을 쏟아 붓는다는 것이다. 각자가 성실하게 이를 의도하면 할수록, 그는 이런 착오로부터 생기는 탄타로스나 시지프스의 고통[251]을 더

---

251 탄타로스(Tantalos)의 고통. 전설에 따르면 제우스의 아들 탄타로스는 여러 신들의 총애를 받았으나 이 때문에 오만에 빠지게 되었다. 그는 신들을 자신의 식탁에 초대하여 그들의 전지전능함을 시험하려고 자신의 아들 펠롭스를 도살하여 요리해서 식탁에 내 놓았다. 신들은 영원한 고통으로 그를 벌했다. 호수에 그를 세우고 그의 머리위에는 맛있는 과일이 열리도록 했다. 배고픔과 목마름을 달래려고 손을 뻗치나 그 때마다 과일들은 그 손길을 벗어난다. 신들의 저주는 그 자손들에게까지 미친다. 탄타로스 가문의 저주로 이어진 것이다. 시지포스(Sisyphos)의 고통. 역시 전설에 따르면 시지포스는 뎃살리아의 왕이며 코린토스를 세웠다. 그러나 제우스가 아소포스의 딸을 몰래 납치해 갔을 때, 그 사실을 아스포스에게 누설하여 그 때문

욱더 심하게 느끼게 된다. 그런데 아주 자주, 우리가 목
표로 삼고 있는 것으로부터 영원히 분리되어 있다는 것
을 알게 되면, 벌써 도중에 다른 바람직한 일을, 우리가
태어날 때부터 그것으로 만족하도록 되어 있는 우리에
게 적합한 어떤 것을 발견하게 된다.[252]

1072 위대한 재능인은 드물고 그들이 자기 자신을 인식하는
일도 드물다. 그러나 지금 힘차고 무의식적인 행동과
감각은 달갑지 않은 결과와 함께 지극히 반가운 결과도
낳고 있으며, 그러한 갈등가운데 의미 있는 인생이 사
라져 버리고 있다. 이것으로부터 「메드윈의 환담」[253]에
슬프고도 주목할 만한 예들이 밝혀지고 있다.

1073 유능하고 근면한 사람이여, 일하여 얻으라, 그리고 기
대하라.
　　신분이 높은 사람들에게서는-자비를,
　　권력을 가진 사람들에게서는-총애를,
　　근면하고 선량한 사람들에게서는-원조를,
　　대중에게서는-호의를,
　　개인들에게서는-사랑을!

에 산꼭대기너머로 돌덩이를 굴려 올리는 벌을 받았는데 아무리 힘써 돌을 밀어 올
려도 그 돌이 다시 뒤로 밀려나 노력이 허사가 되는 고통을 받게 되었다.
252 괴테의 화가가 되려고 기우렸던 노력을 상기시킨다.
253 메드윈(T.H. Medwin, 1788-1869)이 펴낸 「1821, 1822년…바이런경의 대담 일지」(1824
년 런던발행)를 말한다. 여기에 괴테는 「바이런 경에 대한 회상을 위한 괴테의 기
고」를 실었다. 957번과 이에 대한 주해 참조.

1074 일하고자하며 또 일해야 만하는 사람은 오로지 순간에 적합한 일만을 생각해야 한다. 그러면 쓸데없는 절차 없이 일을 충분히 해 내게 된다. 여성들이 그렇게 하는 사람을 이해한다면 그것은 여성들의 장점이다.

1075 매일 새로운 불만을 끌어 드리는 상태는 정상적인 상태가 아니다.

1076 일생을 하나의 직업으로 보내고 마지막에 이르러 그 직업에서 보람 없음을 깨달은 사람은 그 직업을 미워할망정 그것으로부터 벗어날 수는 없다.

1077 그대가 누구와 사귀고 있는지 나에게 말해 주면, 나는 그대가 어떤 인간인지 말해 주겠네. 그대가 어떤 일에 종사하는지 내가 알게 된다면, 장차 그대가 어떤 인간이 될 수 있는지를 내가 알 수 있겠네.

1078 인간의 활동에서나 자연의 활동에서 우선 주목할 만한 가치가 있는 것은 본래 그 의도이다.

1079 우리가 생각하는 것, 우리가 작정하는 것은 세상이 못 미칠 만큼 완벽하게 순수하고 아름다워야 한다. 그렇게 해서 우리는 모양이 틀어진 것을 바로 잡고, 파괴된 것을 복구하는 유리한 입장에 계속 머물게 되는 것이다.

1080 인간들이 자기 자신과 타인들에 대해서 착각을 하게 되는 것은 수단을 목적으로 취급하기 때문이다. 그렇게 되면 순수한 행위에 앞서서 아무것도 일어나지 않거나 어쩌면 목적에 상반되는 일이 일어나게 된다.[254]

1081 무조건적인 행동은 그것이 어떤 종류이건 간에 결국 파탄에 이르게 된다.

1082 활동적인 사람에게는 자신이 바른 일을 하고 있는지가 관심의 대상이다. 바른 일이 벌어지는지의 여부가 그의 걱정거리가 되어서는 안 된다.

1083 일이 친구를 만든다.[255]

1084 이 세상에는 같은 시간에 유용한 것과 훌륭한 것이 많이 있다. 그러나 그것이 서로 통하지는 않는다.

1085 자기 자신을 위해서 행동하지 않는 사람은 누구나 괴롭다. 사람들은 다른 사람들과 더불어 누리기 위해서 그들을 위해 행동하는 것이리라.

1086 자신의 권위를 확립하고자하는 시도. 탁월함이 있는 모

---

254 249번-252번 참조. 자신의 한계에 대한 통찰은 괴테의 기본법칙의 하나이다. 『빌헬름 마이스터의 수업시대』와 특히 『편력시대』에는 이러한 기본원칙이 관통하고 있다.
255 259번 참조.

든 곳에는 권위가 토대로 다져져 있다.

1087 어떻게 하면 자기 자신을 알 수 있을까? 심사숙고를 통해서는 결코 불가능하다. 그러나 행동을 통해서는 충분히 가능하다. 그대의 의무를 다하려고 해 보아라, 그러면 그대가 어떤 인간인지 곧바로 알게 될 것이다.

1088 그런데 그대의 의무란 무엇인가? 매일 매일의 필요이다.

1089 의무는 스스로에게 명령한 것을 사랑할 때 생긴다.

1090 우리는 결코 스스로 완전히 만족할 만큼 일을 하지 못하기 때문에 이행된 의무도 여전히 빚으로 느껴진다.

1091 도덕적이기를 멈추어야만 할 때 나에게는 더 이상 어떤 권력도 없다.

1092 즐겁게 일하고, 이루어진 것을 보고 기뻐하는 사람은 행복하다.

1093 재능은 실행을 위해서, 재산은 자선을 위해서 필요하다.[256]

---

256 이 문구를 괴테가 불분명한 출처에서 인용한 것으로 설명하는 학자들도 있으나, 인용여부 자체가 명확하지 않다.

1094 미리 대비하는 사람이 일상의 주인이다.

1095 "매일 매일의 가치보다 더 높이 평가되어야 할 것은 아무것도 없다."[257]

1096 우리로 하여금 순간의 가치를 잊게 만드는 방심(放心).

1097 순간에 적절하게 대응하기란 어려운 일이다. 어떻게 되든 좋은 순간은 우리를 지루하게 만든다. 좋은 순간에는 떠받들고 나쁜 순간에는 질질 끌고 갈 수 밖에 없다.

1098 순간은 일종이 관중이다. 우리는 우리가 무엇인가를 하고 있는 것으로 순간이 믿도록 속여야만 한다. 그러면 순간은 우리를 그대로 내 버려두고 남모르게 우리가 계속하도록 허용한다. 순간의 후손들은 이를 의아해 할 것이 분명하다.

1099 나는 일상적인 일을 저주한다. 왜냐면 그것은 언제나 불합리하기 때문이다. 우리가 가능한 노력을 통해서 그것으로부터 얻어 남은 것만이 언제나 합산이 이루어 질 뿐이다.

1100 매일 매일은 그 자체로서는 너무도 보잘 것이 없다. 우리가 5년을 한데 묶지 않으면, 한 다발의 수확도 없다.

---

257 이 문구의 출처는 알려져 있지 않다.

1101 매일 매일은 오류와 실수에 귀속하지만, 시간의 축적은 성과와 성공에 귀속한다.

1102 우리가 그처럼 즐겨 미래를 들여다 보는 것은 우리가 그 미래 안에서 이리저리 흔들리고 있는 불확실한 것을 남모르는 소망을 통해서 우리들에게 유리한 쪽으로 이끌어 가고 싶기 때문이다.

1103 나는 지금까지 유명하거나 그렇지 못한 사람들의 전기 (傳記)를 꾸준히 읽어 오는 동안, 이런 생각에 이르게 되었다. 즉 어떤 사람들은 세계라는 직물에서 날실을, 다른 어떤 사람들은 씨실을 생각나게 해 주는 것 같다는 것이다. 전자는 본래 직물의 폭을 정하고, 후자는 직물의 바탕과 견고성을, 그리고 뭔가 문양을 더 하기도 한다. 이와는 달리 운명의 여신 파르쩨의 가위는 길이를 결정한다.[258] 이 결정에는 다른 모든 것이 따르지 않을 수 없다. 더 이상 비유를 추적하지는 말기로 하자.

1104 세속적인 일에 있어서는 수단과 적용만이 고려의 대상이다.

1105 자신의 역량을 알고 그 역량을 적절하게 그리고 분별

---

[258] 제우스와 테미스사이에 태어난 세 명의 운명의 여신들(Parzen)중 클로트는 생명의 실을 잣고, 라케시스는 이 실을 붙들고, 셋째인 아트로포스는 이 실을 잘라버린다고 한다. 괴테는 노년에 이르러 길쌈에서 가져 온 개념인 날실과 씨실을 양극적 법칙성을 의미하는 데에 원용했다.

있게 사용하는 총명한 사람들만이 속세에서 성공한다.

1106 인생은 하나의 꿈이라는 말은 진실이 아니다. 그렇게
생각하는 사람은 오로지
어리석게 쉬고 있는 자,
아주 어리석게 상처를 입히는 자 뿐이다.

1107 전체 인생을 이루고 있는 것은
의도하였으나 달성하지 못한 것,
달성하였으나 의도하지 않은 것 두 가지이다.[259]

1108 의도하자마자 달성되는 것은 애쓸 가치가 없다. 또는
이에 대해서 말하는 것도 짜증스럽다.

1109 우리가 종사하고 행하는 모든 것은 일종의 지치게 하기
이다. 피로를 모르는 자는 행복하도다![260]

1110 어떤 사람들에게 의무를 촉구하면서 어떤 권리도 인정
하지 않으려면 그들에게 충분한 보수를 주어야만 한다.

1111 선한 일과 정당한 일의 성취를 위한 순수하고 중심 잡
힌 활동은 매우 드물다. 우리가 흔히 볼 수 있는 것은 그

---

259 신약성서 「로마서」 제7장 18절-19절 참조.
260 "행복하도다!"는 반어(反語)로 읽힌다. 한병철의 『피로사회 Müdighkeitsgesellschaft』(
한국어판, 김태환 옮김, 문학과 지성사)의 주제를 상기시킨다.

것을 더디게 하는 좀스러움과 서둘러 이루려고 하는 건방짐이다.

1112 경험적, 도덕적 세계는 대부분이 악의와 질투로만 이루어져 있다.

1113 죽음의 직전에 놓인 적이라고 얕잡아 보는 것은 어리석은 짓이며, 이기고 나서 적을 깎아 내리는 것은 비열한 짓이다.

1114 로마에는 로마인외에 동상으로 세워 진 일단의 인물도 있었던 것처럼 이 현실적 세계의 밖에는 망상의 세계, 훨씬 막강한 세계가 있고, 그 안에 대부분의 사람이 살고 있다.

1115 모든 사람은 자유에 이르자마자 그들의 결점을 드러낸다. 강한 자들은 과시(誇示)를, 약한 자들은 방종(放縱)을 드러내는 것이다.

1116 실제는 그렇지 않으면서 스스로 자유롭다고 믿는 사람보다 더 예속된 사람은 없다.

1117 누구든지 스스로를 자유롭다고 선언하자마자, 그는 순간 스스로가 제약되어 있음을 느끼게 된다. 스스로 제약받고 있다고 감히 선언하는 사람은 스스로가 자유로

움을 느낀다.[261]

1118 우리가 원하던 것을 손에 넣었다고 가정할 때보다 소망으로부터 더 멀리 떨어져 있는 적은 없다.

1119 우리에게 자제력을 부여하지 않은 채 우리의 정신을 해방시키는 것은 해롭다.

1120 자발적인 예속은 가장 아름다운 경지이다. 그런데 사랑 없이 그러한 경지가 어떻게 가능하겠는가.

1121 가슴에서 우러나는 호의는 정의의 넓은 들판보다 더 넓은 공간을 차지한다.[262]

1122 사람에게 사욕이 없으면 없을수록, 그만큼 더 (순간적으로만)[263] 이기적인 사람들에게 굴복한다.

1123 다른 사람의 친절을 기쁘게 받아 드릴 때 사람은 진정 생기발랄해 진다.

---

261 이하 1120번까지. 이 성찰들에 대해서는 유고(遺稿) 가운데 다음과 같은 상응구절을 참조할 수 있다. "제약을 일찍 경험한 자/평온 가운데 자유에 이르나/제약이 뒤늦게 닥쳐 온 자/오로지 씁쓸한 자유만을 얻게 되리."
262 플루타크의 위인전 제 3부 「카토 Marcus Portious Cato」편에 나오는 문구를 조금 변형하여 인용하고 있다.
263 원문에는 생략부호로 남겨져 있으나 역자가 문맥에 따라 나름대로 보완했다.

1124 사람들은 그들의 기호(嗜好)로써 생기를 유지한다. 청년은 다시 청년을 접해서 교양을 얻는 법이다.

1125 사람들은 상대편이 제 스스로 할 일이 없어서 자기와 어울리는 것이 틀림없다고 믿기 일쑤이다.

1126 불에 덴 적이 있는 어린아이는 불을 두려워한다. 자주 피부를 그을린 적이 있는 노인은 몸을 따뜻하게 하기를 꺼린다.

1127 연습으로 할 수 없는 것이 얼마나 많던가! 관객들은 소리치고 고군분투한 배우는 침묵한다.

1128 도대체 행복한 사람들은, 로마의 군중들이 투기장에서 검투사에게 요구했던 것처럼 불행한 사람이 그들의 눈 앞에서 얌전하게 죽어가야 한다고 생각하는 것일까?

1129 절망하고 있는 사람에게는 모든 것을 용서하고 가난에 빠진 사람에게는 무엇이이든 생업을 인정해 주는 법이다.

1130 누군가 시혜를 받는 사람이 시혜를 베푸는 아름다운 모습에 대해서 어떤 기분을 느끼겠는가를 알아보는 눈을 가지고 있다면, 많은 자선을 베풀게 되련만.

1131 주려고 한다고 말하지 말고, 주라! 그래도 그대는 희망을 결코 다 채워 주지 못할 것이다.

1132 "희망은 불행한 사람들의 제 2의 영혼이다."[264]

1133 가장 커다란 실행의 가능성도 일말의 의심의 여지를 가지고 있다. 그렇기 때문에 희망을 걸었던 일이 실현되면 매번 의외라는 느낌을 주는 것이다.

1134 선심을 쓰면 그 사람은 모든 사람의 호의를 얻게 된다. 특히 그 선심이 겸손과 함께 했을 때 그러하다.

1135 자기와 닮은 유형을 사랑하고 찾는 사람이 있는가하면, 자기와 반대되는 유형을 사랑하고 이것을 뒤따르는 사람도 있다.

1136 사람은 자신과 같은 유형들과만 살 수도 있으며 또 그렇지 못할 수도 있다. 왜냐면 누군가가 자신과 같다는 사실을 오랫동안 견디기는 어렵기 때문이다.

1137 사람은 모든 사람을 위해서 살 수 없다. 특히 함께 살고 싶지 않은 사람들을 위해서는 살 수 없는 노릇이다.

1138 누구와 더불어 산다는 것, 아니면 누구의 내면에서 산

---

264 이 문구의 출처는 알려져 있지 않다.

다는 것은 큰 차이가 있다. 함께 살지 않으면서 그의 내면에서 살 수 있는 사람이 있는가하면 그 반대의 사람도 있다. 이 두 가지를 한데 결합하는 일은 오직 순수하기 이룰 데 없는 사랑과 우정에서만 가능하다.[265]

1139 몇몇 사람들이 정말 서로에 대해서 만족하고 있다면, 그들이 착각하고 있다고 우리가 확신해도 거의 틀림없다.

1140 친구를 속이는 것보디는 친구로부터 속임을 당하는 편이 훨씬 낫다.

1141 우리는 결코 속임을 당하지 않는다, 우리는 자신을 속인다.

1142 진실로 생각을 같이 하는 사람과는 오랜 시간 불화할 수 없으며 언제나 다시 한데 만나게 된다. 본래 생각을 달리하는 사람과는 일치를 유지하려고하지만 헛된 일이다. 언제나 다시금 결렬되고 만다.

1143 우리가 서로 불화했었다는 사실을 제외하고 나는 그대와 더불어 기꺼이 성실하게 지내고 싶네 라고 그대는 말하네. 그러나 그것은 그렇지 않네. 그대는 잘못 행동

---

265 184번 참조. 이 문구들은 1811년 4월에 기록한 『시와 진실』의 개요가 적힌 메모지의 뒤쪽에 쓴 것으로 『시와 진실』의 제10장에 기술되어 있는 헤르더(Herder)와의 만남에 대한 생각이 동기가 된 것으로 보인다. 헤르더와의 만남에 대한 자세한 기록 (함부르크판 괴테전집, 제 9권 402쪽-415쪽과 426쪽 이하)참조.

하고 있으며, 두 개의 의자사이에 앉아 있는 거네. 그대는 자기편의 사람을 얻지 못하고 친구를 잃고 마네. 그러면 그것으로부터 무엇이 되겠는가?

1144 많은 사람들의 생활은 순간적인 효과를 위한 험담, 활동, 음모로 이루어져 있다.

1145 인간들은 마치 홍해(紅海)와 같다. 지팡이가 이들을 좌우로 갈라 열어 놓자마자 곧이어 다시금 합류해 버리고 만다.

1146 시종(侍從)에게는 어떤 영웅도 존재하지 않는다고 사람들은 말한다. 그러나 그렇게 되는 것은 단순히 영웅은 오로지 영웅에 의해서만 인정받을 수 있기 때문이다. 그러나 시종은 아마도 자신과 비슷한 사람을 평가할 줄 알 것이다.[266]

---

[266] 이 성찰록의 출처는 프랑스어로 되어 있는 코르뉴엘 (Anna Cornuel)부인의 한 편지로 알려져 있다. 그러나 괴테는 아마도 헤겔의 『정신현상학 Phänomenologie des Geistes』의 초판본(1807)에 실린 이 문구로부터 가져 온 것은 아닌가 생각된다. 헤겔은 『역사철학 강의 Vorlesungen über die Philosophie der Geschichte』의 서문에서도 똑같은 내용을 언급하고 있다. "시종에게는 어떤 영웅도 존재하지 않는다. … 영웅이 영웅이 아니여서가 아니라, 시종은 시종이기 때문이다." 헤겔은 여기서 개별성안에 들어 있는 보편성과 전체성을 그 의지와는 다르게 실현시키는 '이성의 간계'와 연관해서 언급하고 있는데, 시종의 시각으로서는 이 보편성을 볼 수 없다는 것이다. 이를 통해서 괴테의 인용의 의도를 간접적으로 이해할 수 있다 . "영웅은 영웅에 의해서만 인정받을 수 있다."라는 동등성의 조건은 『서동시집』의 「잠언시편」에 "스스로 용감하게 싸운 자는/영웅을 기꺼이 찬양하고 그 이름 불러주리라./스스로 더위와 추위의 고통을 맛보지 못한 자는/아무도 인간의 가치를 알 수 없도다."(함부르크판 괴테전집, 제 2권 54쪽)라고 한 노래 참조.

1147 스스로 세상의 중심이라고 생각하는 이기적인 소도시 분리주의.

1148 양의 가죽을 쓴 늑대는 어떤 다른 가죽을 쓴 양보다는 덜 위험하다. 이 양을 거세된 숫양보다 낫다고 사람들이 생각하게 되기 때문이다.

1149 바보들과 머리가 좋은 사람들은 다 같이 무해한 존재이다. 오로지 설익은 바보와 설익은 현자들, 이들이 가장 위험한 존재들이다.

1150 사람들은 공적(功績)에 대해서는 겸허할 것을 요구한다. 그러나 불손하게 남의 공적을 깎아 내리는 사람들의 말에 즐겨 귀를 기울인다.

1151 왜 사람들은 영원히 비난의 소리를 듣는가? 그들은 아주 작은 공적이라도 인정하게 되면 얼마간은 자기의 품위가 손상된다고 모두 생각하는 것은 아닐까?

1152 발전하려고 노력하고 있는 사람들의 해결하기 어려운 과제는 나이든 동시대인들의 공적을 인정하는 일과 이들의 결함에 의해서 자신이 방해받지 않는 일이다.

1153 "자화자찬은 구린내가 난다."고 사람들은 말한다. 그럴 수도 있겠다. 그러나 낯설고 부당한 비난이 어떤 악취

를 내는지 분간할 코를 대중은 가지고 있지 않다.

1154 대중은 유능한 인간이 없으면 곤란하지만, 유능한 인간
들은 어느 때이건 간에 그들의 짐이다.

1155 자신이 했다고 생각하지 않는 일은 혐오스럽다. 그렇기
때문에 당파심은 그처럼 열성적이다. 아무리 어리석은
자도 자기는 최선의 것에 관여하고 있다고 생각한다.
그리하여 아무것도 아닌 온 세상 사람이 무엇인가로 변
하는 것이다.

1156 누군가가 당파를 만들고자할 때 무엇인가를 계획하고
비호하려고 한다고 생각할 정도의 능력을 지닌 사람은
아무도 없다.

1157 아무것도 생산할 수 없는 그러한 사람에게만 아무것도
존재하지 않는다.

1158 함축성 있는 무엇을 전수해 받았다고 해서 모두가 생산
적인 사람이 되는 것은 아니다. 이때에 무엇인가 완전
히 알려진 것이 그의 생각에 오히려 잘 떠오르기 때문
이다.

1159 사람들 중에는 생산적이지 않으면서도 무엇인가 중요
한 것을 말하고 싶어 하는 사람들도 많다는 것을 잘 생

각해 두어야만 한다. 그런 가운데서 기상천외한 일들이
세상에 드러나는 것이다.

1160 평범한 사람들에게는 천재도 불사의 존재는 아니라는
사실보다 더 큰 위안은 없다.

1161 어리석은 자들이 자랑으로 삼는 뛰어난 사람에게 그들
에 의해 자랑거리가 되었다는 사실은 무엇인가 처참한
일이다.[267]

1162 몰취미하고 무능한 인간이 몽상가의 친구가 된다면 그
것은 가장 두려워 할 일이다.

1163 근본적인 악. 모든 사람이 자신이 될 수 있다고 생각하
는 대로 되고 싶어 한다는 것, 그리고 나머지는 아무것
도 아니고, 심지어 존재하지 않았으면 한다는 것.

1164 사람들은 설령 최선의 의지와 의도를 가지고도 서로를
알기가 쉽지 않다. 거기다가 악의까지 가담하면 모든
것은 빗나가기 마련이다.

1165 만일 한 쪽이 상대와 항상 동등한 위치에 놓이려고 하
지 않는다면 서로를 더 잘 알게 되는지 모르겠다.

---

267 괴테의 육필 원고에 따르면 어느 프랑스어 원전으로부터 인용된 것으로 보이나 그
원전이 무엇인지는 알려 져 있지 않다.

1166 뛰어난 인물들은 이런 점에서 다른 사람들 보다 불리하다. 즉 사람들은 뛰어난 인물들과 자신을 비교하지 않고 그들의 동정을 살피는 것이다.

1167 이 세속에서는 사람을 알아보는 것이 중요한 것이 아니라, 순간마다 우리 앞에 서있는 사람보다 더 영리하다는 것이 중요하다. 모든 연시(年市)와 떠버리 장사꾼들이 이를 증언한다.

1168 사람들은 자기에게 고통을 주는 사람들 이외 다른 사람을 관찰하지 않는다. 알려지지 않은 채 이 세상을 오가려거든 아무에게도 괴로움만은 주지 않아야 하지 않을까.

1169 사람들은 자신에게 괴로움을 주고 있는 사람들만을 알고 있다.

1170 우리는 세상에서 모든 사람을 받아 드린다. 그렇게 가장하기도 한다. 그러나 스스로가 무엇인가로 가장할 수밖에 없기도 하다. 우리는 시시한 사람들을 참고 견디느니 보다는 차라리 불쾌한 사람들을 견딘다.[268]

1171 우리는 사회에 대고 모든 것을 강요할 수 있다. 다만 후

---

268 "우리는 시시한…불쾌한 사라들을 견딘다"는 부분은 프랑스어 격언집『바스코니아나 또는 정선된 금언 Vasconiana ou recueil des bons mots』(1730)에서 번역하여 인용하고 있다. 앞 구절은 괴테가 첨언한 것이다.

유증을 남길 일만은 밀어 붙일 수 없다.

1172 사람들이 우리 쪽으로 다가 왔을 때 우리가 그들을 알게 되는 것이 아니라, 그들이 어떤 상황에 있는가를 알기 위해서는 우리가 그들에게로 다가가야만 한다.

1173 우리가 방문객에 대해서 이런저런 비판을 할 수 밖에 없고, 그들이 돌아가자마자 그들에 대해서 사랑이 가득 찬 평가를 내리지 않게 된다는 것은 거의 자연스러운 일이라는 생각이 든다. 왜냐면 우리들에게는 그들을 우리의 기준에 따라서 평가할 권리 같은 것이 있으니까. 이성적이고 공정한 사람들조차도 그런 경우에 날카로운 평가를 좀처럼 억제하지 못한다.

1174 이와 반대로 어떤 사람들을 방문해서 그들의 환경, 관습, 그들의 필연적이고 피할 수 없는 상태 안에 있는 그들을 보고, 그들이 주변에 어떤 영향을 미치고 있는가, 또는 어떻게 순응하고 있는가를 보았을 때, 우리들에게 한 가지 의미 이상으로 존경할 만하게 보일 것이 틀림없을 터인 데, 이를 우습게 생각한다면 그것은 몰지각 내지는 악의에 해당한다.

1175 우리가 품행과 미풍양속이라고 부르는 것을 통해서는 이것이 없었더라면 오로지 강제를 통해서만 달성할 수 밖에 없는 것, 또는 강제를 통해서는 결코 달성할 수 없

는 것이 달성되어야만 한다.

1176 여성들과의 교제는 미풍양속의 요소이다.

1177 인간의 성격, 특성이 어떻게 예의범절과 공존할 수 있는가?

1178 우리의 특성적인 것은 예의범절을 통해서 비로소 옳게 들어나게 되는 것이 틀림없다. 각자는 의미 있는 것을 원한다. 그것은 남에게 불쾌한 것이어서는 안 된다.

1179 일상생활 자체에서나 사회에서 교양 있는 군인이 가장 큰 장점을 가지고 있다.

1180 거친 군인들은 최소한 그들의 성격 때문에 거친 것은 아니다. 그들의 강인함 뒤에는 대부분의 경우 선량한 성품이 숨겨져 있기 때문에 유사시에는 그들과도 의좋게 지낼 수가 있다.

1181 일반시민 신분의 무딘 사람보다 더 성가신 존재는 없다. 거친 것에 생각을 빼앗길 일이 없느니 만큼 세련된 모습이나마 갖추라고 그에게 요구할 수 있을는지 모르겠다.

1182 경외심을 보여야 할 때에 그 대신 허물없이 구는 것은

언제나 가소롭다. 그것이 얼마나 우스꽝스럽게 보이는 지를 알고 있다면 인사를 막 끝내고 나서 모자를 벗는 일 같은 짓을 아무도 하지 않을 것이다.

1183 깊은 윤리적인 근거를 가지고 있지 않은 예의범절의 외 적 표현은 없다. 올바른 교육이라면 이러한 표현과 근 거를 동시에 전하는 교육일 것이다.

1184 품행은 각자가 자기의 모습을 비춰 보여 주는 하나의 거울이다.[269]

1185 마음의 예절이라는 것이 있다. 그것은 사랑과 유사하 다. 이 예절로부터 외적인 품행의 가장 쾌적한 예절이 탄생한다.

1186 모든 기벽(奇癖)은, 그러니까 낡고 야릇한 버릇은 쓸 데 없는, 악취가 나는 쓰레기이다.

1187 최상의 사교모임에 대해서 사람들은 말했다. 그들의 대 화는 교훈적이고, 그들의 침묵은 교양을 길러 준다고.

1188 설령 말한 것이 진실이 아니라는 것을 알고 있더라도, 사랑하는 사람들과 더불어 사물에 대해서 밝히고, 마음 을 넓히고 감각을 활기 있게 만드는 특별한 만족감.

---

269 1170번에 대한 수해 참조.

1189 올바른 답변은 사랑스러운 입맞춤과 같다.[270]

1190 반론과 감언이설은 다 같이 대화를 역겹게 만든다.

1191 가장 즐거운 사교모임은 구성원들이 상호간 밝은 기분으로 존경을 표하는 일이 일상화되어 있는 그런 모임이다.

1192 듣는 사람의 귀를 달래지도 않은 채, 다른 사람들을 앞에 놓고 오랫동안 혼자 떠드는 인간은 반감을 불러일으키기 마련이다.

1193 자신이 얼마나 자주 다른 사람들을 오해하고 있는지를 깨닫는다면 아무도 모임에서 많은 말을 하지는 않을 것이다.

1194 우리가 아무리 은둔생활을 하더라도 실수를 범하기도 전에 우리는 채무자가 아니면 채권자가 된다.[271]

1195 우리는 그렇게 많은 사람들을 한자리에 모이게 하는 우연이 우리들에게 우리들의 친구들도 그 자리에 오게 할 것이라고 생각하지 않은 채 큰 사교모임에 쉽게 참여하지는 않을 것이다.

---

270 루터가 번역한 『솔로몬의 잠언 Sprüche Salomonis』에 나오는 말. 구약 「잠언」 24장 26절. "올바른 대답을 하는 이는 입술을 맞추어 주는 이와 같다."
271 『파우스트』 제 2부, "이것들도 잠시 빌린 것인데/빚쟁이들이 너무 많이 득실거리네."(11610-11611행) 참조.

1196 우리가 다른 사람의 말을 반복할 때 그 말을 달라지게 만드는 것은 오로지 그의 말을 이해하지 못했었기 때문이다.

1197 누구나 자기가 이해하는 것만을 듣는다.

1198 발설된 모든 말은 반대되는 의미를 불러일으킨다.

1199 합리적인 것과 불합리한 것은 똑같이 반론을 감수해야만 한다.[272]

1200 우리가 진실을 말하건 거짓을 말하건 결국 전혀 마찬가지이다. 어느 쪽이든 다 같이 반론이 제기될 터이니까.

1201 의견이 완전히 일치하는지를 물을 일이 아니고, 같은 취지로 다루고 있는지를 물을 일이다.

1202 물리적인 것에서 지배적인 빛과 도덕적인 것에서 지배적인 정신은 생각할 수 있는, 더 이상 나눌 수 없는 최고의 에너지이다.[273]

1203 자연의 제국에서는 운동과 행동이, 자유의 제국에서는 소질과 의지가 지배한다. 운동은 영원하며 모든 유리한

---

272 이하 1200번까지. 역설적인 표현이다.
273 1048번-1049번에 대한 주해 참조.

조건에서는 억제할 길 없이 현상으로 드러난다. 소질은 역시 자연에 맞추어서 전개되지만 우선 의지에 의해서 훈련되고 차츰 향상되어야만 한다. 그렇기 때문에 우리는 자주적인 행동만큼 임의적인 의지를 확신하지 못한다. 자주적인 행동은 스스로 행하지만, 임의적인 의지는 행해지는 것이다. 임의적인 의지가 완전해 지고, 작용을 일으키기 위해서는 도덕적인 면에서는 착오하지 않는 양심에, 예술영역에서는 아무 곳에도 언급되지 않은 규칙에 따라야만 하기 때문이다. 양심은 조상을 필요로 하지 않는다. 모든 것이 그것과 함께 주어져 있는 것이다. 양심은 오로지 내면적인 자신의 세계와만 연관되어 있다. 천재는 어떤 규칙도 필요치 않을는지 모르며, 자족하면서 규칙을 제 스스로에게 부여할는지도 모른다. 그러나 천재도 외부를 향해 작용하기 때문에, 소재와 시간에 의해서 여러 가지로 제약을 받는다. 그리고 이 두 개의 요소를 필연적으로 잘 못 볼 수밖에 없기도 하다. 그렇기 때문에 천재는 예술이라고 하는 모든 것, 통치술과 시, 조각, 회화와 더불어 처음부터 끝까지 그처럼 기묘하고 불안정해 보이는 것이다.

1204 인간이 자신이 해 낼 능력이 있다고 느끼고 있는 일을 시종일관 추구하는 것, 그것이 크거나 작은 의미에서의 지속성이다.

1205 돌아오기를 생각하지 않은 채, 인간적 현존재의 정점에

이르기 까지, 저마다 성격에 완고하게 머물기.

1206 성격은 묘사되어도 형상을 낳지 않고, 실용해도 어떤
성과를 내지 못한다.

1207 한 인간이 어떤 위대한 인물에 대해서 또는 무엇인가
특별한 일에 대해서 언급할 때 비로소 자신의 성격을
드러낸다. 그것이 성격의 진정한 시금석이다.

1208 인간의 선입견은 매번 인간의 성격에 기인한다. 그렇기
때문에 상황과 내적으로 결합되면 선입견은 극복하기
가 거의 불가능 하다. 이것에 대해서는 증거도, 분별력
과 이성도 조금만큼의 영향력도 가지고 있지 않다.

1209 인간들은 바로 무엇을 우스꽝스럽다고 생각하는가를
통해서 자신들의 성격을 가장 잘 나타낸다.

1210 우스꽝스러움은 무해한 방식으로 감각을 위해 결합된
도덕적인 대조로부터 발생한다.

1211 감각적인 사람은 웃을 일이 없을 때에도 자주 웃는다.
그를 자극한 것이 무엇이든지간에, 그의 내면적인 쾌적
함이 겉으로 나타나는 것이다.

1212 오성적인 인간은 거의 모든 것을 우스꽝스럽다고 생각

하고, 이성적인 사람은 거의 아무것도 그렇지않다고 생각한다.

1213 어떤 사람들에게는 그들의 성벽(性癖)을 인정해 주어야만 한다.[274]

1214 각자는 자기의 성벽을 가지고 있고 그것으로부터 벗어날 수가 없다. 그런데 많은 사람들은 자신의 이 성벽 때문에, 이 가장 무죄한 성벽 때문에 자주 파멸하기도 한다.

1215 고유한 특성이 고유한 특성을 불러일으킨다.

1216 자신에게 속해 있는 것으로부터 사람들은 벗어나지 못한다. 설령 그것을 떨쳐버린다 해도.

1217 각자는 그 천성 안에, 만일 그것을 공개적으로 말하게 되면 불쾌감을 불러일으킬 것이 틀림없는 그 무엇을 지니고 있다.

1218 우리가 갈고 닦아야만 할 것은 우리의 개성이지, 우리의 성벽은 아니다.

1219 인간은 생득적(生得的)인 것만이 아니라, 후천적으로 습득된 것이기도 하다.

---

274 육필원고에는 인용으로 표시되어 있으며, 그 출처는 알려져 있지 않다.

1220 인간은 자신이 얼마나 의인론적인지를 결코 알지 못한다.

1221   의인론(擬人論),
의색정론(擬色情論).[275]
이것이 일어나고 있기도 하는 모든 것을 도덕적, 감각적인 감정으로 용해하고 변화시킨다는 사실.

1222 자기의 편협함에 안주하는 것은 애처로운 일이다. 최선의 사람을 면전에 두고 자신의 편협함을 느끼는 것은 사실 두려운 일이지만, 이 두려움은 자신을 향상시킨다.[276]

1223 통찰력을 가지고 자신을 편협하다고 선언하는 사람은 완전성에 가장 가까이 있는 사람이다.

1224 자신을 대단한 사람이 아니라고 생각하는 사람은 자신이 생각하는 것보다는 훨씬 훌륭한 사람이다.

1225 하나같은 커다란 잘못. 자신을 사실보다 더 낫다고 생각하는 일, 그리고 자신의 가치를 과소평가하는 일.

---

275 의색정론(擬色情論)(Erotomorphism).인간의 성애(性愛)를 유추적으로 인간이외의 영역에 전용하는 논리.

276 880번-890번에 대한 주해 참조.

1226 모든 뛰어난 것은 우리가 그것에 미치지 못한다고 느끼는 그 순간 동안 우리를 제약한다. 그 후에 우리가 이것을 우리의 문화 안으로 받아드리고 우리의 정신력과 감성의 능력에 동화시키는 한에서만, 그것은 우리들에게 사랑스럽고도 가치 있는 것으로 변한다.

1227 우리가 무엇인가 위대한 것을 배워야 할 때가 되면, 우리는 즉시 우리들의 타고난 옹색함 안으로 달아나 버린다. 그러면서도 언제나 무엇인가를 배우게 된다.

1228 우리는 모두 매우 편협해서 항상 우리가 옳다고 생각한다. 그런데 잘못을 저지를 뿐 아니라 잘못을 즐기는 비범한 정신이 생각난다.

1229 진리는 인간의 것이고, 오류는 시간의 것이다. 그렇기 때문에 우리는 비범한 어떤 사람에 대해서 이렇게 말했다. "시대의 불운이 그의 잘못에 영향을 미쳤다. 그러나 그의 영혼의 힘은 그로 하여금 영예롭게 거기로부터 탈출케 해 주었다." (Le malheur des temps a causé son erreur, mais la force de son âme l'en a fait sortir avec gloire.)[277]

1230 한 뛰어난 인간이 성공에 이르지 못한 채 제 자신과 자신이 처한 상황, 자신의 시대 때문에 질식당하는 것은

---

[277] 프랑스어 부분의 출처는 알려져 있지 않다.

보기에 슬픈 일이다. 그 슬픈 예가 뷔르거[278]이다.

1231 우리가 우리를 가르치는 사람들을 우리의 스승이라고 부르는 것은 지당하다. 그러나 가르친다고 해서 모두가 이러한 칭호를 얻을 수 있는 것은 아니다.

1232 어떤 사람이 자식의 교육 때문에 티몬에게 물었다. "아이들이 장차 결코 파악하지 못할 것을 가르치도록 하십시오."라고 그는 말했다.[279]

1233 참된 제자는 이미 알려진 것에서 미지의 것을 전개하는 법을 배우며, 이리하여 스승에 근접해 간다.

1234 완전성은 하늘의 규범이며, 인간의 규범은 완전한 것을 얻고자 원하는 것이다.

1235 낯선 상황 안에서의 순수한 자연의 성향.
그 성향이 순수하면 순수할수록 상황의 필요성은 그만큼 줄어든다.

---

278 뷔르거(Gottfried August Bürger, 1747-1794). 슈트름 운트 드랑 시기 「괴팅엔 숲의 시사 Göttinger Hainbund」에 속한 시인. 생업과 사랑에서 불행한 일생을 보냈다. 독일문학사에서는 괴테와 더불어 독일문학에 민속적인 담시(譚詩)를 처음 도입한 시인으로 평가되며, 「농부가/독재자 전하께 Der Bauer/ An seinen Durchlauchtigen Tyrannen」와 같은 공공연하게 반봉건적인 시를 썼다. 독일문학사는 그를 농민의 대변인, 지배세력에 대한 비판으로 그의 문학 활동을 요약하고 있다.

279 티몬(Timon). 소크라테스 시대 속담에 등장할 정도의 인간증오론자. 셰익스피어가 『아테네의 티몬 Timon of Athens』으로 작품화하기도 하였다.

상황 자체가 복잡하고, 주의를 끌면 끌수록 그 상황은
우리들의 성향에 법칙을 부여한다.

1236 우리들의 의견은 우리 존재의 보완물에 불과하다. 누가
어떻게 생각하는가를 통해서 그에게 부족한 것이 무엇
인지를 우리가 알 수 있다. 공허하기 이룰 데 없는 사람
은 자신을 상당한 인물로 여기고, 특출한 사람은 회의
적이며, 방탕한 사람은 오만하고, 선량한 사람은 두려
워한다. 그렇게 모든 것은 균형을 찾는다. 각자는 온전
해 지고 싶어 하고, 자신이 그렇게 보이기를 원한다.

1237 슬로간은 가지고 있지 않은 것, 도달하려고 노력하는
것을 나타낸다. 그것을 항상 염두에 두는 것은 바람직
하다.[280]

1238 식물학자들 간에는 그들이 불완전 식물(Incompletae)이
라고 부르는 하나의 식물분류가 있다. 마찬가지로 불완
전하고 불충분한 인간들이 존재한다고 말할 수 있을 것
이다. 그들은 동경과 노력이 행동과 성취에 균형 잡혀
있지 않은 사람들이다.

1239 아무리 보잘 것 없는 사람도 자신의 능력과 재주의 한
계 내에서 행동하는 경우에는 완전할 수 있다. 그러나

---

280 『편력시대』 제1부 제6장, 백부의 표어(標語)에 관련한 대화(함부르크판 괴테전집,
제8권 65쪽 이하)참조.

그 불가결하게 요구되는 균형이 결여되면 아무리 훌륭한 장점이라도 빛이 바래고 상쇄되어 파멸에 이르고 만다. 이러한 불행한 사태는 근대에 이르러 더욱 자주 일어날 것이다. 도대체 누가 계속 고도화된 현재의 요구들을 그 빠르기 이룰 데 없는 움직임 가운데서 충족시킬 수 있단 말인가?

1240 자신의 내면으로 진지하게 파고 내려간 사람은 자신을 절반의 존재로 밖에 생각하지 않게 된다. 그리고 나서 자신을 온전한 존재로 만들기 위해서 한 여성 또는 하나의 세계를 마음속에 품어 보겠지만, 그러나 결국은 마찬가지이다.[281]

1241 건강한 인간이란 그 육체적, 정신적 조직에서 각 부분이 고유한 생명(vita propria)을 가진 인간을 말한다.

1242 인간이 잠들어 있지 않은 채 때때로 마취상태에 이르고자 하는 것은 자연의 요구이다. 흡연, 음주, 아편투여를 통한 향락은 여기에서 기인하는 것이다.

1243 육체에 색을 칠하거나 문신을 새기는 것은 수성(獸性)으로의 복귀이다.

1244 우리는 우리의 내면 자체에서의 모순을 피할 수 없다.

---

281 880번-890번에 대한 주해 참조.

우리는 이 모순을 조종하려고 노력하지 않으면 안 된
다. 그런데 다른 사람들이 우리에게 반론을 제기하면
그것은 우리와는 아무 관계가 없으며 그들의 일 일 뿐
이다.

1245 최고의 행운은 우리의 결점을 개선해 주고 우리의 잘못
을 메워 주는 것이다.

1246 사랑이 없는 사람만이 결점을 알아낸다. 그렇기 때문에
결점을 들여다 보기위해서는 사랑이 없는 사람이 되어
야 한다. 그러나 이를 위해 필요이상으로 사랑을 버려
서는 안 된다.

1247 사람들은 다른 사람이 자신의 결점을 꾸짖는 것을 용납
하고, 그 때문에 처벌을 당하는 것도 용납하며, 그 때문
에 많은 것을 인내로써 견디어 낸다. 그러나 그 결점을
고치라고 하면 참지 못한다.

1248 어떤 결점들은 각 개인의 현존을 위해서 불가결할 수도
있다. 오랜 친구들이 어떤 고질을 벗어 버렸다면 그것
은 우리들에게 유쾌한 일만은 아니다.

1249 누군가가 자신의 방식에 거슬려 가면서 무슨 일을 행하
면 사람들은 "저 사람도 죽을 날이 멀지 않았군" 이라고
말한다.

1250 우리가 그대로 지녀도 될, 아니 오히려 우리 측에 육성해도 무방한 결점이란 어떤 것일까? 다른 사람을 다치게 하기 보다는 그들을 즐겁게 해 줄 결점이 그것이다.

1251 정열은 결점 또는 장점이다. 다만 정도가 높어 진 결점 또는 장점이다.

1252 우리들의 정열은 진정한 불사조들이다. 나이든 불사조가 불에 타 죽으면, 새로운 불사조가 즉시 그 재로부터 다시금 솟아난다.[282]

1253 커다란 정열들은 치료의 희망도 없는 질병이다. 그 병을 치료해 줄 수 있는 약이 그 병을 정말로 위험하게 만든다.

1254 고백을 통해서 정열은 더 고양되기도 하고 약화되기도 한다. 우리가 사랑하는 사람을 향해서 신뢰를 가지고 털어 놓거나 침묵을 지키는 일에서 중도(中道)보다 더 바람직한 일은 아마 없을는지 모른다.

1255 있어 주는 것이 필요할 때 모습을 나타내는 것이 확실한 사람 외에 사랑할 수 있는 사람은 없다.

---

282 이하 1253번까지. 1170번에 대한 주해 참조.

1256 "사랑은 언제나 처음부터 다시 시작한다." (L'amor est un vrai recommenceur)[283]

1257 모든 중대한 분열에는 광기의 싹이 들어 있다. 우리는 깊은 생각에 젖어서 그 싹을 움트게 하거나 키우는 일을 하지 않도록 조심해야 한다.[284]

1258 고장 난 시계를 아직 가는 줄 알고 습관적으로 들여다보는 것처럼 사람들은 연인을 아직 그녀가 사랑하고 있는 줄 알고 얼굴을 바라다본다.

1259 자신의 연인과 잘 지내려면 연적을 칭찬하는 것보다 더 좋은 길이 없다는 것을 더 일찍 알고 때맞춰 배워 두었다면 인생에 어떤 이득이 있었을 것인가. 그랬더라면 그녀의 마음이 밝아지고, 그대의 마음에 상처를 주지 않을까 하는 걱정, 그대를 잃지 않을까 하는 두려움이 사라지고 말았을 것이다. 그녀는 그대를 터놓고 얘기할 상대로 삼고 그대가 남에게 낙엽을 넘겨 줄 충분한 아량을 가지고 있다면, 나무의 열매를 차지하게 될 사람은 그대라는 사실을 기쁨을 가지고 확신하게 될 것이다.

---

283 세비에네(Sevigné)부인이 부시-라뷔텡(Bussy-Rabutin)백작에게 보낸 편지(1655. 7. 19)에서 인용. 괴테는 세비에네부인의 서한집을 1824년에 읽었던 것으로 기록되어 있다.

284 『이탈리아 여행』 1788. 3. 22 기록. "큰 이별에는 언제나 광기의 싹이 배태되어 있는 법입니다. 우리는 그것을 신중하게 부화하여 우리의 것이 되도록 해야 합니다." 참조.

1260 연인의 결점을 미덕으로 생각하지 않는 사람은 사랑하고 있는 사람이 아니다.

1261 17세기 때에는 아주 인상적으로 연인을 만로이슈라인(Mannräuschlein)이라고 불렀다.[285]

1262 "사랑하는 깨끗한 작은 영혼"은 히덴제(Hiddensee)에서는 가장 매혹적인 표현이다.[286]

1263 어떤 노인이 젊은 여인의 환심을 사려고 애쓰고 있다는 의심을 사고 있었다. "그것은 젊어지는 유일한 길이다. 그리고 누구든지 그걸 원하지 않는가." 라고 그는 대답했다.[287]

1264 젊은이가 그 강렬한 힘을 느끼는 사랑은 노인에게는 어울리지 않는다. 생산성을 전제로 하는 모든 일과 마찬가지인 것이다. 연륜이 더 해지면서도 이 생산성이 유지된다는 것은 매우 드문 일이다.

1265 만일 사랑이 본성대로 힘차게 광채를 띄우며 언제나 새

---

285 만로이슈라인은 폴란드어 마리헨 (Mariechen)과 같은 단어이다. 아가씨를 친밀하게 부를 때 쓰는 호칭이다.

286 "사랑하는 깨끗한 작은 영혼 liebes gewaschenes Seelchen"에 대한 설명은 데네르트 (J. K. Dähnert)의 『저지독일어사전 Plattdeutsches Wörterbuch』의 것을 그대로 따르고 있다.

287 1170번에 대한 주해 참조.

롭게 태어나지 않는다면, 진부해 질 수 밖에 없을 정도로 모든 온전한 시인과 미숙한 시인들은 우리들로 하여금 사랑을 잘 알게 해 준다.

1266 인간은 열정이 그를 구속하고 있는 통치권을 제외하더라도 많은 불가피한 관계에 묶여져 있다. 이러한 관계를 모르고 있거나 사랑으로 변화시켜 보려는 사람은 불행하게 될 수밖에 없다.

1267 모든 사랑은 눈앞에 있음과 결부되어 있다. 앞에 있음으로 나에게 편안한 느낌을 주는 것, 없더라도 언제나 머리에 떠오르는 것, 새롭게 앞에 있었으면 하는 소망을 불러일으키는 것, 이 소망이 이루어지면 생생한 기쁨을, 이러한 행운이 이어질 때는 언제나 똑같은 우아함을 동반하는 것, 우리는 진정 이런 것을 사랑한다. 여기서부터 우리는 우리의 눈앞에 있음에 이를 수 있는 모든 것을 사랑할 수 있다는 결론이 나온다. 마지막 결론을 말하자면, 신성(神性)의 사랑은 그 최고의 경지를 눈앞에 떠오르게 하려고 항상 노력하는 것이다.

1268 사랑으로 발전하는 경우가 드물지 않은 애착은 이것과 아주 가까이 있다. 애착은 끊임없는 현전(現前)의 필연적인 요구만을 제외하고 모든 점에서 사랑과 유사한 순수한 관계와 관련되어 있다.

1269 이러한 애착은 여러 방면으로 향할 수 있는데, 많은 인물과 대상들에 연관될 수도 있다. 애착은 누가 그것을 유지할 수 있기만 하다면 좋은 결과를 통해서 그 사람을 정말 행복하게 해 준다. 습관이 사랑의 정열을 완전히 대치(代置)할 수 있다는 사실은 따로 관찰할만한 가치가 있다. 습관은 우아한 현존 보다는 편안한 현존을 요구한다. 그렇게 되고나면 그것은 극복하기가 어렵게 된다. 어떤 습관화된 관계를 지양(止揚)하는 일은 대부분 여기에 해당된다. 그것은 거슬리는 모든 것에 저항한다. 불만, 불평, 분노도 이것에 대응하여 아무것도 할 수 없다. 심지어 경멸이나 증오보다도 오래 지속된다. 어떤 소설가가 이와 똑같은 일을 성공적으로 완벽하게 묘사했는지 나는 알지 못한다. 그 역시 다만 임시적으로만, 부수적으로 이런 일을 감행해 보았을 것이 틀림없다. 왜냐면 면밀하게 전개시킬 경우에는 예외 없이 수많은 황당무계한 일들과 씨름해야 할 터이기 때문이다.

1270 사랑을 느끼지 못하는 자는 비위를 맞추는 법이라도 배워야 한다. 그렇지 않으면 세상을 살아가지 못한다.[288]

1271 다른 사람의 큰 장점에 대응하여 나를 구제할 수단은 사랑밖에 없다.[289]

---

288 리머(Riemer)의 전언에 따르면 "유태인의 특성에 말이 미치자", 괴테가 이렇게 말했다는 것이다. 그러나 지금 인쇄되어 전해지는 이 잠언을 유태인에 관련한 것으로 범위를 좁혀 이해해서는 안 될 것이다.

289 쉴러가 괴테에게 보낸 편지(1796. 7. 2)에 쉴러가 한 말. "특출한 것을 마주하고 사랑

1272 위대한 재능들이야말로 가장 멋있는 화해의 수단이다.

1273 증오는 능동적인 불만이고, 질투는 수동적인 불만이다. 그렇기 때문에 질투가 그렇게 빨리 증오로 변하는 것을 놀라워해서는 안 된다.

1274 시기와 증오는 비록 총명함이 가세한다 해도 관찰자로 하여금 표면에 머물도록 제약한다. 이와는 달리 총명함 이 선의와 사랑과 밀접한 관계를 맺게 되면 세상과 인 간을 꿰뚫고 들어간다. 아니 최고의 경지에까지 도달하 리라고 희망할 수도 있다.

1275 변덕은 일종의 무의식이며 감성에 바탕을 두고 있다. 그것은 감성의 자기모순이다.

1276 욕정은 즐길 목적을 가진 자의 유희, 함께 즐기고 난 자 와의 유희이다.

1277 헤르질리는 '순례하는 어리석은 여인'에 대해 이렇게 말 했다. "가끔은 나에게 그럴 욕망이 생기는 것처럼 내가 바보스럽게 되고자 한다면 이런 방식일거라고 생각해 요."[290]

이외는 어떤 자유도 존재하지 않는다는 사실…"을 괴테 식으로 변주하고 있다.
290 『편력시대』 제1부 제5장. (함부르크판 괴테전집, 제8권 51쪽)

1278 여행 중 유쾌한 길동무는 커다란 마차이다.[291]

1279 유머는 이성이 사물과 균형을 이룬 가운데에서가 아니라, 사물을 지배하려고 애쓰지만 이것을 실현할 수 없을 때 발생하거나 -이때의 유머는 불쾌한 유머가 아니면 좋지 않은 유머이다 -, 어느 정도는 사물에 굴복하고 명예를 접어 둔 채 자신을 유희에 맡길 때 발생한다 -이때의 유머는 명랑한 유머 또는 좋은 유모이다-. 이러한 이성은 자신을 낮추어 자신의 어린아이들과 함께 놀아 주면서 이들에게 즐거움을 주는 것 이상으로 자신이 즐거움을 얻고 있는 아버지를 통해서 잘 상징된다. 후자의 경우에서 이성은 얼간이의 역할을, 전자의 경우에서는 불평분자의 역할을 맡는 것이다.

1280 열광적인 감격과 가차 없는 비판의 동일성을 당사자들은 좀처럼 알기 어렵다.

1281 조급함은 열배의 조급함으로 벌 받게 마련이다. 사람들은 목표를 앞당기려 하지만, 다만 그것을 멀리하는 결과를 얻을 뿐이다.

1282 허영심은 개인적인 명예욕이다. 사람들은 자신의 성격, 공적, 행위 때문에 평가되고, 공경 받으며, 요구되기를 원하는 것이 아니라, 개인적인 현존재를 위해서 그렇게

291 민중속담

되기를 원하는 것이다. 그렇기 때문에 허영심은 점잖지 못한 미녀가 걸치는 것이 제일 잘 어울린다.

1283 사람들이 정말 악해지면 남의 불행을 고소해하는 것 이외 다른 관심을 지니지 않게 된다.

1284 자음을 다른 자음과 혼동하는 것은 발성기관의 무능으로 인해서 발생하지만, 모음의 이중모음으로의 변형은 망상적인 격정에서 생겨난다.

1285 순결한 삶을 살아오는 과정에서 사람들은 많은 것을 참고 견디어 낸다. 그것이 진부한 것이든 지나치게 새로운 것이든지 간에 말이다.

1286 의미 있는 관계들 가운데서 오랫동안 살고 있는 사람에게 인간에게 닥칠 수 있는 모든 일이 다 닥치는 것은 아니지만 유사한 일은 닥칠 수 있으며, 어쩌면 전례가 없는 몇 가지 일도 닥칠 수 있다.

1287 위에서 아래를 향한 회고록 또는 아래에서 위를 향한 회고록. 이 둘은 반드시 만나게 되어 있다.[292]

1288 우둔함을 약간의 이성으로 수정하려고 하기보다는 그대로 놓아두는 것이 훨씬 낫다. 이성이 우둔함과 뒤섞

292 "아래에서 위를 향한"은 "하층계급이 쓴"으로 이해된다.

이게 되면 그 힘을 잃게 되고, 우둔함은 때때로 이를 도와 앞으로 나아가게 하는 자연본성을 잃는다.

1289 부주의한 일들이 일어났을 때, 이를 벗어날 가능성에 대한 전망을 찾으려는 것보다 더 비열한 것은 없다.

1290 소홀히 넘길 수 없는 바보짓을 영리한 인간이 범하기도 한다.

1291 "영리한 사람들은 서로 간에 많은 공통점을 가지고 있다."-아이쉴로스[293]

1292 만일 현명한 사람들이 잘못을 범하는 일이 없다면, 바보들은 절망할 수밖에 없을 것이다.

1293 사람들은 생각하고 있는 것을 곰곰이 생각할 수 없을 때는 그저 단순히 생각할 뿐이라는 것!

1294 황새가 어떤 기분에 있는지를 참새가 알 수 있을까?

1295 초라한 한 마리의 낙타가 당나귀 여러 마리의 짐을 진다.

---

293 괴테가 이 말의 전거를 아이쉴로스라고 했으나, 사실은 필로스트라토(Flavius Philostrato, 서기 200년경)의 단편(斷片)으로 알려 져 있다. 이런 오해가 생긴 것은 괴테가 읽은 헤르만(Gottfried Hermann)의 아이쉴로스 관련의 책에 아이쉴로스의 말로 잘못 기록되어 있었기 때문으로 보인다.

1296 원숭이들이 지루함을 느끼는 경지에까지 발전할 수 있다면 그들은 인간이 될 수도 있을 것이다.

1297   현실주의자들.
실행되지 않을 일은 요구되지도 않는다.

                    이상주의자들.
요구되는 일이 곧장 실행될 수 없다.[294]

1298 이상적인 일에서는 모든 것이 열정에, 현실적인 일에서는 끈기에 달려 있다.

1299 그것이 무엇이건 간에 상상(想像)에의 직접적인 권유는 신중해야한다. 특히 작고 귀여운 여인에 대한 상상은 더욱 그러하다. 사정은 어떻든지 간에 각각의 중요한 남자들은 다소를 불문하고 종교적, 도덕적, 심미적인 후궁(後宮)의 미녀들로 에워싸여져 있는 것이다.

1300 인간이 스스로에게 부여할 수 있는 가장 무서운 교양은 다른 사람들이 자기를 찾지 않으리라는 확신이다.

---

294 쉴러의 「소박문학과 감상문학 Über naive und sentimentalische Dichtung」의 결론 부분에서의 현실주의자들과 이상주의자들 사이의 구분. "현실주의자는 인간의 범주를, 감각세계의 경계를 넘어 결코 확장하지 않으며 인간의 정신은 자립적 위대성과 자유로서 자신을 선포하지 않는다…이상주의자의 노력은 감각적인 삶과 현재를 훨씬 넘어간다. 총체성을 위해, 영원성을 위해 씨 뿌리고 심으려고 하는 것이다."(Schiller, Werke in drei Bände, München 1981, Bd. 2, 602쪽~603쪽) 참조.

1301 사람들이 자신을 구세주처럼 기다려 왔다고 제발 아무도 생각하지 않았으면!

1302 인간은 꼭 필요로 하는 일에 힘이 미치지 않기 때문에 쓸데없는 일에 힘을 쏟는다.

1303 관심이 사라지면 기억 역시 사라진다.

1304 순간의 판단이 모자라지 않다면, 기억은 언제든 사라져도 된다.

1305 나의 잘못을 견디어 내는 사람이 나의 주인이다. 그 사람이 설령 나의 하인이라 할지라도.

1306 그대들의 기질은 여러 다른 이름을 붙여 보지만 결국 모두 짠물에 불과한 바다를 닮았다.

1307 남자들이 여자문제로 고생을 하게 되면, 실이 다 풀려 나간 실감개처럼 여윈다.

1308 아버지가 멀리 떨어져 있을 때 그 아이들에게 아버지를 대신할 수 있는 어머니는 더없이 훌륭한 여인으로 생각된다.

1309 어느 나이든 선량한 시험관이 한 학생의 귀에 대고 말

한다. "자네 역시 아무것도 배운 게 없군!" 그리고 그냥 눈감아 준다.

1310 그대가 책을 읽을 능력이 있다면, 당연히 이해해야 한다. 그대가 글을 쓸 능력이 있다면, 무엇인가를 알고 있어야만 한다. 그대가 믿을 수 있다면, 당연히 파악해야 한다. 그대가 욕망을 가지고 있다면, 의무를 지게 될 것이다. 그대가 요구한다면, 그대는 손에 넣지 못하게 된다. 그리고 그대가 경험을 쌓았다면, 그대는 당연히 그것을 활용해야 하는 것이다.

1311 곧바른 사람은 자신이 실제보다 더 고귀하고 힘이 있다고 늘 생각한다.[295]

1312 자기가 처한 상황에 힘이 닿지 않고 어떤 상황도 만족시키지 못하는, 문제가 많은 성격의 소유자들이 있다. 이로 인해서 인생을 향유하지 못한 채 소모시키는 무서운 갈등이 생겨나는 것이다.

1313 인간이 공동의 숙명이나 가정적인 숙명 때문에 때로는 가혹하게 타격을 입게 되는 일은 있을 수 있다. 다만 가혹한 운명일지라도 그것이 풍성한 보릿단을 정통으로 내리치면 보리 짚만 두드릴 뿐 낱알은 아무런 아픔도 느끼지 않은 채 타작마당을 여기저기 즐겁게 튀어 다닌

---

[295] 지나친 겸손에 대한 괴테의 회의적인 태도가 반영되어 있다.

다. 자기가 물방앗간으로 가게 될지, 씨 뿌리는 들판으로 가게 될지 전혀 걱정하지 않은 채 말이다.

1314 세월은 무녀(巫女)의 신탁집과 같다. 태워버리면 버릴수록 값은 그만큼 더 비싸진다.[296]

1315 인간의 매 연령대에는 일정한 철학사상이 대응하고 있다. 어린이는 사실주의자로 나타난다. 왜냐면 어린이는 배나 사과의 현존재를 제 자신의 것에 대해서와 마찬가지로 확신을 가지고 생각하기 때문이다. 청년은 내면적인 열정의 습격을 받고 제 자신에 대해서 주목해야하고, 자신의 존재를 예감할 수밖에 없게 된다. 그리하여 그는 이상주의자로 변모한다. 이에 반해서 장년층은 회의론자가 될 온갖 이유를 가지고 있다. 그는 목적을 위해서 선택한 수단이 옳은 수단인지에 대해서 의심하게 된다. 행동하기 전, 행동 중 그는 오성을 융통성 있게 유지해야 할 모든 이유를 가지고 있다. 그래야만 이후에 잘못된 선택을 한탄하지 않아도 될 터이다. 노년은 언제나 신비주의로 귀의하게 된다. 그는 그렇게 많은 일들이 우연에 달려 있는 것 같다는 사실을 안다. 비이성적인 일이 이루어지고, 이성적인 일이 실패로 끝난다. 행복과 불행이 예기치 못하게 어깨를 나란히 한다. 현

---

296 무녀(巫女)의 신탁집. 로마의 전설에 따르면 기원전 6세기 쿠마에(Cumae)의 무녀 지빌레(Sibylle)가 왕 타르퀴니우스(Tarquinius)에게 9권의 신탁집을 높은 가격에 팔려고 했는데, 값을 흥정하는 과정에서 무녀가 3권을 불태우고 또 3권을 불태우자 왕은 나머지 3권을 처음 9권에 대해 부른 값으로 사게 되었다고 한다.

재에도 그렇고, 과거에도 그랬다. 그리하여 노년은 현
재에 있는 것, 과거에 있었던 것, 그리고 미래에 존재할
것에 다같이 만족하는 것이다.

1316 어린아이들과 많은 시간을 함께 지내고 있는 사람은 어
린아이들에 대한 어떤 외적인 작용도 반응 없이 끝나는
경우는 하나도 없다는 것을 알게 된다.

1317 특별히 어린아이다운 존재의 반응은 심지어 열정적이
다. 관여가 유용하다.

1318 그렇기 때문에 어린아이들은 빠른 판단가운데 살고 있
으며, 그 결과 선입감을 가지고 말하지 않게 된다. 그런
다음 그렇게 빠르게, 그러나 일방적으로 파악된 것이
보다 보편적인 것에 여지를 주기 위해 지워지려면 시간
이 필요하다. 이 점을 유의하는 것이 교육자의 가장 큰
의무중 하나이다.

1319 두 살배기 사내아이의 생일잔치가 열렸고 그 어린아이
는 가족들로부터 받은 선물을 감사와 함께 기뻐하면서
차지했다. 그 선물은 형의 생일잔치에서 가족들이 형에
게 준 것보다 결코 덜 한 것이 아니었다.[297]

---

297 이하 1320번까지. 괴테의 손자 볼프강(Wolfgang, 1820-1883)과 발터(Walter, 1818-
1885)에 얽힌 일화와 관련된다.

1320 이런 일이 계기가 되어 많은 선물이 앞에 놓인 크리스마스 이브에 이 어린아이는 도대체 자기의 크리스마스는 언제 오느냐고 물었다. 이런 공동의 축제를 갖는 데에는 온전히 한 해가 필요했던 것이다.

1321 청춘이 하나의 오류라면, 우리는 그것을 곧장 벗어 던질 것이다.

1322 우리가 아직 젊은 동안에는 실수도 그렇게 나쁘지는 않다. 그러나 그것을 노년에까지 함께 끌고 가는 것만은 안 된다.

1323 우리가 오류들로부터 벗어나려고 하면 비싼 대가를 치러야만 한다. 그리고 벗어나면 행운이라고 말해야만 할 것이다.

1324 젊은 사람들은 자연의 새로운 발견이다.[298]

1325 젊은 시절에 노년의 장점을 곧장 깨닫는 것, 노년에 이르러서도 청춘의 장점을 유지하는 것, 이 두 가지는 행운일 따름이다.

1326 젊은 시절에 그렇게 많이 기대를 품은 사람은 실망하지 않는다. 그러나 당시 자신의 가슴으로 예감했던 것처

---

298 365번에 대한 주해 참조.

럼, 그 실현 역시 가슴 안에서 찾아야 한다. 자신의 외부
에서 찾을 일은 아니다.

1327 나이가 들면, 의식적으로 어느 일정한 단계에서 멈추어
서야 한다.

1328 우리는 다사다망과 일 쫓아다니기를 피해야 하고, 특히
나이가 들수록 새로운 일에는 덜 참여해야 한다고 사
는 동안 사람들은 자주 말한다. 그러나 말하기 쉽고, 자
신이나 다른 사람에게 충고하는 것은 쉽다. 나이를 먹
는다는 그 자체가 새로운 일을 시작한다는 것을 의미한
다. 모든 관계들이 변화되고, 따라서 행동을 완전히 중
지하거나 아니면 의지와 의식을 가지고 새로운 역할을
떠맡든가 하는 수밖에 없는 것이다.

1329 "나이가 들면 젊었을 때보다 더 많이 실행해야만 한
다."[299]

1330 나이가 들수록 시련 또한 불어난다.

1331 인간은 결국에는 제자신의 인생의 요약 서술자가 된다
는 사실! 그리고 거기에까지 이르는 것도 족히 행운이
라는 것.

---

299 알바니아의 군사령관 카로에로자메((Caloerotzame)의 명언. 괴테 자신이 이 명언의
출처를 "카로에로자메, 알바니아 인"이라고 육필원고에 부기해 놓았다.

1332 좀 더 너그러워 지려고 나이를 먹는 것만은 괜찮다. 다른 사람이 저지르는 잘못치고 내가 저지르지 않았던 잘못은 없으니까 말이다.

1333 어린아이를 보살피듯이 노인들을 보살펴야 한다.

1334 노인은 가장 소중한 인권중의 하나를 잃는다. 노인은 더 이상 같은 동년배들에 의해서 평가받지 않게 된 것이다.

1335 부모와 자식에게 먼저 아니면 뒤에 죽는 일 외에 아무 것도 남겨진 일이 없게 된다. 그리고 무엇을 먼저 취해야만 할지 끝내 알지 못한다.

1336 가장 멋진 윤회(輪廻)는 우리가 타인 안에 다시 등장하는 것을 볼 때이다.

1337 우리가 스스로에게 만족을 주는 일은 지극히 드물다. 따라서 다른 사람을 만족시키는 것이 그만큼 더 위로가 된다.

1338 다른 모든 사람들을 앞서려고 하는 사람은 대체로 자기 자신을 속인다. 그는 자신이 할 수 있는 모든 일만을 하면서 그것이 대단한 것이며 모든 사람들이 할 수 있는 것 이상이라고 마음대로 생각하는 것이다.

1339 좋은 충고를 구할 수 있을 때는 마치 그것을 스스로가 생각할 수 있기라도 하다는 듯 하는 것 같다.

1340 자신이 경험하고 있는 일을 이해까지 한 것처럼 망상하는 많은 사람들이 있다.

1341 자신이 경험의 인식자가 아니면서 무엇을 경험하고 있다고 누가 말할 수 있는가?

1342 우리는 매일과 같이 경험을 설명하고 정신을 정화할 이유를 가지고 있다.

1343 선량한 사람은 언제나 초보자이다.

1344 제 자신에 대해서나 타인에 대해서 진실하고, 변함없이 그럴 수 있는 사람은 가장 위대한 재능의 가장 훌륭한 특성을 지닌 사람이다.

1345 자신을 알리는 것은 천성이다. 타인으로부터 알려 진 것을 있는 그대로 받아 드리는 것은 교양이다.

1346 배은망덕은 언제나 일종의 결점이다. 나는 유능한 사람들이 배은망덕한 예를 본 적이 없다.

1347 우리에게 감사해야 할 누군가를 우리가 만나게 되면,

그 사실이 즉시 우리의 머리에 떠 오른다. 그런데 우리가 감사해야 할 누군가를, 그 사실을 생각하지도 않은 채, 어떻게 자주 만날 수가 있단 말인가.

1348 세기는 전진했다. 그러나 각 개인은 처음부터 시작한다.

1349 각 인간은 완결되고 규칙에 따르는, 형태를 갖추고 있는 완벽한 세계를 그저 하나의 요소로만 보고 있다. 이 사실로부터 인간은 하나의 특수한, 자신에게 어울리는 세계를 창조해 내려고 노력을 기울여 온 것이다. 유능한 사람들은 깊은 생각 없이 세계를 파악하고 형편이 되어가는대로 행동을 취하려고 하면, 다른 사람들은 그 세계 주변에서 머뭇거리고, 몇몇 사람은 심지어 그 세계의 현존을 의심하기까지 한다.

이러한 근본진리를 올바르게 꿰뚫어 느끼는 사람은 누구하고도 다투지 않을 것이고, 오히려 다른 사람의 사고방식을 제 자신의 것과 마찬가지로 하나의 현상이라고 생각하게 될 것이다. 왜냐면 다른 사람에게는 생각하는 것이 불가능한 일을 어느 누구는 편안하게 생각해 낸다는 것을, 그것도 화복(禍福)에 어떤 영향을 미치는 사항에서가 아니라 우리들에게는 전적으로 아무래도 좋은 사항에 걸쳐 그러하다는 것을 우리는 매일과 같이 경험하고 있기 때문이다.[300]

---

300 괴테의 본성과 성향에 들어 있는 화해와 유화적인 태도에 대한 심오한 근거로 볼 수 있다.

1350 "나는 내가 심은 나무의 뿌리에 걸려 넘어질 뻔 했었다."
이렇게 말한 사람은 나이든 산지기였음이 틀림없다.

1351 파종은 수확만큼 수고롭지는 않다.

1352 목표에 가까워질수록 어려움은 더 해간다.

1353 최대의 어려움은 우리가 찾지 않은 데에 도사리고 있다.

1354 우리가 모든 법률을 공부해야 한다면, 우리가 법을 위
반할 시간이 전혀 없을는지도 모른다.[301]

1355 세계는 균열이 생긴 종(鐘)이다. 소리는 내지만 울림을
내지는 못한다.

1356 한 형제가 단지를 깨고 다른 형제가 항아리를 깼다. 이
어찌 구제불능의 경영이 아니겠는가![302]

1357 사람은 흔히 인간을 실제보다 더 위험한 존재로 생각한다.

1358 사막에 사는 힌두교도가 생선을 절대 먹지 않겠다고 굳
게 맹세한다.

---

301 괴테 자신의 설명에 의하면, 이 문구의 출처는 이탈리아의 법률가 피란기에리(Fil-
angieri)의 누이동생이라 한다.(『예술과 고대문화』제4권, 제2책, 1823)
302 973번에 대한 주해 참조. 슈바인니헨(Schweinichen)의 자서전에서 인용하고 있다.

1359 사전에 주의하는 것은 간단하지만, 사후에 생각하는 방책은 몇 곱이나 힘들다.

1360 방앗간 주인은 물레방아가 돌아가기 위해서 밀이 재배되는 것이라고 생각한다.

1361 시냇물은 자기를 이용하는 방앗간 주인과 친구가 되어 기꺼이 물레방아 위에 떨어진다. 무심하게 골짜기를 흘러간다면 시냇물에 무슨 좋은 일이 있겠는가?

1362 공정하겠다는 것을 나는 약속할 수 있다. 그러나 중립적이겠다고 약속할 수는 없다.

1363 우매하지만 정직한 사람이 때때로 노회(老獪)하기 이룰 데 없는 모사꾼의 악행을 속속들이 간파한다.

1364 영리한 사람들은 항상 최상의 백과사전이다.

1365 일화와 잠언집은 처세에 능한 사람들에게는 최고의 보물이다. 그가 일화를 적당한 자리에서 대화에 끼워 넣고, 잠언을 적절한 경우에 기억해 낼 때에 그렇다는 말이다.

1366 어느 시점에 당해서야 비로소 알게 되는 세 가지 사항.

전쟁이 벌어졌을 때의 영웅,
분노가 끓어오를 때의 현자,
곤란을 당할 경우에 있어서의 친구.

1367   어리석은 자의 세 종류.

교만에 빠진 사내들,
연애에 빠진 아가씨들,
질투에 빠진 여자들.

1368   미친 자란

어리석은 자를 가르치며,
현자에게 거역하고,
공허한 연설에 감동하는 자,
매춘부를 믿고,
믿지 못할 자에게 비밀을 털어놓는 자.

1369   느긋한 마음을 가져야 할 사람은?

큰일을 앞에 두고 있는 사람,
등산하는 사람,
생선요리를 먹는 사람.

1370 분명한 개념을 가진 사람이 명령을 내릴 수 있다.

1371 인간의 내면에는 봉사하려는 마음이 들어 있다. 그렇기 때문에 프랑스인의 기사도는 일종의 순종(順從)이다.

1372 많은 사람들은 망치로 이리저리 벽을 때리고는 매번 못대가리를 정확하게 때렸다고 믿는다.

1373 사람들은 나처럼 불쌍한 인간에 지나지 않았던 에피쿠로스가 고통이 없는 것에 최고의 가치를 둔다고 했을 때, 완전히 그를 오해했었다.[303]

1374 피를 빨아 마시면 얼마나 맛있는지를 사슴에게 이해시키려는 호랑이.

1375 그들에게 틀림없이 진지함이 있는 것이지만, 그 진지함을 무엇에 써야만 할지를 그들은 모르고 있다.

1376 첫 단추 구멍을 놓친 사람은 단추 채우기를 해내지 못한다.

1377 바닥에 떨어진 깃털 펜은 즉시 집어 올려야 한다. 그렇지 않으면 밟혀 못쓰게 되고 만다.

1378 백 마리의 잿빛 말들이라도 단 한 마리의 백마를 만들

---

303 괴테는 에피쿠로스주의를 감각적 쾌락의 철학이라고 표면적으로 해석하는 것에 대해서 거부감을 보인다.

지 못한다.[304]

1379 어디나 하늘이 푸르다는 것을 알기 위해서 세계를 일주
할 필요는 없다.

1380 누구를 칭찬하면 칭찬하는 사람은 그 사람과 동등한 위
치에 서게 된다.

1381 "혼자서 돌을 들어 올리고 싶어 하지 않는 자는 두 사람
이 되어서도 그 돌을 그냥 두어야 마땅하다."[305]

1382 "우리가 남자의 덕망에서 파악하고 있는 것의 최고에
이르기까지 칭송해야만 할 한 인물 — 바로 에미리우스
파울루스"[306]

1383 그들은 응유(凝乳)에서 크림 같은 것이 생기지 않을까
싶어 응유에 채찍을 가하고 있다.

1384 뇌우(雷雨)가 닥치기 전 이제 곧 한동안 가라앉게 될 운
명에 있는 먼지가 마지막으로 강하게 일어난다.

---

304 전래된 민중속담. 괴테가 뉴톤 비판에 인용하려고 메모해 둔 것으로 보인다.

305 84번에 대한 주해 참조.

306 파텔쿨루스(Vallejus Paterculus)의 『로마사 Historiae Romanae』에서 인용하고 있다.
에미리우스 파울루스(Aemilius Paulus). 퓌드나 전투에서 마케도니아의 페르세우스
왕에 승리를 거둔 로마의 장군.

1385 물이 있는 곳이라고 어디든 개구리가 있는 것은 아니지만, 개구리 울음소리가 들리는 곳에는 물이 있다.

1386 눈[雪]은 일종의 가짜 청결성이다.[307]

1387 태양이 비치고자 하면 더러운 것도 반짝인다.

1388 무지개가 15분만 떠 있어도 아무도 더 이상 바라다보지 않는다.

1389 어디로 향할지 알지 못할 때, 사람들은 더 이상 나아가지 않는다.[308]

1390 아무리 가느다란 머리카락이라도 그림자를 던진다.[309]

---

307 우리는 너무도 친숙해서 눈에 나타나 있지만, 탐구해 낼 수 없는 신비를 쉽사리 간과하고 있음을 암시하고 있다. 무지개에 대해서도 같은 뜻의 의미를 부여하고 있다. 『파우스트』 제2부의 서두에서 "무지개는 인간의 노력을 비쳐주는 거울이다./이것을 잘 음미해보라, 그러면 좀 더 정확히 이해하리라./삶은 오로지 채색된 반영에서만 파악될 수 있다는 사실을."(함부르크판 괴테전집, 제3권 149쪽, 4725행-4727행)이라고 파우스트가 말한다.

308 크롬웰(Cromwell)이 한 말. 『대주교 레츠의 비망록 Memoires du Cardinal de Retz』에 실려 있다.

309 육필원고에는 이탈리아어도 병기되어 있다. 독일어로는 1573년에 발행된 피쉬아르트(Johann Fischart)의 『즐거운 비방, 여인들의 수다 Flöh Haz, Weiber Traz』에 실려 있었다. 괴테가 나름으로 자기의 의도에 따라 소화해 낸 잠언이다. 괴테에게는 아무리 하찮은 존재라 할지라도 아무런 의미를 가지고 있지 않은 존재는 없다.

시성 괴테의 잠언

그의 사유와 지혜의 들판에 솟아 있는 봉우리들

장영태 (홍익대학교 명예교수, 독문학)

괴테의『잠언과 성찰』은『파우스트』와『빌헬름 마이스터』에 필적할만한 그의 필생의 작품이며,『서동시집』,『빌헬름 마이스터의 편력시대』와『파우스트 2부』처럼 원숙한 노년의 작품이다. 오스트리아의 인상주의 시인 호프만슈탈(Hugo von Hofmannsthal)은「친구들의 책」이라는 글에서 "독일 전체 대학의 교육의 힘보다 더 많은 힘이 괴테의『잠언과 성찰』로부터 나온다."고 말했다.

1. 가변적 텍스트로서의『잠언과 성찰』

그러나 20세기에 이르기까지『잠언과 성찰』은 학자들이나 독자들에 의해서 괴테의 중요한 작품으로서 인정받지 못했다. 독일문학의 가장 위대한 작가의 가장 적게 연구된 작품의 하나로 기록되기도 했다.『잠언과 성찰』의 생성의 역사가 그렇게 된 이유의 상당 부분을 설명해 준다. 괴테는 사실『잠언과 성찰』또는 이와 유사한 표제의 작품을 쓴 적이 없거니와 그러한 종류의 작품을 구상하거나 계획한 적이 없는 것이다. 오늘날 우리가 보는 『잠언과 성찰』- 판본에 따라 『산문으로 된 잠언집 Sprüche in Prosa』으로 표제 되기도 함-은 괴테의 여러 작품과 이론적 저술의 내용 안에 필요에 따라 삽입된 일련의 잠언들과 괴테가 생전에 정리하지 못한 유고들, 계산서의 뒷면, 편지 봉투, 명함, 극장입장권, 이면지등에 서둘러 기록해 둔 메모등에서 잠언이라고 판단되는 글들을 모아 편집자가 정리한 결과물들이다. 통일된 선정기준이나 정리의 기준도 없었기 때문에 편집자들에 따라 그 분량, 분류방식, 게재순서가 모두 다른 판본이 생겨난 것이다. 그 생성사를 요약해 보면 아래와 같다.

괴테가 작품의 한 요소로 삽입한 잠언들은 소설 『친화력』의 「오틸리에의 일기에서」, 『색채론의 역사에 대한 자료』의 「궐문 (闕文) Lücke」편, 괴테가 발간했던 잡지 「예술과 고대문화」에 게재된 간명한 개별적 언급들, 『형태론에 대한 노트』와 『자연과학 일반에 대한 노트』에 등장하는 잠언들, 그리고 무엇보다도 『빌헬름 마이스터의 편력시대』의 「방랑자의 마음의 성찰」과 「마카리에문고에서」이다. 우선 여기에 삽입되어 있는 약 800개의 잠언 자료들이 편집자에 따라서 선별 채택되었다.

『괴테와의 대화』로 잘 알려진 에커만(Eckermann)이 동료 리머(Riemer)와 함께 60권으로 된 『괴테전집, 저자확인 완결판, Goethes Werke. Vollständige Ausgabe letzter Hand』의 제49권째에 「개별언급, 잠언과 성찰」이라는 표제아래 600개의 잠언을 편집 수록한 것(1833년)이 독립된 작품으로서의 괴테 잠언집의 효시가 되었다. 나아가 에커만은 1840년 『괴테 작품선집, Goethe, Sämmtliche Werke in 40 Bdn.』의 제3권에 앞의 전집에서는 여러 권에 분산 수록되었던 예술에 대한 잠언, 자연과학에 대한 잠언, 유고에서 발견된 잠언등을 한데 모아「산문으로 된 잠언」이라는 표제아래 집대성했다. 이 판본의 가장 중요한 의미는 앞의 1833년판「개별언급, 잠언과 성찰」의 잠언들을 3개의 주제로 구분하여 편집 수록하고 있다는 점이다. 괴테 생존시 발행된 일련의 잠언그룹이 해체되어 특정한 주제아래 재편성된 것이다. 이 판본 이래 여러 편집자들이 잠언들을 자신들이 설정한 주제로 분류하여 편찬하는 것을 당연한 일처럼 여기게 되었다.

텍스트로서 괴테의 잠언집의 편집에 결정적인 변화는 헥커(Max Hecker)가 편집하여 1907년 독일 괴테협회(Goethe Gesellschaft)가 출판한『잠언과 성찰』로 인해서 일어났다. 이 잠언집은 괴테의 육필원고를 기본 자료로 했으며, 괴테 자신이 소설과 과학적 저술에 포함해서 인쇄에 회부했던 잠언록들은 발표된 연대순으로, 철저한 검증을 통해서 유고에서 발굴한 잠언들은 에커만이 제시한 주제에 맞추어 정리했다. 1413개의 잠언에 일련번호를 부여하고 상세한 주석을 달았으며 정서법과 구두법을 현대화했다. 이 판본은 후대에 이어진 괴테 잠언집 편집에 표준이 되었다.

뮐러(Günther Müller)가 편집하여 발행한『잠언과 성찰』(Stuttgart 1944)은 헤커의 판본에 실린 잠언에『색채론의 역사에 대한 자료』중「궐문闕文Lücke」편을 추가하고 주제를 7개로 세분하여 1438개의 잠언들을 재배치하고 있다.

『함부르크판 괴테전집』의 제12권에 수록되어 발간된(1953)『잠언과 성찰』은 뮐러의 편집방향을 따르면서 "괴테의 잠언 전체를 실제적인 분야에 따라서 조망할 수 있도록 그룹을 나누어 제시"하여 "생생한 소통을 위한 책"으로의 편집을 표방하고 있다. 이에 따라 모두 1390편의 잠언들을 8개의 주제아래 분류하고, 문헌학적 정보보다는 해석적인 주석을 달아 독본(讀本) 성격의 판본으로 발행되었다.

『뮌헨판 괴테전집』(Goethe, Sämtliche Werke nach Epochen seines Schaffens) 의 제 17권(München 1991)에 수록된『잠언과 성찰』은 헤커의 판본을 따르면서『색채론의 역사에 대한 자료』 중「궐문」편과『빌헤름 마이스터의 수업시대』제7권에 등장하는「수업증서 Lehrbrief」및 잡지『예술과 고대문화』에 실려 있는 '개별적 언급'을 잠언집에 편입시키고 있다. 따라서 헤커가 부여한 일련번호도 변동되었다.

가장 최근에 발행된 판본은 소위『프랑크푸르트판 괴테전집』(Johann Wolfgang Goethe. Sämtliche Werke, Briefe, Tagebücher und Gespräche in 40 Bdn.)의 제1부(작품들)의 제 13권으로 출판된『산문으로 된 잠언, 전체 잠언과 성찰』(Frankfurt am Main 1993)이다. 이 판본은 괴테의 잠언집 편집에 근본적으로 새로운 방향을 제시하고 있는데, 편집자 프릿케(Harald Fricke)는 전체의 잠언 텍스트를 자신이 세운 형식기준에 근거하여 텍스트 종(種)에 따라 정리하고 있다. 예컨대「번역을 통한 잠언」,「등장인물의 역할에 따른 진술을 통한 산문」, 인용을 의미하는「자기화한 잠언」,「수필에 나타난 잠언」등의 분류가 그것이다. 자세한 주석을 통해서 문헌학적 측면이 강조되어 있다. 이 판본의 두 가지 문제점은 괴테의 잠언이 형식에 구애되지 않고 모든 형식적 가능성을 동시에 활용했다는 사실을 간과하고 있다는 점과 괴테의 잠언 중 다른 사람의 사상과 언술의 수용을 괴테 자신의 언술로부터 지나치게 엄격하게 구분하고 있다는 점이다. 주제별로의 구분은 편집에 고려되지 않았고, 다만 부록으로 31개의 주제아래 분류한 목록을 달고 있다.

위에서 간단히 살펴 본 몇몇 대표적인 괴테 잠언집의 발행의 역사를 통해 볼 때, 비록 괴테에 의해서 최종 확인된 원형이 존재하지 않는다는 문헌학적인 문제가 있다 할지라도 괴테의 육필원고를 기본으로 편집된 잠언집을 괴테의 작품으로 보는데에는 이의가 없다는 점을 알 수 있다. 그러나 편집자에 따라서 앞으로도 얼마든지 분량이나 배열은 달라 질 수 있는 만큼, 미완성의 열려져 있는 작품이라고 해도 지나친 말이 아니다. 개별 잠언들의 다의성을 가려버리고 말 위험성은 있지만, 독자들이 내용의 연관성을 처음으로 생각해 내야 할 수고를 고려하여 편집자들은 전적으로나 부분적으로 어느 정도 구분이 가능한 범위 내에서 주제별 분류를 시도했다는 사실도 보았다. 이 역시 고정되어 있지 않으며 분류의 범주들도 잠언들에 대한 해석에 따라서 얼마든지 변화할 것이다. 다만 에피그람이나 괴테가 말년의 시집에 운문으로 포함시킨 각운(脚韻)의 잠언과 형식상 구분하기 위해 택한『산문으로 된 잠언』이라는 표제보다는『잠언과 성찰』이라는 내용 중심의 표제를 선호하고 있고 앞으로도 그럴 것이라고 본다. (소위『프랑크푸르트판 괴테전집』도『산문으로 된 잠언』을 부활시키고 있으나 "전체 잠언과 성찰"을 부제로 택하고 있다.)

본 번역본은 지금까지의 여러 판본 중 독본으로 의도된『함부르크판 괴테전집』의 제 12권에 실린 슈림프 편집의『Maximen und Reflexionen』을 대본으로 택했다.

2. 괴테의 잠언적 표현으로의 경향

괴테의 잠언들은 대부분 1800년 이후에 기록되었다. 가장 이르게 쓴 것이라 하더라도 1780년 이전으로 거슬러 올라가지는 않는다. 처음 일단의 잠언그룹이 작품에 나타난 것은 『빌헤름 마이스터의 수업시대』의 「수업증서」인데, 이 작품이 완성된 것은 1796년이었다. 본격적으로 괴테가 잠언형식의 글을 남기기 시작한 것은 그러니까 장년을 넘어 노년에 들어서이며, 따라서 『잠언과 성찰』은 괴테의 노년의 작품이라 할 것이다. 앞서 괴테 잠언집의 편집자중 한사람인 헤커는 괴테가 명상으로의 경향, 개별적인 현상에의 몰입, 즉 잠언과 성찰록 같은 짧은 문구를 즐겨 쓰게 된 것은 노년에 접어든 괴테의 "가라앉고 있는 형상화의 능력" 때문이라고 말한 적이 있다. 그러나 괴테는 자신의 사유와 경험의 결과를 격언조의 간결하면서도 깊은 의미를 내포하는 형식을 통해서 표현하고자하는 명백한 의도를 가지고 있었다. 괴테는 1828년 한 편지에서 "나의 생애 중에 거둔 결과들을 점점 더 좁은 터로 끌어드리지 않으면 안 된다고 하면, 나는 차라리 많은 것의 관찰과 가치인정을 포기하고 싶다."고 피력하고 있다. 의미가 좁혀지는 구체적인 형상화에 대한 거부감의 표현이다. 벌써 이른 시절부터 괴테는 성숙하고 경험이 많은 사람이 비로소 적절하게 언급된 삶의 지혜와 인식을 귀하게 여길 줄 아는 법이라고 말한 적이 있다. "우리가 삶의 오랜 여정을 거치기 전에는 우리를 속된 것으로부터 끌어 올리는 진정한 잠언들이 그렇게 큰 가치를 가지는지를 알지 못한다."(1801년. 3. 29. 로흐리쯔에

게 보낸 편지)

　　잠언(Aphorismus)은 그리스 어원(apic-horizein)으로 볼 때, "날카롭게 경계 지워 진, 짧고 정곡을 찌르는 진술"을 의미한다. 하나님을 경외하는 사람들이 어떻게 지혜롭게 생각하고 행동할 것인가를 기록한 구약성서의 20번째 책인 솔로몬의 「잠언」(이 때의 "잠언"은 히브리어 "마샬", 즉 경계의 말씀을 뜻함)이 종교적 의미에서의 교훈과 지혜를 담고 있다면, 보편적인 의미에서는 소크라테스 이전의 철학자들의 토막글인 단편(斷片Fragment)이 이 쟝르의 시초이다. 괴테는 이러한 잠언의 전통을 잘 의식하고 있었던 것이며, 히포크라테스이래 18세기에 이르기 까지 이어온 학술적인 잠언들과 프랑스의 도덕주의를 이끌었던 라 로슈푸코(La Rochefoucould)의 첨예한 윤리적인 잠언에도 반향하고 있다. 체계화하는 대신에 의미를 농축하고 있는 진술로써 진리를 표명하는 이 표현방식을 괴테는 즐겨 사용한 것이다.

　　『잠언과 성찰』안에서 우리는 괴테가 개념적인 구성의 추상성에 대한 회의적 태도와 사고의 경직된 체계화에 대한 불신을 보이고 있는 잠언들을 읽을 수 있다. 괴테는 구체적인 경험이 개념적 정리의 수준으로 떨어져는 안 된다고 생각한다. "이론들이란 현상으로부터 떨어져 나오기를 좋아하고 그 자리에 이미지들, 개념들 그리고 자주 말을 끼워 넣는 조급한 오성의 경솔한 작업인 경우가 보통이다."(548) 체계화시키는 해설과 가설들은 시야를 좁히고, "의문시되는 현상들에 대한 모든 측면에서의 관찰을 방해하기 때문에"(556) 올바른 인식에 대해 장애가 되기 쉽다. 잠언은 다른 관점에서의 관찰과 사유의 여

지를 허락하고 개념의 고착화와 한 방향만으로의 조망을 막아
줌으로써 사유의 개방성과 유동성을 확보해 준다.

추상적인 그리고 체계적인 사유에 대한 회의적 태도에서 괴
테의 잠언에는 은유, 직유 그리고 유추와 같은 서술방식이 자
주 등장한다. 이러한 서술방식은 사고의 개념적인 고착화를 허
락하지 않으며 사유의 복합적이고 유기적인 질서를 의미하는
데 기여한다. 괴테는 이러한 표현을 가리켜 "유용하고도 유쾌
하다"고 하고, "언제나 활기를 띄게 하는 훌륭한 사교모임과 같
다"(25)고 말하고 있다.

잠언이 사유의 개방성을 목표로 삼는다는 것은 인식을 위한
노력이 삶의 체험과 분리되어서는 안 된다는 것을 의미하기도
한다. "대상의 드러남"과 "세계 안에서의 현존재인 인간"사이
의 부단한 교류가 잠언을 통해서 가능해져야 한다. 독자는 어
떤 관점의 강제도 없는 잠언을 통해서 종결되지 않는 사유의
세계를 체험한다.

3. 괴테의 온고이지신(溫故而知新)

괴테의 『잠언과 성찰』에는 앞선 선지자들 또는 무명의
인사들의 진술로 부터의 인용이나 전래되고 있는 사상에서 취
한 잠언이 많이 포함되어 있다. 성경, 코란과 같은 경전, 민속
적인 속담, 히포크라테스, 플로틴, 세네카, 풀르타크등 고대의
저술가들의 일화와 격언집 그리고 과학적 저술등이 인용의 출
처이고, 하만과 쉴러, 스턴과 바이런과 같은 동시대인의 사상

과 언급들도 인용의 대상이다. 『잠언과 성찰』의 독창성에 대해서 의문을 제기하는 사람들이 있을 법도 하다. 그러나 괴테는 모두를 놀라게 하는 독창성이나 새로움보다는 옛 진리의 반추, 그것에 새로운 의미를 부여하고 새 생명을 불어넣기, 그리하여 계속적인 전승에 더 많은 관심을 두었다. 인용은 괴테의 이 기본 사상의 한 단면인 것이다.

참된 것은 오래된 것이다. 물론 그 역이 성립되는 것은 아니다. 괴테는 전통의 날조와 은폐의 가능성을 충분히 의식하고 있었다. 그렇기 때문에 오래된 진리를 새롭게 진술하고 또 새롭게 수용하려고 했다. "우리는 옛 초석을 존중하지만, 어디에선가는 다시 한 번 처음부터 초석을 놓을 수 있는 권리를 포기해서는 안 된다"(375)라고 말하고 있는가하면 "권위, 그것이 없으면 인간은 존재할 수 없다. 그러나 권위는 진리와 맞먹을 만큼의 오류를 수반한다. … 그렇기 때문에 권위는 인류가 진척을 보지 못하게 되는 주요 원인이기도 하다."(382)고 말하고 있는 것이다.

그러나 괴테는 옛 진리를 존중하고 그것을 반추해야 할 필요성을 강조한다. 『빌헤름 마이스터의 편력시대』의 「방랑자의 마음의 성찰」 첫 번째 잠언은 이렇게 진술하고 있다. "모든 분별은 이미 생각된 것이다. 우리는 그것을 다시 한 번 생각해 보아야 할 뿐이다."(373) 전래된 것의 수용은 언제나 창조적인 발전과 새로운 인식으로 이어받기 위한 것이지 결코 앞서 생각된 것의 수동적 순응을 의미하는 것이 아니다. 이러한 온고이지신(溫故而知新)의 인문정신은 괴테의 창조적 힘의 원천이기도 하다. 따라서 괴테는 독창성을 새롭게 정의한다. 독창성이 전통을 무시하고 모든 것을 제자신이 스스로 만들어 내는 것을 의미할 수는 없다. 독창성은 오히려 전래된 것의 생산적인 수용과 그것의 발전적인 변형의 능력을 의미하는 것이어야 한다. "그렇기 때문에 전수된 사상을 알차게 발전시켜서 그 안에 얼마만큼 전수된 사상이 숨겨있는지를 아무도 모를 정도가 되면 그것이 독창성의 징표라 하겠다."(809) 이 점에 있어서 괴테는 공자의 "옛것을 익혀 새것을 알면 스승이 될 수 있다."(溫故而知新, 可以爲師矣)(논어論語, 위정爲政11)와 똑같이 사고하고 있다. 공자는 "알지 못하고 창작할 수 있느냐. 나는 그러지 못한다. 많이 들어서 그 가운데 옳음을 선택하여 따르며, 많이 보아 기억함이 아는 것의 버금이니라." (논어論語, 술이述而 27)라고도 말하고 있다.

괴테는 어떤 대가를 치르더라도 독창적이며 사상적으로 독창적이고자 하는 명예욕을 통찰력이 부족한 허영으로 본다. "젊고 유능한 인재들이 다른 사람에 의해서 이미 인정된 진리를 인정하면 자신들이 독창성을 잃어버린다고 생각한다면, 그것은 오류가운데서도 가장 어리석은 오류이다."(371) 1829년 쵤터에게 보낸 한 편지에 "바보들은 모든 것을 처음부터 시작하려고 하고, 독립적으로, 자율적으로, 독창적으로, 스스로의 힘으로 … 성취 불가능한 것을 끝없이 추구하려한다." 고 쓴 것도 같은 맥락에서이다. 현대인의 주관주의와 오만한 독창성 추구를 비판하고 있는 것이다. "참된 것은 이미 오래전에 발견되었다. 고귀한 정령과 결합하여 옛 진리를 붙잡아라!"라고 괴테는 말하려는듯하다.

괴테의 많은 인용과 옛 진리의 수용의 자세는 우리가 괴테의 잠언과 성찰을 읽는 자세의 한 범례이다.

4. 괴테의 『잠언과 성찰』의 주제들

  괴테의 잠언들은 모든 영역을 포괄하고 있기 때문에 주제를 따라서 분류하고 정리하는 일이 편집자들의 가장 힘든 문제로 보인다. 에커만에 의하면 괴테가 자신의 잠언들을 크게 "자연", "예술", "윤리적 문제"로 나누어 정리할 수 있으리라고 했다는 것이다. 그러나 괴테의 이러한 발언의 진의는 모든 잠언에 관한 것이 아니라 『빌헤름 마이스터의 편력시대』에 삽입되어 있는 잠언들을 별도로 취급할 경우 언급된 맥락에서 너무 동떨어지지 않기를 바라는 뜻에서 한 발언이었음이 나중에 밝혀지기도 했다. 에커만이 유고에서의 잠언을 이 세 개의 주제로 분류해서 잠언집을 발행한 이후 편집자들은 이보다는 더 세분된 주제를 제시하고 잠언들을 분류 편찬했다. 본 번역이 대본으로 한 『함부르크판 괴테 전집』은 "신과 자연", "사회와 역사", "예술과 예술가", "경험과 인생" 등 여덟 개의 주제를 따라서 잠언들을 정리하고 있다. 한편 가장 최근에 발행된 『프랑크푸르트판 괴테전집』은 텍스트 종을 기준으로 한 분류로서 전혀 다른 편집방식에 의해 잠언들을 배열하면서 그 부록으로 31개의 주제아래 재분류한 목록을 붙이고 있다. "개인과 시대", "노년과 청춘", "모순과 역설", "색채학과 뉴톤 논쟁", "수학", "오류와 진리", "원인과 결과" 등이 이 목록에 제시된 주제이다. 괴테가 이러한 이분법적으로 사고하고 더욱이 그런 주제들을 염두에 두었던 것이라고 생각되지는 않는다. 더욱이나 괴테가 잠언이라는 형식을 선택하고 있는 본의는 자신의 사유와 관찰이 어떤 개념의 틀 안으로 고정되지 않기를 원한 것이었다면, 세분은 물론 주제별 분류 자체가 괴테의 잠언적 사고에 거슬리는 행위라 할 것이다. 그러나 괴테 잠언의 편집자들은 독자를 염두에 두면서 고심한 것으로 이해된다. 잠언의 분량으로 보나 그 연관성의 다양함과 의미의 함축성을 생각할 때 앞서 언급한대로 독자가 이 잠언들을 대하고 아무런 참고없이 주제를 발견하고 의미를 인식하도록 맡겨두는 것도 사실은 바람직하지 않기 때문이다.

이런 의미에서 괴테의 잠언들의 특징이 "모든 영역을 포괄하고 있는 내용", "잠언들에게 혼을 불어 넣고 있는 그 정신"(Gustav von Loeper)이라는 주장을 생각하면서 괴테 잠언집을 꿰뚫고 있는 괴테의 사유의 특성을 살펴보고자 한다. 괴테의 잠언이 미치고 있는 영역은 자연(과학), 문학과 미술 및 예술일반에 관련한 미학, 종교, 역사, 윤리와 삶의 지혜등으로 요약해 볼 수 있다. 이중 자연, 예술, 역사와 삶의 지혜는 괴테 잠언의 기본 주제로 생각된다.

괴테의 자연관은 현대적인, 정밀하다고 할 수 있는 자연과학과는 반대의 입장에 서 있다. 수학적인 공식을 통한 정밀한 자연과학은 감각적인 직관으로 파악 가능한 현상들의 복합성을 파괴하기 때문이다. "어떤 현상을 계산이나 말을 통해서 처리하거나 정리해 버릴 수 있다고 한다면 그것은 잘못된 생각"(657)이라는 것이다. 괴테는 구체적인 관찰과 증명의 경험을 인식의 기반으로 삼고자 한다. 그렇기 때문에 광학에 관련하여 뉴톤의 시도들을 탐구된 현상들의 인위적인 가공과 왜곡으로 보고 거부한다.(683) 괴테는 인간의 감각을 가장 신뢰할 수 있는 인식의 토대로 보고 있다. "인간은 자신의 건강한 감각을 사용하는 한 인간 자체가 존재할 수 있는 기관중 가장 위대하고 가장 정밀한 물리학적 기관이다."(664) 이러한 사상은 현상의 파악을 인지하는 주체와 분리해서 생각할 수 없다는 주장과 맞닿아 있다. "현상은 관찰자로부터 떨어져 나가지 않는다. 오히려 관찰자의 개성 안으로 짜 맞추어지고 얽히고설키는 것이다." 관찰자의 대상에 대한 관심의 깊이가 관찰과 인식의 전제인 것은 분명하다.

이러한 상황은 객관적 인식에 대한 장애가 아니라, 오히려 그것의 조건이기도 하다. 왜냐면 인간과 세계사이, 내면과 외면 사이에는 자연에서 유효한 법칙성을 경험적인 확인과 명백한 표출에 이르기 전에 예감을 통해서 파악 가능하게 하는 밀접한 친화관계가 들어 있기 때문이다. "나의 모든 내면적인 활동은 일종의 활발한 발견술이라는 사실이 증명된다."(237) 이러한 직관적인 인식방법은 『편력시대』에 기록된 한 잠언에 더 자세히 언급된다. "우리가 고차원적인 의미에서 발명 또는 발견이라고 부르는 모든 것은 근원적인 진리감정의 의미있는 행사이자 실현이다. 이 진리감정은 조용한 가운데 오랫동안 형성되었다가 뜻하지 않게 번개처럼 재빠르게 어떤 결실있는 인식에 이르는 것이다. 그것은 내면으로부터 나와 외부에 전개되는 계시로서 인간들로 하여금 자신과 신과의 닮음을 예감케 해 준다. 그것은 세계와 정신의 종합으로서 현존재의 영원한 조화에 대한 행복한 보증을 부여해 주는 것이다."(364) 괴테는 이러한 즉각적인 인식을 "참된 착상"(Aperçu)이라고 부르고 있다.(365 및 476)

이러한 인식노력은 주체와 세계 사이의 친화성뿐만 아니라, 사물들 안에서 작용하고 있는 통일성있는 질서에도 의지하고 있다. "모든 개별존재는 존재 전체의 유사체이다."(23) 비교해부학은 이러한 유추를 통한 인식획득의 한 예이다. "내가 흩어져 있는 뼈들을 발견한다면 나는 그것을 주워 모아 짜 맞출 수 있다. 왜냐면 여기에서 영원한 이성이 어떤 유사물을 통해서 나에게 말해 주기 때문이다."(605)

괴테는 자신에게 중심적 의미를 가지고 있는 자연의 법칙성들을 반복해서 요약하여 전하고 있다. 그 가운데 개별 존재의 원리로서 "휴식과 안식을 모르는 모나드의 자전운동"(227)을 지적하며 "언제나 활동하고 있는"것으로서 이 엔테레키아의 본질적인 특성을 보고 있다. 주변으로부터 움직임의 자극을 받아드리지 않는 생명체, 이 동인(動因)에 대해서 반응하지 않는 생명체는 생각할 수 없다. 외부세계와의 끊임없는 교류가운데 한편으로는 적응을, 다른 한편으로는 자주성을 향해 생명체는 살아 움직이는 것이다. "살아 움직이는 모든 것은 다양하기 이룰 데 없는 외부적 영향의 조건에 순응하면서도 확실하게 얻어낸 결정적인 자주성을 포기하지 않는 천성을 가지고 있다."(29) 한편 생명체와 그 주변사이의 약동하는 교환관계을 괴테는 수축과 확장이라는 개념의 쌍으로 설명한다. 그리고 이 개념의 쌍을 자연현상외에도 많은 다른 영역에서도 보편적인 법칙으로 적용하고 있는 것이다.

괴테는 분명하게 합리적이며 탈마법적인 현대 과학에 대립된 사유의 전제들과 신념에 기초한 자연관과 자연에 대한 인식을 보여주고 있다. 그것은 자연에 대한 괴테의 경건심을 증언한다. "공경하며 경건하게 모든 역량을 다해 애정이 담긴 자연 안으로, 자연의 성스러운 생명 안으로 파고들어 가는 것"(644)을 물리학의 과제라고 말하고 있을 때 우리는 이러한 사실을 확인하게 된다.

괴테는 자연에 대한 탐구와 그 인식을 예술가의 창조적인 활동과 떼어놓지 않는다. 왜냐면 이 두 영역에는 동일한 법칙성의 파악이 중심을 이루고 있기 때문이다. 예술은 자연의 "가장 잘 어울리는 해석자"(720)이며, 미(美)는 "비밀스러운 자연법칙의 발견"(719)와 다른 것이 아니다.

예술은 이런 과정에서 현실에서 만나는 대상들과 연관들의 정밀한 재생산을 통해서 그 과제를 이루어 낸다. 괴테의 잠언은 반복해서 기초적 체험을 정련하고 승화시켜 보다 높은 질서연관을 인식할 수 있어야만 한다는 점을 언급하고 있다. "예술가들이여, 자연을 탐구하라!고 사람들은 말한다. 그러나 비속한 것으로부터 고상한 것을, 기형적인 것으로부터 아름다움을 펼쳐내는 일은 결코 쉬운 일이 아니다."(886)

예술작품을 통해서 보편적이고 자연스러운 법칙성이 직관 가능하기 때문에 예술작품은 자연의 발현으로 관찰되는 것을 허락한다. "훌륭한 예술이건 열등한 예술이건 그것은 탄생하자마자 자연에 속한다."(734)

잠언들은 예술과 문학의 보편적인 문제에 대해서만이 아니라 관련된 개념들에 대해서도 해명하려고 한다. 소박성과 비속함에 대해서(781, 1042), 변덕스러움과 유머에 대해서(1275, 1279), 나아가 소설과 동화의 개념에 대해서(935, 936) 언급한 것이 이 경우에 해당한다. 특히 알레고리와 상징 개념에 대한 괴테의 잠언은 특수성과 보편성의 관계가 중심을 이루는 것으로서 괴테의 문학사상의 이해에 매우 큰 중요성을 가지고 있다. "참된 상징적 표현이란 특수한 것이 한층 보편적인 것을 나타내되, 꿈과 환상으로서가 아니라 탐구해 낼 수 없는 것의 생생하고 순간적인 계시로서 나타내는 것을 말한다."(752) 이와는 달리 알레고리에서는 특수한 것이 보편적인 것에 대한 한낱 하나의 예, 그것의 본보기로서 가치를 가질 뿐이라고 (751) 말한다. 괴테와 쉴러의 문학적 표현의 다름이 상징과 알레고리의 편향으로 가려지는 것을 이 잠언들이 증언한다. 예술가의 독창성에 대해서도 몇차례 언급하고 있는 것은 앞에서 잠깐 살펴 본 것과 같다.

괴테의 잠언은 역사의 진행을 직선적인 발전의 도식에 따라 생각하지 않는다. 순환적 진행과정으로 역사를 보고 있다. 양극으로 대립된 입장들 사이의 영원한 교차, 양쪽을 오가는 순환으로 역사는 진행된다는 것이다. "옛 것, 현존하고 있는 것, 머물러 있는 것의 발전과 확장 그리고 변동에 대한 싸움은 언제나 같은 형세이다. 모든 질서로부터 결국 융통성없는 태도가 발생한다. 이 소인배 근성을 벗어나려고 사람들은 질서를 깨뜨린다. 그리고 다시 질서를 만들지 않으면 안 된다는 사실을 알기까지 시간이 흘러간다. …이러한 것들은 언제나 똑같은 갈등이며, 결국 다시금 새로운 갈등을 만들어 낸다. 통치의 가장 위대한 오성은 따라서 이러한 투쟁을 완화시켜 한 쪽의 파멸 없이 균형을 취하도록 하는 일일 것이다."(138) 인간사회의 역사적발전도 자연의 전개과정과 같은 것으로 파악하고 있는 것이다.

과거 역사에 대한 인간의 감정 이입적 이해에는 한계가 있다. 왜냐면 개별자는 자신의 태생적인 기질에 의해서만이 아니라 역사적, 사회적 환경으로 부터도 판단에 영향을 받기 때문이다. "인간은 생득적인 것만 아니라, 후천적으로 습득된 것이기도 하다."(1219) 인간은 의식적이 아니라할지라도 "제자신의 세기의 기관"(95)이 된다는 것이다. 그러나 모순되게도 "어느 시대의 내부에는 그 시대를 관찰할 수 있는 관점이 존재하지 않는다."(977) 이 잠언은 체험된 역사적 순간의 일회성에 대한 시각과 함께, 현상들을 시대를 넘어 포괄하는 움직임의 요소로 이해하고, 이 현상들을 일반적인 유형의 범주 안에서 파악하려는 노력도 존재한다는 것을 의미한다. 그렇기 때문에 역사적 판단은 거리두기를 필요로 한다. 괴테는 역사적 과정의 목표지향적인 전진을 거의 믿지 않으며, 인류 역사가 그를 어두운 비관론으로 떨어지게 만들지도 않는다. 세계의 역사 진행에 대한 환상을 깨뜨리는 주석이 없지는 않지만, 괴테는 인간의 더 나은 미래의 가능성들이 실현되리라는 생각을 간직하고 있었다.(210) 그러나 역사에서 우리는 많은 비이성적인 일과 불행을 만나게 된다. 필연성과 우연성의 공동작업이 "세계사의 계산 불가능성, 비교불가능성"(215)을 만들어 낸다. 그것에 오래 동안 시각을 맞추는 것은 부질 없는 일이다. 왜냐면 "우리가 역사로부터 얻게 되는 최선의 것은 그 역사가 불러일으키는 감동"(216)이기 때문이다.

괴테는 자신의 시대에 대해서는 강한 불신감을 감추지 않고 있다. 독일의 정신적 생활에서 나타나는 점증하는 혼란에 대한 탄식(169)이 그 한 예이다. 괴테는 "아무것도 열매를 맺도록 용납하지 않는"(180) 현대사회의 조급성을 우려한다. 이 가속적인 시대는 그 소용돌이치는 동요와 연대감의 파괴적인 상실로 젊은이들이 제자신과 안정된 인간관계를 향하는 것을 방해한다는 것이다. "이제는 증기기관을 약화시킬 수 없듯이 윤리적인 면에서도 가능하지 않게 된 일이 있다. 상업의 활기, 화폐유통, 빚을 갚기 위한 빚의 증대, 이 모든 것이 현재 젊은이가 올라 앉아 있는 엄청난 삶의 요소이다. 젊은이가 세상에 대고 적절하지 않은 요구를 하지 않을 만큼, 그리고 세상으로부터 자신이 규정되는 것을 용납하지 않을 만큼 적당하고도 침착한 감각을 지니고 있다면, 그 정도야 어떻든 그런 젊은이는 복되도다!"(181) 청년들의 미래를 우려하는 괴테의 탄식은 오늘날에도 실감나게 들린다.

괴테의 잠언은 당대의 정치적 흐름에 대해서도 회의적으로 반응하고 있다. 프랑스 대혁명의 구호들은 날카로운 비판의 대상이 된다. "평등과 자유를 동시에 약속하는 입법자 또는 혁명가는 공상가가 아니면 사기꾼이다."(121) 해방을 향한 노력에 수반되는 방향상실의 위험에 대해서도 지적한다. "우리에게 자제력을 부여하지 않은 채 우리의 정신을 해방시키는 것은 해롭다."(1119) 괴테가 폭력적인 정치 변혁을 환상적인 시도라고 생각한 것은 프랑스 7월 혁명에 대한 한 잠언이 보여 준다. "이 철저히 제한된 세계에서 무제약적인 것을 향하는 직접적인 시도를 바라보는 일보다 더 슬픈 일은 없다. 그 어느 때보다 지금 1830년 이것은 더 부당해 보인다."(252)

괴테의 잠언들은 프랑스의 라 로슈푸코 이래 자리 잡은 잠언문학의 전통적인 영역인 삶의 양식과 세상사에 대한 심리적, 도덕적 성찰을 빠뜨리지 않고 있다. 이러한 주제 영역은 괴테에게도 중요하다. 자신의 잠언들이 괴테는 자연, 예술과 더불어 문학적인 것과 윤리적인 것에 관련되어 있음을 에커만과의 한 대화에서 언급한 바 있기도 하다.

잠언에는 예컨대 증오와 질투에 대한 날카로운 관찰, 자책적인 경향에 대한 냉정한 확인도 들어 있다. "증오는 능동적인 불만이고, 질투는 수동적인 불만이다. 그렇기 때문에 질투가 그렇게 빨리 증오로 변하는 것을 놀라워해서는 안 된다."(1273) "연인의 결점을 미덕으로 생각하지 않는 사람은 사랑하고 있는 사람이 아니다."(1260)

많은 잠언들은 폭넓은 경험에서 얻어진 인간 공동체적 삶에 대한 인식과 삶의 지혜도 담고 있다. 사회적 관습의 역할에 대해서(1175-1178), 오류와 방황의 생산적인 기능에 대해서도 (1070-1071) 언급하고 있다. 격언에 가까운 언급, 세상사에 대해 각성을 불러일으키는 언급도 드물지 않다. 배은망덕에 대한 경고(262), 비난과 멸시에 대해서도 언급한다. 인간 현존재에 대한 기본적인 물음들은 간결하고도 효과적인 진술을 통해서 다루어진다. "죽어서 되라"라는 철학적 사상에 대해서 괴테는 역설적으로 유희하듯이 말한다. "우리가 가지고 있는 온갖 재주는 우리가 존재하기 위해서 우리 존재를 포기한다는 데에 있다."(126) 일련의 잠언은 "네 자신을 알라"라는 오래된 명령을 오해로부터 지키려는 의도를 진술하고 있다. "인간이 자신의 육체적인 것 또는 정신적인 것을 깊이 생각하면 의례히 병들게 된다."(1063) 제 자신의 영혼에 대한 자학적인 경청은 유익하지 않다. 오로지 삶의 실천가운데서의 검증만이 영혼의 상태를 알아내는 길이다. "어떻게 하면 자기 자신을 알 수 있을까? 심사숙고를 통해서는 결코 불가능하다. 그러나 행동을 통해서는 충분히 가능하다. 그대의 의무를 다하려고 해 보아라, 그러면 그대가 어떤 인간인지 곧바로 알게 될 것이다."(1087)

여기에 추상적인, 그리고 자기만족적인 관념에 비해 실천에 대한 높은 평가가 나타난다. 물론 모든 성찰을 배척하는 것은 아니다. 사유와 행동사이의 생생한 교차을 요구한다. "활동적인 자연으로부터 생성되지 않고, 활동적인 생활에 이익이 되도록 영향을 미치지 않으며, 그때마다의 삶의 상황에 맞추어 다양하게 변화하면서 끊임없이 생겼다가 사라져 버리는 사상으로부터는 세상이 도움을 거의 받지 못한다." (232) 개인적인 삶에서의 사유의 넘침이 자신의 발전에 이롭지 못함처럼 이념의 과잉이 사회와 공동체에 도움이 되지 못함을 이 잠언은 설파하고 있다.

괴테의『잠언과 성찰』을 가리켜 "지혜의 책"이라고 말한다. 그러나 인생의 길잡이 또는 처세술이라는 의미에서의 지혜는 아니다. 다른 잠언집으로부터 일반적으로 기대되는 재기발랄한 금언들을 괴테의 잠언집에서는 찾기 어렵다. 여기에는 그의 고전주의 작품들이 우리들에게 보여 주고 있듯이, 그리고 위에서 살펴보았듯이 개인과 사회, 자연과 역사, 옛 것과 새로운 것의 부단한 교류와 이를 통한 조화와 균형의 이상이 여러 현상들에 대한 관찰과 사유의 결과로 응축되어 있다. 괴테는 시인이자 극작가였고, 화가가 되려고 한 적이 있는가하면 광물학, 식물학, 광학과 색채학, 식물학, 해부학에도 일가견을 이루고 관련한 저술을 남겼다. 그는 바이마르 공국의 국무에 종사하면서 공국의 각가지 정무를 훌륭하게 수행했다. 당대의 풍운아 나폴레옹을 세차례나 직접 만났다. 이처럼『잠언과 성찰』에는 독일, 아니 서구의 문화 자체라고 할 시성(詩聖) 괴테의 경험과 지혜와 사상이 농축되어 있다.

많은 글을 잠언 형식으로 쓴 철학자 니체(Friedrich Wilhelm Nietzsche)는 그의 대표작『차라투스트라는 이렇게 말했다』에서 "피와 잠언으로 글을 쓰는 사람은 그저 읽히기를 바라지 않고 암송되기를 바란다. 산과 산 사이에서 가장 짧은 길은 봉우리에서 봉우리에 이르는 길이다. … 잠언은 산봉우리여야 한다. 거대하며 높이 자란 자만이 잠언을 들을 수 있다."고 갈파하고 있다. 괴테의 잠언들은 그의 넓은 사유와 지혜의 대지위에 높이 솟아 있는 봉우리들이라 할 수 있다. 그 봉우리 하나 하나에 오르는 일은 평지를 산책하는 것과는 전혀 다른 마음가짐과 노고를 필요로 한다. 그러나 오르고나면 넓게 펼쳐진 시야가 이 노고를 충분히 보상할 것이다.

괴테 연보

1749 8월 28일: 요한 볼프강 괴테(Johann Wolfgang Goethe), 마인 강변의 프랑크푸르트에서 황실고문관인 법학박사 요한 카스파르 괴테(Johann Caspar Goethe)와 텍스토르(Textor)가문 출신인 카타리나 엘리자베트(Katharina Elisabeth)의 사이에서 장남으로 태어남.

1750 12월 7일: 여동생 코르네리아(Cornelia)탄생.

1755 암 그로센 히르쉬그라벤 가(街)의 생가 개축. 부친의 감독 아래 개인교습 받기 시작함.
11월 1일: 리스본 대지진 발생.

1759 1월-1763년 2월. 프랑스군 프랑크푸르트 점령. 프랑스군 토랑(Thoranc)백작 괴테 생가에 숙영함.

1764 4월 3일: 요셉 2세, 신성로마제국 황제로 즉위. 괴테 관람 객으로 대관식 참관.

1765 10월-1768년 8월: 라이프찌히 대학에 다님. 쇤코프(Käthchen Schönkopf), 베리쉬(Behrisch), 외저(Öser)등과 친교. 시집『아네테 가요집』(Das Buch Annette), 희곡『연인의 변덕』(Die Laune des Verliebten) 발표.

1768 7월: 중병에 걸림.

8월 28일: 라이프찌히를 떠남.

9월-1770년 3월: 프랑크푸르트에서 요양, 회복함.

희곡『공범자들』(Mitschuldigen)발표.

1770 4월-1771년 8월: 스트라스부르(Straßburg) 대학에 다님.

9월-1771년 4월: 헤르더(Herder) 스트라스부르에 체류.

10월: 제젠하임 방문, 브리온(Friederike Brion)과 알게 됨.

1771 8월 6일: 법학박사 학위 받음.

8월 중순: 프랑크푸르트로 돌아 옴.

8월 말: 프랑크푸르트 배심재판소의 변호사 승인 받음.『베르리힝겐의 이야기』(Geschichte Gottfriedens von Berlichingen)극본 발표.

1772 1-2월: 메르크(Merk) 및 '다름슈타트 감상주의자들의 모임'과 친교.

5-9월: 베츨라 소재의 제국대법원에서 법관시보로 근무. 부프(Charlotte Buff)와 알게 됨.

잡지『프랑크푸르트 학자보』의 편집 동인이 됨.

1773 희곡『철권의 괴츠 폰 베르리힝겐』(Götz von Berlichingen mit der eisernen Hand),『신들, 영웅들과 비일란트』(Götter, Helden und Wieland),『사틸로스』(Satylros oder der vergötterte Waldteufel)집필.

1774 7-8월: 라바터(Lavater), 바제도프(Basedow)와 함께 란
　　 (Lahn) 지방과 라인 지방 여행. 뒤셀도르프의 야코비형제
　　 (Friedrich H. Jacobi, Johann G. Jacobi)방문.
　　 12월: 프랑크푸르트에서 작센-바이마르-아이젠나흐의
　　 왕세자 아우구스트(Karl August)와 처음 만남.
　　 8월: 희곡『클라비고』(Clavigo) 발표. (괴테의 이름으로 발
　　 표된 최초의 작품)
　　 가을: 소설『젊은 베르테르의 고뇌』(Die Leiden des jungen
　　 Werther) 발표.

1775 4월: 릴리 쉐네만(Lili Schönemann)과 약혼.
　　 5-7월: 스위스 여행.
　　 9-10월: 아우구스트 왕세자, 괴테를 바이마르로 초대.
　　 가을: 쉐네만과의 약혼 파기.
　　 10월 30일: 프랑크푸르트를 떠남.
　　 11월 7일: 바이마르에 도착.
　　 11월: 슈타인부인(Charlotte von Stein)과 만남.
　　 희곡『스텔라』(Stella,Ein Schauspiel für Liebende),『클라우
　　 디네 폰 빌라 벨라』(Claudine von Villa Bella),『우어 파우스
　　 트』(Urfaust)집필.
　　 『젊은 베르테르의 고뇌』제2판 출판.

1776 1-2월: 바이마르 장기체류를 결심함.
　　 3-4월: 라이프찌히로의 여행.
　　 4월: 일름(Ilm)강변 초원에 있는 정원별장으로 이사하여

1782년 6월까지 기거함.

6월 11일: 바이마르 공국의 국무에 종사하기 시작함. 비밀공사관 참사관(Legationsrat)으로 임명됨.

10월: 헤르더, 신교지방총감독으로 바이마르에 부임함.

11월: 일멘나우 광산 재가동 준비 책임을 맡음.

12월: 라이프찌히와 뵈를리츠 여행.

1776년 이후 수년간 바이마르 소인(素人)극장 공연에 참여함.

1777 9–10월: 아이젠나흐와 바르트부르크 체류.

11월: 말을 타고 하르쯔 여행.

1778 5월: 아우구스트공과 함께 베를린과 포츠담 여행.
『빌헬름 마이스터의 연극적 사명』(Wilhelm Meisters theatralische Sendung) 제1부 집필.

1779 1월: 국방위원회와 도로건설위원회의 위원장 맡음. 이후 공국내 여러 곳 잦은 여행.

3월 28일: 희곡 『타우리스의 이피게니에』(Iphigenie auf Tauris) 산문본 완성.

4월 6일: 괴테가 오레스트역을 맡아 『이피게니에』 초연.

9월: 추밀원 고문관으로 임명됨.

9월–1780년 1월: 아우구스트공과 함께 두 번째 스위스 여행.

1780 광물학 연구에 몰두하기 시작함.
『타우리스의 이피게니에』 산문본 초판 발행.

1781 여름이후 티푸르트(Tiefurt)에서 바이마르 궁정 사교계의
생활에 참여.
11월-1782년 1월: 바이마르 자유미술학교에서 해부학 강의.
『타우리스의 이피게니에』 산문본 제 2판 발행.

1782 3-4, 5월: 튀링겐의 여러 궁정 외교 순방.
5월 25일: 부친 별세.
6월 2일: 프라우엔플란의 집으로 이사.
6월 3일: 황제 요셉 2세로부터 귀족 칭호 증서 받음.
6월 11일: 재무국의 책임자 직책 맡음.
12월-1783년 1월: 데사우, 라이프찌히 여행.
담시 「마왕」(Erlkönig) 씀.

1783 9월-10월: 두 번째 하르쯔 여행, 괴팅겐 및 카셀 여행.

1784 2월 24일: 일멘나우에 새로운 광산 개장.
3월: 인간의 삽간골 발견.
8-9월: 아우구스트공과 함께 브라운슈바이크 여행, 크라
우스(Georg Melchior Kraus)와 함께 세 번째 하르쯔 여행.

1785 식물학연구에 몰두하기 시작.
6-8월: 칼스바트에 체류.

11월-1786년 봄: 일멘나우와 예나에 여러차례 체류.
『빌헬름 마이스터의 연극적 사명』제 6부로 잠정 탈고함.

1786 7-8월: 칼스바트에 체류.
9월 3일: 칼스바트를 떠나 이탈리아로 향함.
9월 28일-10월 14일: 베네치아 체류.
10월 29일: 로마에 도착.
『타우리스의 이피게니에』운문본(최종본) 끝냄.

1787 2-6월: 나폴리, 시칠리아여행.
4월: 팔레르모의 식물원에서 원형식물의 원리 발견.
희곡『에그먼트』(Egmont) 끝냄.

1788 4월 23일: 로마를 떠남.
6월 18일: 바이마르에 도착.
6월: 일멘나우 위원회를 제외한 일체의 공직에서 물러 남.
이후 공국의 학술 및 예술기관 총괄 책임자 역할 수행.
7월: 불피우스(Christiane Vulpius)와 동거 시작.
9월 7일: 루돌슈타트에서 쉴러(Friedrich Schiller)와 첫 상면.
「로마의 비가」(Römische Elegien), 논고「자연의 단순한 모
방, 수법, 양식」(Einfache Nachahmung der Natur, Manier,
Stil) 씀.

1789 9-10월: 아쉐르스레벤 및 하르츠 여행.
12월 25일: 아들 아우구스트 탄생.

희곡『토르크바토 타소』(Torquato Tasso) 씀.

1790 3-6월: 베네치아 여행.

4월: 두개골의 척추이론 제기.

7-10월: 프러시아 군 야영지가 있는 쉴레지엔 여행, 크라카우와 첸스토하우 여행.

색채론 연구 시작.

「베네치아 에피그람」(Venetianische Epigramme) 씀.

「식물의 변형에 관하여」(Über die Metamorphose der Pflanzen),『파우스트, 단편(斷片)』(Faust, ein Fragment)출간.

1791 1월: 바이마르 궁정극장 감독직 맡음.

희곡『대 코프타』(Der Groß Kophta),「광학에 대한 기고」(Beiträge zur Optik) 제 1편 발표.

1792 8-11월: 아우구스트공을 수행하여 프랑스종군.

9월 2일: 발미(Valmy) 대포격.

11-12월: 뒤셀도르프의 야코비(Friedrich Heinrich Jacobi) 방문. 뮌스터의 갈리친(Gallitzin)영주 부인 방문.

「광학에 대한 기고」제 2편 발표.

1793 5-7월: 마인쯔 공략 참전

정치극 단편(斷片)『흥분한 자들』(Die Aufgeregten)발표.

1794 7월말: 예나에서의 자연과학자 협회 회의 후에 원형식물

에 대해 쉴러와 대담, 쉴러와 사귀기 시작함.

7-8월: 아우구스트공과 함께 뵈를리츠, 드레스덴 여행. 『독일 피란민의 담화』(Unterhaltungen deutscher Ausgewanderten) 씀.

1795 7월: 칼스바트에 체류함.

1796 『빌헬름 마이스터의 수업기』(Wilhelm Meisters Lehrjahre) 출간.

1797 8-11월: 스위스로 세 번째 여행.

8월: 프랑크푸르트 체류, 모친과 마지막 상봉.

12월: 바이마르 도서관과 고화폐 진열실 최고 감독관 직 맡음.

쉴러와 함께 쓴 에피그람 「크세니엔」(Xenien)을 쉴러가 발행하는 「시연감」에 발표함.

1798 3월: 바이마르 근교 오버로스라에 토지취득.

10월 12일: 바이마르 궁정극장 개축기념으로 쉴러의 『발렌슈타인의 야영』공연.

「식물변형론」, 「라오콘 론」(Über Laookon) 씀.

예술잡지 「프로필레엔」(Propyläen, Eine periodische Schrift) 발간 시작(1800년까지 출간됨)

1799 9월: 바이마르 미술애호가들 첫 번째 전시회 열림.

12월: 쉴러, 예나에서부터 바이마르로 이주함.

1800 4-5월: 아우구스트공과 함께 라이프찌히와 데사우 여행.

1801 1월: 안면 단독(丹毒)에 걸림.
6-8월: 퓌르몬트, 괴팅겐, 카셀 여행.

1802 1-6월: 예나로의 잦은 여행.
2월: 쩰터(Zelter), 처음으로 바이마르 방문.
6월 26일: 라우흐슈테트에 신축 극장 개관. 괴테 여름동
안 수차례 이곳에 체류.

1803 5월: 라우흐슈테트, 할레, 메르제부르크, 나움부르크 여행.
9월: 림머(Riemer), 괴테의 아들 가정교사가 됨.
11월: 예나대학 자연과학연구소의 최고 감독직 맡음.
희곡『서출녀(庶出女)』(Die natürliche Tochter), 번역서『첼
리니의 생애』(Leben des Benvenuto Cellini) 출간.

1804 8-9월: 라우흐슈테트, 할레에 체류.
9월 13일: 추밀원 고문으로 추대됨.

1805 1-2월: 신장병 앓음.
5월 9일: 쉴러 별세.
7-9월: 라우흐슈테트 여러차례 방문.
8월: 마그데부르크와 할버슈타트 여행.

「쉴러의 '종'에 대한 에피로그」(Epilog zu Schillers 'Glocke'),
「빙켈만과 그의 세기」(Winkelmann und sein Jahrhundert)
발표.

1806 6-8월: 칼스바트에 체류.
10월 14일: 예나의 대회전(大會戰), 바이마르 점령당함.
10월 19일: 불피우스와 결혼식 행함.
『파우스트』(Faust) 제1부 마침.

1807 4월 10일: 공작대비 아말리아(Anna Amalia) 별세.
5-9월: 칼스바트에 체류.
11-12월: 예나의 프롬만(Frommann)의 집 방문, 그의 18세
양녀 헤르츠리프(Minchen Herzlieb)양과 알게 됨. 희곡작
가 베르너(Zacharis Werner)와 알게 됨.
『빌헬름 마이스터의 편력시대』(Wilhelm Meisters
Wanderjahre)를 위한 노벨레 집필.

1808 5월: 칼스바트와 프란젠스바트에 체류함.
9월 13일: 모친 별세.
10월 2일: 에어푸르트에서 나폴레옹과 만남. 10월 6일, 10
일에는 바이마르에서 재회함.
희곡 단편『판도라』(Pandora) 집필 마침.

1809 소설『친화력』(Die Wahlverwandtschaft) 집필 마침.

1810 5-9월: 칼스바트, 데프리츠, 드레스덴에 체류.
　　13권으로 된『괴테전집』(Goethes Werke in 13 Bänden) 출간 됨.
　　『색채론』(Zur Farbenlehre),『색채론의 역사에 대한 자료』
　　(Materialen zur Geschichte der Farbenlehre) 집필.

1811 5-6월: 크리스티안네, 리머와 함께 칼스바트에 체류.
　　『시와 진실』(Aus meinem Leben. Dichtung und Wahrheit) 제1
　　부 집필 마침.
　　여러 편의 지질학 관련 논고 발표.

1812 5-9월: 칼스바트와 테프리츠에 체류.
　　베토벤(Ludwig van Beethoven), 오스트리아 황제비 마리
　　아 루도비카(Maria Ludovica)와 만남.
　　『시와 진실』제2부 집필 마침.

1813 1월 20일 비일란트 별세.
　　4-8월: 테프리츠에 체류.
　　10월 16-19일: 라이프찌히 대회전(大會戰).
　　『시와 진실』제3부 집필 마침.
　　지질학, 광물학 관련 다수의 논고 발표.

1814 5-6월: 바이마르 근처, 바트 베르카에 체류.
　　7-10월: 라인 및 마인지방 여행, 마리안네 폰 빌레머
　　(Marianne von Willemer)와 만남. 하이델베르크에서 브와
　　슬레(Boisserée)형제와 만남.

8월 16일: 빙엔에서 성 로후스 축제에 참가.

『서동시집』(West-östlicher Divan)에 들어갈 50편의 시 씀.

『에피메니데스의 깨여 남』(Des Epimenides Erwachen) 씀.

1815 2월: 비엔나 회의의 결정에 따라 작센-바이마르-아이젠
나흐 대공국으로 합병.

5-10월: 라인 및 마인지방으로의 두 번째 여행.

7월말: 슈타인백작과 함께 나사우에서부터 쾰른까지 배
를 타고 여행.

9월 26일: 하이델베르크에서 마리안네 폰 빌레어와 마지막
으로 만남.

12월 12일: 대공국의 모든 문화관련 연구소들 괴테의 총
감독아래 「바이마르 및 예나 학술과 예술 직할기관」으로
통합됨. 재상으로 임명됨.

『서동시집』을 위해 140편의 시 씀.

1816 6월 6일: 아내 크리스티안네 불피우스 사망.

7-9월: 바트 텐슈테트 체류.

『서동시집』을 위해 계속 시를 씀.

『이탈리아 여행』(Italienische Reise) 1부 집필 마침.

잡지 「예술과 고대문화」(Über Kunst und Altertum)발간
(1832년까지 발행).

1817 3-8월, 11-12월: 예나에 자주 체류함.

4월 13일: 궁정극장 감독직 사퇴.

10월: 예나 도서관 연합 총감독 맡음.
『이탈리아 여행』 제2부 집필 마침.

1818　4월 9일: 손자 봘터(Walter)태어남.
　　　7-9월: 칼스바트에 체류함.
　　　『서동시집』을 위해 시쓰기 계속.
　　　「고대와 근대」 「이탈리아의 고전주의자와 낭만주의자」 등
　　　논고 집필.

1819　8-9월: 칼스바트에 체류.
　　　20권으로 된 『괴테 작품집』 완간.
　　　『서동시집』 집필 끝냄.

1820　4-5월: 칼스바트에 체류.
　　　여름과 가을: 예나에 체류.
　　　9월 18일: 손자 볼프강(Wolfgang)태어남.
　　　「온건한 크세니엔」(Zahme Xenien) 일부(Ⅰ-Ⅸ) 집필.

1821　7-9월: 마리엔바트 및 에거에서 체류. 율리케 폰 레베초
　　　프와 처음 만남.
　　　『빌헬름 마이스터의 편력기』 제1초고 끝냄.

1822　6-8월: 마리엔바트 및 에거에서 체류.
　　　『프랑스종군기』(Campagne in Frankreich), 『마인츠 공략기』
　　　(Belagerung von Mainz) 집필 끝냄.

1823 2-3월: 심낭염 앓음.

　　6월 10일: 에커만(Johann P. Eckermann), 처음으로 괴테 방문.

　　7-9월: 마리엔바트, 예거, 칼스바트에 체류.

　　11월: 심한 경련성 기침병 앓음.

　　「마리엔바트 비가」(Marienbader Elegie) 씀.

1825 3월 21일: 바이마르 극장 화재.

　　11월 7일: 괴테 바이마르 이주 50주년 기념 축하연.

1826 코타(Cotta)출판사와 작가확인본 전집(Ausgabe letzter Hand) 발행에 합의.

　　1월 6일: 슈타인 부인 사망.

　　10월 29일: 손녀 알마(Alma)탄생.

1827 6월 14일: 아우구스트공 별세.

　　7-9월: 도른부르크에서 은거.

　　「온건한 크세니엔」 집필 완료함.

　　「중국-독일 세시기」(Chinesisch-Deutsche Jahres und Tageszeiten) 씀.

1829 1월: 브라운슈바이크에서『파우스트』초연.

　　『빌헬름 마이스터 편력기』 출판.

　　『이탈리아 여행, 두 번째 로마 체류기』집필 완료.

1830 2월 14일: 공작비 루이제(Luise) 별세.

　11월 10일: 아들이 10월 26일 로마에서 사망했다는 소식을 듣게 됨.

　11월 말: 객혈.

　코타 출판사의 40권으로 된『괴테 작품집. 작가확인 최종 완성판』(Goethes Werke, vollständige Ausgabe letzter Hand) 출간됨.

1831 『파우스트. 제2부』(Faust Ⅱ)집필 끝냄.

　『시와 진실』제4부 집필 끝냄.

1832 3월 22일: 괴테 별세.

세부주제별 찾아보기

525, 531, 532, 533, 590, 611, 618, 621, 662, 683, 684,
685, 687, 691, 710, 913, 1011, 1202

27. 천재: 249, 371, 759, 760, 761, 790, 805, 806, 807, 918, 919, 1160, 1219,
1272

28. 통치/정치: 99, 100, 101, 102, 107, 108, 109, 110, 111, 112, 113, 114, 115, 116,
117, 119, 120, 121, 122, 124, 125, 127, 136, 138, 139, 140, 143,
144, 146, 147, 148, 149, 150, 154, 167

29. (근원)현상: 15, 16, 17, 19, 20, 441, 488, 497, 503, 504, 534, 588, 589,
591, 612, 613, 657, 664, 665, 666, 669,

30. 행동, 사유, 지식: 232, 235, 236, 250, 254, 296, 299, 300, 304, 319, 324,
357, 497, 581, 583, 591, 976, 1053, 1157

31. 회화/조소/기타 예술: 339, 348, 349, 350, 384, 511, 724, 725, 731, 734,
735, 746, 747, 748, 753, 756, 757, 763, 765, 767,
768, 769, 770, 771, 772, 780, 781, 782, 785, 786,
794, 797, 799, 800, 805, 806, 813, 814, 819, 820,
822, 833, 834, 835, 840, 842, 843, 844, 845, 846,
848, 849, 850, 855, 856, 857, 858, 860, 861, 862,
871, 872, 873, 874, 875,876, 877, 878, 879, 880,
881, 882, 883, 884, 885, 887, 888, 889, 890, 899,
901, 965, 966, 967, 968, 972, 1042, 1205, 1222,
1240

(이 세부 주제별 찾아보기는『프랑크푸르트판 괴테전집』의
분류방식을 따라 역자가『함부르크판 괴테전집』의
『잠언과 성찰』을 재분류 정리한 것임.)